Christa Hengstmann

Walter Weisbecker

Goethe zwischen Frankfurt und Weimar

Societäts-Verlag

Titelbild: Goethe-Kreidezeichnung von F. Bury (1800)
Mit freundlicher Genehmigung der Nationalen Forschungs- und Gedenkstätten der klassischen deutschen Literatur in Weimar – Goethe-Nationalmuseum

Abbildungen: Archive der Frankfurter Neuen Presse und der Frankfurter Allgemeinen Zeitung

2. Auflage, 1992

Satz: Fotosatz Janß, Pfungstadt
Herstellung: Ebner Ulm
Printed in Germany 1992
ISBN 3-7973-0503-6

Inhalt

Vorwort

von Christoph Perels

Seit über einem Jahrzehnt begleitet Walter Weisbecker in Zeitungsbeiträgen und in von einem dankbaren Publikum gern aufgenommenen Rezitationen das Frankfurter Kalenderjahr und macht es auf seine Weise zum Goethejahr. Unsere Stadt ist ja ohne Goethe und ohne das Haus am Großen Hirschgraben nicht zu denken; der Alteingesessene braucht nach größeren und kleineren Goethe-Erinnerungen nicht zu suchen. Wer wie der Verfasser dieses Buches mit offenen Augen durch die Stadt geht und als Leser und Sammler mit Goethe, seinem Werk und seiner Welt lebt, dem bieten sich Anlässe und Anregungen wie von selbst. Sein Goethe ist keiner für Gedenkjahre, er ist sein Begleiter an jedem Tag.

So ist im Lauf der Jahre eine eigenwillige Goethe Biographie in Ausschnitten entstanden. Angefangen von den Eltern des Dichters, dem Rat Goethe und der einundzwanzig Jahre jüngeren »Frau Aja«, berührt Walter Weisbecker Goethes Kindheit, hebt den Kreis seiner Frankfurter Freundinnen und Freunde heraus, geht den mittleren und späten Weimarer Jahren des Dichters nach, nicht ohne, wo immer es angeht, den Bezug zur Frankfurter Herkunft aufscheinen zu lassen. Ein besonderes Kapitel ist den Goethe-Gegnern, ein weiteres den Auseinandersetzungen um das Frankfurter Goethe-Denkmal gewidmet, so daß auch das öffentliche Gespräch über Goethe zu seinen Lebzeiten und unmittelbar nach seinem Tod nicht ausgespart bleibt.

Um ein Buch wie dieses zu schreiben, bedarf es umfassender Kenntnis des Werkes, der Briefe, der Lebenszeugnisse, und über diese Kenntnis verfügt Walter Weisbecker in erstaunlichem Maße. Seine Beiträge basieren sämtlich auf dem festen Fundament verläßlicher Faktentreue. Wer einmal nicht nur eine schmale Auswahlausgabe zur Hand nimmt, sondern vor dem ganzen Reichtum dessen steht, was Goethe uns an Dokumenten seines Dichtens, Denkens und Wirkens hinterlassen hat, und nur das Wichtigste hinzuzählt, das darüber geschrieben worden ist, der weiß, daß unser Vergnügen an Walter Weisbeckers Leichtigkeit in der Darstellung nicht ohne unermüdliche Arbeit zu haben war.

Nur wer viel kennt, kann auch richtig auswählen. Der Weg des Verfassers zu Goethes Welt und durch Goethes Welt führt vor allem über die Menschen: Er läßt sie aufleben in ihrem alltäglichen Dasein, ihren Freuden und ihren Sorgen, ihren Stärken und Schwächen, ihrer sei es historisch sei es individuell bedingten Besonderheiten. Und dieser Weg hat etwas ungemein Anziehendes. Wenn Walter Weisbecker aber einen so großen und treuen Leserkreis an Goethe heranführt, so hat das überdies mit seiner Gabe zu pointiertem Erzählen zu tun. Es gelingt ihm immer wieder, dem Historischen eine anekdotische Seite abzugewinnen, wozu nicht zuletzt eine bewußte Kunst des Weglassens gehört. Gerade daraus erwächst der Anreiz für den Leser zu gespanntem Weiterlesen in diesem Buch und, von ihm ausgehend, zu eigenen Entdeckungen in Goethes Werk und an den bekannten und den weniger bekannten Stätten seines Lebens, zumal in Frankfurt am Main.

Prof. Dr. Christoph Perels ist Direktor des Freien Deutschen Hochstifts/Goethemuseum Frankfurt am Main und des Goethehauses.

Vorwort

von Walter Weisbecker

Deutsche Gedichte zählen seit frühesten Schultagen zu meinen treuesten Begleitern. Die Jahreszeiten und alle meine schwankenden Gefühle fand ich immer in ihnen gespiegelt; oft zu meiner Freude, oft zum Trost.

Dabei trat Goethe erst spät in den Kreis der von mir besonders angesehenen Dichter. Verständlicherweise, denn um den vollen Reichtum seiner schöpferischen Sprache zu empfinden, etwas von der Universalität seines Geistes bewundern zu können, bedarf es der eigenen Reife.

Es war der mir geschenkte Briefwechsel Goethe–Schiller, der zahlreiche Fragen aufwarf und viele mich berührende Probleme streifte. Beim Versuch mehr darüber zu erfahren, vertiefte ich mich immer stärker in die Literatur von und über Goethe, so daß ich mich nun seit über 40 Jahren mit diesem Thema beschäftige. Doch ich begegne dabei dem Dichter nicht als blinder Verehrer, denn er war kein Olympier, sondern ein Mensch. In vielen großen Aufsätzen – allein fünfzig davon wurden in der Frankfurter Allgemeinen Zeitung veröffentlicht – versuchte ich meine Eindrücke den Lesern zu übermitteln; wissenschaftlich einwandfrei, aber leicht verständlich dargelegt. In zahllosen Matineen auf größeren Bühnen bemühte ich mich in Rezitationsvorträgen, Goethes Person und Werk (die bei ihm besonders eng verbunden sind) den zahlreichen Besuchern wieder ins Gedächtnis zu rufen oder zu helfen, sie dort zu bewahren.

Ich halte das für wichtig in einer Zeit, in der vielfach in der Erziehung dem Nützlichen der eindeutige Vorrang vor dem Musischen gegeben wird. Aber so reich sind wir nicht, als daß wir die Dichtung, die einen großen Teil unseres Kulturguts bewahrt, auf dem Abfallhaufen unserer Geschichte zurücklassen dürften.

Dem Auf und Ab der modischen Ansichten ist auch die Literatur unterworfen; dementsprechend auch das Ansehen Goethes. Nicht jede Epoche hat ihn geliebt. Aber den bedeutenden Menschen und Dichter sollte man von recht vielen Seiten her wenigstens kennen.

Die Eltern des Dichters: angesehene Frankfurter Bürger

Frau Aja, eine leidgeprüfte Frohnatur

»Wie eine Schlittenfahrt geht mein Leben, rasch weg und klingelnd und promenierend auf und ab. Gott weis wozu ich noch bestimmt bin . . .« Das schrieb der junge Goethe 1776 an Johanna Fahlmer voller Lebenslust aus Weimar, und da seine Mutter, diese urwüchsige Frankfurterin, als Musterbild der Frohnaturen gilt, scheinen jene Goetheverse, die von seinen vererbten Anlagen sprechen – »vom Mütterlein die Frohnatur« – die reine Wahrheit auszusagen.

Aber so wie Goethes überschwengliche Weimarer Jugendzeit nur ein kurzes Intermezzo war, wie er in seiner Ordnungsliebe, seiner Gewissenhaftigkeit und seinem lehrhaften Wesen dem Vater im Alter – wenn auch auf einer höheren Stufe – immer ähnlicher wurde, so daß das Bild freudiger Beschwingtheit auf ihn nicht mehr paßte, so wenig entspricht es der »Legende«, daß das Leben der Frau Rat nur ein leichtes und fröhliches gewesen sei.

Der Sohn, der jenen übermütigen Brief von der Schlittenfahrt seines Lebens geschrieben hatte, bekannte als Fünfundsiebzigjähriger Eckermann: »Im grunde war mein Leben nichts als Mühe und Arbeit, und ich kann wohl sagen, daß ich keine vier Wochen eigentliches Behagen hatte. Es war das ewige Wälzen eines Steines.«

Ähnlich hätte sich auch Frau Aja an ihrem Lebensende äußern können, denn ganz im Gegensatz zur landläufigen Meinung war ihr ein hartes Schicksal auferlegt, das manche andere Frau hätte in Verzweiflung stürzen und seelisch zerbrechen können. Davor bewahrten sie unerschütterlicher Glaube und tiefes Gottvertrauen. Schließlich gibt es in ihren prächtigen Briefen auch Stellen wie diese: »Die Qual, die ich jetzt leide, ist unaussprechlich.«

Steine gab es auf dem Weg von Goethes Mutter genug. Doch in ihrer Lebensklugheit fand sie dafür, anders als der Sohn, eine Lösung: »Kan ich den Stein aus dem Wege thun so thue ich – ist er zu schwer, so gehe ich um ihn herum – und so finde ich alle Tage etwas, das mich freut.« Das »Prinzeßchen«, wie man sie als Kind nannte, weil sie Schmuck und schöne Kleider liebte, erhielt keine gediegene

Schulbildung, obwohl die Eltern beide aus angesehenen Juristenfamilien stammten.

Johann Kaspar Goethe, mit dem die Siebzehnjährige nach damaliger Sitte verheiratet wurde, ohne lange gefragt zu werden, war eine gute Partie, aber doppelt so alt wie sie; daß der stets ernste, gefühlverschlossene, lehrhafte Mann der ersehnte Herzenspartner des munteren jungen Mädchens war, ist kaum anzunehmen.

Daß der Kaiserliche Rat im ersten Jahr der Ehe systematisch versuchte, sie zu belehren und ihre nur aus Lesen, Schreiben und Bibelkunde bestehende Bildung auf seine etwas pedantische Art zu erweitern suchte, war wohl wenig nach ihrem Geschmack und trug auch nicht die erhofften Früchte, denn die Skulpturen, die das Haus am Hirschgraben zierten – erlesene Stücke des systematischen Kunstsammlers –, nannte sie auch weiterhin respektlos »die Nacktärsche«.

Der Hochzeit am 20. August 1748 folgte ein Jahr später die Geburt des Johann Wolfgang, dessen Leben dabei an einem seidenen Faden hing. 1750 kam Cornelia, seine Schwester, zur Welt, die ein großes Sorgenkind werden sollte. Und weitere drei Säuglinge starben früh; nur Hermann Jacob, der vierte, war bereits sieben Jahre alt, als sein kleiner Sarg 1759 aus dem Haus getragen wurde.

Da bedurfte es schon eines starken Herzens, um Wolfgang und Cornelia die stets heitere, liebevolle Mutter zu sein. Aber da sie den heranwachsenden Kindern in ihrem jungen Alter gefühlsmäßig näher stand als dem Gatten, war es bald ihre schwierige Aufgabe, zwischen dem Spieltrieb der beiden und der konsequenten erzieherischen Strenge des Vaters und dessen hohen schulischen Anforderungen zu vermitteln. Der großzügige Umbau, die lange französische Besatzung sowie mancherlei Kriegswirren sorgten dafür, daß es in jenen Jahren unruhig und nicht immer harmonisch im Hause zuging.

Trost fand Frau Aja in ihren Kindern, zumal dem früh von ihr vergötterten »Häschelhans«, der jedoch schon 1765, sechzehnjährig, nach Leipzig übersiedelte und eine betrübte Mutter zurückließ, denn Cornelias schwierige Veranlagung trat immer deutlicher zutage. Selbst der Bruder, der sie liebte und verehrte, klagte, daß sie oft ohne Glaube, Liebe und Hoffnung lebe und daß in ihrem Wesen nicht die mindeste Sinnlichkeit liege. Sie verhärtete sich gegen die Eltern. Den Vater, der ihr in seiner Strenge oft kleinste Freuden vergällte, haßte sie geradezu, und die Gemeinschaft mit der Mutter schrumpfte auf die beiderseitige Liebe zu Johann Wolfgang zusammen. Sie litt

Katharina Elisabeth Goethe, genannt Frau Aja

selbst unter diesem Wesen, wie ihr kritischer Tagebucheintrag verrät: »Der Wunsch, ein liebenswürdiges Mädchen zu sein, liegt mir Tag und Nacht am Herzen. Mein Spiegel täuscht mich nicht, wenn er mir sagt, daß ich zusehends häßlicher werde.«

Daß später auch ihre Ehe scheiterte, nachdem sie des Bruders Jugendfreund Schlosser geheiratet hatte, ist fast folgerichtig. Sie starb nach der Geburt des zweiten Kindes, 27 Jahre alt, voller Lebensverneinung. So konnte von Familienharmonie im Haus am Hirschgraben schwerlich die Rede sein, und der Brief, den Frau Aja an Lavater bei Cornelias Krankheit schrieb – »bei uns geht's wie's geschrieben steht, des Menschen Herz ist trotzig und verzagt« –, klingt durchaus nicht fröhlich.

Aber zuvor hatte es noch andere Prüfungen gegeben. Johann Wolfgang, der Student, war krank von Leipzig zurückgekommen; sein Zustand verschlimmerte sich so sehr, daß die Mutter monatelang in Todesangst schwebte, während der Vater sofort nach eintretender Besserung zu schnellem Aufbruch des Sohnes nach Straßburg drängte, damit die Studien zum Abschluß gebracht würden. Der kranke Sohn empfand dies »als kalt und herzlos«.

Als der wiederum lange von der Mutter schmerzlich vermißte Sohn von Straßburg als Licentiat der Rechte zurückkehrte und in Frankfurt eine Anwaltspraxis eröffnete, glaubte Frau Aja, daß ihr Häschelhans nun auf Dauer in ihrer Nähe bleibe. Aber nach wenigen Jahren, in welche Verlobung und Entlobung mit Lili Schönemann fielen, was manche Unruhe in die Familie trug, ging der Sohn nach Weimar an den Fürstenhof; zur großen Herzensenttäuschung der Frau Rat und zum Unwillen des reichsstädtisch gesinnten Vaters.

Goethe blieb in Weimar. Selten kam er zurück nach Frankfurt. Nicht einmal, als der Vater starb und Frau Aja im großen Haus – in dem ein Vierteljahrhundert auch der Geistesgestörte J. D. B. Klauer, ein Mündel des Kaiserlichen Rats, Unterschlupf gefunden hatte – allein zurückließ. Über Jahre war Johann Kaspar Goethe dahingesiecht, von zwei Schlaganfällen getroffen, und in den beiden letzten Lebensjahren führte er nur noch ein »Pflanzenleben«, wie seine Frau es in ihrer bildhaften Sprache ausdrückte. Er starb 1782. Frau Aja war 51 Jahre alt.

Die Pflege des Gatten ist über Jahre eine schwere körperliche und seelische Belastung für Goethes Mutter gewesen. Schon lange konnte sie zu jener Zeit auch keinen Trost mehr bei ihrer Seelenfreundin, dem Freifräulein von Klettenberg, finden, denn sie hatte diese schon früher, ebenso wie ihren eigenen Vater, durch den Tod verloren. Ein Jahr nach dem Tod des Gatten wurde auch Frau Ajas Mutter zu Grabe getragen. »Ich lebe in dieser großen Stadt wie in einer Wüste«, heißt es in einem Brief dazu.

Der Sohn ging von Weimar nach Rom, die schriftlichen Mitteilungen wurden noch rarer, und den angekündigten Besuch auf der Rückreise, auf den sich die Mutter freute, sagte er zu ihrer grenzenlosen Enttäuschung ab. Er hatte eine andere Reiseroute gewählt.

So suchte sie wenigstens alle Quellen in Weimar zu erschließen – Philip Seidel, Herzogin Amalia, Christiane Vulpius, August Goethe, Fritz von Stein waren im Laufe der Jahre ihre Briefpartner –, um unterrichtet zu bleiben und von diesen etwas vom Glanz ihres Sohnes zu hören, wenn seine Briefe zuweilen ausblieben.

Daß der Sohn keine glanzvolle Hochzeit feierte wie viele der Frankfurter Jugendfreunde, sondern nur einen »Bettschatz« hatte, mit dem er sich erst nach vielen Jahren in der Sakristei trauen ließ, daß der Enkel August unehelich geboren wurde, daß alle weiteren Enkel sehr früh starben und der so kräftig aufgeblühte Goethestamm nun so karge Sprossen trieb, bot für eine Mutter manche herbe Enttäuschung. Zwar spricht aus ihren Briefen, selbst aus der Zeit der schweren Krankheit ihres Mannes, noch ein »rosafarbener Humor«, aber die Frau Rat, die so gut anderen ihre »Mährgen« zu erzählen wußte, zwang sich oft zum leichten Ton, wobei denn zwischendurch auch einmal die Klage ausbricht: »Hätte ich nur eine einzige Freundin, eine einzige theilnehmende Seele.«

Nach dem Tod von Johann Kaspar Goethe schuf sie sich bald einen Kreis in der Frankfurter Gesellschaft, besuchte häufig das Theater und stand mit den Theaterleuten in enger Verbindung. Für vierzig Personen gab sie einmal eine große Gesellschaft, wie ihr Haushaltsbuch ausweist.

Doch noch einmal stehen ihr unruhige Zeiten bevor. Drei Jahre lang muß sie sich bemühen, das für sie viel zu große Haus am Hirschgraben zu verkaufen und sich eine schöne, ihr angemessene Wohnung zu suchen, wobei die wiederholten Einquartierungen auch in dieser Zeit ihr das Leben nicht gerade leichter machten. Ohnehin muß sie bis zu ihrem Tode im Jahre 1808 in ständiger Furcht vor den kriegerischen Verwicklungen der napoleonischen Zeit leben, war doch 1796 bei der Beschießung Frankfurts schon das Textorsche Elternhaus abgebrannt. In ihrer Wohnung am Roßmarkt, die sie schließlich fand, fühlt sich die langjährige Witwe gleich behaglich, die ganze Frohnatur ihres Wesens kommt in den Briefen wieder voll zum Ausdruck.

Abschließend sei festgehalten, daß die Einseitigkeit des Bildes der Frau Rat als Frohnatur nicht nur dadurch entstanden ist, daß die Leser über dem leichten Ton ihrer Briefe ihre schweren Prüfungen wenig beachtet haben, sondern auch deshalb, weil der Sohn, so wie er von Zeit zu Zeit ganze Abschnitte seiner literarischen Tätigkeit den Flammen übergab, leider auch einen bedeutenden Teil der Briefe seiner Mutter verbrannt hat. Die Auswahl, die er dabei traf, erweckt den Eindruck, daß er der Nachwelt ganz bewußt ein Bild der Mutter als Frohnatur hinterlassen wollte.

Dieses Bild wird bestehenbleiben, aber das tapfere Herz der Frau Aja, die noch in ihrer Todesstunde so stark und gefaßt war, daß sie alle Begräbnisformalitäten im voraus ordnete und einen scheinbar leichten Abschied nahm, obwohl der Sohn nicht an ihrem Totenbett stand, darf über dieser zum Klischee gewordenen Vorstellung nicht vergessen werden.

Ehrenrettung für den vielgeschmähten Vater

»Dieser alte Mensch ist ganz inkorrigibel und die Filzerei ist so arg, daß, wenn der Herzog vier Wochen in seinem Haus logirt, Er der Frau nicht einen Thaler mehr Wochengeld gibt. Dieser Mensch ist Goethes Vater und Frau Ajas Eheliebster.« Aussprüche wie diese aus der Feder des Hausfreunds Merck sind fast unbesehen in die Literaturgeschichte eingegangen und haben von dorther das Bild von Goethes Vater geprägt. Der Sohn Johann Wolfgang war daran nicht unschuldig, weil er sich in jungen Jahren in ähnlicher Weise äußerte. Und da er schon früh berühmt war, ein anerkanntes Genie, schienen seine Worte Gewicht zu haben, obwohl sein Urteil im Grunde nur dem Generationenproblem entsprang. Da nutzte es dem Dichter wenig, daß er im Alter dem Vater in »Dichtung und Wahrheit« Gerechtigkeit widerfahren ließ. Sein Bild blieb verzerrt bis heute.

Dabei müßte bei objektiver Bemühung, den Charakter des alten Herrn zu erkunden, jener Brief von Merck an die Herzogin Amalie in Weimar ohnehin ausscheiden, weil der Kaiserliche Rat Johann Kaspar Goethe, der am 29. Juli 1710 in Frankfurt geboren wurde, bei diesem erwähnten herzoglichen Besuch im September 1779 bereits ein schwer kranker Mann war, der schon den ersten Schlaganfall erlitten hatte und dadurch nicht mehr völlig Herr seiner Geisteskräfte war. Doch das kümmerte den sarkastischen Merck, den spottlustigen Verneiner wenig. Möglicherweise hätte Johann Kaspar aber auch als gesunder Mann nicht anders gehandelt. Jedoch kaum aus Geiz, vielmehr aus Prinzip hätte er wahrscheinlich nicht eingesehen, daß er, der Frankfurter Bürger, der alles andere als ein Fürstendiener war, wochenlang den Herzog von Weimar bewirten solle. Dazu war er ein viel zu ausgeprägter Freier Reichsstädter, der freilich bei anderen Gelegenheiten auch genügend Beweise seiner Großzügigkeit gegeben hatte, die vom Sohn aber oft genug schlecht honoriert worden waren.

Johann Kaspar war der Sohn des aus Kannawurf in Thüringen stammenden Friedrich Georg Göthe. In Frankfurt heiratete der wendige Mann die Witwe Cornelie Schellhorn, Besitzerin des Gasthauses »Zum Weidenhof« auf der Zeil, wodurch er zu einem bedeutenden Vermögen kam.

Die Eltern erstrebten für Johann Kaspar – den dieser Ehe entsprossenen Sohn – voller Weitsicht eine gute Bildung und schickten den Vierzehnjährigen auf das Gymnasium Casimiranum nach Coburg damit er später Jura studiere. Als Vater und Brüder früh starben, gestattet ihm das bedeutende Vermögen, die Universität Leipzig zu besuchen und sich später am Reichskammergericht in Wetzlar sowie in Regensburg und Wien weiter auszubilden. In Gießen erwarb er 1738 den Grad eines Doktors beider Rechte. Eine mehrjährige Reise nach Italien, nach Frankreich und Holland folgte, ehe er in das Haus am Hirschgraben zurückkehrte, das die Mutter als Wohnsitz gekauft hatte.

Daß er in den wenigen erhalten gebliebenen Briefen aus dem Süden über das schlechte Essen und Trinken sowie über die Fliegenplage klagte, hat ihm die Literaturwissenschaft als banausenhaft hart angekreidet. Seine mißmutigen Anmerkungen »Ich wundere mich, daß es doch allen Reisenden gleich wie mir ergangen und noch ergeht, daß man denen Italienern ihre alten Mauern, worauf sie sich soviel einbilden, nicht läßt und davor Frankreich, England, Holland und Niedersachsen alleine besucht . . . Man bringt nichts nach Hause, als einen Kopf voll Kuriositäten . . .« hat der schon erwähnte Spötter Merck einen »Handwerksburschenbrief« geheißen.

Für sich allein genommen mag diese Stelle engstirnig klingen, doch ist noch im gleichen Brief das verständige Urteil zu lesen: »Niemand darf glauben, als ob die Antiquitäten alleine die Fremden so häufig nach Italien lockten, es kommt die Bildhauer-, Mahlerkunst und die Musik, die prächtigen Kirchen, vortrefflichen Kabinette, noch darzu, weil alles in solcher Vollkommenheit allhier angetroffen wird, daß man an andern Orten nichts dergleichen mehr finden möchte . . .« Wer sich die Strapazen einer solchen Reise zu damaliger Zeit vor Augen hält – allein 28 Tage Quarantäne galt es vor dem Eintritt in Venedig zu erdulden –, wird sich über aufkommende Mißstimmungen nicht wundern. Sie sind auch kunstbeflissenen Reisenden des zwanzigsten Jahrhunderts bei leichteren Reisebedingungen nicht fremd.

Entscheidend war schließlich der tief haftende Eindruck, der den Kaiserlichen Rat später veranlaßte, sich mit der italienischen Sprache, den italienischen Dichtern zu befassen, die römische Kunst hoch zu schätzen, die mitgebrachten Kupferstiche aus Rom im Hause aufzuhängen und davon zu erzählen, so daß der Sohn mit diesen Zeugnissen der väterlichen Italienreise aufwuchs, was früh seine Sehnsucht weckte, dieses Land mit all seinen Kunstschätzen einmal selbst zu bereisen. Wieder zurückgekehrt, versuchte der Doktor beider Rechte, seiner Heimatstadt in der Beamtenaristokratie zu dienen. Er wollte auf jede Besoldung des Amtes verzichten, sich dafür aber auch nicht der üblichen Kugelwahl stellen, durch welche jeweils ein Amt unter mehreren Bewerbern ausgelost wurde. Als die Verantwortlichen darauf nicht eingingen, zog sich Johann Kaspar verärgert zurück und bot seine Dienste dem noch nicht lange zuvor in Frankfurt gekrönten Karl VII. an. Von ihm erhielt er gegen die erforderliche Zahlung den Titel »Ihro Römisch Kaiserlichen Majestät Würcklicher Rath«.

In dieser Stellung konnte der Achtunddreißigjährige es sich erlauben, um die Hand der siebzehnjährigen Tochter des Stadtschultheißen, Elisabeth Textor, der späteren Frau Aja, anzuhalten. Durch den Titel »Kaiserlicher Rat« konnte er aber später nie mehr in die Dienste der Stadt treten, so daß sein weiteres Leben ohne Berufspflichten blieb, weshalb er sich um so stärker seiner Familie widmete und seine ganze Energie auf die Ausbildung seiner Kinder verwandte.

Diese Kinder waren die von den sechs Geborenen einzig am Leben gebliebenen Johann Wolfgang, der Sohn, und Cornelia, dessen Schwester. Und hier setzen wieder die kritischen Biographen ein, die, trotz vieler positiver Aspekte, den Erzieher letztlich als engherzigen und lieblosen Pedanten gezeichnet haben, der die Kinder übermäßig geplagt hätte, so daß ihnen über der starren Systematik seiner Lehrhaftigkeit jede Freude verlorengegangen sei. Der erwachsene Sohn hat später als Dichter diese Anschuldigungen sowohl in seinen Aussagen als auch durch die Praxis widerlegt.

Der Vater hatte allerdings eine ernste Lebensauffassung, die das Sittliche betonte, doch unterwarf er sich selbst den Forderungen, die er stellte. Er drängte in der Erziehung darauf, daß begonnene Arbeiten zu Ende geführt wurden; ließ einzelne, lose Zeichenblätter des Sohnes heften; gab oft selbst mit umrahmenden Strichen einen Ab-

Johann Kaspar Goethe

schluß und leitete auf solche Weise die Kinder zu Ordnung und Gewissenhaftigkeit an. Wenn der Sohn dazu später zu Eckermann sagt »wirklich war auch in diesem Punkt die Pädagogik meines Vaters zu bewundern . . ., es war ihm keineswegs unangenehm, wenn mich mein wildes, unstetes Wesen in der Gegend umhertrieb, vielmehr zeigte er sich zufrieden, wenn ich nur irgend ein Heft zurückbrachte, an dem er . . . seine Hoffnungen einigermaßen stärken konnte«, so sprechen diese Worte eindeutig zugunsten seines Erziehers, der selbst ein eifriger und verständiger Bücherfreund und Kunstsammler war.

Ohne Frage verflog nach Kinderart auch schnell die Freude, dabei zu helfen, die italienischen Kupferstiche neu herzurichten oder die Seidenraupen zu füttern, und die beiden hätten sich schnell neuen Abwechslungen zugewandt, hätte es nicht im Erziehungssinn des Vaters gelegen, ihnen Beharrlichkeit anzuerziehen. Als Johann Wolfgang später im Dienst des Herzogs steht, berichtet er nach Darmstadt, daß er sich daran gewöhnt habe, das gewöhnliche Tagewerk »mit der größten Geschwindigkeit, Ordnung und Genauigkeit« abzutun, um Zeit zu gewinnen.

Die Unterrichtung der Kinder übernahm der Vater selbst, soweit er den Stoff beherrschte. Da er auch musikalisch begabt war – er spielte Laute und Flöte –, brachte er in späteren Jahren sogar das Tanzen den Kindern selbst bei – sicher nicht immer zu deren vollem Vergnügen –, aber das hinderte den Sohn nicht, als brillanter Tänzer zu gelten. Andererseits engagierte der Vater aber auch einen Klavier- und einen Zeichenlehrer, ließ den Sohn auch Hebräisch lernen, als dieser sich für die alte Sprache interessierte. Zusammen mit den Kindern nahm er englischen Sprachunterricht, und Johann Wolfgang wurde auch in Reiten und Fechten ausgebildet; wenn es um die Erziehung der Kinder ging, war Geiz dem Kaiserlichen Rat fremd.

An Abwechslung fehlte es trotz gewissenhafter Lektionen nicht. Als der Vater die beiden Häuser im Hirschgraben umbaute – rücksichtsvollerweise erst nach dem Tod seiner alten Mutter –, da durfte der kleine Wolfgang in Maurerkleidung den Grundstein legen, womit der Vater ihm den Vorgang tief einprägen wollte, im Wissen, daß solches Erinnern Tradition bildet. Der Hausherr schickte den Knaben zu Kaufleuten und Handwerkern, später auch auf Auktionen, um dort Besorgungen für ihn zu erledigen, und bahnte ihm schließlich aufgrund seiner Stellung den Weg zu älteren bedeutenden Persönlichkeiten der Stadt, was für den wißbegierigen jungen Mann von großem Vorteil fürs ganze spätere Leben war. Suchte er doch auch in seinen Mannesjahren bewußt den Verkehr zu allen großen Geistern seiner Zeit. Ebenso nahm er den Sohn mit in den Nutzgarten, wo er vom Frühling bis zum Herbst Arbeit hatte, oder mit zur Messe, wo der Schneidersohn selbst die englischen Tuche für die Familie erstand. So machte der Vater den Jungen mit allen Gebieten des Lebens vertraut. Damit wurde ein Grundstein zu dessen späterer Universalität gelegt.

Die Tochter Cornelia fand nie ein gutes Verhältnis zum Vater, ja sie haßte ihn später geradezu. Aber sie fand auch zur liebevollen Mutter keine rechte Bindung, sowenig wie später zum Gatten. Ein Zeichen dafür, daß die innere Verschlossenheit Teil ihres Wesens war, durch ihre unglückliche, pathologische Veranlagung bedingt. Der Sohn dagegen hat im Alter zu schätzen gewußt, was ihm der Vater mitgegeben hatte. Gab es auch zwischen beiden viele Verstimmungen und manchen Ärger, so folgten doch auch Perioden friedlicher Übereinstimmung, wie solche etwa aus dem Brief von Johann Wolfgang im Juni 1775 spricht, als er krank war: ». . . ich bin bis um zehn Uhr im Bett liegen blieben, einen Katarrh auszubrüten, mehr aber, um die Empfindung häuslicher Innigkeit wieder in mir zu beleben, die das gottlose Geschwärm der Tage her ganz zerflittert hat. Vater und Mutter sind vors Bett gekommen, es ward vertraulich diskuriert . . . und ich hab wieder ein Wohlgefühl in meinen vier Wänden.«

Besonders viel Verdruß hatte es gegeben, als der neunzehnjährige Student, dem der Vater während seines Leipziger Aufenthalts einen geradezu fürstlichen Monatswechsel ausgestellt hatte, krank von dort zurückkehrte. Als der »Grünschnabel« das stattliche Haus am Hirschgraben, das nach dem Umbau des Vaters ganzer Stolz war, bemäkelte und gegenüber der Leipziger Bauweise als altmodisch bezeichnete, entlud sich ein furchtbarer Zorn über den Sohn.

Daß Johann Wolfgang aus Straßburg nur als »Licentiat« zurückkehrte, was nicht ganz der Doktorwürde entsprach, mißfiel Johann Kaspar, weil er die hohe Intelligenz seines Sprößlings kannte. Hatte er doch schon stolz von »diesem singulären Menschen« gesprochen, den er beneiden würde, wenn er nicht sein Vater sei.

Die spätere Braut, Lili Schönemann, nannte der Vater die »Staatsdame«, die nicht in die Familie passe. Und Enttäuschung bereitete ihm vor allem die Tatsache, daß der Doktor, inzwischen in Frankfurt als Advokat zugelassen, wenig Interesse an seinem bürgerlichen Beruf zeigte und sich immer mehr als Dichter betätigte.

In »Dichtung und Wahrheit« berichtet Goethe – inzwischen längst Weimarer Minister geworden – über den Besucherstrom, der sich über sein Elternhaus ergossen hatte, als mit dem »Werther« und dem »Götz« sein Stern kometengleich aufleuchtete. Doch neben vielen berühmten Männern wendeten sich auch »wahrhaft dürftige und unverschämte Abenteurer an den zutraulichen Jüngling, ihre dringenden Forderungen durch wirkliche wie durch vorgebliche Verwandtschaft oder Schicksale unterstützend. Sie borgten mir Geld ab, und setzten mich in den Fall wieder borgen zu müssen, so daß ich mit begüterten und wohlwollenden Freunden darüber in das unangenehmste Verhältnis geriet.« Das entging natürlich dem Vater nicht, der ja auch haushalten mußte, weil er nur die Zinsen aus seinem Kapital als Einnahmen hatte und darum das Kapital erhalten mußte. Sein auf uns gekommenes Haushaltsbuch weist aus, daß im Haus am Hirschgraben recht großzügig gelebt wurde, daß man dort Gesellschaften bewirtete. Daß der heranwachsende Sohn einen nicht unbedeutenden Aufwand trieb, ist bekannt.

Wenn Johann Kaspar Goethe seinen Sohn die Bezahlung der Druckkosten für den »Götz« verweigerte, muß das nicht Geiz gewesen sein. Vielleicht wollte er den Sohn damit zwingen, endlich selbst Geld zu verdienen, statt solches zu fordern, zumal er wußte, daß damals ein Poet »auf der Lebensbühne eine Figur vorstellte, der man nach Belieben mitspielen konnte«. Selbst Hausvater geworden, urteilte der Dichter über dieses Generationenproblem genauso, wie es der Vater getan hatte: »Die jungen Leute bilden sich ein/ihr Tauftag müßte der Schöpfungstag sein./Mögen sie aber freundlich bedenken,/was wir ihnen als Angebinde schenken.«

Man sollte bei der dem Vater zur Last gelegten Strenge nicht vergessen, daß Milde allein bei dem phantasiebegabten Knaben kaum angebracht war. Hatte sich der Junge doch schon einmal sehr früh in schlechte Gesellschaft verirrt, die seinen guten Namen bis hin zu Betrug und Urkundenfälschung mißbrauchte, als er – blind durch seine erste Liebe zu dem der Literaturforschung bis heute unbekannt gebliebenen »Gretchen« – die Vorbereitungen der Kaiserkrönung zu allerlei Freiheiten nutzte, während der Vater bemüht war, anhand alter Schriften ihn mit den Symbolen der kommenden Krönungszeremonien vertraut zu machen; mit jenen zu Ehren Josefs II., die er später in »Dichtung und Wahrheit« so anschaulich schilderte.

Die Enttäuschung des Vaters war hier ebenso verständlich wie später, als sich die wilden Geniestreiche überall herumsprachen, die sich Goethe zusammen mit dem jungen Herzog Carl August in Weimar leistete, ehe der Liebende in der Schule der Frau von Stein als williger Schüler Mäßigung lernte. Als er deren Sohn Fritz erzog, folgte er schon den pädagogischen Fußstapfen seines Vaters, wenn er der Mutter berichtete: »Fritz ist glücklich und gut. Er wird, ohne es zu merken, in die Welt hineingeführt . . . ohne es zu wissen. Gestern ließ ich ihn Suppliken lesen und sie mir referieren.« Daß der Olympier auch ein scharfer Rechner wurde, der um das Honorar für »Hermann und Dorothea« geradezu pokerte und mit Cotta über die Verlagsrechte und den Preis der Gesamtausgabe feilschte, war sein gutes Recht. Kam seine Sparsamkeit doch auch, in seiner Ministerstellung, dem ganzen Herzogtum zugute. Doch im Grunde waren dies alles vom Vater übernommene Verhaltensweisen, ebenso wie die im Alter zunehmende, zuweilen fast erschreckende Förmlichkeit, die selbst den Jugendfreund, den Herzog Carl August, zur freundlich verwunderten Feststellung veranlaßte: »Es ist doch possierlich, wie feierlich der Mensch wird!«

Wenn der dreiundzwanzigjährige Goethe einst an seinen Freund Kestner über seinen Vater schrieb: »Wenn ich einmal alt werde, soll ich dann auch so werden?«, so kann man rückblickend die Frage mit »ja« beantworten, denn der Sohn wurde in der äußeren Lebensführung in der Tat dem Vater immer ähnlicher. Die bewußte Erziehungsarbeit von Goethes Vater, dessen eigentliches Lebenswerk, hatte Erfolg.

»Ihr Vater scheint mir zum Vater geboren«

Goethes Vater ist in der Literaturgeschichte oft als geizig und starr geschmäht worden. Der Sohn hat erst in reifen Jahren, als er selbst Vater eines erwachsenen Sohnes war, erkannt, was für uns heute als gewiß gilt: Wenn der verhätschelnden Liebe der Frau Aja und später der blinden Bewunderung durch die Schwester Cornelia nicht ein harter, zielgerichteter männlicher Wille im Elternhaus am Hirschgraben gegenübergestanden hätte, wären von den glänzenden Anlagen des jungen Mannes viele ungenutzt geblieben, denn die von Jugend auf ihm anerzogene Ordnung, der Fleiß und die bewußte Anleitung für das praktische Leben bildeten später eine Lebensgrundlage für den Dichter und Weimarer Minister; sie wurden zu einem Teil seines Wesens und schufen die Voraussetzung, seine reiche Produktivität zeitlich und organisatorisch zu bewältigen.

Wie schnell ein junges Menschenleben sich verwirren und in der Substanz gefährdet sein kann, hat Leipzig nur allzu deutlich gezeigt, von wo der Student Johann Wolfgang »krank an Leib und Seele« zurückkehrte. Der sich selbst bemitleidende Sohn hat es dem Vater bald übelgenommen, daß dieser nach halber Genesung zum Aufbruch nach Straßburg drängte, damit Johann Wolfgang dort seine Jurastudien beende. Und doch war – wie sich später zeigte – dies das rechte Mittel zur Gesundung, denn erst außerhalb der häuslichen Atmosphäre, im neuen Freundeskreis, kehrten Lebenswille und Schaffenskraft des Sohnes zurück. Hat Johann Wolfgang von der Mutter seine musischen Talente geerbt, so hat des Vaters ernste, lehrhafte Art wohl das Rüstzeug geliefert, daß Form und Geist einerseits, Phantasie und Poesie andererseits sich harmonisch vereinen konnten. Schließlich hatten die väterlichen Vorfahren Goethes schon Unternehmungslust und Tatkraft bewiesen. Zumal Friedrich Georg Göthe, der von Kannawurf in Thüringen aus durch halb Europa wanderte, sich später in Frankfurt sehr erfolgreich als Damenschneidermeister niederließ, nachdem er jahrelang in Paris und Lyon gearbeitet hatte. Seinen Sohn aber, Goethes Vater, ließ er studieren. Coburg, Leipzig, Wetzlar, Linz, Wien waren die verschiedenen Stationen des jungen Johann Kaspar. Nach dem Tod seines Vaters bildete er sich auf Reisen weiter. Zumal Italien war, den Anschauungen der Zeit entsprechend, sein Ziel. Von dort kehrte er ins Haus am Hirschgraben zurück, das seine Mutter nach des Vaters Tod gekauft hatte, als sie den Weidenhof aufgab.

Daß er sich als Bewerber um ein öffentliches Amt, das der Jurist ehrenamtlich ausüben wollte, trotzdem einem Losentscheid unterwerfen sollte, kränkte ihn. Er zog sich zurück und beantragte den Titel eines kaiserlichen Rates, der ihm auch verliehen wurde; doch damit schloß er sich auch zukünftig von allen städtischen Ämtern aus. Diese selbstgewählte Isolation ließ ihm später um so mehr Zeit zur Erziehung seiner Kinder, worin er die Hauptaufgabe seines Lebens sah, nachdem er mit Erfolg um die Tochter des Stadtschultheißen Textor angehalten hatte und Katharina Elisabeth Goethe – die spätere Frau Aja – Johann Wolfgang und Cornelia geboren hatte. Zu dieser Erziehung brachte Johann Kaspar gute Voraussetzungen mit. Er hatte fremde Sprachen gelernt, war musikalisch, hatte gebildete Frankfurter zu Freunden, beschäftigte mit gutem Blick Frankfurter Maler, die sich später sämtlich einen Namen machten, legte eine umfassende Bibliothek an, züchtete und experimentierte mit Seidenraupen, war Gärtner und Kellermeister – er pflegte gewissenhaft die übernommenen Weine des Weidenhofs – und war alles in allem ein guter und umsichtiger Hausvater. Es fehlte ihm also nicht an Interessen und an Wissen, das er seinen Kindern weitergeben wollte.

Gewiß, Johann Kaspar mußte sich alles schwer erarbeiten, was seinem Sohn fast mühelos zuflog. Dennoch sind viel Ähnlichkeiten in den Grundzügen – zumal im Alter – unverkennbar. Wenn der Vater Landkarten, Gewehre, Bronzen, Kupferstiche, Marmorskulpturen, Gemälde sammelte, wenn er einen eigenen Garten betreute, Abneigung gegen Tabak, Karten- und Gesellschaftsspiele empfand, wenn er Zeichnen und später mit den Kindern noch Englisch lernte, Ereignisse wie die Kaiserkrönung zuvor belehrend mit dem Sohn erörterte, den kleinen Wolfgang beim Umbau den Grundstein mauern und ihn darüber eine lateinische Arbeit schreiben ließ, oder ob er in Geldsachen sehr gewissenhaft war und alles aufzeichnete – all dies finden wir ebenso beim Sohn ausgebildet.

Die Art, wie später der Herr Geheimrat seinen Haushalt in Weimar oder sein Tagebuch führte, einen Schützling – wie die Malerin Julie von Egloffstein – zum Kopieren anhielt, dem eigenen Sohn August, als er in Heidelberg studierte, erzieherische Ratschläge gab, seine großen Sammlungen katalogisierte, seinen Zögling Fritz von Stein vielfältig leitete, dies alles weist klar auf des Vaters Vorbild hin, über das sich Goethe als Jugendlicher zwar abfällig äußerte, worüber sich der alte Goethe aber Eckermann gegenüber sehr positiv, ja bewundernd ausspricht, wenn er erzählt, wie der Vater stets darauf gedrängt habe, begonnene Arbeiten zu einem Abschluß zu bringen, wie wir es auch in »Dichtung und Wahrheit« lesen können.

So manches, was man Johann Kaspar Goethe angekreidet hat, ist, genau besehen, eher ehrenvoll als ehrenrührig. Sein unglückliches Auftreten gegenüber dem einquartierten französischen Grafen Thoranc zeigt, wie wenig er ein zögernder Pedant war. Johann Kaspar wußte später des Sohnes dichterischen Erfolg durchaus zu schätzen. Er war sehr stolz darauf und durch seine Mithilfe in Johann Wolfgangs Advokatenpraxis trug er sogar dazu bei, daß jenem mehr Zeit für seine schriftstellerischen Arbeiten zur Verfügung stand. Daß der Vater in den Jahren zuvor kräftig darauf gedrungen hatte, daß der Sohn erst einmal einen Abschluß zustande bringen müsse, kann ihm niemand zum Vorwurf machen, zumal Johann Wolfgang sowohl von Leipzig wie von Straßburg und Wetzlar mit unbefriedigenden Ergebnissen zurückgekehrt war, aber überall einen hohen Lebensaufwand praktiziert hatte. Daß der Vater ihm schließlich auch einmal bewußt machen wollte, daß man Ansprüche nur dort stellen kann, wo man auch selbst das Geld dazu verdient, war eine verständliche Erziehungsmaßnahme.

Die negativen Zeugnisse gegen Goethes Vater stammen bezeichnenderweise aus dem Freundeskreis des jungen Johann Wolfgang und waren in erster Linie vermutlich nur das Echo von seiner abfälligen Einschätzung des alten Herrn, wozu die Generationskluft der eigentliche Anlaß gewesen sein dürfte. Der Darmstädter Johann Heinrich Merck verstieg sich in seinem Brief an die Herzogin Amalie in Weimar zu den Worten: »Warum uns Gott solche Menschen läßt, das mag ich nicht verantworten.« Nicht umsonst hieß er im Haus am Hirschgraben »der Mephistopheles«. Ähnlich beeinflußte er wohl auch den Herzog, so daß dieser beim Tode des Johann Kaspar nicht gerade sehr zartfühlend an Merck schrieb: »Goethens Vater ist ja nun abgestrichen und die Mutter kann nun endlich Luft schöpfen. Die bösen Zungen geben Ihnen Schuld, daß Sie wohl gar bei diesem Unglück imstande wären zu behaupten, daß dieser Abmarsch wohl der einzige gescheute Streich wäre, den der Alte je gemacht hätte.«

Solche geringschätzigen Worte wären kaum gefallen, wenn der Dichter früher im Freundeskreis auch einmal die Tugenden des Vaters ins rechte Licht gerückt und später für seine schwere Krankheit um Verständnis geworben hätte, so wie Frau Aja an Lavater schreibt: »Der Vater ist ein armer Mann . . . Gedächtnis, Besinnlichkeit – alles ist weg. Das Leben, das er jetzt führt, ist ein wahres Pflanzenleben.« Und was die Rätin nach dem Tod des Gatten an die Herzogin Amalie schreibt, ist keineswegs Ausdruck einer widerwillig ertragenen Ehe: »Alle Freuden, die ich jetzt genießen will, muß ich außer meinem Hause suchen, denn da ist's still und öde wie auf dem Kirchhof. Sonst war's freilich ganz umgekehrt.«

Erst in »Dichtung und Wahrheit« versucht der nun selbst gealterte Goethe die positive Rolle des Vaters bei seiner Erziehung anzuerkennen und zu würdigen, so daß der Altersfreund Karl Friedrich Zelter, der es vom Maurer bis zum Professor der Berliner Singakademie gebracht hatte, zu einem völlig gegensätzlichen Urteil als der junge Goethe kommt. Im November 1812 schreibt er nach Weimar: »Ihre Erziehung, soweit Sie von Ihrem Vater ausging, flößt mir nach Haltung und Methode Ehrfurcht ein. Ihr Vater scheint mir zum Vater geboren gewesen zu sein, ja zum Vater eines solchen Sohnes.« Und sechzehn Jahre später schreibt derselbe Zelter, der inzwischen einer der ganz wenigen Duzfreunde Goethes im Alter geworden ist, als er einen später erschienenen Band von »Dichtung und Wahrheit« las ». . . Dann Dein elternliches Haus: Dein Vater, der, eigenwillig und klar, sich neben dem eigenwilligen Sohne bewegt . . . Von einer Seite der reichsbürgerliche Ernst, von anderer Seite die leichteste Beweglichkeit, der alles von Händen geht und nebenher die Mutter, die sich wie ein geselliger Trabant um zwei so verschiedene Planeten bewegt ...«

Doch zu diesem Zeitpunkt war es dem Olympier längst klar geworden, daß alle seine Ahnen Anteil an seinem Wesen hatten, so daß er schrieb: »Vom Vater hab ich die Statur/Des Lebens ernstes Führen ...«. Und dabei die grüblerische, nie zu klärende Frage stellte: »Sind nun die Elemente nicht/Aus dem Komplex zu trennen/– Was ist dann an dem ganzen Wicht/Original zu nennen?«

Liebesschmerz und Enttäuschung für die vereinsamte Mutter

Wir wissen längst, daß Goethe das uns überlieferte Bild seiner Mutter durch die Vernichtung eines Teils ihrer Briefe beeinflußt hat; und zwar zugunsten jenes Ideals von der Frohnatur, die unangefochten und heiter durch das Leben gegangen sei. Daß die Wirklichkeit etwas anders aussah, dafür sprechen zu viele Tatsachen, die außerhalb der Briefe aus dem Leben der Catharina Elisabeth Goethe bekannt sind. Dem aufmerksamen Leser ihrer Schreiben, der nicht nur über Sprache und Schrift schmunzelt, sondern dem eigentlichen Inhalt nachforscht, erschließt sich Goethes Mutter als eine Frau, deren tiefes, fast kindliches Gottvertrauen ihr die Kraft zum Ertragen vieler Widerwärtigkeiten gab, wovon auch ihr Leben nicht verschont blieb. Manche Briefe zeigen deutlich, daß ihre Heiterkeit nicht aus Sorglosigkeit erwuchs oder von einer Gleichgültigkeit kam, die fremdes Leid nicht wahrgenommen hätte. Sie entsprang vielmehr einer Lebensphilosophie, die sich bewußt ins Unvermeidliche schickte und es als gottgegebene Prüfung bejahend hinnahm. Sie hatte allein in der eigenen Familie genügend Gelegenheit, sich in dieser Haltung zu bewähren. Noch im hohen Alter bekennt sie sich zu dieser Einstellung in einem Brief an den Sohn: »Ich freue mich des Lebens, weil noch das Lämpchen glüht – suche keine Dornen – hasche die kleinen Freuden – sind die Thüren niedrig, so bücke ich mich – kann ich den Stein aus dem Wege thun, so thue ich es. Ist er zu schwer, so gehe ich um ihm herum – und so finde ich alle Tage etwas das mich freut – und der Schluszstein – der Glaube an Gott! Der macht mein Hertz froh und mein Angesicht fröhlich.«

Diese Haltung ist mehr als gute Laune, als naturgeschenkte Leichtigkeit. Sie ist ethische Tat, weil sie mit festem Vorsatz für Toleranz und Menschlichkeit erstrebt wird; ganz in dem Sinn, in dem sie einmal an Frau von Stein schrieb: »Ich bemoralisiere niemand – suche immer die gute Seite auszuspähen – überlasse die schlimme dem, der den Menschen schuf und der es am besten versteht, die scharfen Ecken abzuschleifen, und bei dieser Medote befinde ich mich wohl, glücklich und vergnügt.«

Wie sehr die meisten Leser ihrer Briefe an der Oberfläche bleiben, zeigt die erstaunliche Tatsache, daß von der schmerzlichen Freundschaft der etwa fünfundfünfzigjährigen Frau zu dem Schauspieler Unzelmann kaum jemand etwas weiß, und die Literaturgeschichte wenig darüber berichtet, obwohl die Tragik dieser recht einseitigen Sympathie, ja Liebe, in den Briefen sehr deutlich, auch sehr bitter, zutage tritt. Daß in dieser sich offen zeigenden Zuneigung von Goethes Mutter zu dem um zweiundzwanzig Jahre jüngeren Schauspieler auch der Eros angesprochen war, kann keinem Zweifel unterliegen, auch wenn er sich in freundschaftliches, fast mütterliches Umsorgen kleidete. Allein der jeweilige Briefschluß gibt darauf einen deutlichen Hinweis. Für die Herzogin Amalia in Weimar war Frau Aja »Ihre unterthänig treu gehorsamste Dienerin C. E. Goethe«; für den Sohn »deine treue Mutter Goethe«; für Unzelmann aber, einzig und allein von allen uns bekannten Briefen: »Ihre wahre Freundin Elisabeth«. Das weist auf die Ausnahmestellung deutlich hin.

Unzelmann war als Einunddreißigjähriger nach Frankfurt gekommen und hatte hier bedeutende Erfolge. Bald wurde er der Bevorzugte unter den Schauspielern, die Frau Aja häufig zu heiterer Geselligkeit ins Haus am Hirschgraben einlud, um bei freundlicher Bewirtung das Neueste zu erfahren, was sich im Theatermilieu abspielte. Iffland hat Unzelmann als Weiberheld bezeichnet. In Frankfurt heiratete er die hochtalentierte fünfzehnjährige Friederike Flitner, der Frau Aja, die das Mädchen gut kannte, zugetan war. Aber die Unzelmanns führten eine Schauspielerehe und nahmen es beide mit der Treue nicht genau, zumal die »Fritze«, wie sie gerufen wurde, als personifizierte frühreife Eva galt und in ihrer reizenden koketten Art eine verführerische Erscheinung gewesen sein muß. Später in Berlin schuf Tieck ihre Büste für das Königliche Schauspielhaus.

Unzelmann ließ sein großes Talent natürlich gerne von der Mutter des bedeutenden Dichters bewundern, zumal in ihrem Keller noch so manches Faß mit köstlichem Inhalt lagerte. Viel tiefer wird die Regung des als streitsüchtig geltenden Künstlers kaum gegangen sein. Im Gegensatz zu Frau Aja. Für sie war es nach dem langen Leiden und dem Tod des Gatten eine Zeit des Aufatmens, des Aufblühens – bis zu jenem Augenblick, als die Unzelmanns nach wenigen Jahren, wegen Vertragsdifferenzen und unter Zurücklassung von Schulden, über Nacht aus Frankfurt entwichen und nach Berlin flohen, wo sie sich bald einen großen Namen machten und zur Spitze des deutschsprachigen Theaters jener Zeit zählten.

Frau Aja war von dieser Flucht tief getroffen. Nach ersten Kontakten versuchte sie in Frankfurt wenigstens Unzelmanns Schulden zu ordnen, damit er nicht ehrlos erscheine und der Rückweg nach Frankfurt ihm nicht völlig verbaut sei. Auf eine Nachricht von ihm schrieb sie im März 1788 an Unzelmann zurück: »O! Täuschen Sie mich nicht wieder! O! Blasen Sie nicht den todten funcken wieder an – überlassen Sie mich lieber einem Gram, der eine solche Höhe erstiegen hat wo schwerlich was drüber geht . . . Ich weiss warrlich nicht, ob ich nach so vielen vorhergegangenen Täuschungen, fehlgeschlagenen Erwartungen, mein Hertz der Hoffnung, die mich so oft, so unendlich oft hintergangen hat, ob ich dieser Betrügerin es je wieder öffnen soll . . . um mein voriges Pflantzenleben wieder anzufangen . . . Die Qual, die ich jetzt leide, ist unaussprechlich.« So spricht wohl nur eine Liebende. Aber wer wollte sagen, daß Frau Aja etwas dadurch verliert, daß ihr Herz noch einmal übervoll war. Man wußte natürlich in Schauspielerkreisen um die Vorliebe »der Goethin« für Unzelmann, und Frau Aja fühlte sich daraufhin beobachtet, ob in ihren Augen Traurigkeit wahrzunehmen sei. Doch sie nimmt sich vor, sich nicht zu verraten.

Zornig schreibt sie an Unzelmann: »Wenn ich an die Messe dencke auf die ich mich sonst so kindisch freute, wie das großmaul die St. mit Schadenfreude auf mich blicken wird . . . Aber eins weiß ich – das Otterngezücht soll aus meinem Haus verbannt seyn, kein Tropfen Tyrannenblut (Anmerkung: Rotweinsorte) soll über ihre Zungen kommen . . . keine Hand will ich ihnen zu Ehre oder Ermunterung rühren – kurtz allen Schabernack den ich ihnen anthun kann, will ich mit Freuden thun . . . denn Luft muß ich haben, sonst ersticke ich.« Das ist einer jener prächtigen Briefe, die erheitern, aber sehr edel ist sein Inhalt von einer Frau, die eine gute Christin sein will, kaum zu nennen. Unzelmanns Briefe an Frau Aja sind nicht bekannt. Der Sohn, als Erbe, wird sie wohl vernichtet haben, um auch hier das Bild von der Frohnatur des Mütterchens nicht zu trüben. Andererseits sind fast alle uns bekannten Briefe von Goethes Mutter aus dem Jahr 1788 an Unzelmann gerichtet. Manche beschwören ihn geradezu, doch zukünftig etwas klüger zu handeln und sich vor allem die Rückkehr nach Frankfurt nicht zu verbauen. Andere schwelgen in der Erinnerung. Frau Aja denkt daran, wie Unzelmann einmal von Frankfurt aus für eine Weile nach Kassel ging. Doch die Rückkehr war abzusehen. »Da war Hoffnung das große Losungswort, – aber jetzt!!! genüssen andre die Früchte, die wir so sorgfältig gepflegt und gewartet haben und das tut gar zu weh!«

Wie sehr Frau Aja durch die Trennung leidet, zeigt ihr nur drei Tage später datierter Brief, an dessen Kopf es heißt: »Geschrieben am zweiten Pfingsttag, krank an Leib und Seele.« Nach mancherlei Klagen und Vorwürfen meint sie: »Verzeihen Sie, lieber Freund, daß meine Briefe keinens bessern und vergnügerns Inhalts sind, gegen Ihnen kann und mag ich mich nicht verstellen. Sie müssen mir vergönnen mein Hertz auszuschütten – Diese Freundschaftsprobe verdiene ich doch – nicht wahr?« Sie klagt darüber, daß kein sehnlichst erwarteter Brief von ihm gekommen sei. Nur wenige Tage später fragt sie erneut: »Ist es möglich, daß ich so in kurtzer Zeit vergessen bin, wie man einen Todten vergißt! . . . daß eine Abwesenheit von drei Monathen mein Andenken so völlig ausgelöscht hat, als eine Schrieft in Sand geschrieben! . . . Verzeihen Sie, daß Ihnen villeicht diese paar Zeilen beschwerlich sind, aber man nimbts ja einem, der ertrinkt nicht übel, wenn er sich an einem Strohhalm anhält.« Als endlich der lang erwartete Brief kommt, ist Frau Aja beruhigt, aber sie beschwört den Säumigen: »Lassen Sie mich nie wieder so unausstehlich lang auf Nachrichten von Ihnen warten – sondern bedenken, daß es ja das einzige ist – und daß alle meine ehemaligen Hoffnungen, Erwartungen, Mährgen sich ja leider nur auf das kleinste und geringste, auf tode Buchstaben einschräncken müssen – und solche Brosämlein werden sie doch einer an allem übrigen so verarmten Freundin nicht versagen.« Das sind nun gewiß nicht die Worte einer ewigen Frohnatur.

Aber langsam faßt sich Frau Aja. Sie geht wieder ins Theater und berichtet darüber Unzelmann in recht derber Weise; konnte die gute Frau doch auch zuweilen ein tüchtiges »Frankfurter Schandmaul« haben. So etwa, wenn sie von einer Frankfurter Schauspielerin berichtet, die nach Berlin wechselte: ». . . Was ist dann außer ihrem Ha Ha Ha – und Hi Hi Hi an ihr . . ., in Hosen muß man sie sehen – kein Hintergestell! Keine Waden! Sie gleicht dem krancken Löwen in der Fabel – der war vom Kopf biß auch den Schwantz – so mager wie der Pabst im Baassler Todtentantz.« Doch die Zeit vergeht und die Briefe werden seltener. Als Unzelmann vielleicht zu Besuch nach Frankfurt kommen will, winkt Frau Aja ab: »Glauben sie, daß so ein abermaliges Abschiednehmen Balsam für mich sein dürfte«, fragt sie. Wenige Jahre später, als Unzelmann wegen allerlei Streitigkeiten in Berlin, damit liebäugelt, vielleicht doch wieder nach Frankfurt zu kommen, rät sie ihm ab. Er solle sich nicht zwischen zwei Stühle setzen und endlich einmal überlegen, bevor er handle. Recht sarkastisch fragt sie, mit einem gewissen verhaltenen Triumph: »Aber in aller Welt, sagen Sie nur wie's zugeht, daß Sie wieder wegwollen? Ihre ersten Briefe, auch die von der Frau Gevatterin, waren ja alle voll Entzücken, Jubel, Freudengeschrei, Königliche Gnade usw. Wir armen Schelmen kamen mit all unsrer erwissnen Freundschaft, Dienstleistungen und gutem Willen als gantz unbedeutende Figuren in den Hintergrund, daß das beste Auge uns nicht gewahr werden konnte. Sie hätten wenigsten aus Delicatesse Ihr Paradies nicht so vortrefflich ausmahlen sollen . . . Glauben Sie, daß dieser Posaunen-thon Ihre Freunde recht gekränkt hat.«

Als Anrede wählt Frau Rat nun nicht mehr »lieber Freund«, sondern es heißt »wertgeschätzter Herr Gevatter« und im Briefschluß steht: »Ihre es aufrecht meinende Gevatterin Elisabeth.« Später aber heißt es nur noch »dero Gevatterin E. G.« Als Unzelmann 1791 daran denkt, man werde ihn vielleicht zum Direktor des geplanten Nationalen Theaters in Frankfurt berufen, dämpfte Frau Aja seine Erwartungen kräftig: »Es hat so weit seine Richtigkeit, daß der Magistrat seine Einwilligung dazu gegeben hat . . . das ist aber auch alles was ich von der Sache weiß. Daß man schon an Ihnen gedacht haben sollte ist möglich, aber als director – das ist ein bißgen unwahrscheinlich. Nehmen Sie sich in acht, daß Sie das gewisse nicht verlieren und nach dem ungewissen greifen. So lange die unternehmer nicht selbst an Ihnen schreiben, so ist alles andere geschwätz wischi waschi.«

In den späteren Jahren taucht der Name Unzelmann nur noch einmal in Frau Ajas Briefen auf. Das geschieht im Jahre 1805 in einem Brief an ihren Enkel August nach Weimar, dem sie etwas abfällig berichtet: »Herr Unzelmann hat hir ohne Beyfall 3 Rollen gespilt – und das gantze Publicum wünschte ihm eine glückliche Reisse. Zu seinem Unglück sahen wir in der nehmlichen Zeit den großen Cursächsichen Schauspieler Ochsenheimer, den sogar Ifland Mühe haben würde herunter zu spielen.«

So hat schließlich die alles heilende Zeit auch Frau Aja über den

Verlust hinweggetröstet. Aber diese Spanne ihrer Korrespondenz mit Unzelmann ist für die Erkenntnis ihres Charakters eine der aufschlußreichsten Epochen. Während ihr sonstiger Briefwechsel mit Herzogin Amalia, Fritz von Stein und dem Weimarer Kreis darauf gerichtet war, möglichst viel über ihren Sohn zu erfahren, und die Korrespondenz mit der Schwiegertochter Christiane, dem Enkel August oder den Enkelinnen Lulu und Julie Schlosser – den Töchtern Cornelias – die Familienbande bewahren und fester knüpfen wollte, offenbart Goethes Mutter in den Schreiben an Unzelmann ihre ureigenen persönlichen Wünsche, Träume, Freuden und Schmerzen – ganz so, wie es im Brief vom Mai 1788 heißt: »Gegen Ihnen kan und will ich mich nicht verstellen.« Allein nach dem Ton jener Briefe zu urteilen, war diese Phase eine der eindrucksstärksten ihres Lebens; bedingt doch auch anderwärts nicht nur Glück, sondern auch Schmerz und Sehnsucht den Reichtum und die Reife des menschlichen Daseins. So, wie Julius Langbehn sagt: »Weh und Wonne dreifach zu fühlen gab mir ein barmherziger Gott.«

Wie tief Frau Ajas Wesen in dieser Begegnung getroffen war, zeigt sich daran, daß sie trotz gegenteiliger, ausgesprochener Vorsätze, lange nicht von dem Gedanken an die ihr so glücklich erscheinende Zeit mit Unzelmann loskommt und ihre Klagen stets erneuern muß. Sie bekennt dem Entfernten: »Es ist ein großer Fehler an mir, daß ich mehr an die vergangne Zeit als an die gegenwärtige dencke und daß ich mir die Ideen, Träume und Mährgen die ich mir mit Ihnen in Kopf gesetzt hatte, noch nicht gantz aus dem Gedächtnis tilgen kann ...« So sitzt sie an Pfingsten 1788 traurig zu Hause und klagt dem Freund, von dem sie wenigstens einen Brief zum Fest erwartet hätte: »... alles fährt und läuft – ich sitze einsam in meiner Wohnstube – und weiß meine Zeit nicht besser anzuwenden als an Ihnen zu schreiben.« Auch wenn die Welt nur das heitere Antlitz dieser Frau kennt, die man zur Frohnatur gestempelt hat – auch das ist Frau Aja.

Die Rätin konnte auch ein »Frankfurter Schandmaul« haben

»Vom Vater hab ich die Statur,/Des Lebens ernstes Führen,/Vom Mütterchen die Frohnatur/und Lust zu fabulieren.« Selbst wenn Goethes Gedichte kein Allgemeingut mehr sind, die Anfangszeilen dieser autobiographischen Verse sind heute noch bekannt. Nun muß, was sehr verbreitet ist, deswegen noch nicht zutreffen. Das gilt auch für dieses Zitat, denn mag man es wenden, wie man will, als Frohnatur – in unserem üblichen Sprachgebrauch – darf man Johann Wolfgang Goethe kaum bezeichnen.

Doch dafür trifft die zweite Hälfte jenes Satzes um so stärker zu; die Lust zu fabulieren verdankte Goethe dem mütterlichen Erbe. Auch wenn bei ihm das Fabulieren zu hoher Erzählkunst wurde und seine Lyrik den Beginn einer völlig neuen Periode deutscher Dichtkunst markierte, auch wenn der Poet zum Forscher wurde – der Reichtum seiner Sprache, die Vielseitigkeit seines Ausdrucks stammen von der Rätin Goethe, denn deren plastische Schilderungen selbst der einfachsten täglichen Vorgänge sind so lebendig, so bilderreich, daß Frau Aja – wie sie genannt wurde – darin manchem anerkannten Schriftsteller nicht nachsteht.

Ihre treffliche Ausdrucksweise, ihre oft humorig durchzogenen Betrachtungen, die ohne gesuchte Pointen ihr mehr von den Lippen als aus der Feder flossen, sind deshalb so zeitlos, weil sie im Grunde herzerfrischende, muntere Rede sind. Ganz so, wie sie es selbst gegenüber Bettina Brentano ausdrückt: »Den Federkiel in die Hand nehmen und mühsam zackern, das ist nicht meine Sach da ich lieber im vollen Waitzen schneiden mag und lieber erzehl als schreib.« Man kann mit den über vierhundert erhaltenen Briefen der Frau Aja geradezu ein Feuerwerk brillanter Einfälle abbrennen.

Sie stand einmal im Mittelpunkt des Stadtinteresses, weil die Königin Louise von Preußen sie zu sich eingeladen hatte. Davon berichtete sie anschließend: »Ich hatte einen Nimbus ums Haupt, der mir gut zu Gesicht stand.« Ihre Frankfurter Landsleute, deren Gott nur der Bauch sei, bezeichnete sie als »wahre Hippeldantze«, und den Nachwuchs im Haus am Frauenplan in Weimar nannte sie »Grasaffen«. Sie verwendet genau das Wort, das der Sohn im »Faust« dem Mephistopheles in den Mund legt. (»Der Grasaff, ist er weg?«) Und dort, wo es um einen Schriftsteller geht, der keinen rechten Erfolg hat, meint die Rätin gegenüber dem Sohn wohlwollend: »Es krablen ja so viele um den Parnass – lasse Ihn mit krablen.«

Als Frau von Staël in Frankfurt weilte und Goethes Mutter kennenlernen wollte, ging sie ihr überall aus dem Weg und meinte gegenüber dem Sohn: »Was will die Frau von mir?? Ich habe in meinem Leben kein a.b.c.buch geschrieben und auch in Zukunft wird mich mein Genius davor bewahren.« Über Peter Anton Brentano,

Frau Aja

der den Besuchen des jungen Goethe einst mit Eifersucht begegnete, äußerte sich die Rätin, als dieser kurtrierischer Resident in Frankfurt geworden war, der schicke sich doch »zu einem vornehmen Mann, wie der Esel zum Lautenschlagen«. Und ein andermal spottet sie, der Maxe, seiner Gattin (der geborenen La Roche, die von Goethe verehrt worden war) »sei es himmel angst, daß das bissgen Verstandt so noch in seinem Hirn wohnt, nicht auf einmahl mit Extra Post in Mond reist.« Mit einer sehr spitzen Zunge war die gut christliche Frau Aja also auch gesegnet.

Bei ihren kleinen Kaffeegesellschaften lasen die Damen zuweilen die klassischen Dramen in verteilten Rollen. Auch Klavierspielen und Klöppeln gehörte zur Unterhaltung von Goethes Mutter. Als sie gelernt hatte, Schach zu spielen, kam ihr die Rolle des Königs mit seinem geringen Aktionsradius unwürdig vor: »Tante und ich haben jetzt ein gross gaudium am Schachspiel, lachen was rechts über den Matz-bumbes von König, den jeder Laffe Schach machen kann.« Doch Frau Aja scheut sich auch nicht, sich zu berichtigen. Für unfehlbar hält sie sich nicht. Das zeigt ein Brief an Esther Stock, in dem sie schreibt: »Gestern muß ich etwas benebelt gewessen seyn – den wäre mein Verstandt in seiner Klarheit gewessen, so hätte ich ohnmöglig so dummes Zeug heraus Babelen können.«

Als ihr der Sohn schreibt, sie möge dem Herrn von Kalb aus Weimar etwas reserviert begegnen, berichtet sie nach dessen Besuch: »Ich habe meine Sache so fein gemacht, als wenn der grösste Hof meine Säugamme gewesen wäre.« Dem berühmten Arzt I. G. Zimmermann – einem Bekannten des Sohnes, dessen Aussehen ihr nicht gefällt – rät sie, viel an die frische Luft zu gehen und zu reisen. »Die Veränderung der Gegenstände war immer die beste Cur . . . Folgen Sie also bester Mann dem Rath einer Frau, das tut ihrer grossen Gelehrsamkeit keinen schaden, gab doch ehmals ein Esel einem Propheten einen guten Rath.« Und wenn sie als stolze Frankfurterin im Brief an Crespel von der Messe erzählt, hört sich das so an: »Jammer schade mein Bester! dass Ihr nicht hier seydt. Affen und Katzen, Narren und Fratzen sind in menge zu sehen. Das kan ich ohne Geld überall haben, werdet Ihr sagen, ja, aber die Narren, die auf die Messe kommen, sind eben so gantz aparte Narren.«

Über die Abbildung von vier Höllen-Brueghel-Gemälden von der Herzogin Anna Amalia kann sie sich nur köstlich amüsieren: »Solche Carikturen sind doch so lang die Welt steht in keines Menschen Hertz und Sinn gekommen . . . Ich habe über all die Teufel und Menschen, die so kunterbunt durcheinander krablen so gelacht, dass ich es endlich gar weglegen musste, weil leicht ein schade daraus hätte entstehen können.« Von Plastiken und Gemälden verstand Frau Aja wenig, hatte sie doch auch stets die wertvollen Skulpturen des Gatten als »Nacktärsche« bezeichnet. Da stand ihr das Theater näher. Und als dort jemand Hamlet eine Farce nannte, erregte sie sich: »Bey denen Damen und Herrn ist alles so schal, so elend, so verschoben, so verschrumpft, dass sie kein Stück Rindfleisch kauen und verdauen können. Milchbrey – gefrohrne sachen – Zuckerpletzger – hogout das ist ihr Labsahl.« Hart beurteilte sie auch den zweiten Schwiegersohn der Madame La Roche, Ernst von Moehn, der ihr vorgestellt worden war, woraufhin sie ihn im Brief an Anna Amalia als »Ungeheur« bezeichnete. »Grosser Gott!!! Wenn mich der zur Königin der Erden/Americka mit eingeschlossen/machen wollte, so . . . gebe ich Ihm einen Korb – Er sieht aus – wie der Teufel in der 7ten Bitte in Luthers kleinem Catesichmus – ist so dumm wie ein Heupferd . . .«

Von Frau von Bethmann, die zu ihren näheren Bekannten zählt, meint sie: »Die Bettmännin ist so krittlich wie ein Kind das zahnt.« Nach einem Abschied von Herzogin Amalia, die Frau Aja in Frankfurt besucht hatte, klagt sie dieser: »Jetzt sitzt Mutter Aja gantz allein in den Hütten Kedar und ihre Harpfe hengt an den Weiden –

Einsam wie im Grabe, und verlassen wie ein Käutzlein in verstöhrten Städten ... Mein sonst rosenfarber Houmor ist etwas floh-farb geworden.« Als eifrige Theaterbesucherin schildert sie ihren Korrespondenzpartnern häufig die Wirkung der Stücke. So berichtet sie über das gesehene Drama »Armut und Tugend«, das sie »ein moralisch Ding« nennt: »Ohngeachtet es Hundekalt im Saal war, so kriegte ich doch vor Angst so rothe Backen, als wenn fingersdick der Carmin drauf läge. Die armen Leute Heulten und Greinten so erschröcklich, als wenn sie die Daumenschrauben an Händen und Füßen hätten.« Und da der Brief (an Grossmann) recht lang ausfällt, meint sie selbstkritisch: »Die Weiber machens doch im Schreiben wie im Reden – ists einmal im gang klipp klapp gehts wie eine Mühle.«

Als der Gatte gestorben war und es um sie her »still und öde wie auf dem Kirchhof« sei, spricht sie sich selbst Trost zu: »Doch da in der gantzen Natur nichts an seiner stelle bleibt, sondern sich in ewigem Kreislauf herumdreht – wie könnte ich mich da zur Ausnahme machen – nein so absurd denck Frau Aja nicht – Wer wird sich grämen, daß nicht immer Vollmond ist und daß die Sonne jetzt nicht so warm macht wie im Julius.« Als Freunde und Bekannte sich nach dem Schauspieler Unzelmann bei ihr erkundigen, schreibt sie ihm, daß »die ganze Pastete« nach ihm frage.

Nach all den Kriegen und Besatzungen hätte Frau Aja gerne einmal Frieden, alles andere ist ihr egal: »Sie wissen, daß ich keine politica bin – und der Kayser und die Türcken, und die Türcken und der Kayser mich so vill Interessieren, als der Mann im Mond.« Doch dabei vergißt Frau Aja nie, auch nicht in Kriegszeiten, an die aus Weimar kommenden Modejournale zu erinnern, falls sie ausbleiben.

Wenn im Theater keine guten Schauspieler agieren, klagt die Rätin: »Mein armes Steckenpferd! Es war so ein gutes wohltätiges niemand beleidigendes Thiergen – und wird nun aus Mangel der Nahrung so klapper dürr wie der Papst im Baßler Toden tantz.« Und dem gleichen Adressaten, Unzelmann, schreibt sie, daß ihre Verbindung wenigstens durch die fortgesetzte Korrespondenz nicht erlöschen dürfe: »Wie man ein Gemählde von Zeit zu Zeit durch Firnüß erfrischen muß, daß die Farben nicht ganz verbleichen, so muß unser Briefwechsel der Firnüß sein, daß die Freundschaft nicht verbleicht.« Und als Frau Aja wieder einmal einen sehr langen Brief an Goethes Frau Christiane geschrieben hat, endet sie ihn: »Frau Aja, Frau Aja! Wenn du einmahl in Zug komst, seys Schwatzen oder Schreiben, so gehts wie ein aufgezogener Bratenwender ...« Geschnupft hat Goethes Mutter auch, wie wir einem Brief entnehmen können: »... ohne ein prißgen Taback waren meine Briefe wie Stroh – wie Frachtbriefe – aber Jetz! das geht wie geschmirt – das Gleichnüß ist nicht sonderlich hübsch aber es fält mir gerade kein anders ein.«

Diese Beispiele mögen als Beweis genügen, wie prächtig Goethes Mutter zu fabulieren wußte, und um zu zeigen, wem der Sohn den Reichtum seiner Sprachfülle mit all ihrer Bildhaftigkeit erbmäßig zu danken hatte. Jene Zeit war bekanntlich sehr schreibfreudig. Aus allen erhaltenen Korrespondenzen ragt Frau Aja durch ihre Originalität heraus. Wenig originell ist lediglich ihre Begründung, warum bei ihr Schriftbild und Rechtschreibung so schlecht seien, denn sie behauptet: »Daß das Bustawiren und gerade Schreiben nicht zu meinen sonstigen Talenten gehört – müßt Ihr verzeihen – der Fehler lage am Schulmeister.«

Aber der Fehler lag wohl eher am Prinzeßchen, wie die kleine Textor im Elternhaus genannt wurde, zumal auch Frau Rätin sich später zuweilen einen Hang zur Bequemlichkeit bescheinigt, wie es etwa im Brief an den jungen Fritz von Stein geschieht: »Weils der Sonne beliebt, länger im Bett zu bleiben, so beliebt es mir auch; vor ½9 komme ich nicht aus den Federn – könnte auch garnicht einsehen, warum ich mich strapatzieren sollte.« Und sie betont das auch noch einmal gegenüber der Herzogin Anna Amalia. Es klingt fast wie ein Lebensprogramm: »Ich liebe keine Freude, die mit unruhe, wirrwarr und beschwerlichkeit verknüpft ist – Den die Ruhe liebte ich von jeher – und meinem Leichnam thue ich gar gerne seine ihm gebührendte Ehre.« Dieser Zug ihres Wesens gehörte wohl mit zu ihrer oft zitierten Frohnatur.

Friedrich der Große verursachte Familienkrach im Hause Goethe

Friedrich der Große, oft als Verkörperung Preußens und Deutschlands angesehen, achtete – darin ganz Kind seiner Zeit – die deutsche Sprache und Literatur gering. War doch an den europäischen Höfen das Französische ebenso die Konversationssprache wie in den Kreisen der Gebildeten. Für Friedrich II. erschien das geschliffene romanische Idiom eines Voltaire der Ausdrucksfähigkeit seiner Muttersprache weit überlegen.

Johann Wolfgang Goethe war beim Tod des Preußenkönigs 37 Jahre alt. Der König kannte also schon seine aufsehenerregenden Jugendwerke. Doch auch darüber äußerte er sich abfällig. Goethe wußte von der Einstellung des Monarchen und bedauerte sie, weil er der deutschen Sprache zu größerem Ansehen verhelfen wollte, da er ihren ganzen Reichtum erfühlte. Aber Goethe glaubte auch Dämonisches im Alten Fritz zu erkennen, weil er lange so unbesiegbar, so unverletzbar schien, als kämpften die Götter an seiner Seite. Dämonisch, das bedeutete für den Dichter: vom Schicksal begünstigt, von der Vorsehung zu großen Taten auserwählt zu sein. Wohl deshalb hat sich Goethe nie voller Schärfe gegen das literarische Urteil des großen Preußenkönigs gewandt, wozu er bei kleineren Geistern seiner Zeit durchaus fähig war.

Die literarische Ablehnung der deutschen Schriftsteller durch Friedrich II. mag auch als Ansporn empfunden worden sein, ihm das Gegenteil zu beweisen. So heißt es denn auch in Wilhelm Meisters Wanderjahren: »Daß Friedrich der Große aber garnichts von ihnen wissen wollte, das verdroß die Deutschen doch, und sie taten das möglichste, als Etwas vor ihm zu erscheinen.« Goethe erzählte auch, daß im Kreis der Studenten, mit denen er in Straßburg verkehrte, die politischen Zustände Frankreichs von allen mißfällig beurteilt wurde, während von Norden her Friedrich als Polarstern geleuchtet habe, um den sich die Welt zu drehen schien. »Sein Übergewicht in allem offenbarte sich am stärksten, als in der französischen Armee das preußische Exerzitium und sogar der preußische Stock eingeführt werden sollte.«

Seine Vorliebe für eine fremde Sprache hätten sie dem König um so eher verziehen, da sie Genugtuung darüber empfanden, daß ihm dessen französischen Poeten, Philosophen und Literatoren allerlei Verdruß bereiteten und ihn nur als Eindringling in ihre Kultur behandelten. Im Gegensatz zu den französischen Stilproblemen wollte die junge deutsche studentische Jugend »nichts gelten lassen, als Wahrheit und Aufrichtigkeit des Gefühls, und den raschen derben Ausdruck desselben«, Vorsätze also, die nach wenigen Jahren in der Geschichte des Götz von Berlichingen verwirklicht wurden.

Doch die Verehrung Friedrichs II. geht bis zu Goethes Kindheit zurück, da sich an der Person des Königs die Familie Goethe mit den mütterlichen Verwandten des Dichters, den Textors, entzweite, wie es uns Goethe in »Dichtung und Wahrheit« erzählt. Er war sieben Jahre alt, als Friedrich mit sechzigtausend Mann in Sachsen ohne

Kriegserklärung einmarschierte und diesen Schritt erst nachträglich begründete. Dazu meinte der Dichter rückblickend: »Die Welt, die sich nicht nur als Zuschauer, sondern auch als Richter aufgefordert fand, spaltete sich sogleich in zwei Parteien, und unsere Familie war ein Bild des großen Ganzen. Mein Großvater, der als Schöff von Frankfurt über Franz dem Ersten den Krönungshimmel getragen, und von der Kaiserin eine gewichtige, goldene Kette mit ihrem Bildnis erhalten hatte, war mit einigen Schwiegersöhnen und Töchtern auf österreichischer Seite.« Der Vater dagegen neigte sich mit der kleineren Familienhälfte Preußen zu. »Gar bald wurden unsere Zusammenkünfte, die man seit mehreren Jahren sonntags ununterbrochen fortgesetzt hatte, eingestellt.«

So lernte der Junge sehr früh die Parteilichkeit selbst im engsten Familienkreis kennen und urteilt darüber später in »Dichtung und Wahrheit«. »Alles, was zum Vorteil der Gegner angeführt werden konnte, wurde geleugnet oder verkleinert; und da die entgegengesetzten Familienglieder das gleiche taten, so konnten sie einander nicht auf der Straße begegnen, ohne daß es Händel setzte . . . Und so war ich denn auch preußisch oder, um richtiger zu reden, fritzisch gesinnt: denn was ging uns Preußen an. Es war die Persönlichkeit des großen Königs, die auf alle Gemüter wirkte. Ich freute mich mit dem Vater unserer Siege, schrieb sehr gern die Siegeslieder ab, und fast noch lieber die Spottlieder auf die Gegenpartei, so platt die Reime auch sein mochten.«

So weit ging die Entzweiung, daß auch der Enkel sonntags nicht mehr bei den Großeltern Textor speiste, was früher »Die vergnügtesten Stunden der ganzen Woche« für ihn gewesen waren. Nun schmeckte ihm dort kein Bissen mehr, denn »ich mußte meinen Helden aufs greulichste verleumden hören«, und dadurch nahm auch die Achtung für den früher so geliebten Großvater ab.

Wenn man weiß, wie stark Jugendeindrücke haften, so wundert man sich kaum, wie häufig Goethe später auf Friedrich II. in seinen Werken, seinen Briefen und Gesprächen zurückkommt. In den wechselvollen kriegerischen Begebenheiten veränderten sich häufig die Positionen. »Immer aber schwebte die Gestalt Friedrichs, sein Name, sein Ruhm, in Kürze wieder oben. Der Enthusiasmus seiner Verehrer ward immer größer und belebter, der Haß seiner Feinde bitterer, und die Verschiedenheit der Ansichten, welche selbst Familien zerspaltete, trug nicht wenig dazu bei, die ohnehin schon auf mancherlei Weise voneinander getrennten Bürger noch mehr zu isolieren.« Etwas

Goethes Großvater, Johann Wolfgang Textor

nachdenklich stimmte Friedrichs Anhänger freilich die auf seine Betreibung hin vorgenommene Verhaftung Voltaires in Frankfurt, zu der man nur ungern die dringend angeforderte »Amtshilfe« leistete.

Als der Sechzehnjährige als Student nach Leipzig kam, mußte er freilich seine Sympathie für den Preußenkönig für sich behalten, denn dort war dessen Einmarsch natürlich nicht vergessen, und der junge Frankfurter mußte sich manches abfällige Urteil anhören.

Doch schon in den frühen Werken taucht der große Name immer wieder auf: In den »Aufgeregten« läßt er den Chirurgen Breme sagen: »Ein alter Soldat darf sich vor nichts fürchten. Bin ich denn nicht bei dem großen unüberwindlichen Fritz in die Schule gegangen?« In der »Campagne in Frankreich« preist eine alte Marketenderin Friedrich »in den Himmel«. In der »Italienischen Reise« läßt er einen Italiener behaupten, Friedrich der Große, der so viele Siege erfochten habe und die Welt mit seinem Ruhm erfülle, sei in Wirklichkeit katholisch und habe nur »vom Papst die Erlaubnis, es zu verheimlichen«, weil ihn sonst »seine Preußen, die ein bestialisches Volk und wütende Ketzer« seien, auf der Stelle totschlagen würden. Und an anderer Stelle dieses Reiseberichts erzählt er, daß selbst in Sizilien der Ruf dieses Königs so groß gewesen sei, daß er immer wieder von ihm habe berichten müssen, wobei er dessen kürzlichen Tod verheimlichte, um die Leute nicht zu betrüben. Und selbst in den recht lockeren »Römischen Elegien« bemerkt er, da er die Geliebte besingt: »Alexander und Cäsar und Heinrich und Friedrich die Großen,/Gäben die Hälfte mir gern ihres erworbenen Ruhms,/Könnt' ich auf eine Nacht dies Lager jedem vergönnen . . .«

Als Goethe, nunmehr 29 Jahre alt, mit seinem Herzog Carl August erstmals als Staatsminister nach Berlin reiste und dort mit der politischen und militärischen Welt Preußens in Berührung kam, schrieb er an Merck in Darmstadt: »Ich guckte nur drein wie das Kind in Schön-Raritäten Kasten . . . Und dem alten Fritz bin ich recht nah worden, da hab ich sein Wesen gesehn, sein Gold, Silber, Marmor, Affen, Papageien und zerrissene Vorhänge.« Und er ist empört über die Hofschranzen, denn ich hab »über den großen Menschen seine eigenen Lumpenhunde räsonnieren hören«.

Als Friedrich im Jahre darauf in Weimar Soldaten anwerben wollte, befand sich das kleine Land in einer Zwangslage, und Goethe setzte seinem Herzog in einem Brief vom Februar 1779 das Für und Wider gewissenhaft auseinander. Als er 1780 an den alten Freund Kestner, den Gatten der Lotte Buff, nach Wetzlar schreibt, erzählt er von seiner sich türmenden Verwaltungsarbeit, bemerkt jedoch, so »wie der große König täglich einige Stunden auf die Flöte wandte«, so behalte auch er sich eine gewisse Zeit für seine musischen Beschäftigungen vor.

So ist ihm der Alte Fritz immer Anregung und Beispiel. An Freund Knebel schreibt er im Oktober 1788: »Den ersten Band der hinterlassenen Werke des großen Alten habe ich gelesen. Es ist doch was Einziges um diesen Menschen.« Der Autographenfreund und Sammler Goethe war glücklich, Besitzer einiger Briefe von der Hand Friedrichs zu sein, die ihm die Familie Mauderode verehrt hatte. Zu einem beschädigten Autograph des Königs vermerkt er nach der Ausbesserung: »Das Blatt, wo seine Hand geruht,/Die einst der Welt geboten,/Ist herzustellen fromm und gut./Preis ihm, dem großen Toten.«

Auch in den »Gesprächen« mit Eckermann, so berichtet uns dieser, habe Goethe sehr viel über die »preußische Armee im Siebenjährigen Kriege« gesprochen, »die durch Friedrich den Großen an ein beständiges Siegen gewöhnt und dadurch verwöhnt worden, so daß sie in späterer Zeit aus zu großem Selbstvertrauen so viele Schlachten verloren« habe. Ein andermal bemerkte Goethe zu Eckermann, daß Friedrich der Große zwar kein Latein konnte, »aber er las seinen Cicero in der französischen Übersetzung ebenso gut als wir andern in der Ursprache«. Und als beide vom »Dämonischen« im Künstlerleben sprachen, meinte Goethe, das Dämonische »werfe sich gerne an bedeutende Individuen, vorzüglich wenn sie eine hohe Stellung« innehätten, wie es bei Friedrich II. der Fall gewesen sei.

Vom Dämonischen aber, das Goethe auch in Napoleon verkörpert fand, sagt er in »Dichtung und Wahrheit«: »Es sind nicht immer die vorzüglichsten Menschen, weder an Geist noch an Talenten, selten durch Herzensgüte sich empfehlend; aber eine ungeheure Kraft geht von ihnen aus und sie haben eine unglaubliche Gewalt über alle Geschöpfe.«

Goethe im kindlichen Alter

Johann Wolfgang setzte selbst den Grundstein zum Goethehaus

Daß Johann Wolfgang Goethe selbst den Grundstein zu jenem Haus einmauerte, das er mit seinen Eltern als Kind bewohnte, in dem er mit seiner Schwester Cornelia spielte und von dem er als reifer Mann in »Dichtung und Wahrheit« so anschaulich erzählt hat, das mag dem Leser als eine jener Legenden erscheinen, die sich um solche Gedenkstätten gerne ranken; in diesem Fall aber ist es Wahrheit und keine Dichtung. Als Johann Wolfgang sechs Jahre alt war, hat der Kaiserliche Rat Johann Kaspar Goethe tatsächlich seinen kleinen Sohn diese symbolische Handlung vollziehen lassen, denn als Erzieher wußte er darum, wie sich solche Handlungen gerade im Kindesalter einprägen. Weil der Vater in der Erziehungsarbeit auch systematisch vorging und seine Sprößlinge in einigen Fächern selbst unterrichtete, ließ er zwei Jahre später seinen Schüler Wolfgang über den zurückliegenden Vorgang eine lateinische Arbeit schreiben. Das geschah in Form eines Gesprächs zwischen Vater und Sohn. In dieser, von dem Kind im Alter von acht Jahren lateinisch verfaßten Unterhaltung, wünscht der Sohn mit in den Weinkeller gehen zu dürfen, um zu helfen, dort die Weine aufzufüllen. Doch der Vater mißtraut solchem Arbeitseifer und fragt, ob der Sohn nicht Hintergedanken dabei habe. Dieser antwortet offen: »Ich will frei bekennen, ich möchte gerne den Grundstein und den Schlußstein einmal sehen.«

Im weiteren Gespräch wird das Kind über die im Keller lagernden Weine belehrt, erfährt einiges über ihre Vorzüge und ihre Pflege. Die Unterhaltung bietet ein gutes Beispiel dafür, wie früh der Vater bemüht ist, Horizont und Urteilskraft seines Sohnes zu erweitern. Danach weist der Kaiserliche Rat auf den Grundstein hin und befragt – auch hier voller Erziehungseifer – das Kind, woran es sich bei dessen Anblick erinnern könne. »Ich erinnere mich, daß ich ihn unter vielen Feierlichkeiten dort gelegt habe«, bekommt er zur Antwort. »Ich sehe mich selbst in der Mauergrube mit dem Maurer-Schurz, die Kelle in der Hand und von dem großen Schwarm der Maurergesellen umringt, während der Steinmetz an meiner Seite stand.« Und als der Vater weiter fragt, was er denn nun beim Anblick dieses Steines denke, da antwortet der Sohn altklug: »Ich denke bei mir und wünsche, er möge nicht eher als bei dem Untergang der ganzen Welt von dieser Stelle bewegt werden.«

Ein echter Grundstein war es freilich nicht, den Goethe als Kind dort einmauern durfte. Als seine Großmutter Cornelia Goethe – nach ihr war seine Schwester benannt – im Jahr 1733 das Anwesen gekauft hatte, war das Bauwerk schon etwa 150 Jahre alt. Auf dem Merianplan von 1628 ist der Hirschgraben zwar schon als bebaut zu erkennen, doch bringt er uns über die damalige architektonische Struktur der vor dem Goethehaus dort stehenden Gebäude wenig Erkenntnis. Fest steht aber, daß auf dem Gelände, zur Zeit des Kaufs durch Cornelia Goethe, zwei Häuser standen; ein Haupthaus und ein kleineres Nebenhaus. Goethes Großmutter ließ keine baulichen Veränderungen vornehmen, doch um so weitreichendere Pläne hatte – für die Zeit nach ihrem Tode – der Kaiserliche Rat, der seine Absichten frühzeitig in vielen Einzelheiten vorbereitete.

Das Haupthaus ließ er im wesentlichen bestehen, riß jedoch das Nebenhaus ab und baute es neu, wobei er die beiden zu einer Einheit verschmolz. Er bediente sich dabei eines Tricks, um die städtischen Bauvorschriften zu umgehen. Diese besagten, daß das Vorkragen mehrerer Stockwerke, wie es früher in der Freien Reichsstadt Frankfurt üblich war, um Platz zu gewinnen, nicht mehr erlaubt sei, weil die Straßen dadurch zu düster würden.

Nach einem Totalabriß, der wohl billiger gewesen wäre, hätte der Bauherr keine Genehmigung mehr bekommen, die einzelnen Stockwerke des Neubaus wieder vorkragen zu lassen, so, wie es beim Altbau war und wie es sich bis heute erhalten hat. Er gab deshalb die Veränderung als Umbau, als Renovierung aus, obwohl er das Innere des Haupthauses weitgehend »auskernen« ließ. Da die Fenster auf beide Häuser in strenger Symmetrie verteilt wurden und die Eingangstür in die Mitte rückte, war das Ergebnis ein recht repräsentatives Haus, anmutig und harmonisch gegliedert – so wie es sich dem Beschauer noch heute darbietet.

Für das Nebenhaus erhielt der kluge Kaiserliche Rat nach langen Verhandlungen mit dem Bauamt der Stadt die Ausnahmegenehmigung, diesen kleinen Neubau im Stil des »renovierten« Haupthauses neu aufzuführen; das heißt, er durfte die Stockwerke zur Straße hin vorragen lassen. Ob das gelang, weil sein Schwiegervater Bürger-

Goethes Vaterhaus

meister war, soll dahingestellt bleiben. Aufschlußreich ist, daß der vermögende Rat Goethe keinen bekannten Baumeister für sein Vorhaben engagierte, sondern weitgehend die Pläne mit dem Maurermeister Springer und dem Zimmermeister Muntzer bearbeitete und die notwendige Korrespondenz mit dem Bauamt selbst führte oder erforderlich werdende Erklärungen persönlich an Ort und Stelle zu Protokoll gab.

Daß der Hirschgraben, an dem das Haus lag, nach jenem Graben benannt war, in dem der Senat der Stadt Wild hielt, weil nach altem Brauch jedes Jahr ein Hirsch öffentlich verspeist werden sollte, wissen wir aus »Dichtung und Wahrheit«, doch liest man kaum etwas davon, daß die Gegend zwischen Hirschgraben und Kornmarkt – im 15. Jahrhundert das »Rosenthal« genannt –, eine berüchtigte Gegend war.

Die älteste Urkunde über Goethes Geburtshaus datiert aus dem Jahr 1705. Sie weist nach, daß »der Herr Schöff Fleckhammer von Eychstätten und dessen Frau Eheliebste v. Erben« vom Licentiatus Schneider Haus und Nebengebäude für 5500 »Gulden Franckfurther Währung« erworben hätten. Dabei scheint es sich aber um die Übernahme eines halben Erbteils gehandelt zu haben. Das stehenbleibende Kapital wurde mit 4,5 Prozent verzinst. Fleckhammer schloß seinerseits einen Vertrag auf drei Jahre für das Nebenhaus mit dem Schuhmacher Johann Jacob Stauff, dem er dieses für einen jährlichen Mietzins von 50 Gulden überließ. Im Vertrag verpflichtete sich der Mieter, »behaussung in dem Stand, wie er solche dato bekommen, nach verflossener Zeit wieder zu lieffern« und sie vor Feuer und Verwahrlosung zu bewahren.

Jener Schöff Fleckenstein verkaufte das Haus am 17. Januar 1733 an »Cornelia Göthin« zum Preis von 6000 Gulden, wobei der Verkäufer sich verpflichtete, der ehemaligen Gasthalterin den Keller spätestens zum 1. April 1733 zur Verfügung zu stellen. Das deutet daraufhin, daß Goethes Großmutter einen Teil der Weinvorräte, den sie beim Verkauf des Gasthauses zum Weidenhof noch besaß, nicht mitverkaufte, sondern ihn mit in den Großen Hirschgraben nahm. Gerade der geräumige, vom Hochwasser nicht bedrohte Keller, spielte beim Erwerb des Hauses eine Rolle. Dieser Vorteil kam Frau Aja 62 Jahre später erneut zustatten, als sie das Haus an den Weinhändler Johann Gerhard Blum verkaufte, der auf den Keller besonderen Wert legte. Die Auflösung ihres großen Haushalts war mit dem Sohn in Weimar abgesprochen. Frau Aja wollte sich das Leben erleichtern, weshalb sie eine hübsche Wohnung auf dem Roßmarkt nahm. Der Erlös betrug 22 000 Gulden, doch schon ein Jahr später verkaufte Blum das Anwesen an die Witwe Anna Catharina Rössing für 28 000 Gulden. Bei ihren Erben verblieb das Haus bis 1861.

Im Jahr 1858 hätten die Stadt oder der Geschichts- und Altertums-Verein das Gebäude für 37 000 Gulden kaufen können, doch es fehlte das Geld und wohl auch der feste Wille. So erstand es im Jahr 1861 der Tapezierermeister Klauer für 40 000 Gulden. Als das Haus dann anderthalb Jahre später in den Besitz des Freien Deutschen Hochstifts kam, kostete es bereits 56 000 Gulden.

Paradoxerweise war der, der das Haus für das Hochstift erwerben konnte, kein Frankfurter, sondern ein »Hergeloffener«, Dr. Otto Volger. Seiner Initiative allein ist der Erwerb von Goethes Elternhaus zu danken.

Die weitere Geschichte des Goethehauses ist vielen Bürgern der Stadt aus eigenem Erleben bekannt. Unter den Bomben des Zweiten Weltkriegs sank das Gebäude in Schutt und Asche. Nur die Grundmauern blieben erhalten. Der weitsichtige Leiter, Professor Beutler, hatte jedoch die Kostbarkeiten des Hauses, einschließlich der wertvollen schmiedeeisernen Treppengeländer, noch rechtzeitig in Sicherheit gebracht. Sie blieben erhalten. Unbeirrt von ablehnenden Stimmen und dem Spott derer, die einen Wiederaufbau als wertlose Zeitfassade ablehnten, ging er an die Arbeit, und das Haus war bald eines der ersten historischen Gebäude in Frankfurt, das sich nach der schrecklichen Zerstörung aus der Asche zu neuem Leben erhoben hatte.

Völlig gleich geblieben war sich das Haus ja ohnehin nie. Schon 1758 hatte Goethes Vater neben Fässern aus dem Keller und manchem Hausrat das aus »Dichtung und Wahrheit« bekannte »Geräms« versteigern lassen. Vor ihrem Auszug verkaufte Frau Aja den größten Teil der Bibliothek des Herrn Rat und viele Bilder; man kann fast sagen, sie verschleuderte sie und beförderte drei Zentner Papier zur Papiermühle. Der Tapezierermeister Klauer – der erwähnte spätere Besitzer des Hauses – stellte bei der Stadt den Antrag, das Erdgeschoß gewerblich zu nutzen, was von der Stadt anstandslos genehmigt wurde. Daraufhin entstanden dort ein Möbelgeschäft und ein Buchladen. Bei diesem Umbau hatte man die eisernen Gitterkörbe vor den Fenstern entfernt und Türen in die Vorderfront gebrochen.

Wer heute vor dieser Gedenkstätte steht, oder wer darin verweilt, dem kommt nicht mehr der Gedanke, daß das Haus einmal zerstört war, denn nicht nur die getreue Wiederherstellung des Äußeren (nach dem Umbau durch Goethes Vater) läßt den Neuaufbau vergessen, auch die zurückgekehrte Inneneinrichtung der damaligen Zeit hat dem Haus wieder jenen Geist zurückgebracht, der ihm einst innewohnte.

Dem Wappen, das der Kaiserliche Rat Johann Kaspar Goethe am Haus anbringen ließ – es geht zum Teil auf das Textor-Wappen zurück –, wohnt etwas merkwürdig Prophetisches inne: In der Zeit, in welcher der Sohn Wolfgang noch ein Kind war, ließ er »drei Leyern« in das Wappenfeld fügen, als Symbole für das Musische, für Lied und Dichtung. Nach diesem Wappen wurde das Gebäude auch »Haus zu den drei Leyern« genannt. Ob dieses Zeichen, das über des Dichters Leben stehen könnte, ein seltsames Spiel des Zufalls war, oder vielleicht geheimer Wunsch und verborgene Sehnsucht des zwar korrekten, aber eher pedantischen als musischen Vaters, wer könnte es heute noch ergründen.

Wo Goethes Bewerbung abgewiesen wurde

Verschwiegen hat uns die Episode, von der hier die Rede sein soll, der Dichter selbst. Sicher nicht aus Vergeßlichkeit, sondern in voller Absicht, denn den Vorfall hat der so früh Erfolggewohnte wohl als bittere Kränkung empfunden und kaum aus dem Sinn verloren. Einige erhalten gebliebene Briefe aber verraten uns, daß der noch nicht fünfzehnjährige Goethe sich im Mai 1764 vergeblich um die Aufnahme in die »Arcadische Gesellschaft zu Phylandria« bewarb.

Dabei handelte es sich um einen literarischen Geheimklub junger Leute, die sich selbst in Renaissance-Tradition mit klangvollen Namen schmückten. Ihr Leiter war der siebzehnjährige Ysenburg von Buri zu Neuhof bei Offenbach. An ihn wandte sich der junge Dichter und bat um Aufnahme mit recht hochtrabenden Worten, wie sie im Zug der Zeit lagen, die aber auch von jugendlicher Unreife zeugen. »Wohlgebohrner Insbesonders Hochzuehrender Herr« tituliert der noch Vierzehnjährige den Siebzehnjährigen; während die Schlußformel des Briefes schon fast an den Alters-Goethe erinnert: »Meines Wohlgebohrnen und Insbesonders Hochzuehrenden Herrn aufrichtigst ergebener Diener Joh. Wolfgang Goethe.«

Im Brief selbst schmeichelt er jenem Ludwig Ysenburg von Buri mit der Beteuerung, daß dessen Verdienst ihm viele Gemüter zu eigen gemacht habe, »selbst auch noch in fernern Ländern als wo ich wohne«. Eine Ausdrucksweise, über die der heutige Leser nur lächeln kann. Doch Goethe schrieb auch später von der Freien Reichsstadt Frankfurt am Main als von seinem Vaterland. Der Briefschreiber betont, daß zwar jeder gerne seine Fehler verheimliche, er aber wolle als Bewerber um die Mitgliedschaft in der Arcadischen Gesellschaft die seinigen gleich offen bekennen. Diese frühe Selbstcharakterisierung ist für den heutigen Leser besonders aufschlußreich. Goethe schreibt: »Einer meiner haupt Mängel, ist, dass ich etwas hefftig bin. Sie kennen ja die colerischen Temperamente, hingegen vergisst niemand leichter eine Beleidigung als ich. Ferner bin ich sehr an das Befehlen gewohnt, doch wo ich nichts zu sagen habe, da kann ich es bleiben lassen. Ich will mich aber gerne unter ein Regiment begeben, wenn es geführt wird, wie mann es von ihren Einsichten erwarten kann. Gleich in dem Anfange meines Briefes, werden Sie meinen dritten Fehler finden. Nemlich, dass ich so bekannt an Ihnen schreibe, als wenn ich Sie schon Hundert Jahre kennete, aber was hilfts, diss ist einmal etwas, das ich mir nicht abgewöhnen kann. . . . Noch eins fällt mir ein . . . nemlich, daß ich sehr ungedultig bin, und nicht gerne lange in der Ungewissheit bleibe. Ich bitte Sie, entscheiden Sie so geschwind als es möglich ist.« In einem Nachwort beschwert sich Goethe noch über seinen Freund Karl Schweitzer, der Mitglied der Gesellschaft sei und dort Alexis genannt werde. Dieser habe ihn von einem zum anderen Tag darauf vertröstet, eine Bekanntschaft mit dem Vorsitzenden vermitteln zu wollen.

Buri scheint sich aufgrund dieser Goethe-Zeilen an jenen Karl Schweitzer gewandt zu haben, denn schon sechs Tage nach Goethes erstem Brief antwortet ihm dieser und ist verärgert darüber, daß Goethe, der ihn zuvor um seine Vermittlung wiederholt bedrängt habe, sich nun hinter seinem Rücken direkt an den Vorsitzenden wandte. Er, Schweitzer, habe Johann Wolfgang bereits »seiner Laster wegen« abschlägige Antwort gegeben, und er rate: »Attachieren Sie sich nicht an ihn um Gottes willen!«

Man wollte also Goethe vorerst hinhalten, doch schon nach zehn Tagen meldete sich der Bewerber erneut. Anscheinend war ein späteres Treffen in Aussicht gestellt. So schmeichelt er dem Vorsitzenden: »Ich will alle meine Entzückungen und alle meine Freuden versparen, biss ich die Ehre habe Ihnen zu sehen, denn meine Feder ist sie nicht vermögend auszudrucken. Sie sind allzugütig gegen mich, da

Sie mir sobald Hoffnung machen, in ihre Gesellschaft einzutretten, da ich dieses Glück weit von mir entfernt zu seyn glaubte. Ich bin Ihnen sehr davor verbunden.« Des weiteren preist er den Briefempfänger in gewählten Worten: »Sie sprechen sich Vollkommenheiten ab, und eben in dem Augenblicke leuchten solche aus ihren Handlungen hervor. Ihre Vorsichtigkeit ist lobenswürdig.«

Und der junge Goethe zeigt Verständnis dafür, daß man ihn prüfe, bevor man ihn aufnehmen wolle, denn »wäre ihre Gesellschaft so beschaffen, daß jeder, dem es einfiele, ohne Untersuchung hineinkommen konnte, wenn er sich nur meldete, sollte es gleich der gröste Dumm-Kopf seyn, wäre dieses wohl eine Ehre vor mich?« Und mit vollem jugendlichem Selbstbewußtsein fährt er fort: »Wir haben viele Dumm-Köpfe in unserer Stadt, wie Ihnen ohne Zweifel gar wohlbewußt seyn wird. Gesetzt nun, einem solchen fiele ein, in Ihre Gesellschaft zu tretten. Er ersucht seinen Hofmeister, ihm einen Brief aufzusetzen, und zwar einen allerliebsten Brief. Dieser thuts, der junge Herr unterschreibt sich. Dadurch bekommen Sie einen hohen Begriff von seiner Gelahrtheit, und nehmen ihn ohne Untersuchung auf. Wenn Sie ihn beym Lichte betrachten, so finden Sie, daß Sie statt eines Gelehrten, Ihre Gesellschaft mit einem Rinds-Kopf vermehret haben. Das ist unverantwortlich! Es ist nun gar möglich, daß ich auch ein solcher bin, ihre Vorsichtigkeit ist also wohl angewandt.« Daß er aber nur schwer zu beurteilen sei, unterstreicht der Bewerber mit dem Hinweis: »Ich gleiche ziemlich einem Camaeleon.«

Wiederum vier Wochen später schreibt der junge Mann aus dem Hirschgraben einen dritten Brief an den Leiter der Arcadia. Darin heißt es: »Ich bin meinem Freunde (Schweitzer) sehr verbunden, daß er ihnen eine so vorteilhafte Meynung von mir beygebracht hat.« (Wir wissen es aus dem Brief Schweitzers an Buri allerdings besser.) Und der Arcadia-Anwärter schlägt einen Ort zwischen Neuhof und Frankfurt vor, wo man sich kennenlernen könne. Dann wolle er das erwarten, was die Gesellschaft über ihn verhänge.

Noch vier weitere Briefe kennen wir in dieser Angelegenheit. Am 10. Juli berichtet Schweitzer an Ysenburg von Buri, daß Goethe in Offenbach bei dem Musiker und Komponisten (dem späteren Musikverleger) André gewesen sei. Dieser war ebenfalls Mitglied der Arcadia. Und der angeblich so gute Freund befürchtet: »Mir ist angst und bange, denn wenn Herr André von bewußter Begebenheit nichts weißt, so hat er ihm mit seinen hochtrabenden Reden so sehr eingenommen, daß es zum Erstaunen ist. Sogar hat ihm Herr André gesagt, Sie würden bald nach Offenbach kommen.« André hatte von seiner persönlichen Begegnung mit Goethe auch selbst nach Neuhof berichtet. Das ist jedenfalls zu vermuten, denn am 16. Juli gibt Buri an André das weiter, was ihm von Freund Schweitzer über Goethe zugetragen worden war: »Ich erfuhr, daß er der Ausschweifung und vielen andern mir unangenehmen Fehlern, die ich aber nicht herzählen mag, sehr ergeben sei.«

Schon zwei Tage später (so schnell ging damals die Post) entgegnet ihm André: »Herr Goethe ist vorige Woche ohngefähr eine Viertelstunde bei mir gewesen. Er brachte mir ein Kompliment von Herrn Alexis (der Arcadianame für Karl Schweitzer), aber das Kompliment war erfunden, wie mich Alexis gestern versichert hat.« Und André berichtet weiter, daß der junge Mann seine Operette gelobt habe und daß man auf Frankfurter Komödien und Opern zu sprechen gekommen sei; von Gesellschaftsangelegenheiten sei jedoch keine Rede gewesen. Er, André, habe bald das ausgesprochene Lob des Besuchers unterbrochen und dem Gast eine Erfrischung angeboten, weil er ihm für einen Kunstrichter zu jung erschienen sei. Und er endet seinen Bericht: »Schließlich bat er mich, ihn zu besuchen. Ich sagte es ihm so zu, wie man etwas wider Willen zusagt. Warum ich aber keine Neigung zu ihm trug, ist bloß, daß er mir zu jung erschien. Er mag fünfzehn Jahr oder sechzehn alt sein, im übrigen hat er mehr ein gutes Plapperwerk als Gründlichkeit.« Die letzten Briefe sind deutliche Hinweise darauf, daß Ysenburg von Buri wenig Sympathie für den drängenden jungen Frankfurter Bewerber empfand, zumal er diesem bei sich bietender Gelegenheit bewußt, fast provokativ, aus dem Wege ging, wie sein Schreiben an Schweitzer vom Juli 1764 zeigt: »Ich bin vorgestern zu Offenbach gewesen. Herr Goethe war eben auch da, allein er hat weder etwas von mir gesehen noch erfahren. Ich hatte dem Amint (das ist André) schon Nachricht von allem gegeben . . . Es hat daher der kluge Amint den Herrn Goethe . . . sehr schleunig abgefertigt.«

Der Brief des siebzehnjährigen Vorsitzenden vom 1. September 1764 aus Neuhof (an Schweitzer oder André) scheint den Schlußstrich gezogen zu haben. »Herr Goethe schweigt ganz still, und ich hoffe auch, daß er sich weiter nicht melden wird. Sollte er aber doch so unverschämt sein, sich noch einmal zu melden, so habe ich mir bereits vorgenommen, ihn nicht einmal einer Antwort zu würdigen.« Bei so viel Arroganz, die Johann Wolfgang kaum verborgen geblieben sein kann, wird er kaum einen weiteren Versuch unternommen haben, Mitglied der »Arcadischen Gesellschaft zu Phylandria« zu werden, aber ein so selbstbewußter junger Mann wie er es war, hat zweifellos diese Behandlungsart seiner Bewerbung so schnell nicht vergessen. War er es doch sonst, wie er selbst sagt, schon gewohnt, zu befehlen und bei den Kameraden den Ton anzugeben. Da der auch mit gutem Aussehen Bedachte schon früh bei den Mädchen in Gunst stand, war es ihm wohl eine Lehre, daß man im Leben zuweilen auch auf undurchdringliche Mauern der Ablehnung stoßen kann. Wie weit die sicher bittere Erfahrung in dem jungen Mann bleibende Spuren hinterlassen hat, ist schwer zu sagen. Vielleicht dachte er gerade daran, als er in den Lehrjahren des Wilhelm Meister schrieb: »Jugendeindrücke verlöschen nicht, auch nicht in den kleinsten Teilen.«

Doch in »Dichtung und Wahrheit« berichtet der reife Goethe uns nichts davon, was wegen des negativen Ausgangs verständlich ist. Aber man sollte sich hüten, diese Korrespondenz, der mancher gesellschaftliche Klatsch, jugendliche Großmannssucht und Eifersüchteleien zugrunde liegen mag, allzu ernst zu nehmen; sowenig die erwähnten »Laster«, die der Siebzehnjährige am noch nicht Fünfzehnjährigen rügt, heute wohl als solche gelten würden.

Mehr als einmal hat Goethe in späteren Jahren all jene seiner Manuskripte dem Feuer überantwortet, denen er sich entwachsen fühlte. Die Korrespondenz um die Aufnahme in die Gesellschaft hätte er sicherlich auch gerne für die Nachwelt getilgt. Doch in diesem Fall sind die von Goethes jugendlicher Hand geschriebenen Zeilen der Vernichtung entgangen. Bei der Bewerbung vom 23. Mai 1764 handelt es sich um den frühesten erhaltenen Goethe-Brief überhaupt.

Von dem harten jugendlichen Richter auf Neuhof, E. Karl Ludwig Ysenburg von Buri, aber wäre noch zu berichten, daß er später als Offizier in hessischen Diensten stand, ohne dabei seine literarischen Interessen aufzugeben. Zwischen 1778 und 1794 brachte er eine Reihe von Lust- und Trauerspielen heraus – 1784 auch einen Gedichtband –, von alledem überdauerte jedoch nichts seine Zeit. Buri starb im Jahre 1806. Der abgelehnte Arcadiabewerber Johann Wolfgang Goethe hat ihn sehr schnell literarisch überflügelt, denn schon 1772 schrieb er die »Geschichte Gottfriedens von Berlichingen mit der eisernen Hand« und seit 1774/75, nach Erscheinen der »Leiden des jungen Werthers«, wuchs sein Ruhm weit über die deutschen Grenzen hinaus.

Rund um das Goethehaus im Großen Hirschgraben

Mündel Klauer war Dauergast im Goethehaus

In »Dichtung und Wahrheit« berichtet Johann Wolfgang Goethe recht knapp von einem Mitbewohner des elterlichen Hauses im Großen Hirschgraben: »Ein junger Mann von vielen Fähigkeiten, der aber durch Anstrengung und Dünkel blödsinnig geworden war, wohnte als Mündel in meines Vaters Hause, lebte ruhig mit der Familie und war sehr still und in sich gekehrt, und, wenn man ihn auf seine gewohnte Weise verfahren ließ, zufrieden und gefällig.«

Welche Tragik hinter diesen dürren Worten liegt, behielt der Autor für sich. Spielte er doch unangenehme Ereignisse aus seinem Umkreis gerne herunter. Dabei hätte der gereifte Dichter im Zusammenhang mit der Vormundschaftstätigkeit des Kaiserlichen Rates Gelegenheit gehabt, hier einmal eine Lanze für seinen Vater zu brechen, dem er in dessen etwas steifer und pedantischer Art im Alter immer ähnlicher wurde.

Neben einer gewissen Schwerfälligkeit und Starrheit hatte der Vater auch treffliche Eigenschaften. Gerade das Amt des Vormundes, das er für J. D. Klauer übernommen hatte und die absolut korrekte Art, in der er auf allen Gebieten um Wohl und Interessen seines Mündels besorgt war, stellt ihm charakterlich das beste Zeugnis aus. Der Kaiserliche Rat war ein wohlhabender Mann und keineswegs auf diese Vergütung angewiesen, zumal die langjährige Anwesenheit einer fremden Person und deren Bedienung vielerlei Belastungen für die Familie mit sich bringen mußte.

Das Mündel J. D. Klauer war ein Sohn des verstorbenen Stadtarchivars Dr. David Klauer und dessen Ehefrau Eva Maria, eine geborene Bethmann. Sie hatte schon nach vierjähriger Ehe ihren Gatten verloren und starb 1750, als der Sohn erst achtzehn Jahre alt war. Frau Klauer war mit der Familie Textor befreundet, Goethes Schwiegereltern, und da dem Vater ein Ruf von Lauterkeit und Gewissenhaftigkeit vorausging, hatte sie wohl gerade ihn testamentarisch zum Mündel ihres noch nicht volljährigen Sohnes berufen.

Dieser schon immer etwas schwächliche Sohn, der nicht unvermögend war, war nach dem frühen Tod des Vaters im gemeinsamen Haushalt der Mutter und zwei unverheirateter Schwestern ihres Mannes sowie der Großmutter allseits verwöhnt worden. Beim Tod der Mutter 1750, also bald nach Johann Wolfgangs Geburt, war der Sohn 18 Jahre alt. Klauer hatte seinen Gymnasiumabschluß in Frankfurt absolviert und siedelte nach dem Tod der Mutter zur Universität Göttingen über, wozu ihn Rat Goethe mit gut bemessener Barschaft ausstattete, wie es der gesellschaftlichen Stellung des jungen Jurastudenten entsprach.

Von geistiger Abnormität war zu diesem Zeitpunkt noch keine Rede. Das gesamte Studium kam auf fast viertausend Gulden, für damalige Zeit ein sehr hoher Betrag. Aber der junge Mann hat das Geld kaum vergeudet. Er muß fleißig studiert haben, wobei er sehr solide lebte. Doch der Zustand Klauers verschlechterte sich während der Studienzeit. Ein Teil seiner beträchtlichen Monatswechsel mußte für ärztliche Behandlung aufgewendet werden, weil in zunehmendem Maße Wahnideen und religiöser Trübsinn seinen Geist verdunkelten. Deshalb wurde auch die mündliche Examensprüfung zur Verleihung des Doktorgrades nicht öffentlich, sondern schon »privative« vorgenommen.

Natürlich war diese Entwicklung dem Vormund Goethe bekannt, der sich deshalb von verschiedenen Ärzten Rat erbat. Deren Urteile schwankten. Trotzdem nahm der Kaiserliche Rat den 1755 aus Göttingen zurückkehrenden jungen Doktor, der offensichtlich schwieriger geworden war, im Großen Hirschgraben auf.

Das Verantwortungsgefühl von Goethes Vater ließ ihn auch in den Folgejahren vor dieser Aufgabe nicht kapitulieren. Während des Hausumbaues, als auch die Kinder Johann Wolfgang und Cornelia bei Verwandten wohnten, mußte Klauer an einem anderen Ort untergebracht werden. Er kehrte aber 1758 nach der Fertigstellung des Hauses an den Hirschgraben zurück.

Doch die Geisteskrankheit des jungen Mannes schritt voran, auch wenn sie zuweilen von Perioden geistiger Klarheit unterbrochen wurde. In solchen Zeiten beschäftigte der Hausherr sein Mündel gerne mit Schreibarbeiten, mit der Anfertigung von Kopien und Diktaten, da Klauer eine gute Handschrift hatte und solche Tätigkeiten ihm offensichtlich zusagten. Auch als der Sohn des Hauses, Johann Wolfgang, mit kleineren eigenen Aufzeichnungen begann, bediente er sich zuweilen des Mündels als Schreiber, so daß jene Stelle in »Dichtung und Wahrheit« um so unerklärlicher bleibt, wonach Klauer auch durch Dünkel blödsinnig geworden sei. Es ist auch in allen Korrespondenzen nichts über Stolz und Dünkel des jungen Mannes zu lesen.

Klauer hätte 1757 mit fünfundzwanzig Jahren eigentlich für volljährig erklärt werden müssen, doch das wurde unterlassen, weil er zur eigenen Führung der Geschäfte und der Vermögensverwaltung nicht in der Lage war, auch keinen entsprechenden Antrag stellte. In Phasen klarer Überlegung war sich Goethes Mündel durchaus bewußt, was der Kaiserliche Rat für ihn tat, und er beantragte von sich aus beim Frankfurter Schöffenrat, seinem Vormund jährlich hundert Rheinthaler aus seinem Vermögen zu zahlen, da er sein »Amt mit besonderer Treue und Fleiß« versehe, und er für solche »vätterliche Sorgfalt und Mühewaltung niemahlen dankbar genug seyn« könne, weshalb er ihm diese jährliche »Ergötzlichkeit« aussetzen wolle.

Als man Klauer von Amts wegen fragte, ob er die Vormundschaftsrechnungen geprüft habe, meinte dieser, dessen bedürfe es nicht, weil er an deren Richtigkeit keinen Augenblick zu zweifeln brauche. Es dauerte bald ein Jahr, bis Klauer seinen Willen durchsetzte. Das geschah erstaunlich zielstrebig, auch gegen die Einsprüche seiner Vettern, die wohl ans spätere Erbe dachten. Die Wunderkur eines fremden Arztes mit vielen Empfehlungen, die den ganzen Haushalt im Großen Hirschgraben in Mitleidenschaft zog und 135 Gulden kostete, blieb ein vergeblicher Heilungsversuch. In die Zeit von Clauers Aufenthalt im Hause fiel auch die Besetzung Frankfurts durch französische Truppen. Im Goethehaus wohnte zu dieser Zeit der Königsleutnant Graf Thoranc, so daß es im sonst geräumigen Haus recht beengt zugegangen sein mußte.

Da das Curatelamt einen Jahresbericht verlangte, ist die saubere Handschrift Johann Wolfgang Goethes aus den Jahren 1763 und 1764 erhalten. In dieser Zeit besorgte der Vierzehnjährige nach der Aufstellung des Vaters die Reinschrift. Während seiner Leipziger Studentenzeit geschah das durch seine Schwester Cornelia, so daß in diesen Klauer-Akten die ganze Familie Goethe autographisch vereint ist.

Von 1767 an verschlimmerte sich Klauers Zustand, und es kam zuweilen zu bedenklichen Anfällen. Als der Student Johann Wolfgang 1768 krank aus Leipzig zurückkam und längere Zeit zwischen Leben und Tod schwebte, hatte das Haus gleich zwei Schwerkranke zu betreuen.

Erstaunlicherweise aber war selbst in der Geldstadt Frankfurt die

Vermögensverwaltung im Interesse des Mündels schwierig. Selbst der Verkauf eines Klauerschen Hauses schuf große Probleme, und die Anlage des erlösten Kapitals für Hypotheken war zeitweise kaum zu bewerkstelligen.

Als Goethes Vater 1778 einen Schlaganfall erlitt, mußte er froh sein, in Johann Wilhelm Liebhold einen tüchtigen, juristisch bewanderten Gehilfen gefunden zu haben. Nach dem Tod des Kaiserlichen Rats am 25. Mai 1782 war es dieser Liebhold, der auch der verwitweten Frau Aja in allen geschäftlichen Erledigungen hilfreich zur Seite stand. Er kannte sich aus, war er doch schon in der Kanzlei des jungen Johann Wolfgang tätig gewesen. Nach dem Tod des Johann Kaspar Goethe blieb Klauer vorerst im leergewordenen Haus am Hirschgraben. Doch bald kündigte Frau Aja, weil ihr die Arbeit zu schwer und die Anwesenheit eines Unberechenbaren wohl auch zu gefährlich geworden war. Klauer zog zum neuen Vormund, dem Fähnrich Schiele, der nach Johann Kaspars Schlaganfall zum Mitvormund berufen worden war. Schiele wurde später Bürgerkapitän. Von 1785 an wechselte der Stumpfsinn des dort aufgenommenen Patienten und Mündels ab mit Unruhe und schweren Anfällen. Klauer ließ sich die Stube stets übermäßig heizen, öffnete kaum mehr ein Fenster und aß doppelte und dreifache Portionen, wodurch er schwergewichtig und unförmig wurde. Am 17. Juli 1796 erlitt Klauer einen Schlaganfall und starb drei Tage später. Er wurde als der letzte seines Stammes im Klauerschen Epitaphium ehrenvoll begraben, vierundsechzig Jahre alt. Die Akten des Falles »Vormundschaft Klauer« sind eine Ehre für Goethes Vater, der durch verärgerte Äußerungen des Sohnes Johann Wolfgang mit viel zu geringem Ansehen in die Literaturgeschichte einging. Hätte der Sohn in jüngeren Jahren besser, gerechter vom Vater gesprochen, so hätte der Herzog Carl August beim Tod des Kaiserlichen Rates wohl kaum an den sarkastischen Merck in Darmstadt jene Worte geschrieben, die nicht nur Gefühlskälte zeigen, sondern ungerecht sind: »Der Abmarsch von Goethes Vater ist wohl der einzige gescheute Streich, den der Alte je gemacht hat.«

Das Goethehaus kaufte ein »Hergeloffener«

»Als mir der gedruckte Stimmzettel zugestellt wurde und ich dabei Namen las, von Leuten, welche sich selbst aufgestellt hatten, widerte mich die ganze Art und Weise der Manipulation gegen Dr. Volger so an, daß ich das Resultat der Abstimmung gar nicht abwartete und mich entfernte.« Das schrieb Friedrich Stoltze über den 6. November 1881, einen der bittersten Tage im Leben Otto Volgers, als man ihn, den Gründer des Freien Deutschen Hochstifts, den Käufer des Goethehauses – nach zweiundzwanzigjährigem Wirken, wobei er die beste Kraft seines Lebens geopfert hatte –, nicht mehr zum Obmann wählte. Mit niedrigen Beschuldigungen und Schikanen hat man sich bald darauf durch Ausschluß jenes Mannes entledigt, der aus unbändigem Idealismus, ohne die geringste Unterstützung durch die Frankfurter Behörden, ein Lebenswerk schuf, das noch heute einen der Glanzpunkte von Frankfurt am Main ausmacht.

Erst 1934 fand das Freie Deutsche Hochstift, das beim Tod Volgers 1897 in seinen »Berichten« mit keinem Wort der Großtaten seines Gründers gedachte, den Mut, sich zu jenem Mann zu bekennen. Zum 75. Gründungstag der Stiftung wurde im Goethehaus eine Ehrentafel angebracht und an Volgers Grab auf dem Hauptfriedhof ein Gedenkstein errichtet. Dr. Alexander von Bernus, dem damaligen Vorsitzenden, und dem so verdienstvollen Professor Ernst Beutler war diese längst überfällige Geste der Versöhnung zu danken.

Dr. Otto Volger entstammte einer im hannoverschen Land seit Jahrhunderten ansässigen Gelehrtenfamilie. Am 30. Januar 1822 wurde er in Lüneburg geboren. Die Ideen des Jahres 1848 haben seine Jugend geprägt. Als Student hörte und als Dozent lehrte er später Naturwissenschaft an der Göttinger Universität, ging, aus Enttäuschung über den Ausgang der Nationalversammlung, als Hauptlehrer in die Schweiz und kam 1856 nach Frankfurt. Und diese Stadt wurde sein Schicksal.

Als am 10. November 1859 die Frankfurter Bürger in den überreich geschmückten Straßen voll Begeisterung den 100. Geburtstag von Friedrich Schiller feierten und schwarzrotgoldene Fahnen aus vielen Fenstern hingen, da war das eine Manifestation des Volkes, das noch immer politisch geknechtet war und in Schiller das Sinnbild von Einheit und Freiheit des Vaterlandes sah. Volger, erst drei Jahre in Frankfurt, ein »Hergeloffener« also – als Dozent der Senckenbergischen Naturforschenden Gesellschaft tätig –, wollte dieser Begeisterung ein Ziel geben. Er gründete das »Freie Deutsche Hochstift«, das als eine Art Volkshochschule von ihm gedacht war. Es sollte »frei« sein, das heißt von den Fürsten unabhängig; »deutsch« im Sinne eines geeinten Vaterlandes; »Hochstift« erinnerte an die mittelalterlichen Bistümer, die einmal Vermittler allen geistigen Lebens waren, jene ausstrahlenden Mittelpunkte, deren Rolle Volger nun dem Hochstift zudachte. Die Farben des Vereins waren Schwarz, Rot, Gold, wobei jedoch die Satzung politische und religiöse Neutralität festlegte.

Daß der Gründer diesen Schritt tat, ohne einen größeren Anhang an Bekannten oder Verwandten in der Stadt zu haben, beweist erstaunlichen Mut, und diesen, gepaart mit Beharrlichkeit, brauchte er auch, um die weiteren, hochgesteckten Ziele zu verwirklichen. Nach fünf Jahren hatte das Hochstift bereits 876 Mitglieder in ganz Europa, 485 davon in Frankfurt. Daß sich ein Mann wie Volger, der zielstrebig und kämpferisch seinen Weg ging, nicht nur Freunde machte, ist verständlich. Wie unabhängig seine Meinungsbildung war, dafür zeugt seine am siegreichen Deutschland 1871 geübte harte Kritik. Er warf den Menschen vor, nur noch nach materiellen Gütern zu streben, und schrieb – ganz im Gegensatz zu den überschwenglichen Hochgefühlen jener Zeit – an einen Freund: »Deutschland ist dem Größenwahn verfallen und opfert diesem in seiner Unzurechnungsfähigkeit das, was es vor anderen Völkern voraus hatte . . . Daher vermag ich weder innerlich noch äußerlich die Siegesfreude zu teilen.« Und ein paar Jahre später lautete sein Urteil: »Das Beispiel frevelhafter Genußsucht, von oben gegeben, findet bis in alle Schichten bereitwilligste Nachahmung . . . Wir haben keinen Ehrenstand der Armut mehr.«

Eine seiner Ideen war, das Geburtshaus Goethes in den Besitz des Freien Deutschen Hochstifts zu bringen. Frau Aja, Goethes Mutter, hatte das große Haus 1795 an den Weinhändler Blum verkauft und den Hausrat, im Einverständnis mit dem Sohn, versteigern lassen. Blum gab es schon ein Jahr später an die Witwe Rössing (mit 6000 Gulden Gewinn) weiter. 1861 ging es an den Tapezierermeister Klauer über, der im Erdgeschoß Geschäft und Lager einrichtete und erhebliche bauliche Veränderungen vornahm, welche die Stadt großzügig genehmigte.

Schon zu Frau Ajas Zeiten waren Fremde gekommen, die das Geburtshaus des Dichters kennenlernen wollten. So wurde Goethes Mutter dort die erste Fremdenführerin. Nachdem »Dichtung und Wahrheit« erschienen war (1812), wuchs das Interesse an dem im Werk so liebevoll bedachten Geburtshaus, aber nur wenige konnten in die Gemächer des zum Privathaus gewordenen »Heiligtums« vordringen. Und wiederum war es Volger, der das fast Unmögliche wahr

Treppenaufgang im Goethehaus

machte, der das Haus für das Freie Deutsche Hochstift erwarb, die inzwischen getätigten Änderungen beseitigen ließ und Goethes Geburtsstätte in die Obhut des Hochstifts nahm.

Daß dieser Kauf ohne einen Pfennig Vereinsvermögen möglich wurde, ohne die geringste Unterstützung durch die Stadt Frankfurt, ist allein Volgers unbändigem Willen, seiner Rednergabe und seinem Organisationstalent zu danken; ein Zeichen und ein Beweis dafür, was die Idee eines einzelnen Menschen vermag, wenn sie mit solchem Talent und solcher Intensität verfochten wird. 56 000 Gulden kostete das Haus, für das Frau Aja einst 22 000 Gulden erlöst hatte. Volger ließ unverzinsliche Anteilscheine über zehn Gulden ausstellen, erließ Spendenaufrufe, haftete mit seinem eigenen Besitz, ja ging selbst »bettelnd« von Haus zu Haus, um wenigstens die im Kaufvertrag vereinbarten 10 000 Gulden Anzahlung zusammenzubringen. Bald sammelte er alle Zeugnisse des früheren Zustandes und bestimmte in seinem 1863 erschienenen Buch »Goethes Vaterhaus« die einzelnen Zimmer nach ihrem früheren Verwendungszweck.

Das Haus am Frauenplan in Weimar war damals noch der Öffentlichkeit verschlossen. Es befand sich im Besitz von Goethes Enkeln. Um so dringender erschien es Volger, das Erbe Goethes in Frankfurt zu pflegen, wozu auch gehörte, altes Mobiliar wieder herbeizuschaffen, Handschriften und Gemälde aus seinem Kreis zu erwerben, dem Hochstift (das teilweise im Goethehaus untergebracht war) eigene Räume zu beschaffen, ein Jahrbuch herauszugeben – kurzum viele Dinge, die auch heute noch zu den Aufgaben und Zielen des Hochstifts gehören.

Doch immer wieder fehlte das Geld für die dringendsten Bedürfnisse. Da geschah ein »Wunder«. Der Kanzleirat Dr. Adolf Müller starb 1880, und da der sonst so reservierte Mann Volger sehr freundschaftlich gesonnen war, weil er dessen reinen Idealismus zu schätzen wußte, vermachte er dem Hochstift 500 000 Mark, deren Zinsen für die Ziele dieser Institution verwandt werden sollten.

Doch nun sammelten sich plötzlich alle Neider und Feinde des »Hergeloffenen«, dem sie die Verfügung über so große Beträge nicht gönnten. Im Grunde grollten ihm viele wohl nur deshalb, weil seine mitreißende Tatkraft sie oft genug beschämt hatte. So stürzten sie jenen Mann, der sich allein mit dem Erwerb und der Rettung des Goethehauses für die Stadt und das literarische Deutschland unsterbliche Verdienste erworben hatte.

Von Volger, dem so spät Rehabilitierten, aber bleibt zu berichten, daß nach jenen tumultuarischen Tagen seiner Abwahl sich »seine Seelenerregung in einem schweren Nervenfieber austobte«. Aus dieser Krise ging der Zweiundsechzigjährige als ein Verwandelter hervor. Er zog nach Bad Soden am Taunus, erwarb später in Sulzbach ein Haus, das er nun »Sonnenblick« nannte. In weiser Selbstbescheidung hat er nicht lang vor seinem Tod im Jahre 1897 die Worte gesprochen, die ihn als einen mit seinem Schicksal Versöhnten zeigen: »Mein Traum ist verwirklicht, mein Wunsch erfüllt . . .« Und er durfte es wohl ehrlich und überzeugt sagen, weil er spürte, daß seinem Werk Dauer beschieden sei, wobei sein Gefühl ihn nicht getrogen hat. Das Freie Deutsche Hochstift mit seinen 2650 Mitgliedern und die 182 000 Besucher, die das Goethehaus im letzten Jahr besichtigten, sind lebendige Zeugen dafür.

Bekanntschaften, Freundschaften in der Jugendzeit

Freund Merck hieß bei Goethes »der Mephistopheles«

»Ich glaube nicht, daß irgendein Sterblicher mit allen Ihren scharfen Ecken, Stacheln, Hörnern und Klauen Sie mehr lieben und höher achten kann«, schrieb Wieland aus Weimar im Jahre 1777 an Johann Heinrich Merck nach Darmstadt. Das ist deshalb ein besonders interessanter Brief, weil er trotz der großherzigen Sympathiebeteuerungen die widerborstige Seite des Goethefreundes Merck nicht verschweigt. Man fragt sich, ob es nur Zufall ist, daß selbst der ihm so freundlich gesinnte Wieland von Hörnern und Klauen spricht, die doch als Teufelsattribute gelten. In Goethes Elternhaus am Hirschgraben in Frankfurt war der dort verkehrende und wohlgelittene Merck auch schon als Mephistopheles bezeichnet worden. Scherzhaft zwar, aber mit einem bedeutungsvollen Hintersinn.

Johann Heinrich Merck wurde in Darmstadt am elften April 1741 geboren. Er entstammte einer alten ansässigen Familie, die seit 1668 im Besitz der dortigen Engel-Apotheke war. Aus dieser Ahnenreihe ging später auch der Begründer der bedeutenden chemischen Fabrik E. Merck hervor. Was in der Literaturgeschichte den Namen Johann Heinrich Merck lebendig erhält, ist eine enge Verbindung mit dem jungen Goethe, wobei – im Gegensatz zu vielen anderen uns bekannten Begegnungen Goethes – Merck mehr der Gebende als der Nehmende war. Auf den Spuren dieses eigenwilligen, hochtalentierten Mannes sind viele Gelegenheiten zu finden, bei denen er sich selbst im Wege stand. Briefe, Zeugnisse der Zeitgenossen und Betrachtungen der Nachgeborenen sind vorhanden, aber bis heute gibt es keine erschöpfende Bearbeitung seines Verhältnisses zu Johann Wolfgang Goethe. Das ist bedauerlich, denn Goethes Ausführungen in »Dichtung und Wahrheit« werden, aus Alterssicht betrachtet, der Bedeutung des acht Jahre älteren Darmstädters für Goethes Entwicklung in seiner Jugendzeit nicht voll gerecht.

Merck hatte in Gießen und Erlangen Theologie studiert, war dann – wie früher oft üblich – Reisebegleiter und Hofmeister geworden; später Kanzleisekretär und Kriegsrat am bescheidenen Hof der klu-

Johann Heinrich Merck

gen, vielgerühmten Landgräfin von Hessen in Darmstadt. Aber diese Ämter boten dem rastlosen Literaten und Forscher keine Befriedigung. Auf den Gebieten der Zoologie, der Mineralogie und der Knochenkunde (Osteologie), besonders aber der Fossilien, machte Merck sich dagegen selbst in Kreisen anerkannter Wissenschaftler einen Namen. Sein Wissen, sein Auftreten, auch seine kaufmännische Gewandtheit waren bedeutend. Mit Goethe wurde Merck durch die Brüder Schlosser bekannt. Der junge Frankfurter verkehrte bald darauf im Kreis der Darmstädter »Empfindsamen«, in dem Merck – der gar nicht so Zarte – eine führende Rolle spielte. Durch die gemeinsame Arbeit an den »Frankfurter Gelehrten Anzeigen« kam eine Vertrautheit zustande, die Merck, der Goethes geniale Züge vor vielen anderen erkannt hatte, veranlaßten, bald durch Zustimmung, bald durch Kritik den jungen Dichter auf seinem Weg zum Ruhm vorwärts zu drängen.

Es war Sturm-und-Drang-Zeit und Merck mit seinen beißenden Kritiken einer ihrer Wegbereiter. So schrieb der Streitbare etwa an Höpfner: »Sie werden sich nächstens wundern, wie der Staub von den Perücken der Kahlköpfe fliegt.« Da Merck auch an Wielands »Teutschem Merkur« mitarbeitete, vor allem als Kritiker der neu erscheinenden Bücher, die er gerne in seiner sarkastisch-galligen Art besprach, zählte er zu den einflußreichsten Rezensenten seiner Zeit.

Mercks Kritiken, mit Verstandesschärfe sezierend, konnten vernichten. Aber diese seltsame innere Bitterkeit, der Menschenhaß, der zuweilen aus Merck sprach, richtete sich nie gegen den jungen Goethe. Mercks wacher Verstand hatte früh das Genie in dem acht Jahre jüngeren Poeten erkannt. Das hinderte ihn freilich nicht, im Falle des Clavigo ihm zu sagen: »Solches Zeugs mußt du nicht mehr schreiben, das können andere auch.«

Goethe, im Anfang seiner schriftstellerischen Tätigkeit noch unsicher, unentschlossen, nahm gerne Mercks Rat an. Doch meinte er später, »Mephistopheles Merck« habe ihm damit großen Schaden getan. Zu dieser Zeit habe er wohl zehn solcher Stücke schreiben können. Doch sonst war Goethe dem Freund für seine Unterstützung und finanzielle Hilfe bei der Herausgabe des »Götz von Berlichingen« dankbar und eng verbunden. Das spiegelt sich in einem Brief an Herder, den er 1772 schreibt, wider: »Ich bracht einen reichen Abend mit Mercken zu, ich war so vergnügt als ich seyn kann, wieder einen Menschen zu finden, in dessen Umgang sich Gefühle entwickeln und Gedancken bestimmen.«

Nach Goethes Weggang an den Hof von Weimar hielt die Korrespondenz die Verbindung der beiden aufrecht, obwohl im Grunde allen Briefen jene Warmherzigkeit und Spontaneität abgeht, die der Goethe-Korrespondenz mit Jugendfreunden sonst zu eigen ist. Literarische und wissenschaftliche Fragen auf hohem Niveau bestimmen den Ton der beiden sich auch forschend betätigenden Männer. Doch trotz des nachlassenden Gedankenaustausches schreibt Goethe im Juli 1779, als Merck ihn in Weimar besucht hatte, in sein Tagebuch: »Gute Würkung auf mich von Mercks Gegenwart, sie hat mir nichts verschoben, nur wenige dürre Schalen abgestreift und im alten Guten mich befestigt. Da er der einzige Mensch ist, der ganz erkennt, was ich tu und wie ich's tu, und es doch wieder anders sieht wie ich, von anderm Standort, so gibt das schöne Gewissheit.« Das sind für Goethe sehr bedeutungsvolle Worte. Noch achtzehn Jahre später schreibt Humboldt nach einem Besuch in Weimar an seine Frau, was Goethe ihm anvertraut hat: daß ihm die Gemeinschaft mit Schiller großen Nutzen bringe. Vor diesem seien Merck in Darmstadt und Moritz die einzigen gewesen, mit denen er sich im Leben in ähnlicher Weise über ästhetische Grundsätze habe vereinigen können.

Das ist verständlich, denn der junge Goethe hatte erfahren, daß der ältere, reifere Merck ihn anfangs klarer zu beurteilen vermochte, als er selbst dazu imstande war. So etwa, wenn er ihm in der frühen

Frankfurter Zeit für das Grundsätzliche seines Schaffens die Augen öffnete, da er ihm sagte: »Dein Bestreben, deine unablenkbare Richtung ist, dem Wirklichen eine poetische Gestalt zu geben; die andern suchen das sogenannte Poetische, das Imaginative, zu verwirklichen, und das gibt nichts wie dummes Zeug.« Goethe hat diese frühe Erkenntnis auch im späteren Leben noch als bedeutenden Weitblick des Darmstädters bewundert, zumal auch bei anderen Gelegenheiten Merck erstaunlich treffsichere Beurteilungen vorgenommen hat. Beispielsweise schreibt er 1778 an Lavater: »Der Herzog (Anm. Carl August) ist einer der merkwürdigsten jungen Leute, die ich je gesehen habe . . . Goethe liebt ihn wie keinen von uns, weil vielleicht keiner ihn so nötig hat als dieser, und so wird ihr Verhältnis ewig dauern.« Und er spottet, daß »die Esel den Herzog als schwachen Menschen gebrandmarkt« hätten. Er beurteile ihn als eisenfesten Charakter. Die Zukunft gab Merck recht.

Im Jahre 1780 sahen sich die alten Freunde zum letzten Mal. Goethe hatte seinen eigenen Weg gefunden. Den Kriegsrat Merck, wie dieser wohl hoffte, in ein interessantes Amt nach Weimar holen konnte er nicht, wollte er wohl auch nicht. Schon andere hatte er abweisen müssen. Goethe bedeutete dem noch nicht fünfunddreißigjährigen Merck, alte Bäume solle man nicht verpflanzen. So kam es, daß der Kriegsrat an die Herzogin Anna Amalia, für die er, ebenso wie für Carl August manchen Kunstauftrag erledigte, im Januar 1780 über Goethe verärgert schrieb: »Bei seiner Ministerschaft in Weimar ist er mir vergangenen Sommer oft mit einer Trockenheit und Kälte begegnet, als ob aus seinem alten Freunde ein subalterner Diener und ein Supplikant geworden wäre.« Doch selbst Jahre zuvor hatte Merck, trotz der Goethefreundschaft, vertraulich mit Bekannten korrespondiert, die ihrerseits alles andere als Goethefreunde waren, wobei auch offen von Goethes vermeintlichen Fehlern gesprochen wurde.

Solch selbständiges Urteilen hatte Merck sich stets bewahrt. Nicolai konnte ihm 1775 schreiben: »Unbändige Eitelkeit hat die ganze Welt wider Wielanden aufgebracht. Hui! daß es Goethen nicht auch so gehet!« Nicolai konnte das wagen, weil er wußte, daß Merck kein Zuträger war, sondern, bei aller Hochachtung vor Goethe, nie zum blinden Anbeter wurde. Hatte er doch schon zur Zeit der engen Freundschaft, 1774, seiner Frau berichtet, der »Götz von Berlichingen« habe Goethe »etwas den Kopf verdreht«.

Wie so vielen seiner Weggenossen, hat Goethe später in »Dichtung und Wahrheit« auch Merck ein Denkmal gesetzt. Seine Ausführungen werden dem vielseitigen Darmstädter, im ganzen gesehen, wohl gerecht, doch dessen kluge Einwirkung auf ihn, kommt kaum voll zur Geltung. Sicher ist es richtig, wenn Goethe dort schreibt: »In seinem Charakter lag ein wunderbares Missverhältnis: Von Natur ein braver, edler, zuverlässiger Mann, hatte er sich gegen die Welt erbittert, und liess diesen grillenkranken Zug dergestalt in sich walten, dass er eine unüberwindliche Neigung fühlte, vorsätzlich ein Schalk, ja ein Schelm zu sein.« In solcher Situation habe er andere kränken, verletzen, ihnen schaden können und einen Teil des geselligen Lebens sich selbst verdorben. Auch schade es ihm, daß der unruhige Kriegsrat sich zuweilen plötzlich auf kaufmännische Unternehmen werfe, aus den sein spekulativer Kaufmannsgeist Gewinne ziehen wolle.

Eine solche Tätigkeit war die Gründung einer Baumwollfabrik um 1786, mit der er ein Fiasko erlitt. Das hat ihn schließlich auch scheitern lassen. Als er sich dem Bankrott nahe sah, richtete er verzweifelte Briefe an den alten Freund Goethe nach Weimar, doch fanden diese nicht mehr die erhoffte Resonanz. Aber der Herzog half mit einer Bürgschaft aus. Zu den schweren wirtschaftlichen Sorgen kam ein langes, schmerzhaftes Unterleibsleiden, das dazu beigetragen hat, daß der immer stärker zu Depressionen neigende Merck am 27. Juni 1791, fünfzig Jahre alt, seinem Leben selbst ein Ende setzte. Der Tod der ihm wohlgesonnenen Landgräfin hatte ihm bessere Berufsaussichten verbaut.

Zu seiner Verzweiflungstat beigetragen hat wohl auch die wenig harmonische Ehe mit seiner Frau Louise Charbonnier. Merck hatte sie 1766 aus ihrer Heimat am Genfer See mit nach Darmstadt gebracht, doch die schöne, temperamentvolle Frau fühlte sich in Darmstadt nie wohl. Da von den sieben Kindern des Ehepaares vier starben, war auch von dorther kein innerer Friede zu erwarten; auch wenn die Gatten sich zuletzt wieder näher gekommen waren. Mercks Klage gegenüber dem Herzog Carl August, der ihn sehr schätzte, ist verständlich: »Mir ist so wenig von dem zuteil geworden, was die Menschen Glück und Ehre nennen.«

Goethe ist trotz seines Abrückens vom ehemaligen Freund und Helfer so ehrlich zu bekennen, daß er in den ersten Jahren ungeachtet Mercks schwierigem Charakters häufig und lebhaft mit ihm verkehrte. Dennoch wird der im Alter aus olympischer Höhe zurückschauende Goethe dem wachen Geist aus Darmstadt dort wohl nicht ganz gerecht, wo er dessen kaum zu überschätzenden Einfluß auf ihn selbst würdigt. Diese Einwirkung ging so weit, daß Merck sich sogar darum bemühte – und nicht ohne Erfolg – Goethe seiner großen Wetzlarer Liebe, Charlotte Buff, zu entfremden und auf Abbruch dieses aussichtslosen Verhältnisses zu drängen. Merck hat Goethe selbst dort gefördert, wo es, seiner Art gemäß, durch Herabsetzung und Verneinung geschah. Er verhalf dem jungen Schriftsteller nicht etwa durch hohes Lob zum ersten großen Ruhm, sondern dadurch, daß er dem zu gründlichem Umarbeiten bereiten Goethe sagte: »Lass das Zeug (den »Götz von Berlichingen«) drucken! Es taugt zwar nichts, aber lass es nur drucken.« Und Goethe gibt ihm später recht und meint, »es wäre wohl anders geworden, aber nicht besser«.

Doch bleibt beim Abwägen aller Goethe-Äußerungen das Gefühl, als habe sich irgendwo in ihm ein Groll gegen den Darmstädter Mephisto angesammelt. Zumal auch in der durch Eckermann überlieferten Charakteristik sich eine Reihe ablehnender Töne finden, die bis zum Betrugsvorwurf gehen, wenn Merck eine gute Kunstarbeit in den Händen eines Philisters gesehen habe. Dann sei ihm jedes Mittel recht gewesen, es in seine Sammlung zu bringen. »Er hatte in solchen Dingen gar kein Gewissen, jedes Mittel war ihm recht, und selbst eine Art von grandiosem Betrug wurde nicht verschmäht, wenn es nicht anders gehen wollte.« Das sind Töne, die der abwägende Alters-Goethe selten anschlägt. Auch eine andere Äußerung, ein Jahr vor seinem Tod, gegenüber Eckermann besagt: ». . . allein da er nicht produktiv war, sondern im Gegenteil eine entschieden negative Richtung hatte, so war er immer weniger zum Lobe bereit als zum Tadel, und er suchte unwillkürlich alles hervor, um solchem Kitzel zu genügen.«

Die unterschiedliche Anlage der beiden Charaktere, die sich im Lauf des Lebens noch verstärkte, hat die Entfremdung letztlich bewirkt. Aber auch das Gefühl einer gegenüber Merck nie abgetragenen Dankesschuld kann im Unterbewußtsein eine Rolle gespielt haben. Doch wie dem auch sei, Goethe mußte auch für den ruhelosen Verneiner Merck Verständnis haben, denn schließlich stammen von ihm die Worte: »Niemand kann sich umprägen und niemand seinem Schicksal entgehen.« So mußte auch der unglücklich veranlagte Merck das Gesetz erfüllen, nach dem er angetreten war. Und man sollte nicht vergessen, daß in Goethes bedeutendster Dichtung Mephistopheles, als Widerpart des Faust, eine entscheidende Rolle spielt.

Willemer, ein Bankier mit sozialem Gewissen

Zwanzig Jahre Festungshaft erhielt der Gegner von »Brami« Willemer, nachdem er den jungen Hauptmann in preußischen Diensten – Johann Jakob Willemers einzigen Sohn – im Juni 1818 im Duell erschossen hatte. Abraham, der eine vorzügliche Ausbildung besaß, der unter anderem in Yverdon die Pestalozzi-Anstalt besucht hatte, stand kurz vor seiner Hochzeit. Der Tod seines einst heiß ersehnten Erben traf Willemer schwer. Und doch reiste der hart geprüfte Vater bald darauf nach Berlin, um vom König die Begnadigung des unglücklichen Duellgegners zu erbitten.

Johann Jakob Willemer war zu seiner Zeit eine umstrittene Persönlichkeit. Seine zahlreichen Schriften wurden wegen ihres oft übersteigerten Idealismus von vielen nicht ernst genommen. Aber es gibt schließlich zwei völlig verschiedene Blickwinkel, aus denen heraus ein Menschenleben zu betrachten ist: man kann den Charakter oder den Erfolg werten.

Willemers Erfolg als Schriftsteller und Politiker war begrenzt. Willemers Charakter dagegen zeigt mehr als einmal eine erstaunliche Größe, denn der Begnadigungsbittgang zum König von Preußen war nicht die einzige selbstlose Tat dieses Frankfurter Bankiers, der am 29. März 1760 in der Freien Reichsstadt geboren wurde und einer sehr alten lutherischen eingesessenen Predigerfamilie entstammte. Sein Vater hatte als Bankier diese Tradition durchbrochen. Er starb, als Johann Jakob sieben Jahre alt war, so daß die Mutter das Bankhaus weiterführen mußte.

Der junge Mann ging mit sechzehn Jahren nach Berlin, erlernte dort das Bankgeschäft, kehrte mit einundzwanzig Jahren nach Frankfurt zurück und heiratete Maria Magdalena Lang, die er in Berlin kennengelernt hatte. Es war eine sehr glückliche Ehe, bis nach elf Jahren die junge Frau starb und Willemer mit vier kleinen Mädchen als Witwer zurückblieb. Auch seine zweite Frau, die ihm den Erben »Brammy« schenkte, starb schon drei Jahre nach der Hochzeit. Von schweren Schicksalsschlägen blieb Willemer also nicht verschont.

Erfreulicher dagegen entwickelte sich sein Bankgeschäft. Und mit der Blüte seines Bankhauses wuchs auch sein Ansehen. Als Neunundzwanzigjähriger wurde er zum Senator seiner Vaterstadt gewählt, was ihn hoch erfreute, da er sich von diesem Amt politischen Einfluß und ein ihm willkommenes Arbeitsfeld für seine vielseitigen Pläne versprach. Das war 1789, zur Zeit der Französischen Revolu-

Johann Jakob von Willemer

tion, die Willemer begrüßte, weil ihre propagierten Ziele mit seinen eigenen Ideen übereinzustimmen schienen. Allerdings fehlte seinem schwärmerischen Geist ein Leben lang der politische Instinkt, zwischen Worten und Taten der Mächtigen zu unterscheiden, was in späteren Jahren auch sein Eintreten für die heilige Allianz zeigte, wobei er in dem Zaren Alexander I. den Verfechter eines christlichen Erziehungsstaates sah, wie er ihm vorschwebte.

Im Jahre 1792 war Willemer jedenfalls tief enttäuscht, als das französische »Befreiungsheer« unter General Custine nach dem Fall von Mainz durch den General Neuwinger auch Frankfurt am Main ohne Schwertstreich eroberte. »Wir führen keinen Krieg gegen das Volk, unsere Feinde sind die Despoten«, hatten die Franzosen verkündet, und der gutgläubige Bankier erkannte lange Zeit nicht, daß sich hier – wie so oft in der Geschichte – die Macht die Maske der Freiheit aufgesetzt hatte.

Als man der Freien Reichsstadt eine Kontribution von zwei Millionen Gulden auferlegte und alle Gelder forderte, die dem Kaiser von Österreich und dem König von Preußen gehörten, da gingen den

Verantwortlichen in Frankfurt die Augen dafür auf, daß ihre allzu kluge Neutralitätspolitik schlechte Früchte getragen hatte. Die in der Stadt angeblich unterstützten französischen Emigranten hatte die Besatzungsmacht als Grund für ihre Erpressung angegeben. Willemer wurde neben anderen führenden Bürgern von den Franzosen als Geisel genommen, um die Erfüllung der Kontributionszahlung durchzusetzen.

Der Senat der Stadt ließ die Geiseln im Stich. Seine Vorschläge, diese auszulösen, waren so schwach und ungerecht, daß Willemer in deren Namen erklärte, sie wollten sich lieber wegführen lassen als auf die Magistratsregelung eingehen. Custine ließ Willemer bald wieder frei, weil er sich von ihm Unterstützung erhoffte. Das war ein Irrtum. Willemer erwies sich als sein härtester Widersacher; er drohte sogar damit, daß das Volk sich erheben werde, wenn der General in Frankfurt Gewalt brauche.

Im Gegensatz zu ihrem schwachen Senat bewiesen die Bürger erstaunlichen Weitblick, als die Franzosen versuchten, durch einseitige Belastung der »Reichen« und Versprechungen an die Armen einen Keil zwischen die Bürgerschaft zu treiben. Sie erklärten am 5. November 1792 schriftlich dem französischen Befehlshaber, sie brauchten keinen Schutz, denn sie würden nicht bedrückt. Die in Aussicht gestellte Freiheit genössen sie schon lange, und sie wüßten sehr wohl, daß die Vernichtung der besitzenden Klassen für den Mittelstand und die Armen ein Unglück sei.

Als Ludwig XVI. am 21. Januar 1793 hingerichtet wurde, erlosch in Willemer jäh jede noch verbliebene Sympathie mit der Französischen Revolution, da er – obwohl fortschrittlichen Ideen nie abgeneigt – stets royalistisch dachte, wie viele seiner bedeutenden Zeitgenossen; die für nötig erachteten Reformen sollten von oben her, unter Mitwirkung der Fürsten, kommen. Die entscheidende Wirkung erhoffte er dabei von den Schulen, der Erziehung, der Volksbildung.

Aber, wie häufig im Leben Willemers war seine Abwendung zu kraß, so daß sein Urteil von einem Extrem ins andere umschlug. So bat er auch schon 1792, nach nur dreijähriger Tätigkeit, um seine Entlassung aus dem Senat. Der Grund war wohl weniger der Tod seiner Frau, als die Tatsache, daß er in dem verknöcherten Senat für die Ziele eines ideal gesinnten Geistes kein Wirkungsfeld fand. Andererseits fehlte es dem Bankier an Ausdauer, sich einem gesteckten Ziel zäh und beharrlich, notfalls auch mit kleinen Schritten zu nähern.

Willemer wurde königlich preußischer Hofbankier, wodurch er

den weiteren Aufstieg seines Bankhauses förderte; er verlor aber 1806, als die Franzosen Preußen geschlagen hatten, einen großen Teil seines Vermögens. In wachsendem Maße widmete er sich nach 1792 den Wissenschaften und holte manches der durch den frühen Tod des Vaters versäumten Ausbildung nach. Er las viel und stand mit bedeutenden Persönlichkeiten seiner Zeit in reger Korrespondenz. Wenn der Briefwechsel mit Goethe auch in erster Linie durch Marianne aufrechterhalten wurde, so verbleiben doch so bedeutende Namen wie Sulpiz Boisserée, der Freiherr vom Stein, Görres, Börne, Pestalozzi, Johannes von Müller als seine Partner.

1793 schreibt der Ruhelose sein erstes Theaterstück: »Die Jacobiner«. 1798 gibt er seine erste bedeutende Flugschrift heraus: »Besitzen denn die Franzosen die Freyheit, welche sie uns anbieten?«. Beide Male prangert er die Französische Revolution an. Im Jahre 1800 folgt das Schauspiel »Der Geburtstag«, 1803 »Der Schädelkenner«.

Es war die Zeit, da sich der Bankier besonders dem Theater zugewandt hatte. Er besaß einen Aktienanteil des als AG geführten Frankfurter Schauspielhauses, worüber Antonie Brentano mit böser Zunge zu berichten weiß, daß beim Witwer Willemer, der wohl diese und jene Liaison mit den Schauspielerinnen hatte, Acteurs und Actricen freien Eintritt hätten. Er habe ihnen zu Ehren schon sehr brillante Soupers gegeben. Frau Aja, die auch einmal eine solche Andeutung macht, weiß aber auch viel Positives zu berichten. Er sei der Freund, der »Farbe« halte und einen Fond zusammengebracht habe, aus dem alte Schauspieler unterstützt werden sollten. Für jene Zeit eine wahrhaft soziale Tat, die gewiß manche menschliche Schwäche aufwiegt.

Durch seine Theatertätigkeit lernte Willemer, der 1802 wegen künstlerischer Differenzen aus der Leitung der Anstalt wieder ausschied, Marianne Jung kennen, die mit ihrer Mutter in Frankfurt gastierte. Er nahm die Sechzehnjährige im Frühjahr 1800 als Pflegetochter in sein Haus, wo sie mit seinen Töchtern eine vielseitige Ausbildung erhielt. Daß dies zu Redereien führte, ist verständlich. Erst 1814 heiratete der Bankier Marianne. Erstaunlich war, daß gleich nach dem Einzug der blutjungen Schauspielerin ein Pol der Ruhe in die Familie kam. So stark war die Ausstrahlung des Mädchens auf Vater und Kinder, daß es das Bindeglied der Familie wurde und diese Rolle, von allen gerne anerkannt, bis zu ihrem Tod, lange nach dem ihres Mannes, innehatte.

Wenn Johann Jakob Willemer heute in der Literaturgeschichte noch bekannt ist, dann meist als Ehemann von Goethes »Suleika« im »West-östlichen Divan«. Aber es wäre ungerecht, Johann Jakob Willemer nur als »Suleikas Gatte« in Erinnerung zu behalten.

Als Goethe nach seinem letzten Frankfurter Besuch auf der Gerbermühle bei den Willemers im Jahre 1815 lange und beharrlich schwieg, nicht einmal zu »Bramis« Tod ein Beileidswort äußerte, worunter besonders Marianne seelisch gelitten hat, da schrieb der gegenüber Goethe oft fast unterwürfige Bankier an den »Olympier« enttäuscht und empört: »Ich weiß nicht, ob den Meister das alles noch interessiert. (Mariannes verwundetes Herz.) Die Götter in ihrem Grimm meiden am Ende die Sterblichen, mit ihrem Leid und ihrer Freude überdrüssig . . .« Goethe antwortete erst neun Monate später und sandte zur Versöhnung die ersten Druckbogen des »Divan«. Von da an riß der Briefwechsel bis zum Tod Goethes nicht mehr ab.

In Görres' berühmtem »Rheinischen Merkur« versuchte der Bankier in jenen Jahren durch seine Publikationen eine nationale Besinnung durch strenge moralische Erziehung zu unterstützen, denn noch war das napoleonische Joch nicht endgültig abgeschüttelt. 1816 wurde Willemer durch Kaiser Franz I. geadelt. 1817 und 1818 wurde er in Frankfurts »Gesetzgebende Versammlung« gewählt. Er kehrte also wieder in die Politik zurück und hatte bald Gelegenheit, seinen Mut zu beweisen, als er – unbeirrt durch Kotzebues Ermordung – im Gegensatz zu Goethe an seiner Forderung nach Pressefreiheit festhielt und sich im Frankfurter Verfassungsstreit immer wieder hart gegen den Geldadel wandte, der die Kontributions- oder »Simplen-Steuer« (eine Vermögenssteuer) abschaffen wollte, was Willemer als »Versündigung an den kommenden Geschlechtern« brandmarkte, da er als Kaufmann Ordnung in den Finanzen der Stadt als unabdingbar ansah.

Daß er dabei einen Standpunkt verfocht, der seinen eigenen Interessen widersprach – zählte er doch selbst zu den Reichen – unterstreicht erneut die moralischen Qualitäten dieses oft unbequemen Mannes, der sich seinen gestellten Forderungen auch selbst unterwarf. Wohl nicht umsonst hatte sich der weitsichtige, kluge Freiherr vom Stein über die Urteilskraft echter Kaufleute später ausgelassen: »Ein verständiger, welterfahrener Gewerbetreibender urteilt besser als der Gelehrte über städtische Angelegenheiten.«

Auch Willemers engen Kontakt zu Börne oder die rechtschaffene Figur des Juden Wolf in seinem Schauspiel »Der Geburtstag« waren damals mutige Zeichen einer toleranten Persönlichkeit, auch wenn er andererseits Sondersteuern für den jüdischen Getreidehandel erwog und städtische Aufkäufe befürwortete. Dagegen warnte er vor überhöhten Zöllen, weil sonst der Handel, von dem Frankfurt lebe, nach Offenbach, Höchst oder Mainz abwandere.

Die Jahre 1817 bis 1819 zeigten Willemer auf der Höhe seiner politischen Tätigkeit, nachdem er 1815 sein Bankgeschäft aufgegeben hatte und mit einer ganzen Reihe von Büchern voll moralisch-sittlichen Überlegungen auf das Zeitgeschehen einzuwirken versuchte. Er kämpfte auch mutig gegen die neue städtische Verfassung, zumal die oft willkürlich gehandhabte Geschäftsordnung Ungerechtigkeiten Vorschub leistete. Deshalb forderte er Öffentlichkeit der Sitzungen und für die meist einzeln auftretenden gewählten Bürger, die dem geschlossenen Block der Patrizier und dem Geldadel oft hilflos gegenüberstanden, eine Art Fraktion, eine Partei, womit er, der Konservative, seiner Zeit weit vorauseilend, liberale Ideen predigte. Daß er dabei den »Geldadel«, dem er im Grunde zugehörte, immer wieder anprangerte, ihm vorwarf, selbst Wahlen durch Geld zu manipulieren, ja behauptete, seine Mitglieder seien die schlechtesten Staatsbürger, das zeigt seine große Unabhängigkeit.

Allzuviele Freunde hatte der unstete Mann nicht. Dafür war er ein zu schlechter Parteigänger. Weil er die Wahrheit nicht zuliebe einer Partei vergewaltigt sehen wollte, focht er oft nach den verschiedensten Seiten hin, ohne in seiner Eigenwilligkeit nach Freund oder Feind zu fragen.

Seinem scheidenden Pflegesohn August Bansa hatte Willemer, damals 51 Jahre alt, ins Stammbuch geschrieben: »Es ist eine große und schwere Aufgabe des Lebens, die allgemeine Bestimmung des Menschen und den Zweck des bürgerlichen Berufs in eine harmonische Verbindung zu setzen.« Mit diesem Ausspruch charakterisiert er treffend jene Pole, zwischen denen sein eigenes Leben unter Spannung gehalten wurde.

Daß er bei allen Schwächen immer ein Strebender blieb, der sich bemühte, seine christlich geprägten, patriotisch bedingten Erziehungsgrundsätze selbst zu befolgen und einen so richtig erkannten Standpunkt auch dann furchtlos zu vertreten, wenn es menschlich und politisch unklug war – gerade darin liegt die Größe dieses umstrittenen Mannes, der allein durch seinen leidenschaftlich geführten erfolgreichen Kampf um die vorgesehene Frankfurter Verfassung des Jahres 1816 mit der Geschichte der Freien Reichsstadt aufs engste verbunden bleiben wird.

Literarischer Höhenflug des jungen Genies

»Die Leiden des jungen Werthers« eroberten die Welt

Wer das Lottehaus in Wetzlar besucht, findet in einem der Zimmer eine Ausstellung der »Werther«-Exemplare in zweiunddreißig verschiedenen Sprachen. An den ebenfalls zur Schau gestellten Parodien, imaginären Fortsetzungen, Umdichtungen, Bänkelsängerliedern, Streit- und Verteidigungsschriften kann der Betrachter ermessen, welch eine ungeheure Resonanz und Verbreitung dieser Briefroman gefunden hat. Dem Werk liegt Goethes Begegnung mit Charlotte Buff, der Braut Kestners, in Wetzlar zugrunde, verbunden mit dem Schicksal des jungen Jerusalem, der sich aus unglücklicher Liebe das Leben nahm. Doch ist diese Verquickung keine nur romanhafte Erfindung, denn Goethe war von dieser Begegnung, die mit seiner Flucht aus Wetzlar endete, tief erschüttert und schrieb später über jene Zeit: »Ich weiß recht gut, was es mich für Entschlüsse und Anstrengungen kostete, damals den Wellen des Todes zu entkommen.«

Doch »Die Leiden des jungen Werthers« hatten so manche Hürde zu nehmen, ehe sich das Buch über die zivilisierte Welt hin ausbreiten konnte; neben allen europäischen Ländern auch bis nach Amerika, China und Japan. Die Hürden waren die Verbote, mit denen man das Buch in verschiedenen Ländern belegte, nachdem vielerorts – zumeist durch die Geistlichkeit – gegen den gefährlichen Inhalt gewettert wurde, weil das Werk den Selbstmord verherrliche und schwachen Gemütern im Freitod ein sieghaftes Lebensende vorspiegele. Frankfurt war zu Goethes Jugendzeit Zentrum des deutschen Buchhandels. Anstößige Bücher wurden auch hier zuweilen durch den Henker öffentlich verbrannt, was ihnen jedoch eher eine größere Popularität einbrachte. Das ist heute bei Verboten nicht viel anders als damals. Auch Goethe wußte das und hat in »Dichtung und Wahrheit« geschildert, wie sich das Volk bemühe, wenigstens ein paar Seiten solcher Schriften zu erhaschen. War er doch selbst Zeuge einer mit allem Zeremoniell veranstalteten Verbrennung in seiner Heimatstadt.

Daß aber seinem »Werther« da und dort ein ähnliches Schicksal zuteil wurde, das erwähnt der Dichter – sonderbarerweise – an keiner

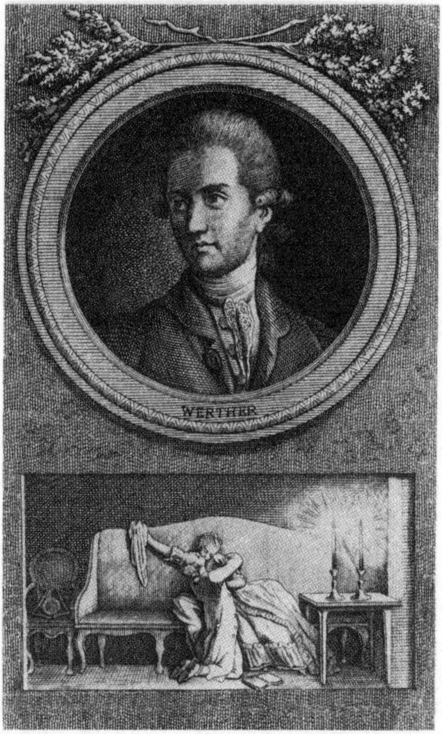

Titelblatt der himburgischen »Werther«-Ausgabe

Stelle. In Leipzig begründete ausgerechnet der Dekan der Theologischen Fakultät, Ernesti, den Verbotsantrag. Bei ihm hatte Johann Wolfgang als Student mehrere Kollegien gehört. In dem an die Kurfürstliche Bücherkommission gerichteten Antrag heißt es unter anderem: »Da die Schrift also üble Impressiones machen kann, welche, zumal bey schwachen Leuten, Weibspersonen, bey Gelegenheit aufwachen, und ihnen verführerisch werden können, so hat die theol. Facultät für nöthig befunden zu sorgen, daß diese Schrift unterdrückt werde.«

Verständlicherweise bewirkte das ausgesprochene Verbot wenig, denn schon waren die Raubdrucker am Werk, die für Verbreitung im geheimen sorgten, und der Reiz des Verbotenen wirkte auch hier eher als Verstärkung des Interesses.

Einer, der am leidenschaftlichsten ein allgemeines Verbot forderte, war der Magister der Philosophie und Kanonikus an der Domkirche zu Hamburg, Christian Ziegra, der seinen Appell an die Polizeibehörde mit den Worten schloß: »Welcher Jüngling kann eine solche verfluchungswürdige Schrift lesen, ohne ein Pestgeschwür davon in seiner Seele zurückzubehalten, welches gewiß zu seiner Zeit aufbrechen wird. Und keine Censur hindert den Druck solcher Lockspeisen des Satans?« Hauptpastor Johann Melchior Goeze aus Hamburg, der schon gegen Lessings Schriften gewettert hat, nahm neben dem Werther auch gleich die »gottlosen Zeitungs-Recensenten« aufs Korn, die es wagten, solch ein Buch auch noch zu verherrlichen. Goeze rückte Werther in die Nähe von Mördern, als er schrieb: »Ist es eine Heldenthat, sich selbst mit Vorsatz und Überlegung den Lebensfaden abzuschneiden, so wird es wol kein so großes Verbrechen seyn, andre, welche uns im Weg stehen, auf eine gute Art aus der Welt zu schaffen.« Und da Goeze manche Stellen des Buches sogar als Gotteslästerung ansah, die mit Strafe an »Leben, Leib und Gliedern« geahndet werden konnte, hätte er Goethe am liebsten vor das Halsgericht gebracht, zumindest aber ein lebenslängliches Schreibverbot über ihn verhängen lassen, wie es zuweilen gegen mißliebige Schriftsteller geschah.

Die Moritatensänger, der heutigen Sensationspresse vergleichbar, bemächtigten sich des aktuellen Stoffes, und bald war die Werther-Geschichte auf allen Märkten zu hören. Auch Goethes Freund Merck aus Darmstadt schrieb eine Moritat, worin er in seiner satirischen Art – war er doch für Goethe Vorbild des Mephisto – seinerseits in zahlreichen Strophen die Konfiszierung des »Werther« anprangerte. Einer dieser Abschnitte lautet: »Und man befürchtete mit Recht,/Das Herz mügt' ihnen brechen,/Und wenn sie sich einst satt geküßt,/Sie möchten sich erstechen.« Verboten war der »Werther« auch in Dänemark und Norwegen, weil er ein gefährliches Buch sei »für die Menge, die zu unordentlichen Liebschaften starke Neigung hat«. Durch Lesen loser Romane werde nur die böse Lust erregt. Ein eindeutig gegenteiliges Urteil wurde durch die riesige Leser- und Käuferschar gefällt. Dazu zählte auch Napoleon, welcher bei der Goethe gewährten Audienz in Weimar sich mit dem Autor über den Werther unterhielt. Er habe ihn sechsmal gelesen und selbst während des Ägyptenfeldzugs bei sich getragen, berichtete Napoleon. Er machte dabei auch zum Inhalt Anmerkungen, deren Scharfsinn Goethe erstaunte.

Viele Urteile und Meinungen sind uns auch in Briefen von Goethes Zeitgenossen erhalten. So schreibt Lavater an Zimmermann: »Goethes Leiden des Werthers wird Dich entzücken und in Tränen schmelzen.«

Kestner, der Hauptbetroffene – er hatte inzwischen Lotte Buff geheiratet –, meinte, Goethe habe ihnen keinen angenehmen Dienst getan. Gerade der Erfolg und das damit verbundene Aufsehen verdrossen ihn und seine Frau. Doch war er zum Verzeihen bereit, weil Goethe mit seiner Arbeit keine schlechten Absichten verbunden habe. »Man fürchtet, sein Feuer werde Goethe verzehren«, schreibt der Schweizer Bodmer. »Ich weiß fast das ganze Buch auswendig. Der erste Teil insonderheit hat ganz göttliche Stellen. (. . .) Welch warmes überfließendes Herz«, meint »Gustchen« Stolberg. »Er macht sich aus der ganzen Welt nichts . . . Aber wenn das große Feuer ein wenig ausgetobet hat, so werden wir noch Freude an ihm erleben«, ist Kestners Ansicht gegenüber Hennings. Und Friedrich Leopold Graf zu Stolberg, »Gustchens« Bruder, ruft begeistert aus: »Werther! Werther! Werther! o welch ein Büchlein! So hat noch kein Roman mein Herz gerührt! Der Goethe ist ein gar zu braver Mann, ich hätte ihn so gern mitten im Lesen umarmen mögen!«

Doch das sind nur einige wenige Briefe der Wohlgesonnenen. Selbst in ihnen klingen zuweilen Bedenken an; wenn etwa Gilbert an Knebel schreibt: »Werthers Leiden, hätte ich sie doch nie gelesen. Ich, dem die Natur einen so mächtigen Hang zur Melancholie gab . . .« Anders klingen freilich die Stimmen der Gegner, die aus literarischen und ethischen Gründen das Buch ablehnen; womit nicht diejenigen gemeint sind, die den »Werther« – wie schon aufgezeigt – aus moraltheologischer Sicht verdammten und nach dem Zensor riefen. Zu den Ablehnenden gehörte vor allem der einflußreiche Lessing, auch wenn er seine Meinung nicht so scharf formulierte wie etwa Bodmer: »Was ich von Werther halte, wissen Sie jetzt. Die Jünglinge finden in Goethes Werk Sophismen für die ausschweifendste Leidenschaft.« Und ein andermal bemerkt er: »Das ist die Lehre von Moral, Genie und Geschmack bei den Deutschen.«

Der Philosoph Lichtenberg kommentierte den Selbstmord auf seine ihm eigene brillante Weise: »Ich glaube, der Geruch eines Pfannkuchens ist ein stärkerer Bewegungsgrund in der Welt zu bleiben, als alle die mächtig gemeinten Schlüsse des jungen Werthers sind, aus derselben zu gehen.« Grillparzer bekennt, daß gerade Werther ihn zu Goethe bekehrt habe. Und der nüchterne Goethe-Gegner Börne meint lobend, als er den »Werther« in Vergleich zu späteren

Goethe-Werken setzt: »In seinem Werther hat er sich ausgeliebt, abgebrannt, zum Bettler geschrieben.«

Es seien auch zwei Urteile von Frauen erwähnt, die Goethe nahestanden, auch wenn sie das Buch nur am Rand berühren. Als Frau Kestner im Alter (1816) Goethe in Weimar besuchte (Thomas Mann gestaltet den Besuch sehr frei in seiner Erzählung »Lotte in Weimar«), berichtet Frau von Stein an Knebel, daß Lotte einige Male auch sie aufgesucht habe. Sie sei von angenehmer Unterhaltung. Doch hatte die Scharfzüngige auch gleich eine Spitze gegen die alte Goethefreundin (und damit Rivalin) zur Hand: ». . . freilich würde sich kein Werther mehr um sie erschießen.« Das ist ihr nicht sehr liebenswürdiger Kommentar. Unvollständig wäre der Chor der Stimmen, ließe man nicht auch die eifersüchtige Bettina Brentano, die spätere Frau von Arnim, zu Wort kommen, die ihrem vergötterten Freund Goethe erbost vorwirft: »Ach, Du hast einen eigenen Geschmack an Frauen. Werthers Lotte hat mich nie erbaut, und wäre ich nur damals bei der Hand gewesen, Werther hätte sich nicht erschießen dürfen, und Lotte hätte sich geärgert, daß ich ihn so schön trösten konnte.«

Goethe selbst hat sich im Lauf seines Lebens weit von seinem Jugendwerk entfernt. Nur einmal habe er es noch gelesen. Aber zu häufig ist er Werther in den vielen Jahren begegnet, als daß er sich nicht zuweilen zu ihm hätte äußern müssen. Gegenüber Benjamin Constant – dem Freund der Madame de Staël – bekannte er, das Gefährliche am Buch sei die Tatsache, daß Schwäche als Stärke erscheine. Und Eckermann gegenüber gesteht der nun greise Dichter 1824: »Das ist auch so ein Geschöpf, das ich, gleich dem Pelikan, mit dem Blut meines eigenen Herzens gefüttert habe. Es ist darin so viel Innerliches aus meiner eigenen Brust . . . Es sind lauter Brandraketen! – Es wird mir unheimlich dabei, und ich fürchte, den pathologischen Zustand wieder durchzuempfinden, aus dem es hervorging.«

Als der Verlag Weygand in Leipzig fünfzig Jahre nach dem Erstdruck eine Jubiläumsausgabe des Werther herausbringen wollte, bat er Goethe um ein Vorwort. Dieser erfüllte den Wunsch in Form des berühmt gewordenen Gedichtes »An Werther«. »Ein gräßlich Scheiden machte dich berühmt«, spricht er nun aus langer zeitlicher und großer geistiger Entfernung zum personifizierten Werther. Und gewissermaßen in Stichworten hält der Dichter Rückblick auf das Leben der verflossenen fünfzig Jahre. Resignierend zieht er die Bilanz des menschlichen Lebens: »Doch erst zu früh und dann zu spät gewarnt,/Fühlt er den Flug gehemmt, fühlt sich umgarnt./Das Wiedersehn ist froh, das Scheiden schwer,/Das Wieder-Wiedersehn beglückt noch mehr,/Und Jahre sind im Augenblick ersetzt;/Doch tückisch harrt das Lebewohl zuletzt.«

Noch brannte bei der Niederschrift des Jubiläumsgedichts »An Werther« der letzte Abschiedskuß; erhob sich vor Goethes Sinnen das schmerzliche Lebewohl für die junge Ulrike von Levetzow. Noch stand der Dichter dabei im Bann dieser seiner letzten großen, ihn fast überwältigenden Liebe. Und darum fügt sich das Gedicht »An Werther« nahtlos ein in die »Trilogie der Leidenschaften«, zu der Goethe diese Neuschöpfung, die »Marienbader Elegie« und die Verse »Aussöhnung« vereinte. Wußte er doch, daß für ihn die Ursachen dieser Leiden dem gleichen Quell entsprangen. Im Gedicht »An Werther« hat er ihn offenbart: »Mit Gewalt/Ergreift uns Liebreiz weiblicher Gestalt.«

Frankfurt war die Wiege des »Sturm und Drang«

Zu des Dichters hundertfünfzigstem Todestag sind vielfach jene unverbindlichen Töne angestimmt worden, die von Grabreden her wohlbekannt sind. Aber auch das, was an Kritik, Satire, Spott und Mißdeutung – aus dem Zeitgeist geboren – dem Jubilar entgegenschlug, wäre Goethe nicht fremd gewesen, wenn er es heute erlebt hätte. Denn gerade in seinen jüngeren Jahren, seiner Frankfurter Zeit, ist der Dichter schon so mancher Feindseligkeit ausgesetzt gewesen; keineswegs nur durch Neid oder Mißgunst. Auch sein eigenes Verhalten, aus seinem Wesen geboren, rief bittere Urteile seiner Zeitgenossen hervor.

Klingers Schauspiel »Sturm und Drang«, 1776 erschienen, gab jener Literaturperiode den Namen. Viele reifere Zeitgenossen betrachteten diesen literarischen Aufbruch, bei dem Frankfurt eine bedeutende Rolle spielte – Klinger war, wie auch Goethe, Frankfurter – nicht anders, als die ältere Generation die Studentenrevolte der sechziger Jahre unseres Jahrhunderts beurteilte; zumal den neuen erregten literarischen Tönen klangstark politische Geräusche verbunden waren. So galt der junge Goethe der älteren Generation seiner Epoche als Revolutionär, und die Respektlosigkeit, mit der er den etablierten Schriftstellern und ihren Werken begegnete, etwa Jacobi und Wieland, oder die Schroffheit, mit der er sich später Klopstocks Ermahnungen verbat, verraten viel von den frühen Spannungen auf seinem Lebensweg.

Es wird gerne vom Olympier Goethe gesprochen, der schier unbeirrt über dem Tagesgeschehen geschwebt habe. Doch dabei vergißt man, wie weit der Weg war vom Dichter des »Götz« und des »Werther«, dem das Wort von den »Scheißkerlen« in der Korrespondenz mit Herder noch leicht und häufig aus der Feder floß, bis zum toleranten Sänger des »West-östlichen Divan«. Nicht nur von der Zeitspanne aus gesehen, auch vom inneren Reifeprozeß her. Besonders nach dem Literatursturm, den die »wilden« Xenien verursachten, mit ihrer Generalabrechnung gegenüber allen Widersachern (kurz vor der Jahrhundertwende) wuchs in Goethe der Vorsatz der Duldung auch gegenüber Andersgesinnten, nachdem er sich, wohl durch Schillers kämpferisches Temperament, zum gemeinsamen Xenienangriff hatte hinreißen lassen. Im Grunde war ihm diese Angriffslust schon lange fremd.

Wie widersprüchlich der junge Goethe von seinen Zeitgenossen beurteilt wurde, zeigen viele überkommene Briefe. Wie stark andererseits seine Ausstrahlungskraft gewesen sein muß, beweist die Tatsache, daß mancher literarisch befehdete Gegner, dem er persönlich begegnete, von Stunde an sein Freund wurde; wie es bei Jacobi und Wieland geschah. Daß die Kritiken der Älteren gegenüber dem jungen Mann besonders hart ausfielen, liegt im alten Konflikt der Generationen begründet. Der Straßburger Theologieprofessor Stöber urteilt 1772: »Der Herr Goethe hat eine Rolle hier gespielt, die ihn als einen überwitzigen Halbgelehrten und als einen wahnsinnigen Religionsverächter nicht nur eben verdächtig, sondern ziemlich bekannt gemacht hat. Er muß, wie man fast durchgängig von ihm glaubt, in seinem Obergebäude einen Sparren zuviel oder zuwenig haben.« Jerusalem, das Vorbild des tragisch endenden Selbstmörders im »Werther«, schreibt an Eschenburg etwa zum gleichen Termin über Goethe: »Er war zu unserer Zeit in Leipzig, und ein Geck. Jetzt ist er noch außerdem Frankfurter Zeitungsschreiber.« (Goethe schrieb Rezensionen für die »Frankfurter Gelehrten Anzeigen«.) Kestner, Lotte Buffs Verlobter, charakterisierte den jungen Dichter: »Er liebt die Kinder und kann sich mit ihnen sehr beschäftigen. Er ist bizarre und hat in seinem Betragen, seinem Äußerlichen, verschiedenes, das ihn unangenehm machen könnte. Aber bei Kindern, Frauenzimmern und vielen anderen ist er doch wohl angeschrieben. Er tut, was ihm einfällt, ohne sich darum zu bekümmern, ob es anderen gefällt, ob es Mode ist, ob es die Lebensart erlaubt. Aller Zwang ist ihm verhaßt ... Ich würde nicht fertig werden, wenn ich ihn ganz schildern wollte.«

Gottfried August Bürger war, wie viele Altersgenossen, vom »Götz« begeistert. Er forderte die jungen Himmelsstürmer auf, dem, wohl älteren, »Rezensentengeschmeiß und dem Lesepöbel«, die sich im Gegensatz zur Jugend über die wüste Sprache erregten, das zu antworten, was Götz dem feindlichen Herold zugerufen habe: »Vor Ihrer Kaiserlichen Majestät, der wahren Kritik, habe ich, wie immer, schuldigen Respekt; aber ihr Geschmeiß könnt mich allzusammen ...« Etwas von dieser Sturm- und Drangzeit spiegelt auch die Bemerkung Höpfners gegenüber Raspe: »Goethe las mir ein angefangenes exzellentes Ding vor, ›Das Unglück der Jacobis‹ ... Die beiden Jacobi werden darin wacker gepeitscht. Goethe und Merck speien vor den Kerls aus, so wie wir.« Aber es dauerte kaum ein Vierteljahr, da schlossen Goethe und Fritz Jacobi spontan eine fast überschwengliche Freundschaft, und Jacobi berichtet bald darauf an Sophie Laroche: »Goethe ist der Mann, dessen mein Herz bedurfte. Der Mann ist selbständig vom Scheitel bis zur Fußsohle ...« Sein Bruder Heinrich Jacobi hatte kaum vier Wochen zuvor noch an Wieland nach Weimar geschrieben, daß man Goethe nicht zuviel Gutes zutrauen dürfe, denn »er ist und bleibt ein zügelloser Mensch«. Doch solche Kehrtwendungen sollten nicht als Charakterlosigkeit gewertet werden. Hatte Goethe aufgrund persönlicher Eindrücke ein neues Bild seines vermeintlichen Widersachers gewonnen, so zögerte er keinen Augenblick, sich zu berichtigen. Zügellos war er in seiner Jugend in der Offenbarung seiner Gefühle.

Eine erstaunliche Prophezeiung spricht im Dezember 1775, als Goethe noch nicht lange in Weimar weilte, der Arzt Zimmermann gegenüber Charlotte von Stein aus. Ein Mann wie Goethe, meint er, kann »neben einem so weisen, scharfsichtigen und aufgeklärten Fürsten, wie der Herzog ist, bei Ihnen ein Goldenes Zeitalter hervorrufen, das in der Geschichte Epoche machen wird«. Im gleichen Brief zitiert Zimmermann Lavater, der von Goethe gesagt habe: »Insgemein hat man nur eine Seele, aber Goethe hat hundert.« Kein Wunder, daß der junge Frankfurter so verschieden beurteilt wurde. Besonders interessant ist der Brief Klingers an Lenz (Ende 1775), denn er zeigt den hilfsbereiten, menschlichen Goethe; und dieser Zug war nicht der schwächste seines Wesens. Klinger schreibt: »Nun wollte ich auf Akademien gehen, hatte keine 100 Gulden. Ich ward mit Goethe bekannt. Das war die erste frohe Stunde meiner Jugend. Er bot mir seine Hülfe an . . . Die 100 Gulden waren bald all. Der große Goethe drang in mich, machte mir Vorwürfe, und nun lebe ich schon ein ganzes Jahr von seiner Güte . . . O wenn ich seiner wert würde! Wenn ich's ihm erstatten könnte, um froh zu sterben!« Nachdem er ihn in Weimar kennengelernt hat, stimmt auch Wieland in das Lob Goethes ein. Er schreibt an Zimmermann: »Ich lebe nun neun Wochen mit Goethe . . . Es ist in allen Betrachtungen und von allen Seiten das größte, beste, herrlichste menschliche Wesen, das Gott geschaffen hat!« Derart stark war auch hier die Ausstrahlung, daß Wieland dem neuen Bewohner Weimars gerne verzieh, obwohl es Goethe gewesen war, der mit seiner Persiflage »Götter, Helden und Wieland« den allseits Anerkannten noch von Frankfurt aus verspottet hatte.

Auch auf den jungen Herzog war Goethes Einfluß groß. Frau von Stein erkannte mit scharfem Blick, daß Goethe »es wohl eine Weile so wild treiben müsse, um den Herzog zu gewinnen«, um ihn dann zu mäßigen, wie sie, fast prophetisch, an Zimmermann schreibt. Doch die Goethe weniger gut Gesonnenen beurteilten das anders. J. H. Voss etwa berichtet Ernestine Boie, seiner späteren Frau: »In Weimar geht es schrecklich zu. Der Herzog läuft mit Goethe wie ein wilder Pursche auf den Dörfern herum; er besäuft sich und genießet brüderlich einerlei Mädchen mit ihm . . . Klopstock glaubt, es werde ein blutiges Ende für Goethe nehmen, denn der Adel ist aufs äußerste gegen ihn erbittert.« Und ein anderer Zeitgenosse berichtet aus Weimar über die dortigen sogenannten schönen Geister: »Mit mehr Unfehlbarkeit als der Papst sie beansprucht, schleudern sie Verwünschungen und Bannflüche gegen alle, die ihnen Bewunderung versagen. Der Adel, die Standesunterschiede und erst recht ein unglückliches Ordensband sind in ihren Augen unverzeihliche Lächerlichkeiten und der unsterbliche Gegenstand ihrer scharfen Witze.« Wenn man weiß, wie sehr Goethe später Orden zu schätzen wußte, wie devot er seinen erschienenen Briefwechsel mit Schiller dem bayerischen König widmete, empfindet man auch hier die Entfernung, die zwischen dem jungen Stürmer und dem Herrn Geheimrat liegt. Kein Wunder, daß es Stimmen gab, die aus Weimar berichten: »Hier haßt man Goethe sehr.« Aber stets gab es auch tieferblickende Zeitgenossen, und es ist erstaunlich, was 1777 Sulzer an Bodmer schreibt: »In dem Herzog von Weimar ist ein männliches Fürstengemüt verborgen, das sich künftig entwickeln wird, und Goethe ist der Mann, dem man diese Entwicklung wird zu danken haben.«

Noch war Goethes überschäumendes Temperament nicht beherrscht. Das ihm in seiner Tendenz mißfallende Buch »Woldemar« des Freundes Friedrich Heinrich Jacobi nagelte er in übermütiger Laune in Gesellschaft an einen Baum und gab es dem Spott der Freunde preis. Der maßlos enttäuschte Jacobi schrieb daraufhin an Johanna Schlosser: »Was Du mir von Goethe schreibst . . . hat mir den Charakter dieses aufgeblasenen Gecken noch um ein gut Teil ekelhafter und verächtlicher gemacht. Ich kehre ihm auf ewig den Rücken zu, wie fast alle rechtschaffenen Männer unserer Nation lange vor mir schon getan haben.« Doch jede dieser negativen Stimmen läßt sich leicht mit einer positiven aufwiegen. So meinte Goethes »Urfreund« Knebel gegenüber Lavater, als dieser den jungen Herzog lobte: »Wann Sie den Herzog liebhaben müssen, so bedenken Sie, daß ihm Goethe zwei Drittel von seiner Existenz gegeben!«

Welches Maß an Arbeit Goethe bewältigte – denn er nahm seine Staatsämter ernst –, beweist ein Brief von Herder, der sich Goethe entfremdet hatte. Die spöttische Aufzählung, aus der letztlich Neid spricht, bestätigt gerade Goethes Fleiß: »Er ist also jetzt Wirklicher Geheimer Rat, Kammerpräsident, Präsident der Kriegscollegii, Aufseher des Bauwesens, . . . Direktor des Bergwerks, dabei auch Directeur des plaisirs, Hofpoet, Verfasser von schönen Festivitäten, Hofopern, Ballets, Redoutenaufzügen, Inskriptionen, Kunstwerken usw., Direktor der Zeichenakademie . . .; selbst überall der erste Akteur, Tänzer, kurz das Faktotum der Weimarschen . . . Er ist baronisiert, und an seinem Geburtstage wird die Standeserhebung erklärt werden. Er ist aus seinem Garten in die Stadt gezogen und macht ein adlig Haus.« Ein interessantes Briefzeugnis ist das der Frau von Stein vom Mai 1786 an Knebel. »Goethe lebt in seinen Betrachtungen, aber er teilt sie nicht mit . . . Ich bedaure den armen Goethe: Wem wohl ist, der spricht!« Es scheint fast, als ahne sie etwas von Goethes still heranreifendem Entschluß, bald nach Rom zu reisen. Nur wenige Monate wird es dauern, und Goethe bricht – ohne Frau von Stein ein Wort zuvor zu sagen – zu seiner Italien-Reise auf, ins Land seiner Sehnsucht. Allein der Herzog, der ihn beurlauben mußte, wußte Bescheid.

Damit sei die Betrachtung über den zwiespältigen jungen Goethe, den revolutionären Literaten aus Frankfurt am Main, beendet, denn der aus Italien zurückkehrende Dichter war ein anderer geworden.

Von den Freunden verkannt, der Frau von Stein entfremdet, durch die Wahl Christianes von der Gesellschaft bespöttelt, zog er sich innerlich und äußerlich zurück. Bis ihm nach dem ersten großen Gespräch mit Schiller und dem sich anschließenden zehnjährigen vertrauten Umgang neue Lebensgeister zuflossen. Der junge Frankfurter und gereifte Weimarer Goethe erscheinen fast als zwei verschiedene Persönlichkeiten, die Spiegelbilder der zwei Seelen in seiner Brust.

Frankfurterinnen, die Goethe Liebe und Leid bescherten

Die Mutter von Käthchen Schönkopf, Goethes Leipziger Studentenliebe, war Frankfurterin

Sieht man einmal von der fast noch kindlichen Liebe des knapp fünfzehnjährigen Johann Wolfgang Goethe zu jenem Gretchen ab, von dem er im Alter in »Dichtung und Wahrheit« noch fast leidenschaftlich berichtet, und läßt man die kleinen Liebeleien mit den Freundinnen der Schwester Cornelia außer acht, so entwickelt sich aus der Begegnung des sechzehnjährigen Studenten in Leipzig mit der dortigen Gastwirtstochter Käthchen Schönkopf die erste große Liebe des jungen Frankfurters. Seltsamerweise ist von der Familie Schönkopf nur sehr wenig bekannt, obwohl zwischen Frankfurt und Leipzig in diesem Fall mehr als die Gemeinsamkeit berühmter Messestädte bestand. Es gab frühe Begegnungen zwischen Goethes und Schönkopfs.

Das kam so: Käthchens Großvater hatte sich in Leipzig als Zinngießer niedergelassen. Dessen Sohn, Käthchens Vater, wählte den gleichen Beruf, ging mit 20 Jahren auf die übliche Wanderschaft und blieb ab 1737 in Frankfurt am Main. Er verlobte sich mit der Tochter des Buchbindermeisters Johann Peter Hauck, der in der Stadt auch das ansehnliche Amt des Bürgerkapitäns innehatte. Aber Schönkopfs Gesuch, nach zwei Jahren als Meister und Frankfurter Bürger anerkannt zu werden, wurde vom Rat der Geschworenen und den Vorstehern des Handwerks abgelehnt. Dem Gesellen Schönkopf wurde erklärt, daß er erst nach vier Jahren den Meistertitel verliehen bekommen könne. Zu den Vorstehern des Handwerks zählte Hermann Jakob Goethe, der um 13 Jahre ältere Halbbruder von Goethes Vater.

Schönkopf verzichtete unter diesen Umständen auf ein weiteres Verbleiben und kehrte in seine Heimatstadt Leipzig zurück, freilich nicht, ohne zuvor seine Frankfurter Verlobte, Katharina Sibylla Hauck, zu ehelichen. Sie wurde in Leipzig Käthchens Mutter, so daß es keine phantasievolle Konstruktion ist, sondern eine klare Tatsache, daß Goethes Studentenliebe zwar einem Leipziger Mädchen galt, daß in dessen Adern aber mütterlicherseits Frankfurter Blut floß. Käthchen wurde am 22. August 1746 in Leipzig geboren, war also gerade drei Jahre älter als Goethe.

Der Student scheint diese Abstammung vergessen zu haben, als er der Schwester in Frankfurt in seinen Briefen von den sächsischen Mädchen schwärmte. Die Abstammung seiner Erwählten muß Goethe gekannt haben, denn Frau Schönkopf hielt immer gute Verbindung, was sich auch im Gästekreis der Schönkopfschen Gaststätte niederschlug. Diese Gaststätte hatte Schönkopf 1756 im ererbten elterlichen Haus eröffnet, nachdem er das Zinngießerhandwerk ebenso aufgegeben hatte wie die Führung der militärischen Stammrollen beim Quartieramt. Das Haus Schönkopf war eine Art Fremdenheim mit wenigen Zimmern und einem Mittags- und Abendtisch für einen geschlossenen Kreis abonnierter Gäste. Als Goethes späterer Schwager Schlosser auf der Durchreise in Leipzig Aufenthalt machte, wohnte er bei Schönkopfs, wo ihn unser Studiosus besuchte und wohl erst bei dieser Gelegenheit das Gast- und Weinhaus kennenlernte – vor allem aber die Tochter des Hauses, die oft half.

Zu Goethes Freunden in Leipzig gehörten der etwa gleichaltrige Frankfurter Bekannte Johann Adam Horn und der um elf Jahre ältere Hofmeister Ernst Wolfgang Behrisch, kein Kind von Traurigkeit. Die Korrespondenz mit diesen beiden ist die eigentliche Quelle, aus der wir über Goethes Studienzeit so mancherlei erfahren; zumal über die bald heftige Liebe zu Käthchen. Besonders zum reiferen Behrisch hatte der verliebte Junge so großes Vertrauen gefaßt, daß dieser ihm oft zum Berater wurde.

So erfahren wir auch aus diesen Briefen, daß der angehende junge Dichter, wenige Wochen nachdem er im Hause Schönkopf verkehrte, von wachsender innerer Erregung getrieben, Käthchen zu einer Aussprache drängte und ihr ein erstes offenes Liebesgeständnis machte. Diese Liebe blieb anfänglich ein streng gehütetes Geheimnis, über das er nicht einmal der über vieles andere ins Vertrauen gezogenen Schwester berichtete. Bald aber schrieb Goethe: »Ich liebe ein Mädchen ohne Stand und ohne Vermögen, und jezo fühle ich zum allererstenmale das Glück, das eine wahre Liebe macht . . . Nur durch meinen Charakter, nur durch mein Herz habe ich sie erlangt.« Später wird Goethe von Käthchen als von »einer kleinen Heiligen« sprechen, die es verdient habe, »in den Schrein des Herzens aufgestellt zu werden«. Doch das darf nicht darüber hinwegtäuschen, daß es zwischen den Verliebten – denn Käthchen erwiderte bald Goethes Liebe – viele Verstimmungen und echtes Herzeleid gab; zumeist ausgelöst durch Goethes selbstquälerische Eifersucht, wie sie nach Jahren auch die Brautzeit mit Lili Schönemann so zerstörerisch trüben sollte.

Besonders von Oktober 1766 bis April 1768 dauerten die zur Leidenschaft angewachsenen Beziehungen.

Ein Brief vom November 1767: »O Behrisch, es ist Gift in den Küssen! Warum müssen sie so süse seyn? Sieh, diese Seeligkeit habe ich Dir zu dancken. Dir! Deinem Rath, deinen Anschlägen. So eine Stunde! Was sind tausend von den runzlichten, todten mürrischen Abenden gegen sie?« – War das ein Glücksausbruch, so folgte nur kurze Zeit später ein »Zu-Tode-betrübt-Sein«, das an eine psychische Erkrankung grenzt. Ein Theaterbesuch Käthchens ist der Anlaß, über den der junge Goethe aus Eifersucht schier in Raserei verfällt. Ohne Grund dazu zu haben, wie sich anderntags leicht klären läßt. Doch kurz darauf kommen nun auch Tage, da Käthchen sich kalt dem Liebhaber gegenüber erweist. Im Brief vom 26. April 1768 teilt Goethe Behrisch mit: »Wir haben uns getrennt.« Und er erläutert, daß sie als Liebende geschieden seien – »keine Vertraulichkeiten, kein Wort von Liebe mehr«. Die Trennung scheint von Käthchen ausgegangen zu sein, denn Goethe berichtet Behrisch: »Wir haben mit Liebe angefangen und hören mit der Freundschaft auf.« Doch dann setzt er schnell, wohl wahrheitsgemäß, hinzu: »Doch nicht ich. Ich liebe sie noch, so sehr, Gott so sehr.«

Als er später von Frankfurt aus etwas gelöster auf jene Zeit zurückschaut, bespöttelt der Dichter sich und seine damalige Situation wohl selbst, wenn er Käthchen schrieb: »Es muss Ihnen doch komisch vorkommen, wenn Sie an all die Liebhaber dencken, die Sie mit Freundschaft eingesalzen haben; grosse und kleine, krumme und gerade.« Goethe, der Leipzig in psychischer und physischer Krise verließ, vermied eine letzte persönliche Begegnung mit Käthchen, denn er war, auch später, nie ein Mann des Abschieds. Erst von Frankfurt aus entschuldigte er sich: »Apropos, dass ich nicht Abschied genommen habe, werden Sie mir doch vergeben können. Ich war schon unten an der Türe, ich sah die Laterne brennen, und ging biß an die Treppe, aber ich hatte das Herz nicht, heraufzusteigen. Zum letzten Male, wie wäre ich wieder heruntergekommen? . . . Ich thue also jetzt, was ich damals hätte thun sollen, ich dancke Ihnen für alle Liebe und Freundschaft, die Sie mir so beständig erwiesen haben, und der ich nie vergessen werde.«

Eine Weile dauert der Briefwechsel weiterhin an. Man reibt sich noch ein wenig aneinander. »Noch immer so munter, noch immer so boshaft«, neckt Goethe; und Käthchen vermutet, der Studiosus werde in Frankfurt mit seiner Krankheit »für das bestraft, was er in Leipzig gesündigt« habe. Aber sie ist so taktvoll, ihre Verlobung nur dem Goethe-Freund Horn nach Frankfurt kundzutun, damit dieser sie dem Freund übermittele.

Resigniert schreibt der im Elternhaus noch immer sehr kranke Goethe, er sei für sie doch nur noch »ein abgestandener Fisch«. Und er philosophiert dabei: »Das liebenswürdigste Herz ist das, welches am leichtesten liebt; aber das am leichtesten liebt, vergißt auch am leichtesten . . . Es ist eine grässliche Empfindung, seine Liebe sterben zu sehen.« Aber er weiß, daß die räumliche Distanz ihre unumstößlichen Gesetze hat. In seiner bilderreichen Sprache klingt das so: »Obgleich Sie mich manchmal ihren besten Freund nennen, so ist doch um den besten Freund immer ein langweilig Ding. Kein Mensch mag eingemachte Bohnen, so lange er frische haben kann.«

Lili Schönemann war mehr als nur die Verlobte eines jungen Genies

Lili Schönemann, die Braut des jungen Goethe, gilt vielen noch heute als das verzogene, launische Mädchen aus reicher Bankierfamilie, das gegenüber der schon stark ausgeprägten Persönlichkeit des Verlobten unbedeutend und farblos geblieben sei. So ist sie als »Goethes Lili« in die Literaturgeschichte eingegangen. Zu den Mißdeutungen ihres Wesens hat auch Goethes Gedicht »Lilis Park« (»Ist doch keine Menagerie so bunt als meiner Lili ihre . . .«) beigetragen, weil die Biographen nicht beachteten, daß sich der junge, schon berühmte Dichter nach den schmerzlichen Erlebnissen von Sesenheim und Wetzlar gegen seine Gefühle durch solche Eigenkarikatur wehren wollte. Ein wahres Lili-Porträt sind diese Verse jedenfalls nicht, auch wenn man daraus, und aus falsch verstandenen Briefstellen, das Mosaik des hübschen, blonden, leichtlebigen Mädchens zusammensetzte, das im selbstgefälligen Spiel ihrer Eitelkeit verstanden habe, die Männer an sich zu ziehen.

Diese Darstellung ist schlichtweg falsch. Zu viele Aussagen von Zeitgenossen stehen dagegen, die an Lili ihre Herzensgüte, ihre Milde, Treue, Anmut, Zuverlässigkeit rühmen. Nicht zuletzt sprechen Goethes eigene Zeugnisse eindeutig für Lili. In jeder Lebensphase, noch kurz vor seinem Tode, redete er von ihr nur in aller

Lili Schönemann

Hochachtung; er sprach von ihrer »reinen, kindhaften Natur«. Sie sei die erste und vielleicht auch die letzte gewesen, die er mit einem ebenso tiefen wie wahren Gefühl geliebt habe. Nie mehr in seinem Leben sei er seinem Glück so nahe gewesen. Mag das auch etwas übertrieben sein, eines ist gewiß: die geplante Ehe scheiterte nicht durch Lilis, sondern durch Goethes Schuld, wenn man von Schuld und nicht von Schicksal reden will. Der junge Dichter war sich bewußt, daß ihn diese Heirat an ein Amt in Frankfurt binden würde, in der Stadt, die ihm bereits zu eng geworden war.

An dieser Stelle verlieren Goethe-Freunde Lili Schönemann meist aus den Augen. Und doch beginnt hier erst ihr reiferes Leben. Daß sie einen Teil dieser Reife dem Umgang mit Goethe zu verdanken habe, hat sie stets freimütig bekannt. Nach der Entlobung drängte die Mutter auf eine baldige Bindung. Der Vater war schon lange tot. Hatte Lili früher eine in Aussicht genommene Heirat mit einem

Vetter entschieden abgelehnt, so war nun ihre Widerstandskraft erlahmt, nachdem sie die Zeit über gegen den Willen von Mutter und Brüdern treu zu Goethe gestanden hatte, bis sie sich von ihm verlassen fand.

Der von der Familie nun Ausgewählte stand im Ruf, sehr reich zu sein, aber noch bevor es zur Eheschließung kam, brach sein elsässisches Hüttenwerk finanziell zusammen, und der neue Bräutigam entwich nach Jamaica, von wo später die Nachricht seines frühen Todes kam. Lili ertrug den neuen Schicksalsschlag nach allen vorangegangenen Bitterkeiten nicht ohne Erschütterung. Sie erkrankte schwer. Vor das scheinbar so heiter vorgezeichnete Leben voll Glück und Sonnenschein hatten sich sehr früh schwarze Wolken geschoben.

Zwei Jahre später warb B. F. von Türckheim um Lilis Hand. Er war kein Fremder. In der Schönemannschen Bank hatte er einige Jahre gearbeitet, dort Lili gesehen und schätzengelernt. Werben um sie wollte er aber nicht, bevor er die Leitung des väterlichen Bankhauses in Straßburg übernommen hatte.

Am 25. August 1778 fand die Hochzeit statt. Lili war gerade zwanzig Jahre alt, ihr Mann sechsundzwanzig. Sie lebten in Straßburg, wohin auch Lilis Mutter folgte, die aber schon zwei Jahre später starb. Ständige Aufregungen um ihr Bankhaus, das die Söhne führten, hatten ihre Gesundheit untergraben – und zwei Jahre nach ihrem Tod brach die Bank in Frankfurt dann auch zusammen. Das war für Lili ein neuer Schicksalsschlag, denn ihre Brüder gerieten in große finanzielle Bedrängnis. Auch ihre Schwiegereltern, die ihr nie freundlich gesonnen waren, ließen sie dieses Vorkommnis spüren. Ganz im Gegensatz zu ihrem Mann, der von Zeitgenossen als trefflich, edel, uneigennützig, gebildet geschildert wird.

Lili gebar sechs Kinder. Ihr Mann war durch den Ruf seiner Lauterkeit in hohe Ämter der Stadt Straßburg gewählt worden. Dadurch war die Familie freilich von den Revolutionswirren bedroht. Lili kannte die Gefahr, in der sie als »Aristokraten« schwebten. Es fehlte auch nicht an Beschwörungen der Verwandten, sie möchte doch aus dem gefährdeten Straßburg zurück nach Frankfurt kommen.

So gerne sie das wohl getan hätte, gab sie doch niemals solchen Versuchungen nach. Die Pflicht stand ihr an erster Stelle, zumal auch der Ehemann ein Beispiel mutiger Pflichterfüllung war. Lili schrieb 1790 über ihn an Lavater, daß er fast Tag und Nacht unermüdlich mit Leibes- und Seelenkräften arbeite – er hatte sich um

Spitäler und Waisenhäuser zu kümmern – und dennoch mißkannt und getadelt werde, weil er den »feilen, leidenschaftlichen Menschen« nicht beistimme und Freiheit nur auf Sitte und Ordnung, nicht aber auf Ungebundenheit gründen wolle.

Als ihr Lieblingsbruder Johann Friedrich sie ebenfalls zur schnellen Rückkehr nach Frankfurt mahnte, verwies sie auch ihn auf den Mut und die Tatkraft ihres Mannes, der fest entschlossen sei, alles zu ertragen, was die Vorsehung ihm auferlegte, »wie unglücklich es auch sein möge«. Sie könnte deshalb nicht nach Frankfurt fliehen, denn »es gibt Umstände im Leben, wo die Pflicht über allen anderen Erwägungen den Sieg behalten muß. Drum sei jeder Kleinmut fern von mir.«

Nicht einmal die Schwiegermutter, die pflegebedürftig geworden war, wollte sie, obwohl diese ihr sehr abweisend gegenübergestanden hatte, verlassen. Auf wiederholtes Drängen antwortet sie dem Bruder, daß ihr Wille, die kranke Frau nicht aufzugeben, unerschütterlich sei. Auch vertrage sich ein Weggang nicht mit der Dankbarkeit, die sie ihrem Mann schulde, und ihrer Anhänglichkeit an ihn. Die Revolutionsausschreitungen jener Zeit betrachtete sie ganz nüchtern: »Ich erlaube mir kein Urteil und bitte den Gott des Friedens, den ich anbete, nicht um Rache, sondern um Gerechtigkeit.«

Erst als Türckheim aus Straßburg – als Holzfäller getarnt – flüchten mußte, begab sich auch Lili mit ihren Kindern, bäuerlich verkleidet, auf die Flucht. Das Ehepaar traf in Erlangen wieder zusammen und lebte dort eingeschränkt und zurückgezogen. Aber mit keinem Wort hadert Lili in ihren Briefen mit dem Schicksal. Ihre Wünsche an die Freunde, die Hilfe anbieten, sind sehr bescheiden; ein Fäßchen eingemachte Bohnen oder einen Topf Sauerampfer erbittet sie sich, da sie nun selbst koche. Zeit habe sie wenig, Arbeit sei an der Tagesordnung und Mut erforderlich, läßt sie ihre Freunde wissen. Gesellschaftlichen Verkehr in Erlangen habe sie kaum, da es weder ihres Mannes noch ihre Art sei, sich vorzudrängen und der Aufwand an Zeit und Kleidung, der dafür nötig wäre, nicht ihre Sache sei.

1795 konnte die Familie nach Straßburg zurückkehren, wo Türckheim aus schier verzweiflungsvoller Lage mit ungeheurem Fleiß das Bankhaus neu aufbaute und in der Stadt wieder an vielen Stellen segensreich wirkte. Aus den Briefen der Frau von Türckheim erhellt, daß sie im Glück wie im Unglück die gleiche blieb. Als sie nach Jahrzehnten wieder einmal an Goethe schrieb, geschah es selbstloserweise für einen Bekannten, der sie um Goethes Fürsprache bei Hof gebeten hatte. Ein kleines Stück alter Vertraulichkeit ist in diesen Zeilen mit taktvoller Distanz gepaart: »Der Gedanke und die frohe Hoffnung, einem jungen, verdienstvollen Mann behilflich zu sein, erlaubt mir nicht, erst die Frage zu untersuchen, ob Sie, verehrungswürdiger Freund, sich wohl meiner nach einer Trennung von 27 Jahren erinnern mögen.« Goethe antwortete, was nicht immer seine Art war, schnell und herzlich.

Bettina war kein Kind mehr, als sie Goethes Nähe suchte

Drei Jahre Klosterschule nach dem frühen Tod der Mutter, der spätere häufige Aufenthalt bei den viel älteren, zum Teil verheirateten Geschwistern – vor allem bei den Savignys – waren für ein beharrliches Reifen, wie es ein Kind in behütetem Elternhaus erfährt, kaum förderlich. Das Ergebnis war der »Kobold« Bettina: das Mädchen, das gerne auf die höchsten Bäume stieg, den Familienkreis mit burschikosem Benehmen ebenso schockierte wie die vornehme Gesellschaft, in der sie nach der Hochzeit mit Achim von Arnim (1811) verkehrte. Auch dort galt sie als Enfant terrible, das allerdings den Männern oft Anlaß zu Bewunderung und Huldigungen gab, wodurch Bettina für die Damen um so mehr zum Stein des Anstoßes wurde und ihnen genügend Stoff zum Klatsch bot. Etwa wenn sie dem bedeutenden Theologen Schleiermacher – einem ihrer späteren Bekannten in Berlin – schrieb: »Du hättest die Milch meiner Brüste trinken müssen, dann hätte sich Deine Weisheit vollkommen entwikkelt.« Oder wenn sie beim skandalumwitterten Fürsten Pückler in Muskau ohne Anmeldung auftauchte, als sie schon Witwe war, und sich in einer Weise benahm, daß dieser gegenüber Varnhagen darüber urteilte: ». . . nun kam sie aber hierher und affichierte vor allen Menschen ein völliges Liebesverhältnis mit mir, auf eine so tolle Weise, daß sie mich zur Zielscheibe des Spottes der ganzen Gesellschaft machte . . . Mit achtzehn Jahren und Schönheit wäre diese Erscheinung sehr verführerisch, aber mit ihren Sechzigern ist es nicht auszuhalten.« Das war lange nach dem Tod ihres Mannes, der nur fünfzig Jahre alt wurde und Bettina sechsundvierzigjährig als Witwe mit sieben Kindern zwischen vier und neunzehn Jahren zurückgelassen hatte. Die Eheleute hatten sich ein wenig auseinandergelebt, da Arnim das Gut Wiepersdorf als Existenzgrundlage bewirtschaften mußte, Bettina aber in Berlin bleiben wollte, um den Kindern dort eine bessere Ausbildung zu sichern.

Der Kritik, die Bettina erfahren hat, steht auch begeisterte Zustimmung entgegen. Über ihr späteres Buch »Goethes Briefwechsel mit einem Kinde« urteilt Rilke im Brigge: »Wie herrlich ist diese Bettine ... Da wächst eine Liebe ... wie die Flut des Meeres, wie das steigende Jahr.« Und der sonst so scharfe Kritiker Börne schwärmt geradezu: »Ihr Buch ist ein Gedicht und ihr Leben ein holdes Märchen ... Ist es doch das erste Mal, dass wir deutschen Geist, ein Schiff mit reicher Ladung, ... mit geschwellten Segeln stolz dahinfahren sehen.«

Leider weiß man bei Bettina nie so recht, ob Herz und Feder sich im gleichen Takt bewegen, weil die oft vorausberechnete Wirkung auf den Adressaten und die Öffentlichkeit von ihr eingeplant wurde. In ihren späteren Büchern wie etwa »Die Günderode« oder »Dies Buch gehört dem König« zielen allein schon die Widmungen auf Wirkung, wenn sie ein Buch etwa den Burschenschaften zueignet, die im monarchistischen Preußen verfemt waren, womit sie bewußt die Zensur provozieren wollte.

Zur systematischen Schriftstellerin wurde Bettina von Arnim erst nach dem Tod ihres Mannes, wobei sie auch politische Themen behandelte und in ihrem sozialen Empfinden ihrer Zeit weit vorauseilte. Ihr mutiges Handeln, verbunden mit opfervollem, karitativem Wirken in den Armenvierteln von Berlin, trug ihr die Achtung vieler Zeitgenossen ein, die sie zuvor nicht anerkannt hatten. Sie selbst legte keinen großen Wert darauf, in Adelskreisen zu verkehren, denen sie durch ihre Heirat zugehörte, doch als Mutter wollte sie den Kindern spätere adlige Verbindungen nicht verbauen.

Im Jahre 1807, zweiundzwanzigjährig, hatte Bettina Goethe erstmals in Weimar besucht. Vier Jahre später verbot ihr der Dichter sein Haus, nachdem es zu einem schweren Zusammenstoß zwischen Frau von Arnim und Goethes Frau Christiane gekommen war. Aber auch das konnte für Bettina kein Ende ihrer Liebe zu Goethe bewirken. Wenn ihr auch sein Haus, trotz mancher brieflicher Anknüpfungsversuche, zehn Jahre lang verschlossen blieb, gelang es Bettina doch, schließlich wieder eine Verbindung, im Jahr 1821 auch wieder eine persönliche Begegnung, herzustellen, auch wenn dieser die alte Herzlichkeit fehlte.

Diese Begegnung hatte zwei Gründe. Goethe schrieb an »Dichtung und Wahrheit«, wozu er Bettinas Aufzeichnungen benutzte, die

Bettina von Arnim

sie gemacht hatte, als sie zu Füßen der Frau Aja gesessen hatte und deren Erzählungen über Goethes Kindheit lauschte. Bettina dagegen wollte den Dichter für den Entwurf ihres Goethe-Denkmals gewinnen, den sie geschaffen hatte, als die Errichtung eines solchen Denkmals in Goethes Vaterstadt Frankfurt am Main 1824 in Gespräch und Planung war. Ein Goethe-Denkmal (von Schwanthaler) wurde dann zwar erst 1844 in Frankfurt aufgestellt, aber ihrem Buch »Goethes Briefwechsel mit einem Kinde« gab Bettina für den Teil III den Untertitel »Seinem Denkmal«.

In der Familie Brentano wurde Bettinas Buch teils schroff abgelehnt. Der Bruder Clemens schrieb ihr: »Ich kenne ganz dieses Leiden, sich einen Götzen schaffen zu müssen . . . trotz selbst der innersten Mahnung, es sei Wahnsinn.« Aber in der Öffentlichkeit fand ihr

Buch erstaunliches Interesse. Die hinreißende, leidenschaftliche und bilderreiche Sprache schlug die Leser in Bann. Wohl nicht zuletzt deshalb, weil jeder spürte, daß der Eros ein starker Trieb ihres Handelns war. Und Aussprüche wie »Ich brause vor Zorn, wenn ich sein soll, was ich nicht bin« fanden bei der Jugend besonders starkes Echo. Wenn man liest, was der Bruder Clemens einst an die Schwester Gunde schrieb: »Bettine wird mir so heftig, so begehrend, daß ich sie ängstlich von mir weisen muß«, spürt man, daß alle Hemmungen bei ihr fielen, wo ihr Herz besitzen wollte. Eine Ungezügeltheit, an der letztlich auch ihr Verhältnis zu Goethe scheitern mußte.

Von der Jugendlichen hatte Goethe eine Zeitlang das kecke, natürliche Wesen gefallen, das sich auch nicht scheute, ihn empört zu tadeln, wenn er etwa durch Schreiberhand antwortete und zu lesen bekam: »Nein, diesmal hab ich Dich in meinem Zorn verdammt . . . und der Mutter habe ich garnicht gesagt, dass Du geschrieben hattest; ich hätte mich geschämt, wenn ich ihr diesen Perückenstil hätte vortragen müssen.« Er hatte es wohl auch freundlich hingenommen, wenn Bettine ihn zur Treue mahnte, als er in Karlsbad weilte: »Laß Dirs gesagt sein, dass ich um den Ernst Deiner Treue bitte, erhalte sie mir unter den zierlichen müssigen Badenymphen, die Dich umtanzen.«

Nur wenn sie ihn selbst, seinen Charakter und seine Schöpfungen kritisierte, wird Goethe sich wohl mehr als einmal gegen die Briefschreiberin verschlossen haben. Etwa wenn Bettina ihm sagte: »Nein, Du kannst doch nicht sein, was Du jetzt bist: hart und kalt wie Stein!« Oder wenn sie zürnt: »Mit Dir habe ich zu reden! – Nicht mit dem, der mich von sich gestossen, der Tränen nicht geachtet und karg keinen Fluch wie keinen Segen zu spenden hat, – vor dem weichen die Gedanken zurück.« Auch bei Frau Aja hatte Bettina schon keck von dem »eitlen Götterjüngling« gesprochen, wenn sie ein Brief mißgestimmt hatte. Die Rätin meinte dazu, Bettina nehme sich zuviel heraus und sie solle sich nicht einbilden, daß der Sohn ihr ein anderes Interesse entgegenbringe als Kindern, die noch mit der Puppe spielten.

Ob jeder einzelne der hier zitierten Briefe aus Bettinas Buch echt oder von ihr hinzugedichtet ist, spielt fast keine Rolle; jeder gibt das wieder, was Bettina dachte und fühlte, und – im Gegensatz zu Goethe – es gab für sie kaum Grenzen zwischen Dichtung und Wahrheit. Nach Goethes Tod, 1832, erbat Bettina sich vom Kanzler Müller ihre Briefe zurück. Fünfundzwanzig Jahre lagen zwischen diesem

Zeitpunkt und den ersten Jugendbriefen, und Frau von Arnim war beim Wiederlesen selbst sehr erstaunt über diese Dokumente; ja, sie bewunderte nun jenen feurigen Stil und fühlte sich davon so stark angerührt, daß sie eine Veröffentlichung plante und schon drei Jahre nach des Dichters Tod ihr Werk veröffentlichte. Daß sie immerhin zwanzig Jahre alt war – also durchaus kein Kind mehr –, als die Korrespondenz begann, und 22, als sie Goethe erstmals begegnete, störte sie am Titel wenig. Auch nicht die Leser, die von der romantischen Sprache im Stil der Zeit begeistert waren.

Vielleicht war Bettina selbst überrascht, wenn sie in den alten Briefen ihr geheimes Ziel ausgesprochen fand: »Bleibe mir gut, bis günstige Sterne uns zueinander führen.« Und die bei Herausgabe der Korrespondenz Fünfzigjährige mag ihren ersten Brief an Goethe nun schon wie ein Lebensprogramm empfunden haben. Dort hieß es: »Nun wend ich mich wie die Sonnenblume nach meinem Gott.« Und an anderer Stelle schreibt sie: »Mutwillig und übermutig bin ich auch zuweilen und preise den Mann glücklich, der so sehr geliebt wird.« Darin liegt, neben aller sonstigen kecken Übersteigerung, doch auch wieder so viel Charme, daß man sich nicht zu wundern braucht, wenn Goethe solche Gefühlsfülle aus liebreizendem Mädchenherzen nicht unwillkommen war und er zurückschrieb: »Fahre fort, mit diesem lieblichen Irrlichtertanz mein beschauliches Leben zu ergötzen.« Oder ein andermal, nach Erhalt eines Bettina-Briefes: »Solche Früchte, reif und süß, würde man gern an jedem Tag genießen.«

Gewiß war der Dichter anfangs auch interessiert, dieses merkwürdige Menschenkind kennenzulernen, was dann am 23. April 1807 geschah, nachdem Goethe Bettina selbst dazu ermuntert hatte. Daß gerade nach ihrem ersten Besuch Bettinas Phantasie reicher denn je erblühte, wer könnte es ihr verübeln? »Wann wird eine gütige Sonne die Früchte an meinem Lebensbaum reifen, daß ich ernten kann Kuss um Kuss«, fragt sie nun. Und sie schwärmt in der Erinnerung: »Das Leben ist nur schön, wenn ich mit Dir bin . . . Und ich muss vor dieser Menschwerdung niederknien und muss Dich lieben und begehren wie alle Natur.« In späterer Zeit, da die Briefe schweigen, vertraut sie dem Tagebuch an: »Ist Verstehen nicht süsses, sinnliches Übergehen in den Geliebten?« Und dort hält sie auch ihre Wünsche fest: »Lasse das Geheimnis der Liebe noch einmal zwischen uns erblühen.« Ihre langen vergeblichen Wiederanknüpfungsversuche spiegeln sich in dem Wort: »Einmal will ich Dich noch rufen, was kann mir widerfahren, wenn Du nicht hörst?«

Wenn man nun beeindruckt ist von all diesen reichen Liebesworten dieser seltsamen Frau und in ihrem oft verworrenen Leben wenigstens den roten Faden ihrer nie versiegenden Liebe zu Goethe bewundert, erschrickt man fast, daß Bettina Jahre später zu dem bedeutenden Bibliothekar Meusebach gesagt haben soll: »So außerordentlich war ich gar nicht in Goethe verliebt; ich mußte nur jemanden haben, an dem ich meine Gedanken auslassen konnte.« Das mag ein Stück Selbsterkenntnis der gereiften Bettina gewesen sein, und dieser Ausspruch erscheint glaubhaft und wird erhärtet durch ihr Tagebuch, in dem sie feststellt: »Du liebst in dem Geliebten nur den eigenen Genius.« Ein erstaunliches, ja verdächtiges Wort. Doch wer wollte hier richten und einseitig bewerten, wo diesem so viele Bekenntnisse tiefer Liebe gegenüberstehen und Bettina nicht nur eine Frau leerer Worte war, sondern auf anderem Gebiet ihre karitativen Gedanken durch Taten erhärtete?

Ein großer Wunsch ist ihr jedenfalls in Erfüllung gegangen, der sich auch in ihrem Denkmalentwurf verkörpert findet, wo sie als Psyche beim Dichter steht: Sie ist in der Literaturgeschichte mit Goethe in die Unsterblichkeit eingegangen. Nicht zuletzt durch ihr Buch »Goethes Briefwechsel mit einem Kinde«, in dem sie – im Gegensatz zu den sonstigen Frauen in Goethes Umgebung – bei aller Liebe auch Kritik nicht scheute und selbst dem Olympier sagte: »Hättest Du mich lieb, unmöglich könntest Du von Deinem Sekretär einen Brief abschnurren lassen wie ein Paternoster . . . Wie ein Sperling kam mir Dein Brief vom 11. September auf den Schreibtisch geflogen; zuletzt hast Du zwar ein kleines Dompfaffenstückchen dran gehängt von besonderer Teilnahme, allein ich lasse mir nichts weismachen; das war nach der alten Drehorgel gepfiffen.« Dies ist so genial formuliert, daß es auch in einem Brief des jungen Goethe hätte stehen können.

Wie Goethe Bettinas Bruder wurde

Als Frau von Arnim sich vom Berliner Magistrat einmal ungerecht behandelt fühlte, schrieb sie mit roter Tinte zurück und bemerkte dazu, die Buchstaben seien über sein Verhalten schamrot geworden. Ein andermal wurde im berühmten Salon der Rahel von Varnhagen während einer Gesellschaft der gerade im allgemeinen Gespräch stehende, leicht skandalumwitterte Fürst Pückler-Muskau zur großen

Überraschung der Anwesenden gemeldet; doch an seiner Stelle erschien Frau von Arnim und sagte belustigt: »Ich wollte nur einmal sehen, was ihr für Gesichter macht.«

Da sie um diese Zeit aber keine fünfzehn, sondern über fünfzig Jahre alt war, braucht man sich bei der damaligen strengen gesellschaftlichen Etikette nicht zu wundern, daß solches Verhalten manches abfällige Urteil herausforderte, dem sie oft geschickt zu begegnen wußte, denn an Schlagfertigkeit fehlte es ihr nicht. Da man ihr und den Kindern auf einer Reise einmal etwas »anrüchigen« Kalbsbraten vorsetzte und auf ihre Beschwerde hin der Wirt versicherte, das Kalb habe vor zwei Tagen noch im Stall gestanden, bemerkte sie lakonisch: »Dann muß es schon zu Lebzeiten stinkfaul gewesen sein.«

Daß diese Frankfurterin zu den großen deutschen Frauengestalten zählt, verdankt sie nicht allein ihrer Bekanntschaft mit Goethe, der zeit ihres Lebens ihr Abgott war. Über der Vielschichtigkeit ihres Charakters sind die Grundzüge ihres Handelns oft verschüttet worden, und es ist noch schwerer, diese temperamentvolle und genialische Frau zu verstehen, wenn man nicht ihre Herkunft kennt.

Ihr Vater war Italiener, Peter Anton Brentano, erfolgreicher Großkaufmann zu Frankfurt am Main; ihre Großmutter die berühmte Schriftstellerin (und Jugendfreundin Wielands) Sophie la Roche. Ihre Mutter Maximiliane, genannt Maxe, wurde von Goethe in deren Elternhaus in Ehrenbreitstein schon umschwärmt. Brentano, zwanzig Jahre älter als Maxe, nahm sie nach dem Tod seiner ersten Frau, mit der er schon sechs Kinder hatte, zur Gemahlin und zeugte mit ihr elf weitere Kinder, obwohl sie schon mit 36 Jahren starb.

Die Ehe zwischen dem reichen Frankfurter Kaufmann, dessen Streben auf Gelderwerb ausgerichtet war, und der schöngeistigen Maxe verlief keineswegs harmonisch. Es gab zu wenig geistige Berührungspunkte. Im Anfang ihrer Ehe besuchte Goethe häufig die junge Frau Brentano, plauderte, las und musizierte mit ihr, bis der – vielleicht nicht ganz zu Unrecht – eifersüchtige Gatte dem ein Ende machte.

Bettina, 1785 geboren, war Maxens siebtes Kind. Einer ihrer Brüder ist der um acht Jahre ältere Clemens Brentano, der ein sehr unstetes, zerrissenes, unglückliches Leben geführt hat, so harmonisch seine Verse auch klingen. Er fühlte sich in der großen Geschwisterschar bald zu Bettina besonders hingezogen, wie auch die Schwester dem Bruder lange von ganzem Herzen zugetan war.

Das Verhältnis zwischen Mutter und Kindern einerseits und dem Vater andererseits scheint streng und kalt gewesen zu sein. Aber Bettina machte eine Ausnahme. Sie kannte keine Furcht vor dem Vater, der auch sie innig liebte. Sie war diejenige, die ihm leicht etwas abschmeicheln konnte, nicht nur für sich, auch für die Mutter und die Geschwister. Ganz im Gegensatz zu Clemens Brentano dachte sie nicht nur an sich. Wie klug sie sein konnte, zeigt ein kleiner Brief, den Bettina von der Klosterschule von Fritzlar aus an den Vater sandte. Am von der Schule angesetzten Schreibtag an die Eltern, der ihr nicht recht gelegen kam, weil sie am liebsten in der Natur war, Wiesen, Felder und Wälder durchstreifte, entledigte sie sich dieses Auftrags mit einem nur kleinen Briefchen; doch mit so viel Schelmengeist, daß der Vater das kleine Dokument bis zu seinem Tode in der Brieftasche stets bei sich trug. Dies war der Wortlaut: »Lieber Papa! Nix! Die Link (sie malte die linke Hand) durch den Jabot gewitscht auf dem Papa sein Herz, die Recht (sie malte die rechte Hand) um dem Papa sein Hals. Wenn ich keine Hände hab, kann ich nit schreiben. Ihre liebe Tochter Bettina.«

Als Bettina das schrieb, war sie elf Jahre alt, und schon in diesem Brief offenbart sich etwas von ihrer Vielschichtigkeit, denn er läßt sich von engelhafter Kindesliebe bis zu eigensüchtiger Verschlagenheit deuten. Als Bettina nach dem Tod der Großmutter La Roche in deren Papieren auch Goethes Briefe an ihre Mutter fand (sie war gestorben, als Bettina sieben Jahre alt war) und daraus erkannte, daß Goethe die Mutter als junges Mädchen sehr ins Herz geschlosssen haben mußte, fühlte sie sich als Nachfahre dieser Liebe. Sie wandte ihre eigenen starken Gefühle dem großen Dichter in Weimar zu, dessen Werk sie kannte, und suchte Verbindung zu ihm.

Da seine Mutter, Frau Aja, in Frankfurt wohnte, besuchte sie diese und war bald bei der Rätin Goethe heimisch geworden, weil alles sie interessierte, was den Wolfgang anging. Und da die Frau Aja nichts lieber tat, als von ihrem »Häschelhans« zu erzählen, saß das junge Mädchen bald täglich zu ihren Füßen und schrieb alles auf, was sie aus den Jugendtagen des Dichters erfahren konnte.

Erst war sie die Freundin, dann die »Tochter« der Frau Aja und durfte sie Mutter nennen. Und damit war Goethe ihr großer Bruder geworden, und in dieser Rolle schrieb sie ihm bald Briefe voll glühender Begeisterung nach Weimar, bis sie die erste Gelegenheit wahrnahm, um mit Verwandten dorthin zu reisen und Goethe unverhofft zu besuchen. Daß Goethe, damals 58 Jahre alt, sehr schnell die unge-

Bettina von Arnim

wöhnliche Lebhaftigkeit ihres zwanzigjährigen Geistes erkannte und das Naturhafte an ihr schätzte, ergibt sich aus dem eine Weile sehr lebhaft geführten Briefwechsel.

In Frankfurt hatte Bettina Achim von Arnim kennengelernt, als er und ihr Bruder Clemens sich mit der Herausgabe der Liedersammlung »Des Knaben Wunderhorn« beschäftigten. Die Liebe zwischen Bettina und Achim reifte langsam unter manchen Prüfungen. Der junge schöne blonde und hochgewachsene Freund entstammte dem ostpreußischen Landadel. Erst als Bettina schon 26 war, heirateten sie in Berlin. Sie hatten sechs Kinder miteinander, deren Erziehung vorwiegend in den Händen der Frau lag. Frei, wie sie aufgewachsen, sollten auch ihre Kinder erzogen werden. Nicht in blindem Gehorsam, sondern so, daß durch das Vorbild dauerhafte echte Herzenswärme in ihnen wachsen sollte, um wahre Autorität willig zu erkennen und zu bejahen. Das war ihr erklärtes Ziel. Als Achim von Arnim schon mit 50 Jahren starb, hatte Bettina manche Einschränkung auf sich zu nehmen, aber trotz Unberechenbarkeiten und geistiger Höhenflüge verließ sie nie das Fundament des wirklichkeitsnahen Handelns.

Interessant ist Bettinens Beurteilung durch Zeitgenossen. Als sie eine Weile in München Musik studierte, urteilte ein Student nach Jahren über sie: »Wer diesem eigentümlichen Wesen jemals nahegetreten war, konnte es im Leben nicht mehr vergessen. Ihr reicher Geist, ihre sprudelnde Regsamkeit voll poetischer Glut und Phantasie, verbunden mit ungesuchter Anmut und grenzenloser Herzensgüte, machten ihren Umgang unwiderstehlich.«

Die wohl bedeutendste Frau ihrer Zeit, Rahel von Varnhagen, die Bettina lange nicht gut gesonnen war, schrieb von ihr, nachdem sie ihre Bekanntschaft gemacht hatte: »So müssen Menschen sein; so ist Freundschaft, Menschenliebe, Einsicht, geöffneter Sinn.« Und deren Mann, Bettina noch weniger zugeneigt, mußte in der reaktionären Periode noch 1848 anerkennen: »Sie ist in dieser Zeit der eigentliche Held, die einzige wahrhaft freie und starke Stimme.« Dies hohe Lob galt gleicherweise ihrer Menschlichkeit wie ihrem persönlichen Mut.

Wenn auch ihr Buch »Goethes Briefwechsel mit einem Kinde«, das echte Briefe mit Bildern ihrer Phantasie recht freizügig mischte, ihr heute weitaus bekanntestes Werk ist, so spricht doch in der Schrift »Dies Buch gehört dem König« die reifste Bettina. Auch wenn dies Werk heute teils antiquiert wirken muß, für die damalige Zeit war es in seiner sozialen Einstellung eine bedeutende Tat.

Erst nach dem Tod ihres Mannes befaßte sich Frau von Arnim stärker mit der Schriftstellerei; dann aber mit ihrer ganzen Persönlichkeit. So, wie sie schon in Frankfurt dem Primas Dalberg gegenüber für die Rechte der unterdrückten Juden eingetreten war, wie sie mit leidenschaftlicher Anteilnahme den Freiheitskampf der Tiroler unter Andreas Hofer verfolgte, für die unterdrückten Polen gegen Rußland Stellung nahm, sich für die verfolgten Brüder Grimm einsetzte, so wurde sie auch die aufrüttelnde Vorkämpferin für die sozialen Belange in Deutschland.

Gerade in Preußen wurde nach 1848 jede Vereinigung nach ihrer königstreuen Gesinnung hin beschnüffelt. Deshalb wies sie geschickt darauf hin, daß gerade die Armut durch die Verbitterung dieser Menschen zur größten Gefahr für den Staat werde. Sie besuchte Armenhäuser und erkannte, lange vor Gerhart Hauptmann, das bittere Los der Weber. Weitsichtig ist ihr Urteil: »Vor dem Hamburger Tor hat sich eine förmliche Armenkolonie gebildet. Man lauert sonst jeder unschuldigen Verbindung auf; das aber scheint gleichgültig zu sein, daß die Ärmsten in eine große Gesellschaft gedrängt werden, sich immer mehr abgrenzen gegen die übrige Bevölkerung, und zu einem furchtbaren Gegengewicht anwachsen.«

In einer Zeit hochnotpeinlicher Zensur sagte sie dem König, der sich ja »von Gottes Gnaden« dünkte, Worte wie diese: »Erst als eine reaktionäre Politik in Preußen das freie Wort zu verfolgen und dem Militärwesen das Übergewicht zu geben begann, erst dann entfremdeten sich dem König die Herzen.«

Bei Goethe war Bettina in Ungnade gefallen, nachdem es bei einem Besuch in Weimar zu einem peinlichen Zusammenstoß mit Christiane gekommen war. Viele Jahre mußten vergehen, bis sie den Dichterfürsten wieder einmal besuchen durfte. Als Goethe später »Dichtung und Wahrheit« schrieb, waren ihm Bettinas Aufzeichnungen aus der Zeit, da sie als junges Mädchen zu Füßen der Frau Aja gesessen hatte, willkommene Gedächtnisstützen.

Als Bettina im Januar 1859 starb, waren fast alle Kinder und Enkel am Sterbelager vereint. Es war ein reifes Leben, das die Dreiundsiebzigjährige beschloß. Sie hatte manche Fehler, aber ihre Unbestechlichkeit und ein oft klares Urteil machen ihre Größe aus. Die Freiheit des Urteils hatte sie sich, bei aller Liebe, auch gegen Goethe erhalten. Daß sie auch ihm gegenüber letztlich selbständig blieb, zeigt ein Brief von ihr an den Dichter: »Es ist Beethoven, von dem ich Dir jetzt sprechen will, bei dem ich der Welt und Deiner vergessen habe; ich bin zwar unmündig, aber ich irre darum nicht, wenn ich ausspreche (was jetzt vielleicht keiner versteht und glaubt), er schreitet weit der ganzen Menschheit voran . . .«

Marianne von Willemer brach fast das Herz an ihrer Liebe zu Goethe

»Allerliebste Marianne, . . . nun, da du sagst, und so lieblich, daß du mein gedenkst und gern gedenken magst: so höre doppelt und dreifach die Versicherung, daß ich jedes deiner Gefühle herzlich und unablässig erwidre.« Dies schrieb Goethe am 26. 7. 1819 an die Freundin nach schier endlosem Schweigen.

Dieser Brief erreichte sie in Baden-Baden, wo sie Genesung suchen mußte, denn die junge Frau, die so lange der alle aufheiternde Sonnenstrahl des Willemerschen Hauses gewesen, war schwermütig und krank geworden. Von der gesuchten Heilung wußte sie selbst, daß diese letztlich in Goethes Herz und Wille lag.

So brachte jener so lange und so sehnsüchtig erwartete Brief schon die halbe Genesung, denn erstmals nach jenen unvergessenen Tagen auf der Frankfurter Gerbermühle des Jahres 1815 und der geplanten Reise 1816 hatte der Freund wieder mit herzlichen Worten der Dreiunddreißigjährigen geschrieben, sie mit dem vertrauten Du angeredet, was noch in keinem der – sonst an den Gatten gerichteten – Briefe geschehen war.

Nur wenige Wochen hatte 1815 ihre Bekanntschaft gedauert, aber die Liebe zwischen der jungen Frau und dem sechsundsechzigjährigen Dichter war in dieser kurzen Zeit hell entflammt.

Das unverstandene lange Schweigen Goethes nach dem Abschied in Heidelberg war von seiner Seite her kein Vergessen, keine Herzlosigkeit, wie es Marianne deuten mußte, sondern nur sein Versuch, Abstand zu gewinnen; eine äußere Flucht aus inneren Gründen, die schon der junge Dichter übte, wenn er sein Wesen bedroht fühlte.

Die Freundin auf der Gerbermühle aber war tief verletzt. Nicht um des äußeren Ansehens, ihrer Ehre willen – dafür war sie eine viel zu innerlich veranlagte Frau –, sie war enttäuscht in ihrem Gefühl, ihrem Herzen, denn die wenigen Briefe, die man noch wechselte, womit noch zu Weihnachten Geschenke gesandt wurden, entbehrten der persönlichen Wärme.

Aber im gleichen Jahr, 1819, sollte Mariannes Liebe gekrönt werden. Zwar anders, als sie es erträumt hatte. Nicht in persönlicher Begegnung, sondern auf der höchsten Stufe des Eros, wodurch der Name dieser Frankfurterin in der literarischen Welt verewigt wurde. Goethe sandte ihr die noch ungebundenen Gedichte des »West-östlichen Divan«, unter denen die Freundin ihre eigenen wiederfand. Sie waren mit denen Goethes unkenntlich zur Einheit vermischt, so daß »Suleika«, von diesem Geschenk überwältigt, nach Weimar zurückschrieb: »Ich habe den Divan wieder und immer wieder gelesen ... Mein Herz lag offen vor Ihren Blicken ... Sie fühlen und wissen genau, was in mir vorging; zugleich demütig und stolz beschämt und entzückt, schien mir alles wie ein beseligender Traum, in dem man sein Bild verschönert, ja veredelt wiedererkennt ...«

Eine Frankfurterin war diese Frau freilich nicht von Geburt an, denn sie stammte aus Österreich, aus Linz an der Donau, aber sie kam schon im Alter von vierzehn Jahren in die Mainstadt, wo sie, von einigen größeren Reisen abgesehen, ihr ganzes weiteres Leben verbrachte und wo sie auch im Jahre 1860, sechsundsiebzigjährig, starb. 1784 war Marianne Jung mit der Theatertruppe des Tanzmei-

Marianne von Willemer

sters Traub nach Frankfurt gekommen. Sie muß überaus talentiert gewesen sein, denn Frau Aja, Goethes Mutter, mit dem jungen Clemens Brentano an ihrer Seite, haben sie im Theater am Komödienplatz schon bewundert. Die noch kindliche Schauspielerin war bei der Truppe von ihrer Mutter begleitet, die minder begabt gewesen zu sein scheint und beim Frankfurter Theater kaum in Erscheinung trat. Ihr Ehemann – nach den Angaben der Mutter Musiker – war früh gestorben. So glaubte Marianne es lange Zeit, während die Forschung heute annimmt, daß sie unehelich geboren war.

Die Sitten am damaligen Theater waren roh, die Schauspieler ungebildet. Der Beruf stand in geringem Ansehen. Wenn, wie es geschah, ihr Prinzipal Traub sie auf seine Kosten weiter ausbilden lassen wollte, so mußte er sich entweder große künstlerische Leistungen von ihr versprechen, oder sie als spätere Frau oder Geliebte ins Auge gefaßt haben.

Aber auch dem reichen Bankier Willemer in Frankfurt, der schon zweimal Witwer geworden war (und fünf Kinder hatte), fiel Marianne auf; er holte sie mit sechzehn Jahren als Pflegetochter in sein Haus, wozu es eines Kontraktes mit der Mutter bedurfte, der er eine lebenslange Rente aussetzte. Bedingung war, daß sie sich nach Österreich zurückzöge. Diese Vereinbarungen hatten etwas von einem Kaufvertrag an sich.

Willemer, der als erfolgreicher Bankier auch schriftstellerische Ambitionen hatte, mit denen er von der Fachwelt nie recht ernst genommen wurde, und sich auch in seiner Heimatstadt politisch betätigte, war Frauenschönheit nicht abgeneigt, was in Frankfurt nicht unbekannt geblieben war, weshalb in Anlehnung an eine seiner Schriften das Spottwort umging, er habe eine »pädagogische Vorliebe für schöne Gegenstände«. Deshalb wurde die Stellung der Marianne Jung in seinem Hause natürlich bald beargwöhnt. Der Stadtklatsch nahm sich ihrer an. Aber die Persönlichkeit Willemers war zu vielseitig, zu undurchsichtig, zu schwankend, als daß man ihm ohne weiteres egoistische Motive unterschieben dürfte, weil er Marianne in sein Haus holte und sie mit seinen Töchtern – acht, zwölf und vierzehn Jahre alt – von einem privaten Hauslehrer erziehen ließ, wozu unter anderen Fächern auch die Ausbildung in Sprachen, in Musik und Zeichnen gehörte.

Willemer kannte die oft zügellosen Sitten der Theaterleute, und es ist durchaus möglich, daß die Empfindung, das junge Mädchen, das ihm in seiner Anmut gefiel, davor zu bewahren, der Grund seines Handelns war, zumal er auch anderwärts durchaus selbstlos über sich hinaus zu denken vermochte.

Im Frühjahr des Jahres 1800 war Marianne Jung in Willemers Haus gekommen. Dorthin kehrte kaum zwei Jahre später auch die schon verheiratete Tochter Willemers, Rosette Städel, bereits Witwe geworden, zurück. Sie war zwanzigjährig, brachte ihre kleine Tochter mit ins Haus. Marianne war nur vier Jahre jünger als sie. Die kleinste Tochter war acht Jahre, der einzige Junge, Brami gerufen, war sechs Jahre alt.

Bei dieser Situation hätte man in dem mutterlosen Haushalt Spannungen erwarten müssen. Diese gab es aber merkwürdigerweise nur zwischen den eigenen Kindern einerseits und dem Vater Willemer andererseits, während erstaunlicherweise das fremde Mädchen, das sich mit Rosette Städel bald eng befreundete, durch ihre warmherzige Art soviel Heiterkeit um sich verbreitete, daß es ohne ihr Wollen schon in ihrem jugendlichen Alter zum Mittelpunkt der Familie wurde. Eine Stellung, die sie völlig unangefochten bis zu ihrem Lebensende inne hatte, obwohl sich diese nie auf äußere Autorität stützte.

Aber am 27. September 1814 heiratete der damals vierundfünfzig Jahre alte Geheimrat die dreißigjährige Marianne, und der gerade im Rhein-Main-Gebiet weilende Goethe, den Willemer überaus ergeben verehrte und ihm auch als Bankier schon Dienste erwiesen hatte, war einer der ersten Gratulanten. So wurde die junge Frau endlich »gesellschaftsfähig«. Über den Zeitpunkt der Eheschließung ist viel gerätselt worden. Es ist anzunehmen, daß man sie lange plante und oft verschob, bis der Goethebesuch mit der Möglichkeit der »gesellschaftlichen Bereinigung« dann als willkommener Anlaß gewählt wurde.

Bei einem Kuraufenthalt in Wiesbaden hatte Goethe Marianne Jung in Begleitung Willemers kurz kennengelernt, ohne daß sie großen Eindruck auf ihn machte. Auf dem Rückweg besuchte er die Willemers auf der Gerbermühle und feierte mit ihnen am 18. Oktober 1814 den Jahrestag der Völkerschlacht bei Leipzig, die Deutschlands Befreiung vom napoleonischen Joch gebracht hatte. Vom – heute noch zugänglichen – Willemerhäuschen aus schaute man auf die rings lodernden Freudenfeuer hin bis zum Taunus.

In dieser Nacht mögen »die feurigen Jugendblicke« (wie Goethe es später dichterisch ausdrückte), welche Marianne gewiß arglosen Herzens dem großen Dichter, dessen Werke ihr zum Teil vertraut waren, zuwarf, auch sein Herz entzündet haben.

Schon zwei Tage später fuhr Goethe nach Weimar zurück. Aber der Eindruck war so bleibend, daß er im nächsten Jahr, als er wieder nach Frankfurt kam, bei den Willemers auf der Gerbermühle wohnte. Den Verwandten gegenüber begründete er diesen Wohnsitz, dessen Wahl wohl auf die junge Müllerin zurückging, mit der »größeren Ruhe«.

Jene Wochen auf der Mühle wurden für alle Beteiligten, zu denen auch Gäste wie Sulpiz Boisserée zählten, eine beschwingte Zeit, die Goethe menschlich verjüngte. Wenn der Dichter dort auch viel arbeitete, so bleib doch Zeit für Feiern und fröhliche Spiele. Zu größeren Intimitäten bot sich kaum Gelegenheit. So wurden diese Herbsttage auf der Mühle zu den Sternstunden im Leben der Marianne. Auf des Genius scherzende Zeilen, er sei arm geworden, weil er ihr all seine Liebe geschenkt habe, antwortet sie ihm: »Scherze nicht. Nichts von Verarmen. Macht uns nicht die Liebe reich?«

Aber diese »Silberblicke des Lebens«, wie sie es einmal nannte, gingen schnell zu Ende. Nach einer kurzen Abschiedsbegegnung in Heidelberg sahen sich beide nie mehr wieder, obwohl »Hatem«

Marianne von Willemer

erschüttert von diesem überraschenden Besuch der Willemers in Heidelberg geschrieben hatte: »Und ein zweites Wort: Es werde! Trennt uns nicht zum zweitenmal.«

Als Goethe im folgenden Jahr im Juli nach Baden-Baden fahren und anschließend die Freunde auf der Gerbermühle besuchen wollte, brach, nicht weit von Weimar, die Achse des Wagens, und wenn auch wenig passierte, so nahm er den Unfall als Wink des Schicksals und fuhr ins Schwefelbad Tennstedt, um nie mehr an den Main zurückzukehren.

Der Briefwechsel des Hauses Willemer mit dem Freund in Weimar blieb bis zum Tod des Dichters, noch über sechzehn Jahre lang, bestehen. Goethes Korrespondenz war dabei stets an den Herrn Geheimrat gerichtet, mit Ausnahme des anfangs erwähnten Briefes nach Baden-Baden, als Willemer den Freund in Weimar vorwurfsvoll auf Mariannes sich verschlechternden Gesundheitszustand hingewiesen hatte, über dessen Ursachen er sich keiner Täuschung hingab. Aber er tolerierte ihre Gefühle verständnisvoll, wußte er doch, daß Marianne ihn aus den gegebenen Verhältnissen heraus und kaum aus reiner Liebe geheiratet hatte. Marianne hat die Rücksichtnahme ihm später hochherzig vergolten, indem sie dem oft Wetterwendischen Halt und Stütze blieb und ihn aufopferungsvoll bis zu seinem Tode pflegte.

Nach dem Empfang des »West-östlichen Divan« hatte Marianne erkannt, daß das »Stirb und Werde« des Genius auch für ihre Liebe gelten müsse. In ihrer Demut beugte sie sich diesem Gesetz. An das noch immer ersehnte Wiedersehen glaubte sie nicht mehr. Im August 1820 schrieb sie nach Weimar: »Ich zweifle; das Gleiche wiederholt sich nie im Leben, selten das Ähnliche und so schwindet denn mit jedem Herbst eine still genährte Hoffnung . . .«

Aber im Gegensatz zur Frau von Stein, die eine Weile in Haß und Eifersucht getrieben wurde, als Goethes Liebe sich Christiane Vulpius zuwandte, läuterten sich Mariannes Gefühle zur Freundschaft, in welcher sie dem Freund bis zum Tod verbunden blieb.

Das große Herz der Frau von Willemer offenbart auch die Tatsache, daß sie nie versuchte, aus ihrem vertrauten Verhältnis zu dem in ganz Europa angesehenen Dichter für sich Kapital zu schlagen, wie es aus menschlichem Geltungsdrang hätte naheliegen können. Modische Memoiren mit Pikanterien und Skandalen waren auch damals schon gern gelesene Lektüre. Bettina von Arnim hatte sich jedenfalls nicht gescheut, in ihrem interessanten Buch »Goethes Briefwechsel mit einem Kinde« (das Kind war sie, im Alter von zwanzig Jahren!), sich dicht neben Goethe zu stellen und den echten Briefen viele Blüten ihrer reichen Phantasie hinzuzufügen.

Marianne widerstand solchen Versuchungen. In den glücklichsten Tagen, im Reisewagen nach Heidelberg, hatte sie in Erwartung des baldigen Wiedersehens geschrieben: »Ehe noch die Hügel düstern, / sitz ich still zu seinen Füßen.« Das war der Platz, den sie sich dem Genie gegenüber selbst anwies.

1832 starb Goethe. Ihr allein sandte er vor seinem Tode die erhaltenen Briefe zurück, damit sie nicht in fremde Hände fielen. Als sie seinem Willen gemäß nach seinem Tod das Siegel erbrach, fand sie des Dichters Verse: »Vor die Augen meiner Lieben, / zu den Fingern, die's geschrieben, / einst mit heißestem Verlangen / so erwartet, wie empfangen / zu der Brust der sie entquollen, / diese Blätter wandern sollen; / Immer liebevoll bereit, / Zeugen allerschönster Zeit.«

Marianne Willemer überlebte Goethe um 28 Jahre. Sie starb 1860. Aber erst neun Jahre nach ihrem Tod gab ihr »Wahlenkel« Hermann Grimm das Geheimnis der Suleikaverse preis, das sie ihm anvertraut hatte, als sie sah, daß er, den sie schon in der Wiege hatte liegen sehen, ein tüchtiger junger Gelehrter und Verehrer Goethes geworden war.

Die innere Zerrissenheit von Goethes »Suleika«

Wer das Leben der Marianne von Willemer, die durch den »West-östlichen Divan« als Goethes »Suleika« in die Literaturgeschichte einging, nur oberflächlich betrachtet, wird ihren Lebensweg glückhaft nennen. Die Spanne von der talentierten kindlichen Schauspielerin und Tänzerin, die der Bankier Willemer als Sechzehnjährige in sein Haus aufnahm und ihr mit seinen eigenen drei Töchtern (acht- bis vierzehnjährig) eine glänzende Ausbildung gab, bis zum Zeitpunkt, da sie schließlich die Gattin des – später sogar geadelten – Geheimrats Willemer wurde, mag als triumphaler Aufstieg erscheinen. Dazu von Goethe geliebt und besungen, als Sängerin und Gitarrespielerin eine Virtuosin, als »Großmütterchen« noch im Alter vom weiten Familienkreis allseits geachtet, muß das nicht geradezu als erstrebte Traumkarriere einer kleinen Tänzerin gelten?

Wer aber ein wenig tiefer schaut und das Leben der Marianne Jung, so ihr Mädchenname, nicht nur von der materiellen Seite her betrachtet, wird die schmerzlichen Stationen ihres Lebens nicht übersehen. Wenn in ihrem Leben trotzdem die Harmonie zu überwiegen scheint, so ist das Mariannes Verdienst, denn in ihrer stillen Art, die mit Charakterstärke gepaart war, behielt sie immer das Mögliche im Auge und verlor sich nie an Illusionen. Beim Tod Goethes im Jahr 1832 schrieb die damals Achtundvierzigjährige an Eckermann: »Meine früheren Verhältnisse waren nicht günstig für die Ausbildung meines Naturells . . ., durch meine Erziehung ist mir nichts erspart worden. So blieb alles nur ein Bruchstück, woran ich noch immer meine besten Kräfte setze, um es zur erträglichen Einheit zu bringen; vielleicht erkannte mein unvergesslicher Freund, dem ich viel zu verdanken habe, und dessen Andenken ich rein und ungetrübt in meiner Seele bewahre, dies Bestreben und beurteilte mich deshalb mit so viel Nachsicht.« Gerade solche kritische Selbstbeurteilung verrät viel von dem Wesen dieser Frau.

Der Witwer Willemer stand im vierzigsten Lebensjahr, als er Marianne ins Haus nahm. Wann Marianne, was als sicher gelten darf, seine Geliebte wurde, ist unbekannt. Wahrscheinlich nicht sehr früh, denn noch acht Jahre später schrieb Willemer an Goethe: »Die Zukunft ist an eine törichte Hoffnung verspielt – von der eine achtjährige Erfahrung mich belehrt hat, daß sie nie in Erfüllung gehen wird.« Das zielt wohl auf das Verhältnis zu Marianne hin. Der Bankier war vierundzwanzig Jahre älter als das Mädchen. Daß über

Willemers Schritt in Frankfurt geredet wurde, ist selbstverständlich, zumal er in seinen zahlreichen Schriften, auch erzieherischer, pädagogischer Art, stets Moral forderte.

Schon hier begann Mariannes Leidensweg. Clemens Brentano, nur sechs Jahre älter als sie, war mit Willemer bekannt, die Familien befreundet. Clemens gab Marianne Gitarrenunterricht. Bei einem ungeschickten Griff fuhr er sie an: »Dieser Griff ist so falsch wie deine Stellung hier in diesem Haus«, worüber das junge Mädchen in Tränen ausbrach. Die ärgerlichen Worte des Lehrers entsprangen der Eifersucht, denn Clemens liebte die graziöse Marianne. Das bekennt er später dem Freund Achim von Arnim, wenn er von ihr berichtet: »Hier auf dem Theater war vor ein paar Jahren Marianne Jung, ein unschuldig treu Kind, Tänzerin; ich liebte sie still weg, der Bankier Willemer nahm sie von der Bühne und machte sie zu seinem Pflegekind (Maitresse) . . . Die Jung liebte mich, sie weinte oft in meiner Nähe.« Auch hier wird die Eifersucht zu härterem Urteil gekommen sein, als es zu diesem Zeitpunkt den Tatsachen entsprach. Die Begegnung mit Marianne brachte sicher viel Liebesschmerz um den schönen jungen Mann. Der später so berühmte Romantiker wird ihr noch im Alter verschiedene seiner Schriften widmen, denn er hat Marianne nie vergessen.

Doch was nach versäumtem Liebesglück klingt – die Familie Brentano stand einer eventuellen Verbindung sehr positiv gegenüber –, bewahrte Marianne vielleicht vor einem bitteren Leben an der Seite des flatterhaften Clemens, der etwa zur gleichen Zeit um die noch nicht geschiedene Professorengattin Sophie Mereau warb und diese schließlich – nachdem beide sich eine Weile überworfen und getrennt hatten – im November 1803 heiratete. Nach dem frühen Tod der Mereau war seine groteske Ehe mit Auguste Bussmann eine weitere Station seiner Haltlosigkeit, und das erhaltene schreckliche Gedicht »Wohlan, so bin ich Deiner los . . .« zeugt nicht für einen verläßlichen Charakter.

Gegenüber Marianne wird Clemens nicht der einzige geblieben sein, der solche anzüglichen Bemerkungen, wie die beim Gitarrespiel, machte. Auch so manches Zufallswörtchen mag das Mädchen tief getroffen haben.

Ehen mit großem Altersunterschied waren damals nicht selten, weil oft Vermögensüberlegungen dominierten. Daß sie dort zur Tragik werden konnten, wo die Partner völlig verschiedene Neigungen und Charaktere hatten, zeigt sich allein daran, daß solche Lebensgemeinschaften häufig behandelte Theaterthemen der Zeit waren. Doch zu ähnlicher Tragik kam es im Fall Willemer nicht, obwohl es für das junge, begehrenswerte Mädchen sicherlich bitter war, zu wissen, daß es sich auf Dauer dem Geheimrat Willemer nicht würde versagen können. Die vielseitige Ausbildung, die sie erfuhr – sie hatte einen eigenen Gesanglehrer – kam ihren weitverzweigten Interessen zustatten und ließ zahlreiche schlummernde Fähigkeiten ans Licht treten. Sie erlangte eine Reife, die ihr auf dem Theater hätte versagt bleiben müssen. Die Aussicht, dafür aus Dankbarkeit einem keineswegs schlechten, aber etwas grillenhaften, hypochondrischen, vierundzwanzig Jahre älteren Mann ein Leben lang angehören zu müssen, mag lange Zwiespalt und Zweifel in der zarten Tänzerin genährt haben. Denn sie war kein oberflächlicher Mensch, eher dankbar als berechnend.

Das Paar heiratete erst vierzehn Jahre nachdem Marianne ins Haus gekommen war. Bis zu dieser Eheschließung hatte nicht allein Marianne die spitzen Bemerkungen der Frankfurter zu erdulden, auch Willemer blieb von öffentlichem Spott nicht verschont. Über ihn, der sich als Vorkämpfer für ein besseres Theater in Frankfurt fühlte, wurde als Beilage zur »Eleganten Welt« ein Artikel gedruckt in dem es hieß, daß er mit seinen drei Töchtern nach Yverdun – dem Wohnort von Pestalozzi – abgereist sei, »mit dem festen Vorsatz, die Frankfurter Bühne zur Muster-Schule aller deutschen Schauspieler nach Pestalozzischer Manier, sowohl für die Mnemonik als für die keuschen Sitten bestmöglichst zu verbessern«. Willemer soll das Pamphlet sehr getroffen haben. Um so schwieriger wurde der Umgang mit ihm. Er war seinen Stimmungen sehr unterworfen, beschäftigte sich viel mit sich selbst. In bezug auf den Vater vermerkt Rosette Städel in ihrem Tagebuch: »Wie viel Verkehrtheit ist doch in der Welt . . . wie viel Egoismus, Laune und Widersinnigkeit . . . Es ist recht traurig, hier immer wieder am Anfang zu stehen, wenn man meint, einige Schritte getan zu haben.« Von Marianne war in dem Bericht der »Eleganten Welt« als von der »mehr als an Kindesstatt angenommenen Tochter« die Rede.

Marianne hatte mit dem Geheimrat keine eigenen Kinder. Auch das war wohl keine Erfüllung für eine so mütterliche Frau. Der einzige Sohn Willemers, Oberleutnant im preußischen Heer, fiel, vierundzwanzig Jahre alt, in Berlin im Duell. Er hatte seine jugendliche Stiefmutter verehrt, ja geliebt. Sein Tod war auch für Marianne eine schmerzliche Botschaft.

Die Verbindung Willemers zu Goethe bestand noch von dessen Frankfurter Zeit her. Auch war der Bankier dem Dichter wiederholt bei seinen finanziellen Frankfurter Abwicklungen behilflich. Goethe hatte Marianne 1814 in Wiesbaden kennengelernt, wo sie bei einem Besuch Willemer begleitete. Das Paar war noch nicht verheiratet. Es spricht nichts dafür, daß die junge Frau einen stärkeren Eindruck auf den Dichter gemacht hat. Doch schon wenige Wochen später, beim kurzen Besuch auf der Gerbermühle, entzündete sich gegenseitige Sympathie. In der Zwischenzeit hatte die Hochzeit stattgefunden, so daß Marianne Goethe als Frau des Hauses begegnen konnte. Ordentliche Papiere für Marianne lagen bei der Eheschließung nicht vor. Man versprach, sie nachzureichen. Aber das geschah auch später nach wiederholten Aufforderungen nicht, so daß Marianne nie das Frankfurter Bürgerrecht erlangte. Die Gründe lagen in ihrer vermutlich unehelichen Geburt, die man verheimlichen wollte, weshalb die Papiere durch die abgegebenen Erklärungen ersetzt wurden. Auch das war gewiß eine ernste Belastung für die Braut, die man mit den Augen jener Zeit sehen muß. Als Goethe im Jahr darauf erneut nach Wiesbaden zur Kur fuhr, nahm er die Einladung zum anschließenden Verweilen auf der Gerbermühle an und blieb etwa fünf Wochen dort, wozu die »Müllerin« wohl der tiefere Anlaß war. Von Rosette Städel existiert ein Tagebucheintrag aus jener Zeit: »Den Mann gesehen, den ich mir als einen schroffen, unzugänglichen Tyrannen gedacht, und in ihm ein liebenswürdiges, jedem Eindruck offenes Gemüt gefunden; einen Mann, den man kindlich lieben muß, dem man sich ganz vertrauen möchte.«

Goethe – sechsundsechzig Jahre alt – schrieb damals Gedichte für den geplanten »West-östlichen Divan«. Er wollte in Wettstreit mit dem alten persischen Dichter Hafis treten, der Liebe und Wein gepriesen hatte. Nun entflammte ihn Marianne mit ihrer Schönheit, ihrem witzigen Geist, ihrem Temperament (Goethe nannte sie scherzhaft den kleinen Blücher) zu einer unvergänglichen Liebe. Ihr gab er den Namen Suleika, er nannte sich Hatem, der, von dieser Liebe beschwingt, dichtete: ». . . und noch einmal fühlet Hatem/ Frühlingshauch und Sommerbrand.« Marianne antwortete Goethe mit eigenen Versen, die den seinen an Schönheit kaum nachstanden. Diese Begegnung wurde die Sternstunde ihres Lebens, und doch wäre sie an ihr fast zerbrochen, denn Goethe kam nach dem Abschied nie mehr nach Frankfurt. Er schwieg lange, und Marianne litt so sehr darunter, daß sie körperlich erkrankte.

Und doch hätte sie später bei einer Bilanz ihres Lebens wohl ihr Schicksal, auch die Ehe mit Willemer, bejaht, weil sie gerade auf diesem Weg Goethe begegnet war und als gläubige Katholikin an eine Vorsehung glaubte. Nicht zuletzt deshalb, weil sich ihr schwermütiger Schmerz schließlich in Seligkeit wandelte, als sie im druckfrischen, von Goethe übersandten »Divan«-Exemplar ihre Verse als Goethes eigene veröffentlicht fand. Nach Erhalt des »Divan« dankte sie tief ergriffen: »Zugleich demütig und stolz, beschämt und entzückt, schien mir alles wie ein beseligender Traum.«

Körperliche Erfüllung blieb den Liebenden wohl versagt. Schon die äußeren Umstände sprechen dagegen. Doch besteht kein Zweifel daran, daß jene Begegnung, jene Wechseldichtung ein großes Liebesspiel war, das im höchsten Eros des Entsagens mündete. Dieses Hochgefühl erleichterte Marianne ihr ganzes weiteres Leben. Nach Goethes Tod, 1832, waren ihr seine Briefe ein Schatz, den sie selbst auf Reisen mit sich führte. Schmerzlich mag es ihr gewesen sein, als die Liebe des vierundsiebzigjährigen Dichters zur neunzehnjährigen Ulrike von Levetzow an die Öffentlichkeit drang. Auch Bettinas Buch »Goethes Briefwechsel mit einem Kinde«, in dem diese selbst Goetheverse für Marianne sich zueignete und in dem sie erdichtete Briefe mit echten vermischte, hat sie tief berührt. Aber weil sie nie nach den Sternen gegriffen hatte, gab sie sich mit dem Reichtum ihrer im Herzen bewahrten Erinnerungen zufrieden.

Wie stark und bis zum Tode dauernd diese Verbindung war, wurde erst, zum großen Erstaunen der Literaturwissenschaftler, bekannt, als Hermann Grimm, lange nach Mariannes Tod, veröffentlichte, was sie ihm mündlich anvertraut hatte: ihren starken Bezug zum, ja ihre Mitwirkung am Buch »Suleika« des »West-östlichen Divan«. Nach dem Tod ihres Mannes bezog die Witwe eine kleine Wohnung und blieb mit den zahlreichen Willemer Kindern und Enkeln, mit vielen Künstlern, mit Sulpiz Boisserée, mit dem Kreis der katholischen Schlossers auf Stift Neuburg bei Heidelberg in regem familiärem und geistigem Austausch. Nicht zu Unrecht stehen auf ihrem Grabstein auf dem Frankfurter Hauptfriedhof die Worte »Die Liebe höret nimmer auf«.

Daß sie trotz des stets schwieriger werdenden Gatten ihm bis zu seinem Tod eine treu sorgende Pflegerin blieb, gehört mit zu ihrem Charakterbild. Letztlich ist es eine nachträgliche und gottergebene Lebensbejahung, wenn sie beim Tod ihres Mannes an den gemeinsamen Freund Boisserée schrieb: »Ein Gefühl von Verlassenheit bemächtigte sich meiner, welches mich fast überwältigte. Ich bin kein selbständiges Wesen, mein armer, innig geliebter und heiß beweinter Kranker war aber doch meine einzige Stütze, alles in meinem Leben war auf ihn berechnet.« Willemer war achtundsiebzig Jahre alt geworden. Marianne verstarb, als Sechsundsiebzigjährige, zweiundzwanzig Jahre später. Goethes Wort aber hat sie wohl nie vergessen, das von der gegenseitigen Liebe als von einem unbegreiflichen Wunder sprach: »Ist's möglich, daß ich, Liebchen, dich kose, / Vernehme der göttlichen Stimme Schall? / Unmöglich scheint immer die Rose / Unbegreiflich die Nachtigall.«

Als Frankfurter verstand Goethe auch etwas vom Geld

Goethe, nicht nur in Frankfurt geboren – von Frankfurt geprägt

Als ihm sein Jugendfreund Riese im Alter zum Geburtstag gratulierte, da antwortete ihm Goethe voll Vertrautheit, daß er durch die Narbe an seinem Finger oft an die gemeinsamen Jugenderlebnisse erinnert werde; so auch an dieses, als sie im Forsthaus beim Schinkenbrot-Schmausen ein hübsches Mädchen als gemeinsame Bekannte entdeckten, wonach er mit dem Finger gedeutet, was der Freund mit einem übermütigen Messerhieb – Ursache jener Narbe – beantwortet hätte.

Gewiß, nur ein kleines Erlebnis, aber noch nach Jahrzehnten stand es vor dem Sinn dessen, der inzwischen zum Olympier geworden war. Es ist ein Zeichen dafür, wie tief die Erinnerungen aus der Jugendzeit im Gedächtnis haften, wie es ja auch »Dichtung und Wahrheit«, die Geschichte von Goethes Leben bis zu seinem Aufbruch nach Weimar, deutlich zeigt.

Manchem harten Urteil über seine Vaterstadt, das meist aus zeitlich bedingter Verärgerung entsprang, steht im Alter Goethes ausgewogenes Wort an Bettina von Arnim entgegen, womit er Frankfurts vielseitige Vorzüge preist und sich eindeutig zu seiner Vaterstadt bekennt, »durch die allein er zu seiner Entwicklung gekommen sei«. Gerade weil Kindheits- und Jugendeindrücke so tief haften, ist dies keine Übertreibung, denn wenn Goethe auch mit 26 Jahren nach Weimar ging und fast sein ganzes Leben dort verbrachte, Frankfurt nur noch selten besuchte, die entscheidenden und ihn formenden Impulse hat er in der alten Krönungsstadt erhalten.

Es gibt kaum einen Zug seines späteren Wesens und Handelns, zu dem nicht schon hier der Keim gelegt wurde; sei es durch die vielseitige Bildung, die er erhielt, oder die Eindrücke, die auf ihn wirkten. Das fängt schon mit der Sprache an, dem Frankfurter Dialekt mit seinen Kernsätzen und seiner Bildhaftigkeit, wofür man später den Studenten auslachte; ausgerechnet in Leipzig. Aber auch in seinen Reimen – Himmelszeichen auf eigen, Tugend auf versuchend und ähnlichen – blieb er zeitlebens der Mundart verhaftet. Das sind zwar Äußerlichkeiten, aber man weiß heute, wie viel sie über die Entwicklung eines Menschen aussagen.

Entscheidend geformt hat ihn natürlich die Familie. Auch wenn er sich früh gegen den Vater innerlich auflehnte, so machte er sich dessen formelle Strenge und seinen Sparsinn im Alter doch selbst zu eigen und entsprach damit ganz »dem Gesetz, nach dem er angetreten«. Des Vaters Sammelfreuden, seine Liebe zu Italien, die ihren Ausdruck im Haus in vielen römischen Bildern fand, welche früh das Interesse des Knaben weckten, waren Vorstufen, die schließlich im Siebenunddreißigjährigen den Drang unwiderstehlich werden ließen, dieses Land seiner Sehnsucht endlich von Angesicht kennenzulernen. Daß Goethe dort auch viel zeichnete, ist bekannt, aber in Frankfurt hatte er die Kunst erlernt und ausgeübt, mit Malern verkehrt und bei Nothnagel seine ersten Versuche in Öl getätigt.

Der Schönheitssinn der Frau Aja, die in ihrer Familie als Kind nur das »Prinzeßchen« geheißen wurde, die Freiheitsliebe des Vaters und sein Stolz auf die Freie Reichsstadt sowie die Toleranz des Großvaters Textor sind nicht nur blutmäßiges Erbe, sondern die ihm lebendig eingeprägten Bilder seiner Kindheit. Indem die Mutter häufig Märchen erzählte und deren Ausgang dem Rätseln ihrer kleinen Zuhörer überließ, weckte sie in kluger Erziehungsabsicht die kindliche Phantasie. Das Vieh mit auf die Pfingstweide geleiten, im eigenen Garten dem dort oft täglich arbeitenden Vater helfen, die Traubenlese im Herbst übermütig feiern – hier lag der Keim seiner Naturliebe, mit der er später jahrelang in Weimar an seinem Gartenhaus hing, dessen Pflanzungen ihm ebenso am Herzen lagen wie die spätere Mitgestaltung bei der Gartenanlage an der Ilm.

An Selbstbewußtsein hat es dem Kind schon nicht gefehlt, in dem bereits neben großer Wißbegierde und Lernwilligkeit ein starker Hang zum Belehren anderer ausgeprägt war. Als Enkel des regierenden Bürgermeisters, den er zuweilen in prunkvoller Amtstracht sah, fühlte er sich dem Adel nicht unebenbürtig. Sah er dann aber den Großvater in einfacher Kleidung im Garten hantieren, so begriff er auch schnell, wie wenig die Kleidung über den Wert eines Menschen entscheidet, was ihn freilich nicht daran hinderte, an die eigene Kleidung hohe Ansprüche zu stellen. Daß dem Großvater zudem ein sechster Sinn nachgesagt wurde, wies den Knaben früh auf übersinnliche Kräfte hin, denen noch der reife Dichter nachsann.

Die verschiedenen jugendlichen Spiele, von denen er im »Wilhelm

Meister« berichtet, sein Talent, die Schwerter für ihre Kämpfe selbst herzustellen, sein Puppenspiel und die frühen kindlichen Aufführungen vor Nachbarsgästen, seine Besuche des französischen Theaters in der Besatzungszeit – schon als Zehnjähriger –: was immer der reife Mensch dachte und tat, ein Stück Frankfurter Ursprung war stets dabei. Auf den Gedanken einer winterlichen Harzwanderung etwa wäre Goethe später vielleicht nie gekommen, wenn er nicht schon hier ein Wanderer geworden wäre, der ebenso unverdrossen zu den Freunden nach Darmstadt marschierte, wie er mit offenen Augen den Taunus durchstreifte.

Daß Szenen des Faust das mittelalterliche Frankfurt zum Vorbild haben, ist ebenso bekannt wie die Tatsache, daß das Schicksal der unglücklichen Kindsmörderin, deren Prozeß er bis zu ihrer Hinrichtung verfolgen konnte, zum Vorbild der Gretchentragödie wurde. Im »Götz« findet sich ebenso Frankfurterisches, auch wenn man nicht an den derben Kraftausdruck denkt, der freilich Frankfurter Mundartzüge trägt. Ganz abgesehen davon, daß schon der Junge während der Messezeit die »Tragödie des Erzzauberers Dr. Faustus« als Puppenspiel besuchen konnte. Auch daß Klinger zu Goethes Frankfurter Freunden zählte, ist bedeutungsvoll, denn dessen »Sturm und Drang« hat der Epoche ihren Namen gegeben. Schließlich entstand in Frankfurt der »Götz«, der eine literarische Umwälzung der deutschen Literatur bewirkte. Aber diesem Stürmischen und Derben standen zur Frankfurter Zeit auch schon das Gefühlvolle und Zarte gegenüber – als Ausdruck dafür, wie bereits damals zwei Seelen in der einen Brust wohnten. Das zeigt seine enge Verbindung nach Bad Homburg und Darmstadt, wohin es ihn nicht nur wegen seines Freundes, des »Mephistopheles« Merck zog, sondern zum »Kreis der Empfindsamen«, zu dem vor allem Herders Braut, Caroline Flachsland, zählte.

In Goethes Frankfurter Liebeleien, zur koketten Lisette Runckel etwa und anderen, oder im Mariagespiel der jungen Leute, wie in der einzigen Verlobung seines Lebens, mit Lili Schönemann, wurden entscheidende Erfahrungen für das weitere Dasein gesammelt, wobei er, der schon von Leipzig her Eifersüchtige, gegenüber seiner Braut oft ungerechterweise voller Eifersucht war, aber auch die fremde erfahren mußte, als Peter Brentano, der Gatte der von Goethe hochverehrten und geliebten Maxe, seine allzu häufigen Besuche unterband. Daß Bettina Brentano, die Tochter der Maxe, als sie nach vielen Jahren Briefe zwischen ihrer Mutter und Goethe fand, sich als »Erbin dieser Liebe« betrachtete und die Verbindung zu Goethe suchte, geht also ebenfalls auf die Frankfurter Zeit zurück.

Die religiösen Ansichten des Heranreifenden wurden durch das Fräulein von Klettenberg ebenso beeinflußt, wie er ihr auch seine frühen alchimistischen Interessen und Versuche zu verdanken hat. Und seine späteren sportlichen Betätigungen, Fechten, Reiten, Schlittschuhlaufen – nichts war dem jungen Manne fremd – hier in Frankfurt nahmen sie ihren Anfang. Schließlich war Frankfurt auch dazu wie geschaffen, einem wachen, jungen und interessierten Geist geschichtliche Anregungen zu geben. Hier wurden die deutschen Kaiser gekrönt und die Stadt hatte, nicht zuletzt durch ihre Messen und in ihrer Eigenschaft als Freie Reichsstadt, eine große Vergangenheit. Vom Fettmilchaufstand kündete noch die alte Schandsäule, und die Messegeleitzüge – einst notwendige Sicherheitsmaßnahme – boten mit ihrem Prunk den Kinderaugen eine Vielzahl von Eindrücken, wie sie bei weitem nicht jede Stadt ihren Bewohnern zu vermitteln hatte. Weite Reisen konnten sich nur wenige leisten, in Frankfurt aber ward allen Bürgern so manches Schauspiel zuteil. Auch der Frankfurter Buchhandel, obwohl er damals schon einen Teil seines Umsatzes an Leipzig verloren hatte, weckte Interesse und Kauflust, die nie mehr erloschen. An Kunstsammlungen fehlte es dabei ebensowenig in der Stadt, wenn sich diese auch zum größten Teil in Privatbesitz befanden, dem jungen Kunstfreund aber zugängig waren.

Schließlich hat Goethe noch in Frankfurt das Schicksal des einerseits verherrlichten und gerühmten, andererseits gescholtenen Dichters kennengelernt, nachdem »Die Leiden des jungen Werther« erschienen waren. Solchem Ruhm verdankte er etwa die Aufnahme in den Kreis der Schönemanns, während er andererseits als gottloser Verführer bezeichnet und angefeindet wurde. Und so manche Besuche bei dem über Nacht berühmt gewordenen Poeten resultierten daraus; ihm teils zur Lust und teils zur Last, so wie es später nicht anders auch in Weimar geschah.

Mit bedeutenden Wissenschaftlern und Künstlern verkehrte Goethe bereits in Frankfurt, wie etwa mit den Historikern Dr. Johann Philipp Orth oder Johann Daniel von Ohlenschlager; ganz so, wie er später vom Haus am Frauenplan aus Verbindung zu vielen bedeutenden Männern seiner Zeit hielt. Man darf dabei nicht vergessen, daß der junge Goethe schon in Frankfurt enorm fleißig war – wenn auch nicht immer im Sinne des Vaters – wie er auch später stets hart arbeitete, seinen Tagesablauf streng einteilte und jedes Zeitvertrödeln haßte. Nicht zufällig stammt von ihm das Wort »Genie ist Fleiß«.

Als Student, von Leipzig zurückgekehrt, lernte er auch in der Heimatstadt noch den Generationskonflikt kennen, da er das Haus am Hirschgraben, des Vaters ganzen Stolz, als altmodisch gegenüber der Leipziger Bauweise bezeichnete und allerlei zu kritisieren fand, was zum Zornesausbruch des gekränkten Kaiserlichen Rates führte. Der große Umbau des Hauses hatte seinerzeit dem aufgeweckten Knaben, der den Grundstein legen durfte, schon Anlaß gegeben, sich mit allerlei Architekturfragen zu befassen.

Seine Anwaltspraxis freilich, die er nach der Rückkehr aus Straßburg begründete, führte mehr der Vater als der Sohn, und so wurde auch die Erfahrung eines ungeliebten Berufs ein tiefer Eindruck, den er schon von Frankfurt mit nach Weimar nahm. Bevor der Student nach Straßburg ging – von Leipzig krank zurückgekommen und hier in langwierige Genesungszeit verstrickt, die ihn charakterlich beeinflußte –, hatte er große Teile der frühen Jugendschriften den Flammen übergeben, so daß dieser Brauch, den er an wichtigen Stationen seines Lebensweges übte, ebenfalls in Frankfurt seinen Anfang nahm.

Die Essensgewohnheiten Goethes nach seiner Familiengründung gingen zum Teil auf Frankfurter Vorbilder zurück. So, wie man im Hirschgraben immer gut zu speisen gewohnt war, hielt es der Dichter auch in der neuen Heimat. Und damit er auf die Jugendgenüsse nicht zu verzichten brauchte, sandten seine Mutter oder die Willemers Artischocken, Kastanien, Wein, Konfekt. Zumal an Wein war er, der nie ein Kostverächter war, schon von Jugend an gewöhnt, hatte doch die Großmutter das Haus am Hirschgraben einst vor allem wegen des guten Weinkellers erstanden. Wenn Goethe sich später mit dem Weimarer Klima kaum versöhnen konnte, dann deshalb, weil er unauslöschlich die Erinnerung an das milde Wetter an Rhein und Main in sich bewahrte, und das großartige Spiel der Wolken vor der Gebirgskette des Taunus, das er so gerne verfolgte, nicht vergessen konnte.

Daß Weimar dem jungen Genie, dem Frankfurt zu eng geworden war, zumal durch die Großzügigkeit seines Regenten Carl August, zu dem Platz wurde, wo alle seine großen Gaben weiterreifen konnten, ist unbestritten. Ebenso aber sollte es die Tatsache sein, daß die wesentlichen Keime künftiger Größe in seiner Vaterstadt gepflanzt und entwickelt wurden, wovon der, zuweilen über die Heimat Verstimmte, doch immer wieder mit herzlichen Worten Zeugnis ablegte. Wie er es etwa 1806 gegenüber der Frau des Schöffen Stock mit den vielsagenden Zeilen getan hat: »Was uns Günstiges in fernen Landen / Auch begegnet, sehnt bei allem Glück / Doch das Herz zu seiner Jugend Banden, / Zu dem heim'schen Kreise sich zurück.«

Wie Goethe um tausend Taler pokerte

Der junge Goethe hat die Frankfurter wegen ihres betonten Geschäftssinns zuweilen verspottet, und auch der reifere Dichter übte noch Kritik an den unmusischen Geldsäcken. Selbst sein Vater war von diesen Anklagen nicht ausgenommen. Galt er dem jungen Mann doch als kleinlich und pedantisch, obwohl er dem in Leipzig als Student groß auftretenden Sohn einen geradezu fürstlichen Monatswechsel bewilligt hatte.

Daß Goethe später dem Vater in den formellen Dingen des Lebens ähnlicher wurde, hat er selbst erkannt. Und da hätte er seinen Frankfurter Landsleuten eigentlich Abbitte leisten müssen für manche Schelte, die er ihnen hatte zuteil werden lassen, denn wenn es um Geldangelegenheiten ging, erwies er sich als echter Frankfurter, der seinen finanziellen Vorteil sehr wohl wahrzunehmen wußte.

Er mochte eingesehen haben, daß diese zuvor gerügte Eigenart auch als Tugend anzusprechen war. Und er scheute sich ja sonst nicht, eigene frühere Behauptungen im späteren Leben zu berichtigen. Machte man ihn auf derartige Widersprüche aufmerksam, pflegte er zu sagen: »Bin ich denn so alt geworden, um immer die gleichen Ansichten zu haben?« Er wußte eben, daß jedes Lebensalter seine eigene Betrachtungsweise hat. So war es gewiß auch mit seinen Finanzen.

Als ganz besonders geschäftstüchtiger Frankfurter erwies sich der Dichter jedenfalls, als er um den Erlös für sein episches Gedicht »Hermann und Dorothea« – man muß schon sagen – pokerte. Der Verleger Vieweg hatte sich an dieser Arbeit für seinen Almanach 1798 interessiert gezeigt. Goethe sah schon für das noch unveröffentlichte Manuskript ein langes Feilschen voraus, wie es bei den Verlegern an der Tagesordnung war. Das wollte er vermeiden, ohne aber bei dem Handel ins Hintertreffen zu geraten.

Er griff deshalb zu einer List, die seines »Reinecke Fuchs« würdig gewesen wäre. Vieweg in Berlin ließ er wissen, daß er bereit sei, ihm das Manuskript zum gewünschten Abdruck zu überlassen, wobei er sich gleich vorbehielt, es nach zwei Jahren auch wieder in seine gesammelten Schriften aufnehmen zu dürfen, auch wenn diese in einem anderen Verlag erschienen. Seine Honorarvorstellung betrug tausend Thaler in Gold. Das war viel Geld, weshalb Goethe den Betrag nicht selbst fordern wollte. Eine Absage des Verlegers wäre ihm wohl als Prestigeverlust erschienen. Deshalb sann er darauf, Vieweg Gelegenheit zu geben, diesen Betrag von sich aus ihm, dem Verfasser, anzubieten.

Wie er das anstellte, das würde man im heutigen Geschäftsleben wohl als »schlitzohrig« bezeichnen. Er ließ nämlich den Verleger wissen: »Was das Honorar betrifft, so stelle ich Herrn Oberconsistorialrath Böttiger ein versiegeltes Billet zu, worin meine Forderung enthalten ist und erwarte, was Herr Vieweg mir für meine Arbeit anbieten zu können glaubt. Ist sein Anerbieten geringer als meine Forderung, so nehme ich meinen versiegelten Zettel uneröffnet zurück, und die Negotiation zerschlägt sich. Ist es höher, so verlange ich nicht mehr, als in dem alsdann von Herrn Oberconsistorialrath zu eröffnenden Zettel verzeichnet ist.«

Das war eine geradezu raffiniert erdachte Regelung, denn mit ihr stand Goethe in bestem Lichte da. Korrekterweise wollte er auch bei einem höheren Gebot nicht mehr, als seine – freilich hoch angesetzte – Forderung betrug. Aber mit dieser Taktik, bei der der Verleger, der ja am Manuskript sehr interessiert war, nur ein einziges Angebot abgeben konnte, zwang er diesen, ein Höchstgebot zu offerieren, weil sich das Geschäft bei zu niedrig angesetztem Honorar automatisch zerschlug. Kaufmännisch gesehen war der Herausgeber des Almanachs somit in eine nicht beneidenswerte Position gedrängt.

Der Vertrag mit Vieweg kam zustande. Und »Hermann und Dorothea« wurde vom Leserpublikum mit so viel Zustimmung, ja Begeisterung aufgenommen, daß die beiden Vertragspartner, Autor und Verleger, auf ihre Rechnung kamen.

Die neu geweckte Liebe zur alten Heimat

Für das Verhältnis Goethes zu seiner Vaterstadt Frankfurt waren die Jahre 1814 und 1815 von besonderer Bedeutung. Man weiß, daß es ihn mit sechsundzwanzig Jahren hinauszog in die weite Welt; aus der – wie er es empfand – Enge und Dumpfheit der Freien Reichsstadt. Doch sein Fernweh mußte sich erst einmal elf Jahre lang mit dem kleinen Hof von Weimar begnügen, ehe die lang ersehnte Italienreise seinen Blick und sein Wesen weitete.

Kam er später, selten genug, nach Frankfurt, wo ihn besonders seine Mutter sehnlichst erwartete, geschah es gewöhnlich auf Dienstreisen; als Begleiter des Herzogs, auf dem Weg nach Süden, zum Feldzug gegen Frankreich. In den Jahren 1814 und 1815 war das anders. Auf den Rat der Ärzte, einmal das mildere Wiesbaden statt der sonst gewählten Badeorte Berka, Karlsbad, Marienbad aufzusuchen, hätte der Herr Geheimrat bestimmt wenig gegeben, wenn nicht die innere Bereitschaft dagewesen wäre, die alte Heimat wiederzusehen, Jugenderinnerungen wachzurufen.

Goethe war seit 1809 mit den Arbeiten an »Dichtung und Wahrheit« beschäftigt, seiner Biographie bis zum Weggang nach Weimar; der Spanne also, die seine in Frankfurt verbrachte Jugendzeit schildert. Zwangsläufig mußte er sich dabei mit der Stadt, ihren alten Gebäuden, Kunstschätzen und den alten Freunden beschäftigen. Das wob neue Bande, die sich im Laufe eines langen Lebens – mit literarischen und wissenschaftlichen Betätigungen auf vielen Gebieten – gelockert hatten. Nun blühten mit den Nachforschungen, den zahlreichen Korrespondenzen wieder alte freundschaftliche Beziehungen auf, und ein anderer, ein gelöster Goethe erlebte diesmal seine Vaterstadt.

Die Tatsache, daß er der Einladung des Geheimrat Willemer folgte und nach der Kur in Wiesbaden beim zweiten Besuch auf der Gerbermühle Quartier nahm, sich dort mit der dreißigjährigen »Müllerin« Marianne von Willemer befreundete, tat das ihrige, daß der oft als steif gescholtene Olympier die alte Heimat bald wieder mit »dem Augenglas der Liebe« betrachtete. Die Rhein-Main-Gegend, die er, des Klimas wegen, bald nach seinem frühen Weggang aus Frankfurt als freundliche milde Gefilde gegenüber dem »trüben grauen Norden« seiner Wahlheimat Weimar pries, verbunden mit einem warmen Sommer, half, diese innere Wandlung zu bewirken.

Sulpiz Boisserée gelang es in dieser Stimmung, »den Alten« für sein Werk zu gewinnen. Dieser verdienstvolle Kunstsachverständige hatte eine ungewöhnliche Gemäldesammlung vorwiegend altdeutscher und altniederländischer Meister zusammengetragen, die er auf diese Weise nach der großen Säkularisation 1803 vor Verschleuderung und Vernichtung bewahrte. Nun gelang es ihm, den seit Jahrzehnten nur auf die Antike ausgerichteten Goethe erstmals vor

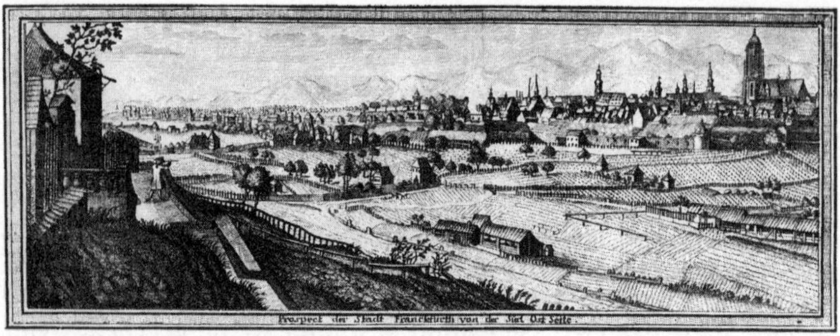

Frankfurt, Kupferstich aus dem Thomas-Plan

diesen Werken zum Staunen zu bringen. Und er vermochte den Hochangesehenen als Mitstreiter zu gewinnen für das große Werk der Vollendung des Kölner Domes, das nicht ohne die Hilfe aller deutschen Teilstaaten vollbracht werden konnte.

Verständlicherweise legten auch andere Kreise Wert darauf, den bedeutenden Dichter für ihre Ideen und Ziele zu erwärmen, seine Fürsprache zu gewinnen. Zu ihnen gehörte auch der Reichsfreiherr vom Stein, der den Wiesbadener Badegast einlud, zusammen mit ihm durch das Rhein-Main-Gebiet zu fahren, um dort eine Art Bestandsaufnahme der Kunstschätze zu unternehmen, nachdem Napoleon entscheidend geschlagen und die Rheinlande zu Preußen gekommen waren. Dabei ging es auch um den Standort einer neu einzurichtenden Universität, wobei man in Berlin eher mit Bonn als mit Köln liebäugelte, weil man in Köln einen zu starken katholischen Einfluß befürchtete.

Das Ergebnis der »Bestandsaufnahme« veröffentlichte Goethe im folgenden Jahr 1816 in der von Cotta herausgegebenen Zeitschrift »Altertum und Kunst«. In die gesammelten Werke hat er seine Anmerkungen unter dem Titel »Über Kunst und Altertum in den Rhein- und Main-Gegenden« aufgenommen. Über seine damit verfolgte Absicht bemerkte er: »Die Rhein- und Main-Gegenden, im breitesten Sinne genommen, zeigen, so wie das übrige Deutschland, ausgesäte grössere und kleinere Lichtpunkte, und hier entsteht der doppelte Wunsch, dass sie sich sämtlich untereinander in Bezug setzen, jeder Ort das Vorhandene allgemeiner bekanntmache, damit man schnell beurteile, wie es erhalten, belegt, von Einheimischen, Nachbarn und Fremden benutzt werden könne.«

Goethe wollte also eine Art künstlerischen Reiseführer für das Rhein-Main-Gebiet anregen. Da sein Wort Gewicht hatte, ging man auf so manchen Vorschlag ein, mit Folgen, die da und dort noch bis heute weiterwirken. So wurde im Sinne des Stifters Senckenberg und der von Goethe gegebenen Anstöße im Jahr 1817 von Bürgern aller Berufsschichten die Senckenbergische Naturforschende Gesellschaft gegründet.

Goethes Äußerungen zu seiner Vaterstadt umfassen vierunddreißig Seiten, während das benachbarte Offenbach – der Dichter kannte es sehr gut aus seiner Jugendzeit – sehr stiefmütterlich behandelt wird. Nur eine einzige Seite ist vornehmlich dem Hofrat Meyer gewidmet, dessen Sammlung ausgestopfter seltener Vögel hohes Ansehen genoß. Zu Frankfurt am Main heißt es: »Diese Stadt hat sich unter so vieler Jahre Kriegsdruck und Dulden auf das prächtigste und heiterste hervorgebaut.« Wer sie lange nicht gesehen habe, komme aus dem Staunen nicht heraus. Goethe lobt den Senator Guiollett, der unter dem Fürstprimas Karl von Dalberg Maire von Frankfurt war und die ersten Entwürfe zu den weit ausgreifenden Anlagen vorgelegt habe. Der noch heute so wichtige Anlagenring war sein Werk, das er zusammen mit dem Stadtgärtner Rinz geschaffen hat.

Und Goethe berichtet weiter von seinem Besuch in Frankfurt: »Gleich beim Beginn kommt uns die erwünschte Nachricht entgegen, dass man sich ernstlich mit dem Gedanken beschäftige, ein neues Bibliotheksgebäude aufzuführen . . . Man darf wohl sagen, dass mit diesem Gebäude der Grund zu allen übrigen wissenschaftlichen Bemühungen wird gelegt sein. Auch hat dieses wichtige Unternehmen sich schon ansehnlicher patriotischer Beiträge zu erfreuen, indem bei der Feier wiederhergestellter Stadtfreiheit (am 9. Juli 1814) eine sehr bedeutende Subskription zustande gekommen.« – Es handelte sich dabei um die 1820 bis 1825 erbaute Stadtbibliothek mit ihrem klassischen Portikus, der als einziger Gebäudeteil das Bombardement des letzten Weltkriegs überstanden hat.

Goethe fährt in seinem Bericht fort: »Vielleicht schließt sich an dieses Lokal eine gegenwärtig schon blühende Anstalt, unter dem Namen Museum bekannt, nachbarlich an.« Es handelt sich dabei um das »Museum«, das von Legationsrat Nikolaus Vogt, Oberbaurat Coudray und Baumeister Hess vorwiegend als Bildersammlung gegründet wurde, später aber auch andere kulturelle Aufgaben übernahm und noch heute als »Museumsgesellschaft« besonders durch die Museumskonzerte einen bedeutenden Ruf hat. Die Kunstschätze des »Museums« fanden später den Weg zum Städelschen Kunstinstitut und zum Stadtgeschichtlichen Museum.

Für diese Bildersammlung empfahl Goethe große Räume, die auch kommenden Entwicklungen Rechnung tragen sollten, zumal aus den aufgehobenen Klöstern viele Gemälde heimatlos geworden waren und Johann Karl Brönner eine reiche Kupferstichsammlung dem Museum vermacht hatte. Johann Karl Brönner, Buchhändler und Verleger, war Senator der Stadt Frankfurt und hat den Bau der Stadtbibliothek durch eine Stiftung von 25 000 Gulden – damals eine gewaltige Summe – entscheidend gefördert.

Goethe kommt in »Kunst und Altertum« auch auf Johann Friedrich Städel zu sprechen, den er als großen Kunstfreund und sachkundigen Sammler preist, der seine Schätze einmal der Allgemeinheit widmen wolle. In einem Nachtrag zum Kapitel Frankfurt findet sich dann die Anmerkung: »Herr Städel, ein Kunstfreund wie wenige, ist in seinem neunundachtzigsten Jahre verstorben. Sein eröffnetes Testament bestimmt Haus, Sammlungen und Vermögen, nach einem Anschlag auf dreizehnmal hunderttausend Gulden geschätzt, einer Stiftung für bildende Kunst.« Dieses riesige Vermögen ermöglichte den Bau und die Ausstattung jener Galerie, die noch heute einen internationalen Ruf besitzt; das »Städelsche Kunstinstitut«.

Aufgeführt ist in Goethes Betrachtungen auch die reiche Gemälde- und Kupferstichsammlung im Haus des Franz Brentano, die diesem von seinem Schwiegervater Birkenstock her zugefallen war. Der privaten Sammlung des Herrn von Gerning wünscht der prominente Gast größere Räume, damit die Besucher diese Sammlung antiker Vasen und Bronzen besser bewundern könnten. Der Kunstreisende Goethe zählt weiterhin ein Münzkabinett auf, wichtige Gemälde bei Herrn von Holzhausen, zumal »ein schätzenswertes Bild von Lucas Cranach«, sowie wertvolle Gemälde in den Familien Leers und Neufville. Die interessante väterliche Sammlung war bei Aufgabe des Hauses am Großen Hirschgraben durch Frau Aja längst unter den Hammer gekommen. Der vom Vater seit der Kindheit zu Übersichtlichkeit und strenger Ordnung erzogene Dichter rät eindringlich, all diese Kunstschätze in privater Hand doch baldigst zu erfassen und zu katalogisieren, womit man einheimischen und reisenden Kunstfreunden einen großen Dienst erweisen könne.

Goethe, dem auch kaufmännisches Denken keineswegs fremd war, geht noch einen Schritt weiter. Er preist Frankfurt als idealen Platz, an dem der Kunsthandel weiter Fuß fassen könne, denn durch seine zentrale Lage, durch seinen starken Messeverkehr könne er es sich bei der jetzigen »ungeheuren Weltbewegung« vorstellen, daß Frankfurt »kunstvermittelnd zwischen dem Ober- und Unterrhein, zwischen dem nordöstlichen und südwestlichen Deutschland, ja zwischen dem In- und Ausland« in immer stärkerem Maße tätig werden könne.

Auch die Sammlung von Gipsabgüssen antiker Statuen im Garten des Simon Moritz von Bethmann am Friedberger Tor findet Erwähnung bei dem Kunstfreund Goethe, der selbst zahlreiche Gipsabgüsse aus Italien mitgebracht hatte. Er vermerkt dazu: »Und was läßt sich nicht alles von einem Manne erwarten, dessen Neigung und Tätigkeit durch ein so großes Vermögen in lebhafter Bewegung erhalten wird.«

Auch bei dieser »Bestandsaufnahme« kam Goethe zu der Einsicht: »Frankfurt stickt voller Merkwürdigkeiten.« Ein Wort, das häufig falsch ausgelegt wird, denn es besagt nichts anderes als: Frankfurt hat vieles, das wert ist bemerkt, beachtet zu werden.

Die Schwester, der Schwager, die Nichte

»Ihr ekelt vor meiner Liebe« – eine Ehe ohne Sinnenlust

In Goethes Vorarbeiten zu »Dichtung und Wahrheit« findet sich ein erschreckender Satz: »Wundersame Natur meiner Schwester. Man hätte von ihr sagen können, sie sei ohne Glaube, Liebe und Hoffnung.« Das ist nicht aus Lieblosigkeit gesprochen, denn die Geschwister waren in vielen Lebensabschnitten so vertraut miteinander, daß beim Tod der jungen Frau der Bruder an die Mutter schrieb: »Mit meiner Schwester ist mir so eine starke Wurzel, die mich an die Erde hielt, abgehauen worden, daß die Äste von oben (. . .) auch absterben müssen.«

Das scheinen gegensätzliche Gefühle und Wertungen zu sein, aber solchen Widersprüchlichkeiten wird man im Leben Cornelia Goethes später oft begegnen. Die beiden Geschwister wurden von Hauslehrern meist gemeinsam unterrichtet.

Eine wenn auch im Grunde keineswegs lieblose Strenge herrschte vor, die freilich durch die junge Mutter gemildert wurde, denn altersmäßig stand Frau Aja, die erst achtzehn Jahre alt war, als sie den Sohn Wolfgang gebar, den Kindern näher als dem zwanzig Jahre älteren Gatten. Sie spielte viel mit den beiden und erzählte ihnen anschauliche Märchen, die ihrer lebhaften Phantasie mühelos entsprangen.

Die Kinder fanden im frühen Puppenspiel, bei Verwandtenbesuchen im Haus der Textors, Melbers, Starcks, beim Umbau des Hauses, durch die Einquartierung der Franzosen, durch Erkundungen im Wirtschaftsgarten oder bei Konzerten und Theateraufführungen mancherlei freie Betätigung. Selbst die Hilfe bei der Seidenraupenzucht des Vaters mag ihnen anfangs Freude gemacht haben, ehe sie dies als lästige Arbeit empfanden.

In der strengen väterlichen Erziehung darf nicht unbedingt die Quelle für Cornelias spätere tragische Entwicklung gesehen werden; auch der Sohn war den gleichen Maßnahmen ausgesetzt, ohne daß sie sein geistiges, seelisches und körperliches Gedeihen behinderten. Freilich wußte er sich als Junge mehr Freiheiten zu verschaffen als das strenger behütete Mädchen.

Der wißbegierige Wolfgang brachte dem Vater trotz der Unbequemlichkeiten weit größeres Verständnis entgegen. Cornelias Aufsässigkeit steigerte sich dagegen später bis zum Haß. Auch zwischen der Tochter und der jungen, liebevollen Frau Aja entwickelte sich kein Vertrauensverhältnis, obwohl Mutter und Tochter sich in ihrer Liebe zu Wolfgang begegneten.

Als der Bruder im Oktober 1765 als Student nach Leipzig ging, fehlte Cornelia sein vertrauter Umgang sehr, denn der anfangs rege, später spärlicher werdende Briefwechsel konnte die Gegenwart des stets geliebten, später auch bewunderten Bruders nicht ersetzen, obwohl der sechzehnjährige Student mit all seinem frischen Wissen nun auch Erziehungseinfluß auf die Schwester nehmen wollte. Er gab ihr für ihre Briefe stilistische Anweisungen, empfahl ihr bestimmte Bücher, verbot ihr geradezu Boccaccios »Decamerone« und wünschte ihr zum Geburtstag: »Werde klüger, so wie Du älter wirst!« Wenn er ein andermal der Fünfzehnjährigen sagt, sie sei nun über die Kinderjahre und dürfe nicht nur zu ihrem Vergnügen lesen, bewegt er sich ganz auf der Linie des Vaters.

Vom Bruder ließ sich Cornelia diese Weisungen ohne großen Widerspruch geben. Vielleicht deshalb, weil sie sich kaum an sie hielt: Ihre Lieblingslektüre waren die Romane ihrer Zeit, allen voran Sir Samuel Richardsons »Sir Charles Grandison«, in dem sie ihr Ideal verkörpert fand. Aber auch Rousseaus »Neue Heloise« ging ihr zu Herzen.

Natürlich hatte Cornelia auch eine Reihe von Freundinnen und war in diesem Kreis anerkannt, nicht zuletzt aufgrund ihrer vielseitigen Bildung. Doch manches Mädchen schloß sich ihr wohl auch deshalb gerne an, weil es bei gesellschaftlichen Veranstaltungen, auf Bällen und Festen von ihr keine Gefahr als Nebenbuhlerin befürchtete. Denn Cornelia war keine anmutige Erscheinung. Sie wußte es, und sie litt darunter. Als Achtzehnjährige vertraute sie ihrem Tagebuch an, daß sie spüre, wie sie immer häßlicher werde. Sie ist mutlos, wenn sie sich Besuchern zeigen soll, sucht einen Platz dort, wo Schatten auf sie fällt.

Dieses Empfinden steigert sich ins Pathologische, deutet auf gestörtes Selbstbewußtsein, denn wenn Cornelia auch eine große Nase hatte, aufgeworfene Lippen und eine überhohe Stirn und oft an unreiner Haut litt, so hatte sie doch andererseits ausdrucksvolle Augen und eine gute Gestalt, so daß selbst der kritische Merck nach der ersten Begegnung urteilte: »Une jolie personne.«

Doch sie glaubt, daß sie bei ihrem Aussehen nie glücklich werden könne. »Es ist klar, daß ich nicht immer Mädchen bleiben werde«, vertraut sie dem Tagebuch an. »Es wäre auch lächerlich, diesen Plan zu hegen . . . Soll ich einen Mann heiraten, den ich nicht liebe? Der Gedanke ist mir entsetzlich.«

Später, als sie schon verheiratet ist, wird Goethes Jugendfreund Lenz sie voller Überschwang feiern. Aber seine Hymnen werden mehr den Gebilden seiner Phantasie gelten und ihrem Geist, nicht ihrem Äußeren. Trotzdem hätte sie aus solcher Anerkennung Trost ziehen können. Doch die Gemütsverdüsterung ließ es nicht mehr zu, Positives für ihr Leben zu nutzen. Sie verurteilte die um Männer schwirrenden Gespielinnen, aber sie sah auch mit Neid, wie leicht sich Schönheit den Weg zu männlicher Beachtung bahnte. Daß die kokette Stallmeisterstochter Lisette Runckel auf einem Ball »vierzig Männerherzen gebrochen« habe, erfüllte sie mit Verachtung und Bewunderung zugleich; um so mehr, als auch der Bruder in Leipzig noch von Lisette schwärmte und ihr bei seiner Rückkehr ein goldenes Kettchen nebst Versen verehrte.

Auch Cornelia dürstete – ihr Tagebuch verrät es – nach Liebe. Wenn sich ihr aber ein Mann nahte, was gar nicht so selten geschah, so wies sie ihn von sich. Vielleicht maß sie die jungen Leute am überragenden Bruder, vielleicht vermutete sie, daß die Werbung mehr dem angesehenen Elternhaus gelte.

Einmal aber wurde ihr Herz getroffen. Der junge Engländer Harry Lupton wurde ihre große Liebe. Der Bruder hatte ihn schon vor der Abreise nach Leipzig in der Pension Pfeil kennengelernt, wo der junge Mann aus guter Kaufmannsfamilie Deutsch lernte. Cornelia war bei den Unterhaltungen oft zugegen. Ihre Liebe vertraut sie nur dem Tagebuch an: Es kommt zu keinem Geständnis. Sie arrangiert vor seinem Weggang noch ein kleines Konzert, um ihn dabei durch Georg Melchior Kraus unbemerkt zeichnen zu lassen, um wenigstens sein Bild zu bewahren. Doch der Plan mißlingt. Harry Lupton kehrt ohne Abschied nach England zurück.

Trotzdem werden die folgenden Jahre wohl die glücklichsten in Cornelias Leben gewesen sein, sofern man von Glück bei einem Menschen sprechen kann, der »selbst die Ahnung jeder Lust mit eigensinnigem Krittel mindert«. Doch der aus Leipzig zurückgekehrte Bruder – wenn auch vorerst krank an Leib und Gemüt – brachte Belebung ins Haus am Hirschgraben, und wenn er auch später nach Straßburg ging, anschließend nach Wetzlar, so blieben doch

Cornelia Goethe

dazwischen Perioden munterer Geselligkeit und geschwisterlicher Vertrautheit, zumal die Begleitung des Bruders größere Freiheit gestattete. Er nahm sie mit zu vielerlei gesellschaftlichen Veranstaltungen, führte sie ein in den Kreis der »Empfindsamen« in Darmstadt, wo sie auch Herder und seine Braut kennenlernte. Das Ausgabenbuch des Vaters weist aus, daß er an der Garderobe für die Tochter nicht sparte.

Bruder und Schwester waren sich auch innerlich nähergekommen, nachdem Wolfgangs Weltschmerz, wie er sich im »Werther« äußert, an ähnliche Gefühle in Cornelia rührte. Es gab Perioden, aus denen heraus der Bruder schreiben konnte: »Wir leben glücklich zusammen, ihr Charakter hat sich wunderbar schnell gebildet.« Cornelia bewunderte das sich entwickelnde Genie und veranlaßte den jungen Dichter, der ihr, was er sonst so selten tat, viele Szenen aus dem späteren »Götz« anschaulich erzählte, diese doch endlich auch einmal zu Papier zu bringen.

Trotzdem wollte Cornelia weg aus der Obhut der Eltern, wozu sich damals nur der Weg der Eheschließung anbot, den sie nicht aus natürlicher jugendlicher Sinnlichkeit erstrebte. Deshalb nahm sie auch die Werbung des um zehn Jahre älteren Johann Georg Schlosser an, zumal sie sich vereinsamt fühlte, als der Bruder in Wetzlar weilte, wo er Charlotte Buff näherstand als der Schwester. Schlosser war kein schöner Mann, aber er entstammte einer sehr guten Frankfurter Familie, die in entsprechenden Verhältnissen lebte, so daß der Bund bei den Eltern auf keinen Widerstand stieß. Als Herausgeber des Frankfurter Gelehrten Anzeigers, an dem Herder, Merck und Goethe mitarbeiteten, war der Jurist dem Bruder schon lange bekannt.

Für Schlosser war es eine Liebesheirat. Voller Freude und Stolz schreibt er seinen Freunden von seinem großen Glück. Alles schien sich für Cornelia zum Guten gewendet zu haben. Freudig berichtet sie Caroline Herder: »Alle meine Hoffnungen, alle meine Wünsche sind nicht nur erfüllt, sondern weit, weit übertroffen. Wen Gott lieb hat, dem gebe er so einen Mann.« Doch diesem Überschwang weicht bald Betrübnis. Nach der Hochzeit, die einen Abschied von allen vertrauten Personen und Plätzen brachte, zog das Paar nach Karlsruhe, bald darauf nach Emmendingen, wo Schlosser im Dienste des Markgrafen Karl Friedrich von Baden als Oberamtmann eines großen ländlichen Bezirks mit 20000 Bewohnern wie ein Fürst regieren konnte. Seine Besoldung war bedeutend.

Er übte sein Amt voller Humanität aus, bemühte sich um Gerechtigkeit in der Justiz, um die Bildung der niederen Stände, für die er einen Katechismus der Sittenlehre und der Religion verfaßte. Er plante eine Verbesserung der Kirchenordnung und des Bürgerlichen Gesetzbuchs, verfaßte philosophische Abhandlungen und bastelte in der Freizeit noch gerne an der Drechslerbank. Für die Gattin blieb nicht viel Zeit.

Cornelia nahm an seiner vielseitigen interessanten Tätigkeit keinerlei Anteil, zumal ihr schon der Haushalt mit den beiden Mägden viel Beschwerde machte. Nach einem Dreivierteljahr ist nicht einmal die Wohnung voll eingerichtet, Küche und Keller finden kaum ihr Interesse. Sie ist ständig müde, schwach, lustlos. In Briefen klagt sie: »Wir sind ganz allein, auf dreißig bis vierzig Meilen weit ist kein Mensch zu finden«, was sehr übertrieben war. Ein andermal heißt es: »Diese Ruhe hat keinen Reiz für mich. Ich liebe die Abwechslung, die Unruhe, den Lärm der großen Welt, die aufregenden Vergnügungen.« Dinge, die ihrem Wesen nur bedingt entsprechen.

Auch die Geburt ihres ersten Kindes am 28. 10. 1774 bringt keine Änderung. Cornelia erholt sich nicht nach der Niederkunft. Die Depressionen werden schlimmer. Der Bruder besucht sie auf der Reise in die Schweiz, während die Eltern nie nach Emmendingen kommen. Cornelia muß fast immer im Bett liegen, leidet an Nervenfieber, an Gliederschmerzen und sagt von sich selbst, ihr Körper tauge nirgends mehr hin als ins Grab.

Doch der von Lavater gesandte Doktor Zimmermann, mehr Seelenarzt als Mediziner, gibt ihr nach anderthalb Jahren noch einmal neuen Lebensmut. Sie erholt sich, reitet sogar wieder, entdeckt die ihr bis dahin stumpf gebliebene Landschaft, die der Bruder von Straßburg aus als Paradies gepriesen hatte. »Wenn dieser Zustand dauert, so ist der Himmel auf der Welt«, schreibt sie an Frau von Stein, die der schweigsam gewordene Bruder – ebenso wie Auguste von Stolberg – ihr als Korrespondenten vermittelt hatte. Doch eine einzige Erkältung wirft sie zurück. Am 10. Mai 1777 gebiert sie ihr zweites Kind, das der Vater voller Freude, sie mit Todesahnung erwartet hat. Darauf siecht sie dahin, bis sie zwei Monate später, am 8. Juni 1777, stirbt.

Goethe vermerkt beim Erhalt der Todesnachricht: »dunckler zerrissner Tag.« Und vom 17.–19. Juni lautet der Eintrag »Leiden und Träumen«. Frau Aja schrieb an Lavater, daß sie ihrem kranken Mann, der seine Tochter über alles geliebt habe, Bote ihres Todes habe sein müssen. »Mein Herz war wie zermalmt.« Cornelias Gatte, der den Tod seiner Frau voll Pathos beklagt, verlobt sich vier Monate später mit Johanna Fahlmer, dem »Tantchen«, die Goethes Vertraute in Jugendtagen war. Des Dichters Kommentar dazu lautet: »Seltsame Nachricht.« Doch Schlosser mußte schnell eine Frau für den

Haushalt und eine Mutter für die kleinen Kinder haben. Das Verhältnis Goethes zum Schwager war nie frei von Ressentiments. Frau Aja aber blieb mit der Familie Schlosser (der zweiten Ehe entsprossen noch zwei Kinder) zeitlebens in herzlichem Kontakt.

In einem Essay über Cornelia Goethe meint Professor Beutler, daß es schwer sei, den Krankheitsgrad in Cornelias Wesen zu bestimmen. Zwei Anlagen aber dürften unbestritten sein: Schwermut war eine Erbkrankheit in der Goetheschen Familie. Des Dichters Enkel Wolfgang, der Sonnenschein seines Alters, war schon früh nervenkrank und dämmerte, lebensuntüchtig und voller Menschenscheu von Depressionen geplagt, über ein Jahrzehnt dahin.

Hinzu kam Cornelias Gefühlskälte, ihre Frigidität. Ihr Bruder weiß darum, kleidet es in milde Worte, spricht von dem asinnlichen Wesen seiner Schwester. Er könne sie sich nicht verheiratet denken, ihr Platz wäre vielleicht der einer Äbtissin gewesen. Die Worte des Gatten in einem Brief an seinen Bruder sind eindeutig. Er gesteht ihm – ohne ihr die guten Eigenschaften abzusprechen – das Problem seiner Ehe: »Ihr ekelt vor meiner Liebe.«

Nur durch des Dichters Nichte Lulu Nicolovius blieb das Goetheblut erhalten

Im April 1885 starb Walther Goethe und mit ihm der letzte Nachkomme des bedeutendsten deutschen Dichters. Die lebensschwachen Enkel Walther und Wolfgang waren unverheiratet und kinderlos geblieben, die muntere Alma schon mit siebzehn Jahren an Typhus gestorben. Aber das gleiche Blut, das aus der Verbindung des Johann Kaspar Goethe und seiner Ehefrau Elisabeth, geb. Textor, in den Adern des berühmten Johann Wolfgang floß und in dieser Linie vor hundert Jahren versiegte, erlebte eine erstaunliche Wiedererwekkung über Lulu, die Tochter von Goethes unglücklicher Schwester Cornelia.

Sie, das feinnervige und intelligente Mädchen, das, vielleicht nur, um vom ungeliebten Vater wegzukommen, dem – Goethe befreundeten – Johann Georg Schlosser ihr Jawort gegeben hatte, war depressiv veranlagt. Der Bruder Johann Wolfgang, der durch die gemeinsame Kindheit eng mit ihr verbunden war, hatte das erkannt: Gestorben sei sie letztlich an der Unfähigkeit zu glauben, zu hoffen und zu lieben.

Der Wohnort der Eheleute in Karlsruhe und Emmendingen – Schlosser war Hof- und Regierungsrat beim Markgrafen von Baden – schnitt Cornelia von ihren alten Verbindungen ab, so daß sie sich sehr vereinsamt fühlte, zumal ihr auch die Mutterschaft weder Trost noch Erfüllung brachte. Im Gegenteil, während der beiden Schwangerschaften lag sie oft im Bett, freudlos und apathisch.

Ein Jahr nach der Hochzeit, 1774, wurde Lulu als erstes Kind geboren, 1777 folgte die Tochter Juliette. Doch schon Monate später starb die Goetheschwester Cornelia in rätselhafter Schwermut, siebenundzwanzig Jahre alt. Selbst die zu diesem Zeitpunkt dreijährige heitere Lulu konnte nicht als Lebenselixier auf Cornelia wirken. Es klingt eher nach Vorwurf und Klage, wenn sie von dem Kind berichtet: »Es ist sehr lustig und will den ganzen Tag tanzen; desswegen es auch bei jedem lieber als bei mir ist.«

Schlosser heiratete bald nach dem Tod seiner Frau Johanna Fahlmer, eine Verwandte der Düsseldorfer Familie Jacobi, die in Frankfurt eine enge Vertraute von Cornelia und Wolfgang gewesen war. Johanna bekam selbst noch zwei Kinder, war aber Cornelias Nachkommen stets eine gute Mutter. Die jüngere Cornelia-Tochter, Juliette, kränkelte lange und starb als Siebzehnjährige an Schwindsucht einen schweren Tod, so daß vom Goetheblut – den Abkömmlingen des Johann Caspar und der Frau Aja – rückblickend gesehen nur Lulu übrigblieb.

»Geheimnisvoll am lichten Tag / läßt sich Natur des Schleiers nicht berauben, / und was sie deinem Geist nicht offenbaren mag, / das zwingst du ihr nicht ab mit Hebeln und mit Schrauben.« So grübelte Goethe in der Rolle des Faust. Und nach solchen, uns wohl unerforschlich bleibenden Gesetzen wird die unglückliche Goethesche Vererbungskette durch Lulu unterbrochen. Gerade sie, die Tochter der schwermütigen Cornelia und des etwas patriarchalischen Schlosser, ist ein gesundes, heiteres Menschenkind voller Lebenslust und Lebenserwartung.

Während in der früh verstorbenen Juliette Ordnungssinn und Akkuratesse vom Vater Schlosser und Großvater Johann Kaspar Goethe sich vererbt hatten, soll Lulus Wesen sehr dem der Frau Aja geglichen haben. Wer ihre munteren Briefe liest, wird das bestätigt finden, denn deren bildhafte Sprache, das Ungekünstelte des Ausdrucks, die unbekümmert wechselnde Themenwahl – alles erinnert an die Großmutter im Hirschgraben in Frankfurt. Mit dem Onkel Goethe hat Lulu freilich keine Briefe gewechselt, denn der frühe Tod der Schwester an der Seite Schlossers und dessen schnelle Ehe mit Johanna Fahlmer hatten den Herrn Geheimrat in Weimar nachhaltig verstimmt.

Als der Dichter 1793 im Feldzug vor Mainz lag, das von den Franzosen besetzt war, wußte er, daß die Enkelin Juliette im Sterben lag. Aber der Onkel ritt nicht die wenigen Stunden nach Karlsruhe, um nicht »die Schwester zum zweiten Male sterben zu sehen«. Vermied es der Olympier ja, wo immer er es konnte, dem Tod zu begegnen. Aber die muntere Lulu nahm auch hier das Leben wie es kam und bettelte nicht etwa um die Gunst des berühmten Mannes.

Nur später zur Hochzeit, als ihr Gatte, der junge G. H. L. Nicolovius, aus Familienpietät einen herzlichen Brief nach Weimar sandte und um Liebe und Vertrauen für seine junge Frau und sich bat, da fügte Lulu ein Briefchen bei, in dem sie – ehrlich, wie es ihre Art war – bekannte: »Lieber Onkel! Ich hab Ihnen noch niemals geschrieben, denn ich hab gehört, Sie hättens nicht gerne. Weil aber der Nicolovius schreibt, muß ich's auch tun. Ich bitte Sie, lieber Onkel, haben Sie mich lieb und haben Sie den Nicolovius lieb, und dann wollen auch wir Beide Sie recht lieb haben, wie unseren Onkel. Ihre Nichte Luise Schlosser.« Aber Lulu erhielt darauf keine direkte Antwort, denn Frau Aja mahnt den Sohn später: »Louise (d. h. Lulu) beklagt sich über deine Unoncklichkeit, du hättest ihr nicht geantwortet.«

Anders als der obige Brief von Lulu an den Onkel, dem etwas Fremdes anhaftet, ist ihre Korrespondenz mit Frau Aja, die sie wiederholt in Frankfurt gesehen hat und von der sie als der »lieben herzigen Großmama« erzählt, von der man glauben könne, daß sie zehn Jahre jünger geworden sei. Großmutter und Enkelin begegneten sich zuletzt 1793, als Lulus Herzenswunsch in Erfüllung gegangen war und sie mit den Eltern nach Pempelfort bei Düsseldorf zu den Jacobis reisen und einige Wochen bei ihrer heißgeliebten Jungmädchenfreundin verweilen durfte. Dieses Clärchen war eine Tochter von Goethes schwärmerischem Jugendfreund Friedrich Heinrich Jacobi. Lulus Stiefmutter Johanna Fahlmer, Schlossers zweite Frau, war Jacobis Stieftante. Clärchen Jacobi hatte 1791/92 mehrere Monate bei Schlossers in Karlsruhe zu Besuch geweilt, und dabei hatten die jungen Mädchen jene übersprudelnde Freundschaft geschlossen, die sich in dem Briefwechsel der beiden widerspiegelt, obwohl nur Lulus Briefe erhalten sind. Doch läßt sich die Korrespondenz aus den zahlreich beantworteten Fragen leicht ergänzen.

Lulu Schlosser, Goethes Nichte

Es geht dabei nicht um ernste Probleme. Der Reiz der Briefe liegt gerade in ihrer Unkompliziertheit, mit der Tagesneuigkeiten, Jungmädchensorgen, Mode, Familiäres und Hofklatsch durcheinanderwirbeln und dabei zum Spiegelbild einer bewegten Zeit werden, da nach 1790 die französischen Revolutionsheere wiederholt auch die rechtsrheinischen Städte bedrohten. Die Lebendigkeit der Briefe wird noch köstlich belebt durch die badischen Mundartbrocken und die Frankfurter Ausdrücke. Beide Eltern stammten ja aus Frankfurt, und in Baden wuchsen die Kinder auf.

Der unvergessene Goethekenner Professor Ernst Beutler meint, daß diese Briefe im achtzehnten Jahrhundert in ihrer Frische, den Tag und die Umgangssprache spiegelnden Unmittelbarkeit, einzig dastehend seien. Der Leser mag das selbst an einer Reihe von Beispielen des im Oktober 1792 einsetzenden Briefwechsels erfahren; dem Zeitpunkt also, da Lulu achtzehn Jahre alt war. So klagt sie etwa der Freundin: »Es ist aber auch nichts Dummers, als daß in Carlsruhe gar keine jungen Herren sind!« Ein andermal fühlt sie sich von

Juliettes Ordnungsliebe fast provoziert. Selbst »wenn sie in der größten Eile ist, sieht sie manchmal hinter der Thüre ein weiss Fädenchen Garn. Da rennt sie hin und hebts auf.«

Und die temperamentvolle Lulu beschwert sich über die Schwester: »Du kannst dir keinen Begriff machen, wie arg ihre Sanftmuth seit du fort bist, gestiegen ist.« Auch vom kommenden Kindbett wird berichtet: ». . . denn unser graues Kätzchen ist – allem Anschein nach – guter Hoffnung.« Als der Onkel Goethe bei den Jacobis in Pempelfort weilt, wird die Nichte, die ihn sonst nie erwähnt, doch neugierig. »Im künftigen Brief sage mir doch etwas von ihm, wie er aussieht, groß, klein, dick oder dünn«, und sie will wissen, ob er stolz und steif sei. Als sie einmal vom Hof kommt, schimpft Lulu: »Endlich kann ich wieder frei athmen, und meinem Katzenbuckel die freie Wendung lassen.« Fast glaubt man Frau Aja zu hören, die sich glücklich pries, daß man ihr als Kind keine Schnürbrust der Etikette angelegt habe.

Vom neuen jungen Pfarrer, der Lulu bei seiner Ankunft sehr interessierte, berichtet sie nun: ». . . dass er der verliebteste Affe ist« und daß die Henning seine Braut sei. Ein andermal berichtet Lulu von ihrem neuen Filzhut, und ihre Anrede lautet: »Liebes, bestes, herzens goldenes Clärchen! . . . so was ganz herziges sahst du gewiss noch nie.« Und übermütig unterzeichnet sie manche Briefe mit »Dein Lulüpserchen«. Vom Neujahrsfest weiß Lulu zu berichten, daß es heiter gewesen sei, nur Juliette habe sich spröde gestellt. Als der junge Ring der Nanzi beim Pfänderspiel ein Bützchen habe geben müssen, »beneidete ich sie recht«. Zwischendurch schlägt dann der Ton für kurze Zeit einmal um, wenn etwa die Revolution gar zu dunkle Schatten wirft: »Ach Gott! was sagtest du, als du den Tod des guten Königs hörtest? (Anm. Ludwig XVI.) So schändlich geköpft zu werden! So ganz ohne alle Ursache!«

Doch schnell wechselt Lulu, welche die Revolutionsvorgänge natürlich aus der Hofperspektive sieht, wieder zum Alltagsklatsch über und meint vom Ehepaar Ruf, daß es ihr täglich ekliger werde, »besonders wenn man sie in ihrer eigenen Stube sieht. Da küssen sie sich immer und drücken sich – pah! Kennst du was Ekelhafteres, als wenn sich Mann und Frau immer lecken? Ich nicht! Dafür bewahre mich der Himmel!« So könnte auch eine Schilderung der Frau Aja geklungen haben.

Natürlich können diese einzelnen kleineren Stellen nicht die Lebendigkeit ganzer Briefe wiedergeben, in denen sich etwa Lulu einmal darüber wundert, daß Clärchen in Düsseldorf ins Konzert gehen darf, »wo so viel Franzosen immer sind, die sich äußerlich stellen wie Lämmcher und inwendig wie die Teufelcher sind«. Die Offiziere in Karlsruhe kommen bei der jungen Schlosserin auch nicht gut weg. »Herje! Was sind das entweder für Affengesichter oder Milchsuppen«, heißt es von ihnen, und bei einer Parade schildert sie, daß erst die munteren Soldaten gekommen seien und dann die ›Fürchtepuzzelcher von Offiziercher‹ hinterdrein«. Lulu klagt bei dieser Gelegenheit: »Überhaupt man ist so ehrbar! Weißt Du? Wir ärgerten uns als miteinander drüber? Über die große Unschuld!« Bedauert Clärchen einmal, daß ihre eigenen Briefe für die Freundin wohl nicht interessant seien, tröstet Lulu sie recht derb: »Halt's Maul, daß Dein Brief dumm ist! Ich wüßte sonst gar keinen Ausdruck für den meinigen.«

Lulu hatte als Siebzehnjährige den jungen Nicolovius kennengelernt. Zusammen mit Graf Stolberg hatte er sich auf der Durchreise befunden und bei Schlossers in Karlsruhe Station gemacht, wobei die jungen Leute einander zugetan waren. Lulus Herzenswunsch, einmal nach Düsseldorf zu kommen, Clärchen wiederzusehen, hatte sich ja erfüllt. Doch später erfüllte sich auch die langsam reifende Hoffnung, Nicolovius als Ehemann zu gewinnen. Im Juni 1795 heirateten die beiden und zogen nach Eutin, wo der spätere preußische Staatsrat Nicolovius seine erste Anstellung erhielt.

Lulu befreundete sich schnell mit der neuen Umgebung, hatte sie doch schon zuvor erklärt, wo immer sie auch hinziehen würden, »mit meinem Nico bin ich überall glücklich«. Sie freute sich auch, wenn der neue Aufenthaltsort von Besuchern, wie Jacobi, gelobt und nicht – wie etwa von der Mutter – nur mit Frankfurt verglichen wurde. Das mochte Lulu gar nicht, und sie ärgerte sich: »Bei Mama und Jettchen hört man nichts wie Tadel und lauter Vorurteil, wenn es noch so gut ist. Sie sind die ärgsten Frankfurtianer auf Gottes Erdboden. Nur dort ist alles gut!«

Bei solcher weltoffenen, positiven Einstellung war und blieb auch die Ehe harmonisch. Sechs gesunde Kinder gebar Lulu, die Tochter der asinnlichen Cornelia, und keines ihrer Kinder wurde ihr zur Last. Alle waren sie ihr Grund zu Glück und Freude, die aus den späteren Briefen strahlen. Zwar starb auch Lulu schon im Alter von siebenunddreißig Jahren – ein Jahr, nachdem die Familie nach Berlin übergesiedelt war –, aber durch ihre Kinder gab Lulu das Goetheblut ihrer unglücklichen Mutter weiter und wurde Ahnherrin eines noch heute weit verzweigten Geschlechts, das – durch die Töchter – neben Nicolovius noch viele andere Namen trägt.

Erst spät entdeckt Goethe sein Herz für die Nachkommen der Schwester

Auch wenn Goethe der Schwiegertochter Ottilie gegenüber einmal meinte, sein Sohn sei manchmal etwas »kümmeltürkisch«, so war er doch stets ein besorgter Vater und den Enkeln Walther und Wolfgang später ein lieber und zärtlicher Großvater. Er selbst war in seiner Kindheit und Jugend im Großen Hirschgraben in Frankfurt sowohl erzieherischer Liebe als auch Strenge begegnet. Vom Vater früh zu Fleiß und Arbeit angehalten, vergötterte die Mutter den Sohn.

Bei aller Achtung, die dieser der Mutter entgegenbrachte, vermißt man in seinem Verhältnis zu ihr eine unbefangene kindliche Warmherzigkeit. Noch stärker entbehrte die Bindung zum Vater dieser Wärme. Sie wurde im Elternhaus beim Heranwachsenden immer stärker durch das Generationenproblem beeinflußt. Eine enge Verbindung bestand dagegen zwischen Bruder und Schwester, obwohl es seitens des noch sehr jungen Leipziger Studenten nicht an lehrhaften Ratschlägen und einer fast überheblichen Bevormundung gegenüber Cornelia im Frankfurter Elternhaus fehlte.

Es gibt psychologische Studien, die Goethes ferneres Seelenleben mit dem Schock beim frühen Tod seiner Schwester in Bezug setzen. Obwohl der Bruder Cornelias asinnliches Wesen kannte, gab er dem Schwager Schlosser die Schuld an ihrem Tod. Dessen zunehmend patriarchalische Art, seine von Goethes Ansichten abweichenden strengen, teils überheblichen Moralbegriffe, später auch Schlossers Beurteilung der Goetheschen Farbenlehre, seine baldige Heirat der Johanna Fahlmer nach Cornelias Tod, dies alles schuf ein schlechtes Klima zwischen den beiden ehemaligen Freunden. Frau Aja dagegen schloß nach dem Tod Cornelias die Enkel Lulu und Juliette immer enger an ihr Herz. Sie korrespondierte eifrig mit ihnen und beschenkte sie gerne, während der leibliche Onkel in Weimar zur Familie Schlosser wenig, zu seinen Nichten keinerlei persönliche Bindungen pflegte.

Nicht einmal, als die Nichte Lulu heiratete und sie dies nach Weimar berichtete, kam ein Glückwunsch. Als Lulu, die spätere Frau des hohen preußischen Beamten G. H. L. Nicolovius, mit siebenunddreißig Jahren starb, nachdem sie sechs gesunde Kinder geboren hatte, schrieb der Olympier aus Weimar dem Gatten einen Beileidsbrief, in dem es von Lulu hieß: »Wenn sie bei so viel liebenswürdigen und edlen Eigenschaften mit der Welt nicht einig werden konnte, so erinnert sie mich an ihre Mutter, deren tiefe und zarte Natur, deren über ihr Geschlecht erhobener Geist, sie nicht vor einem gewissen Unmut mit ihrer jedesmaligen Umgebung schützen konnte.«

Mit diesen Zeilen verdeutlichte er fast erschreckend, wie wenig er seine Nichte kannte, denn die war – ganz im Gegensatz zu ihrer Mutter – ein munteres, lebensfrohes Mädchen, eine innig liebende Ehefrau und voll mütterlicher Liebe zu ihren Kindern. In seinem ihm nachgesagten »Schwesternkomplex« hat Goethe deren Tochter, die er nicht kannte, im Unterbewußtsein fälschlicherweise mit den Eigenschaften der Mutter bedacht.

Natürlich hatte Goethe als Universalgenie so zahlreiche Interessen, daß ihm zur Pflege familiärer Bande wenig Zeit blieb. Stand er doch mit vielen bedeutenden Geistern seiner Zeit in brieflicher Verbindung. Und doch spricht aus seinem Verhalten eine Kühle, die mißfällt. Der Dichter mag das selbst später so empfunden haben, zumal mit zunehmendem Alter die Toleranz oft wächst. So zeigte er sich erfreut, als wenigstens August und Ottilie, also Sohn und Schwiegertochter, 1819 in Berlin Lulus verwirtweten Ehemann besuchten und dort die Kinder – ihre Cousins und Cousinen – kennenlernten, worüber Ottilie in einem langen Brief begeistert nach Weimar berichtete.

Dadurch kam nach so vielen Jahren eine erste Familienbindung Goethes zu den Nachkommen seiner Schwester zustande, auch wenn eine Generation übersprungen war, denn sowenig wie Lulu, hatte er deren Mann kennengelernt, obwohl dieser später ein Mitarbeiter des Goethe befreundeten Humboldt war. So kam es, daß erst Cornelias Enkel auf eine Einladung aus Weimar hin beim Großonkel zu Besuch weilten und Adele Schopenhauer in ihr Tagebuch vermerkte, daß bei Goethe der anwesende junge Felix Mendelssohn, sein Enkel Walther und der Gast Heinrich Nicolovius munter zusammen herumgesprungen seien.

Das war einige Jahre vor jener Begegnung, die durch betonte Herzlichkeit seitens Goethe in Weimar besonders beachtet wurde. Der Besucher war der inzwischen neunzehnjährige Student Alfred Nicolovius, der aus Anlaß des sechsundsiebzigjährigen Geburtstags nach Weimar gekommen war, das im Festschmuck stand und sich rüstete, das fünfzigjährige Regierungsjubiläum des Großherzogs Carl August zu feiern.

Alfred, Cornelias jüngster Enkel, weilte volle drei Monate beim Großonkel Goethe, und dem Briefbericht an seinen Onkel Theodor Nicolovius, der Regierungspräsident in Danzig war, ist die überraschende Herzlichkeit zu entnehmen, die ihm in Weimar zuteil wurde. Sein literaturgeschichtlich interessanter Brief wurde erst durch eine Veröffentlichung im Nachkriegsjahr 1949 bekannt, als er erstmals aus Privatbesitz auftauchte.

Dort erzählt der junge Nicolovius: »Tags zuvor hatte ich mich angemeldet, und sogleich beim Eintreten erkannte er (Goethe) mich, indem er wohl ahnte, daß ich zu dem Tag eintreffen werde, kam auf mich zu, umarmte und küßte mich.« Und er berichtet weiter, wie Goethe ihn an die Hand genommen und den inzwischen bald zweihundert Gästen vorgestellt habe, als »seinen Vetter Nicolovius«. Trotz all der vielen Gratulanten habe er dabei immer wieder mit ihm gesprochen.

Bald gestattete der Dichter dem jungen Mann zu jeder Zeit ins Studierzimmer zu kommen; eine seltene Auszeichnung, die selbst den Hausgenossen nicht zuteil wurde. Auch bestand Goethe darauf, daß Alfred bei ihm und nicht im oberen Stockwerk bei Sohn und Schwiegertochter wohne. In deren Lebensweise konnte er trotzdem Einblick nehmen. Er war verwundert, wie viele Engländer Weimar besuchten, um dort die deutsche Sprache zu erlernen. Doch manche waren schon jahrelang da, ohne sie zu beherrschen.

Aber in allen Häusern schienen die Engländer gerne gesehen zu sein – meist waren es Adelige –, »zumal ein großer Herrenmangel« herrschte. »Ja, man kann sagen, sie wüthen in einem großen Grade an jenem Ort und nicht wenige der ersten adeligen Damen haben einen derselben zum ständigen Begleiter. Auch bei Goethes Schwiegertochter liegen Mehrere immer herum und ich begreife noch nicht . . . wie eine Dame, welche doch als geistreich berüchtigt ist, für so höchst unbedeutende Gecken ein lebendiges Interesse zu fassen weiß.«

Auch vom Theater in Weimar, das zu dieser Zeit längst nicht mehr unter Goethes Leitung stand, war der kritische junge Mann nicht sehr angetan: »Das neu erbaute Theater wurde mit vieler Feierlichkeit eingeweiht, aber weder Theater noch Spiel entsprach meiner Erwartung.« Er meinte, er habe bessere Theater besucht, und wunderte sich über die unablässigen Feste, wobei man hoffe, sie möchten ein-

Alfred Nicolovius, Goethes Großneffe

mal ein Ende nehmen. Auch muß der Stil des Feierns dem jungen Besucher sehr mißfallen haben, und besonders die Art von Goethes Sohn August veranlaßte ihn zu der Überlegung: »Ich möchte sie eine unedle Lebenslust nennen, welche wir ja beinahe in allen Goethe'schen Schriften in einzelnen Stellen finden.« Doch nur diese eine Seite des Vaters habe sich wohl auf den Sohn vererbt, denn ein Gefühl voller Wärme und Innigkeit scheine ihm fremd und unbekannt zu sein.

Doch vom Großonkel weiß der klare Beobachter fast nur Gutes zu berichten. Dieser fuhr oft mit ihm spazieren und beschäftigte ihn mit mancherlei interessanten Arbeiten. So empfand der Student seinen Aufenthalt als eine begnadete Zeit. Er meint, wenn er manchesmal drei bis vier Stunden mit dem Herrn Geheimrat zusammengewesen sei und die Liebe gespürt habe, die ihm der gefeierte Dichter entgegenbrachte, so »dünkte ich mich oft älter und ich meinte Jahre durchlebt zu haben. Ich wüßte kein Thema, dessen er gegen mich nicht erwähnt und keine innere Regung, welche ich ihm verschwiegen hätte.«

Von solchem Vertrauen bestärkt, offenbarte der junge Mann auch, daß er wohl Theologie studieren werde. Er war überrascht, daß er »meine Meinung nicht nur gelten ließ, sondern selbst kräftig unterstützte. Das erfreute mich sehr.« Daß sich Alfred Nicolovius solche Bevorzugung nicht nur einredete, sieht man daran, daß Goethe auch einen Maler kommen ließ, der den Großneffen zeichnen mußte. Auch sagte Goethe dem Gast zuweilen lachend, daß er ihn in seinen Gesprächen an seine eigene Jugend, aber auch an den jungen Wieland erinnere.

Der Großneffe erlebte auch, wie viele Besucher von überall her zu dem großen Dichter drängten. Die Anmeldungen erfolgten meist über die Schwiegertochter Ottilie. Noch einmal wundert sich der neue Hausbewohner in seinem Bericht, welches Interesse Ottilie allen Besuchern entgegenbringe. Es sei ihr Bestreben, jedem eine liebenswerte Seite zu zeigen; mit der Folge, daß es ihr schade, ihre Gesundheit untergrabe und für den unbeteiligt Dabeistehenden »anstrengend, ermüdend und fatal« wirke.

Die Atmosphäre des Hauses beschreibt Nicolovius damit, daß man verwundert sei, daß der Großonkel mit ihm über Dinge rede, die ihm schmerzlich seien, weshalb er sie sonst nicht berühre. Im Gespräch verrate der alte Herr oft Jünglingswärme, und dabei überstrahle sein Herz noch seinen Geist. »Der Witz bringt Leben, sein Geist Bewunderung hervor. Eine derbe Äußerung darf nicht erschrecken und ein sonst unerlaubtes Gespräch nicht in Erstaunen setzen.« Und er philosophiert: »Das Unstäte seiner jetzigen Lebensweise, oder vielmehr das oftmalige Verändern seines höchst einfachen Tageslaufes, erklärt uns leicht seine ganze Lebensgeschichte.«

Daß er trotz vieler lobender Worte objektiv bleibt, zeigt der Zusatz: »Auf der andern Seite jedoch besitzt er eine ungeheure Härte und Kälte, welche fürchterlich entgegentritt.« Insgesamt gesehen kommt Goethes jugendlicher Besucher zum Ergebnis in bezug auf Weimar: »Ich könnte mir in gesellschaftlicher Hinsicht keinen angenehmeren Aufenthalt denken.« Doch fügt er hinzu: ». . . wiewohl ich ihn dem Lebemann nicht anraten dürfte.« Alfred Nicolovius wundert sich auch mit dem Idealismus seiner Jugend darüber, daß ein so großer Dichter an allen Hofgeschichten und sonstigem Stadtgeschwätz interessiert sei. Er sage zwar wenig dazu, höre es sich aber interessiert an, worüber manche köstliche Zeit dahinschwinde.

Ein drittes Mal kommt Alfred Nicolovius in seinem großen Bericht auf August Goethe und dessen Familie zurück, und die Sorgen des sonst eher zurückhaltenden jungen Mannes um Goethes Enkel haben fast etwas Prophetisches an sich: »Der Sohn lebt in roher Munterkeit fort und fühlt sich mit Ottilien glücklich, indem sie sich gegenseitig nicht genieren. Mit dem größten Recht gedenke ich hier der beiden Kinder, Walther und Wolfgang, welche, von der Natur reichlich ausgestattet, liebevoll und kindlich, zu mancher trüben Besorgnis Anlaß geben und deren Bahn Gott am erfreulichsten leiten möge.« Dieses Urteil eines wohlwollenden Angehörigen zeigt, daß das zwielichtige Bild, das uns die Literaturhistoriker von August und Ottilie gezeichnet haben, kaum verfälscht wurde. Insofern ist der spät entdeckte Nicoloviusbericht ein höchst bemerkenswerter literaturhistorischer Beitrag.

Alfred Nicolovius wird später Jurist und Schriftsteller, der nicht nur die Biographie seines Vaters – Lulus Gatten – schreibt, sondern auch 1827 das Buch mit dem Titel herausgibt: »Über Goethe, – literarische und artistische Nachrichten«. Der Großonkel schrieb dazu zwar nicht die erbetene Vorrede, doch lobte er die Arbeit und regte zugleich an, doch einmal all das zu sammeln, was gegen ihn geschrieben worden sei.

Alfred Nicolovius hat bei jenem Besuch im Jahre 1825 drei volle Monate im Haus am Frauenplan in Goethes Hausgemeinschaft gelebt. Die ihm dabei zuteil gewordene besonders liebevolle Behandlung erscheint fast wie eine späte Wiedergutmachung des alten Goethe an den jahrzehntelang vernachlässigten Kindern und Enkeln seiner geliebten, so früh verstorbenen Schwester. Der Student war selbst überrascht über dieses Ausmaß an Freundlichkeit, das ihm entgegengebracht wurde, und meinte, »solch eine Teilnahme habe ich durch meine Persönlichkeit nie erwecken zu können gedacht«. Und er beendet seinen Bericht mit dem bemerkenswerten Bekenntnis: »Ich liebte Goethen, da ich zu ihm ging, und liebe ihn jetzt mit allen Gefühlen.«

Der Neffe des Schwagers, Fritz Schlosser, vertrat Goethes Interessen in Frankfurt

Ein Goethe-Kenner wird etwas mißtrauisch werden und sich sagen: »Schlosser? Das war ja Goethes Schwager, und auf den war er doch gar nicht so gut zu sprechen. Und von Verwandtschaftspflege hielt er ohnehin nicht allzuviel. Die lebensvolle, heitere Lulu, seine Nichte – die Tochter seiner so früh verstorbenen Schwester Cornelia –, hat er nie kennengelernt.

Der Skeptiker, der sich solches sagte, hätte recht; aber nicht von

Goethes Schwager Johann Georg Schlosser, sondern von dessen Bruder Hieronymus und seiner Familie soll hier vorwiegend die Rede sein. Der spätere Schwager – er war zehn Jahre älter als Goethe – spielte für den jugendlichen Feuerkopf eine äußerst wichtige Rolle, denn er war der Herausgeber der »Frankfurter Gelehrten Anzeigen«, durch die sich dem angehenden Schriftsteller Johann Wolfgang Veröffentlichungsmöglichkeiten boten, die er gerne nutzte; zum Teil durch sehr kritische Rezensionen der Neuerscheinungen auf dem Buchmarkt.

Goethe berichtet im Alter in »Dichtung und Wahrheit« über die Brüder Schlosser, zur Zeit als er aus Straßburg nach Frankfurt zurückgekehrt war: »Unter den Personen, die mir den neuen Aufenthalt in meiner Vaterstadt angenehm und fruchtbar machten, standen die Gebrüder Schlosser obenan.« Das ist ein positives, anerkennendes Urteil, wobei ihm der Jüngere der beiden, Johann Georg, durch die journalistische Mitarbeit näherstand. Aber die spätere geistige Entfremdung der beiden klingt selbst in »Dichtung und Wahrheit« deutlich nach, wo dem Kompliment, daß der jüngere Schlosser an Weltkenntnis und Übersicht der deutschen und auswärtigen Literatur sehr bewandert gewesen sei, der etwas versteckte Hinweis folgt, Johann Georg sei ein recht eigenwilliger Moralist gewesen.

Gerade das Wort »starr« kehrt in der Beurteilung öfters wieder. Ein anderes Mal meint Goethe, als jener Schlosser Erzieher am Hof des Herzogs Ludwig von Württemberg war, »dieser junge, edle, den besten Willen hegende Mann, der sich einer vollkommenen Reinigkeit der Sitten befliß, hätte durch eine gewisse trockene Strenge die Menschen leicht von sich entfernt . . .«. Besonders frustriert war später der 44 Jahre alte Goethe vom ehemaligen Schwager, als sich die beiden 1793 in Heidelberg trafen, nachdem Goethe im Rhein-Main-Gebiet weilte, wo er mit Herzog Carl August von Sachsen-Weimar an der Belagerung von Mainz teilgenommen hatte. In den Aufzeichnungen »Belagerung von Mainz« berichtet der damals längst hochangesehene Goethe, daß er Schlosser einen Aufsatz unterbreitet habe, worin er ausführte, »wie eine Gesellschaft verschiedenartiger Männer zusammenarbeiten und jeder von seiner Seite mit eingreifen könnte, um ein schwieriges und weitläufiges Unternehmen fördern zu helfen«. Als Goethe ihm die Arbeit jedoch vorlesen wollte, verbat sich Schlosser das und lachte ihn aus. Auf den Dichter und Wissenschaftler, dem es dabei um tiefernste Überlegungen ging, machte diese Begegnung den »unangenehmsten Eindruck«

und enttäuschte ihn so sehr, daß damit die letzte innere Bindung gelöst war. Ein Vertreter moralischer Starrköpfigkeit paßte nicht in Goethes vielseitige, lebensbejahende Welt. Schlosser starb als Syndikus der Stadt Frankfurt im Jahr 1799, gerade sechzig Jahre alt.

Ganz anders entwickelte sich dagegen die Verbindung zu Schlossers älterem Bruder Hieronymus. Während die Jugendfreundschaft mit dem jüngeren Johann Georg zerfiel, knüpfte sich ein enges Band zum älteren Hieronymus, von dem es in »Dichtung und Wahrheit« heißt: »Er war ein gründlicher und eleganter Rechtsgelehrter, hatte als Sachwalter ein allgemeines Vertrauen. Auch in größerer Gesellschaft erwies es sich angenehm und unterhaltend, denn sein Geist war durch eine ausgebreitete Lectüre mit allem Schönen der Vorwelt geziert.« Obwohl Goethe in seinen Jugendjahren recht häufig seine Freunde porträtierte, ist die Zeichnung, die er von Hieronymus Schlosser anfertigte, eine der ganz wenigen, die erhalten blieb.

Auch als fleißiger Aufzeichner städtischer Begebenheiten und als bedeutender Sammler von Francofurtensien hat sich Hieronymus betätigt. Viele dieser lokalen Unterlagen sollten für Goethe im Alter noch bedeutungsvoll werden. Als der Herr Geheimrat nach 17jähriger Abwesenheit wieder nach Frankfurt kam – es war im Jahr 1814, seine Mutter war im September 1808 verstorben –, bot ihm die Witwe des Hieronymus Schlosser einen warmherzigen heimatlichen Empfang (ihr Mann war schon über zehn Jahre tot), und Goethe übertrug die freundschaftlichen Gefühle, die er gegen den Vater gehegt hatte, nun auch auf dessen Söhne: den älteren Fritz und den zwei Jahre jüngeren Christian. Besonders mit Fritz, der in seiner loyalen, ruhigen Art in die Fußstapfen des Vaters trat, bahnte sich bald eine langjährige, nähere Verbindung an, wobei Goethe ihn als eine »ruhige, verständige Natur« bezeichnete. Frau Aja sagte dagegen von Christian, es sei ihr manchmal bange um ihn, denn »dieser junge Mann ist sehr überspannt – glaubt mehr zu wissen als beynahe alle seine Zeitgenossen, hat wunderbare Ideen ...«. Deshalb hielt sich Goethe in den kommenden Jahren mehr an den seinem eigenen Wesen näherliegenden Fritz, der vom Frühjahr 1799 bis zum Herbst 1803 in Halle, Jena und Göttingen Jurisprudenz studierte, aber auch philosophische, historische und ästhetische Vorlesungen hörte. In Jena lernte er Goethe persönlich kennen und durch ihn Schiller und viele andere prominente Zeitgenossen, darunter auch Henriette Herz in ihrem bekannten Berliner Salon.

Im Jahre 1804 ließ sich Fritz Schlosser als Advokat in seiner Heimatstadt Frankfurt am Main nieder. Auch als er später das Stift Neuburg bei Heidelberg kaufte, blieb er Frankfurt treu, denn er verbrachte die Wintermonate gewöhnlich in der Stadt. Als Frau Aja 1808 in Frankfurt verstarb, wurden die oft leidigen Erbauseinandersetzungen zwischen Goethe und den Nachkommen Cornelias – der Familie Nicolovius – »glatt und nobel geregelt«. Nicht Goethe selbst, sondern seine Frau Christiane, die oft geschmähte, war aus diesem Anlaß nach Frankfurt gekommen und erntete wegen ihrer offenen, verträglichen und freundlichen Art überall Zustimmung und Sympathie.

Aber Goethes Vermögen mußte in Frankfurt stehenbleiben, wenn es nicht einer hohen »Fluchtsteuer« unterworfen werden sollte. Goethe war ja noch Frankfurter Bürger. Für die Vermögensverwaltung bedurfte es eines ansässigen sachkundigen Vertreters. Goethes Wahl fiel auf den Rat Fritz Schlosser, den älteren der beiden Schlosser-Brüder. Damit war eine feste Verbindung geknüpft, und der Briefverkehr zum Haus Goethe riß bis zum Tod des Dichters nicht mehr ab.

Als Dank für all die Bemühungen Schlossers schenkte Goethe der Familie das prächtig gerahmte Brustbild, das Gerhard von Kügelgen vom Dichter angefertigt hatte. Für die Literaturwissenschaft wurde die schon erwähnte Francofurtensiensammlung des Hieronymus Schlosser, des Vaters von Fritz, ein wichtiger Faktor, denn da sie vom Sohn weitergeführt und ergänzt worden war, erwies sie sich als eine wahre Fundgrube für Goethe, der ja gezielt seine Jugendjahre in Frankfurt in »Dichtung und Wahrheit« als Lebensrückblick überlieferte. Mit dem Aufbruch nach Weimar endet bekanntlich Goethes genial gestalteter Bericht. Neben »Stäbchen und Becher«, die etwa zu Messezeiten dem Schöffen überreicht wurden, waren es zahlreiche andere Gegenstände, die zu Goethes Kindheit bei amtlichen Handlungen symbolischen Charakter hatten; bei den volksfesthaften Feiern ebenso wie bei den würdigen Zeremonien der Kaiserkrönungen. Manche Freunde beschafften alte Protokolle und Kalendarien, während Bettina Brentano – inzwischen längst Frau von Arnim – all das beisteuerte, was sie von Frau Aja erfahren hatte (und schriftlich festhielt), als sie zu deren Füßen saß, während die Mutter nur allzugerne von ihrem Häschelhans erzählte. Nur durch solche Hilfen – die nicht zuletzt Fritz Schlosser leistete – konnten Details lebendig werden, die »Dichtung und Wahrheit« zu vollem buntem Leben verhelfen.

Goethe stand bekanntlich zeitweise den christlichen Religionen recht kritisch gegenüber. Aber bei Schlossers wurde das gute Verhältnis durchaus nicht gestört, als Fritz und seine Frau, die beide streng protestantischen Familien entstammten, zur katholischen Kirche übertraten. Vielleicht hatte der mit diesem Schritt vorangegangene jüngere Bruder Christian den Anstoß gegeben; vielleicht auch der zuweilen missionarisch tätige Clemens Brentano. Daß auch Marianne von Willemer, lange Jahre über Goethes Tod hinaus, auf Stift Neuburg ein regelmäßiger, jährlich sehr willkommener Gast war, mag den Geist des Hauses verdeutlichen.

Der 1877 erstmals veröffentlichte Briefwechsel zwischen Fritz Schlosser und Goethe ist wenig bekannt. Er behandelt allerdings vorwiegend finanzielle Belange. Goethes Vermögen bestand weitgehend aus Hypotheken und brachte wenig Gewinn. Im Gegenteil, aufgrund der Kriegslasten wurden die Frankfurter Vermögen hoch besteuert. Da die familiären Bindungen zu Frankfurt erloschen waren, wollte Goethe seine hiesigen Bürgerrechte aufgeben, um sich der Steuerlast zu entledigen. Aber auch der Abzug des Vermögens aus Frankfurt hätte eine hohe Steuerbelastung bedingt. Goethe hoffte, daß der von Napoleon eingesetzte Fürstprimas Carl von Dalberg ihn von der Abgabe befreien werde. Das verursachte lange Verhandlungen und Korrespondenzen, die Fritz Schlosser führte. Dalberg willigte schließlich ein, doch als die Russen in Berlin einmarschierten, erklärte er, daß die 1813 vorgesehene Befreiung zurückgestellt werden müsse.

Als nach Jahren die Deutsche Bundesakte für die Untertanen deutscher Staaten finanzielle Freizügigkeit empfahl, erneuerte Goethe seinen Wunsch, aus dem Frankfurter Staatsverband entlassen zu werden. Das geschah zwar – aber nicht, wie viele es erwartet hatten, die glaubten, man werde Goethe von der Last entbinden, ihm aber zugleich antragen, Ehrenbürger der Stadt zu werden. Statt dessen wurde ihm völlig formlos die Genehmigung erteilt; in sehr nüchterner Weise also verfuhr die Stadt gegenüber ihrem bereits so berühmten Sohn. Rat Schlosser hat später in einem Exposé seine Bemühungen und diejenigen Dritter in dieser Sache in seiner korrekten Art festgehalten. Aber vielleicht kannten die unfreundlichen Stadtväter dem Sinn nach jene Worte, die Goethe aus Weimar an die Mutter hinsichtlich seiner Heimatstadt geschrieben hatte: »Das Unverhältniß des engen und langsam bewegten bürgerlichen Kreyses zu der Weite und Geschwindigkeit meines Wesens hätte mich rasend gemacht.«

An Aufträgen Goethes für Fritz Schlosser mangelte es im Laufe der Zeit nicht. Ob es nun galt, hohe Kurse von Goethes Wertpapieren für den Verkauf zu nutzen, frühe Zeitschriftenexemplare zu beschaffen, »3×1000 fl. bayerische Obligationen« zu verkaufen, nach alten Medaillen zu suchen oder Bücher zu ersteigern – immer war Fritz Schlosser ein williger Helfer; selbst als bei einem erbetenen Kupferstichkauf sich in Goethe Frankfurter Kaufmannsgeist zeigte und er anregte, zu versuchen, den Preis noch etwas zu drücken.

Schon zwei Tage nach Goethes Tod ging von Weimar aus die persönliche Todesnachricht nach Stift Neuburg an die Schlossers. Aber auch Goethes Enkel Walther und Wolfgang verkehrten dort später noch als Besucher. Als Goethe 1814 nach seiner Wiesbadener Kur noch eine Weile nach Frankfurt kam, wohnte er bei den Schlossers, von wo aus er alte Freunde besuchte; darunter auch den Geheimrat Willemer auf der Gerbermühle. Die aufflammende Liebe zur reizenden »Müllerin« Marianne von Willemer war gewiß der Grund, warum er im Jahr drauf der Einladung folgte, auf der Gerbermühle Gast zu sein und die wenigen Wochen seines Frankfurter Aufenthaltes dort zu wohnen. Sicher zur Enttäuschung der Schlossers, die ihn wieder eingeladen hatten. Aber selbst der in Aussicht gestellte Besuch bei Schlossers unterblieb, was ein sehr freundlicher Brief Goethes mit vielen Versicherungen des Bedauerns uns verrät. Eine Konstellation, die einen kleinen Hinweis darauf gibt, daß die mit Schlossers gepflegte Verbindung nicht nur freundschaftlich-familiär war, sondern wohl auch dem Nützlichkeitsdenken entsprang.

Daß Goethe 1815 die Gerbermühle als Aufenthalt vorzog, verzeiht man einem Verliebten wohl gerne. Sagte doch auch Hamlet zu der Mutter, die ihn beim Schauspiel der Komödiantentruppe bat, an ihrer Seite Platz zu nehmen, indem er auf die reizende Ophelia deutete: »Hier, Mutter, ist ein stärkerer Magnet.«

Reiseberichte aus Italien – vom Vater wie vom Sohn

Lange vor dem Sohn besuchte Johann Kaspar Goethe Italien

Daß Johann Wolfgang von Goethe vor zweihundert Jahren in Italien weilte, ist ins allgemeine Bewußtsein gerückt worden. Davon, daß sein Vater am 30. Dezember 1739 von Wien aus nach Süden aufgebrochen war, nahm die Öffentlichkeit kaum Notiz. Weil diese beiden Reisen erlebnismäßig stark voneinander abweichen, ist es aufschlußreich, die Berichte von Vater und Sohn miteinander zu vergleichen.

Johann Wolfgang hat seine Aufzeichnungen aus den Jahren 1786/1788 erst viel später so überarbeitet und herausgegeben, daß sich die sinnlichen Eindrücke des Augenmenschen Goethe durch seine geniale schriftstellerische Begabung zu einem Kunstwerk verdichteten, das gleichzeitig Teil der Biographie des Autors wurde. War sein Aufbruch nach Italien doch eher eine Flucht aus der Enge der Weimarer Fesseln gewesen, den Konventionen und der ihn erdrückenden Tagesarbeit. Ganz im Gegensatz zum Vater, der nach seiner Promotion in Gießen als Jurist, und seinem Aufenthalt am Reichstag zu Regensburg und am Reichshofrat in Wien, durch das bedeutende häusliche Vermögen in der Lage war, eine Kavalierstour durch Italien zu unternehmen, wie sie damals bei Gebildeten üblich war. Doch ging auch Johann Kaspars Bemühen über eine reine Bildungsreise hinaus. »Ich schmeichle mir, wohl der erste zu sein, der eine vollständige Beschreibung in der Sprache des Landes vorlegt«, vermerkte er nicht ohne Stolz.

Daß diese unter dem Titel »Viaggio per l'Italia« verfertigte Arbeit erstmals im Jahre 1986 in vollständiger deutscher Übersetzung erschien, ist der Deutsch-Italienischen Vereinigung zu verdanken. Die Einführung erfolgte durch Salvatore A. Sanna. Die Interessen, die Johann Kaspar Goethe unterwegs an den Tag legt, sind vielfältig. Wenn er den venezianischen Karneval schildert oder die Lage der Juden an verschiedenen Plätzen des Landes, wenn er von den Tierhetzen in Venedig berichtet, dem Bergdurchbruch in Pozzuoli bei Neapel, oder den tragischen Tod des letzten Hohenstaufen, des jungen Königs

Konradin, erwähnt, der als Siebzehnjähriger durch Karl von Anjou in Neapel enthauptet wurde, so erinnert die Vielfalt der Stoffe den Leser thematisch an die Schilderungen des Sohnes in dessen »Italienische Reise«. Zumal die Stellen, da der Vater etwa über Korallen und Seesterne spricht und sich Gedanken über die Abgrenzung pflanzlichen und tierischen Lebens macht.

Aber wenn auch bei der Lektüre Informationen über Gemälde, Statuen, Kirchen und Städte am Leser vorübergleiten, so ist doch nur weniges davon angetan, rasch fesselnd zu Herzen zu gehen, Neugierde und Spannung zu wecken, wie das dem Sohn in so einzigartiger Weise gelingt. Doch man darf dabei nicht vergessen, daß der Vater ein kluger und belesener, aber auch recht trockener Jurist war.

Kein Wunder also, daß etwa gleich behandelte Themen durch den Sohn eine andere Tiefe gewinnen; zumal dem jungen Philosophen, Naturwissenschaftler, Freund und Forscher der klassischen Kunst und Literatur, der sich auch gerne als Maler ausgebildet hätte, die erstaunliche Ausdruckskraft seiner Sprache für seine Schilderungen zur Verfügung stand. Der Vater hatte sich darauf spezialisiert, alte Inschriften jeder Art festzuhalten, und war stolz darauf, wenn er auf diesem Gebiet Fehler früherer Reiseführer entdeckte und dort nicht aufgeführte Inschriften nachtragen konnte. Der Wissendurst des Sohnes war stärker. An gleicher Stelle glaubte er vielleicht die »Urpflanze« vor Augen zu haben, oder er fühlte sich getrieben, in der klassischen Atmosphäre Roms, neben anderen Werken, etwa die Iphigenie zu vollenden. Natürlich hatte auch Johann Kaspar Goethe Empfehlungsbriefe dabei, die ihm Zutritt zu manchem adeligen Haus verschafften. Doch dies war kein Vergleich zu den Aktivitäten des Sohnes, der in Rom im musischen Kreis der deutschen Maler lebte, die die Stadt schon lange kannten und ihm dadurch viele sonst verschlossene Türen öffnen konnten. Die Schilderung der Reisehindernisse Johann Kaspars, so die Überflutung des österreichischen Alpentales, weshalb er seine Kutsche von Bauern über den Berg tragen lassen mußte, oder den Ärger über seine Quarantänezeit in Venedig nimmt der Leser gerne zur Kenntnis. Aber des Sohnes Begegnung mit zwei fremden Pilgern in der Lagunenstadt wird im Gegensatz zum väterlichen Bericht sehr schnell zu einem ausgewogenen Stück Menschlichkeit, gemischt aus Einfalt, Glaube und Toleranz.

Vater Goethe pflegte die Erinnerung an seine Italienreise und legte wohl auch im Sohn den Grundstein für dessen frühes klassisches Empfinden. Erzählt dieser doch in »Dichtung und Wahrheit«, wie ihn

Johann Kaspar Goethe

täglich die römischen Bilder angezogen hätten, womit der Vater einen Vorsaal ausgeschmückt habe, so daß ihm Piazza del Popolo, Coliseo, Engelsburg, Peterskirche und Sankt Petersplatz von Kindheit an vertraut gewesen seien. Des Vaters Vorliebe für die italienische Sprache, sein gelockertes Wesen, wenn der sonst oft verschlossene Mann von Italien erzählte, seine reichhaltige Bibliothek römischer und italienischer Werke vertieften im Heranwachsenden die ersten kindlichen Eindrücke. Doch während des Vaters Begegnungen mit der Seidenraupenzucht in Italien für Wolfgang und Cornelia praktische Auswirkungen in Form späterer Frankfurter Pflichten in diesem Geschäft hatten, wirkte Johann Kaspars Vorliebe für Tasso – er hatte auch das väterliche Grab des Dichters in Mantua besucht – vielleicht tiefer in des Sohnes Werk hinein, als man vermutet. Des Vaters besondere Liebe galt einem Marien-Hymnus, was aber eine Ausnahme war, denn im Grunde stand der puritanische Lutheraner dem katholischen

Ritus und besonders dessen kindlicher Heiligenverehrung gefühlsmäßig ablehnend und deshalb verständnislos gegenüber. Wo der – ja auch nicht christlich fühlende – Sohn noch fast liebevoll von der frommen Einfalt des Volkes spricht und den zahllosen Legenden und Reliquien den Aberglauben gerne nachsieht, da geht der Vater mit solcher »Verdummung, solchem Betrug« hart ins Gericht. Und während er sich auf vielen Gebieten mit Erwähnung und Aufzählung begnügt und beispielsweise über ein großes Bild Raffaels nichts anderes zu sagen weiß, als daß der »Künstler daran wohl viel Schweiß vergossen« habe, nimmt er zu kirchlichen Belangen oft persönlich engagierte Kontrastellung, die so weit geht, daß er den Papst »eher als Stellvertreter Beelzebubs«, denn als Stellvertreter Christi auf Erden bezeichnet. Er spottet auch über die gestenreichen Prediger, ohne deren italienisches Temperament zu berücksichtigen, und geht sogar so weit, als er von einem Refektorium von hundertvierzig Mönchen spricht, zu bemerken, das heiße also »hundertvierzig Nichstuer und Schädlinge des Gemeinwesens«. Das ist um so unverständlicher, als sich Johann Kaspar Goethe bei vielen Gelegenheiten über die Kunstschätze der Klöster, besonders über deren Bibliotheken lobend ausspricht und betont, welcher Liebenswürdigkeit er bei deren Besuch oft durch die Mönche begegnet sei.

In dieser schroffen Haltung zum Katholizismus tritt wohl zuweilen der streng protestantische Jurist hervor, der neben einigen musischen Interessen auch ein recht knöcherner Materialist sein konnte, der mehr über die Geldverschwendung der Venezianerinnen beim Karneval wetterte, wo man täglich ein neues buntes Kleid trage, als – wie später der Sohn – sich ins lebhaft bunte Treiben zu mischen und sich daran zu erfreuen. – In ähnlicher Weise nennt Johann Kaspar das Modellstehen in Nacktheit, für die Maler und Bildhauer, »eine Schule der Schändlichkeiten«. Oder, den Gott Priapus, Schutzpatron der Gärtner, Symbol der Fruchtbarkeit, mit seinem übergroßen Phallos (den Sohn des Bacchus und der Venus), nennt er einen scheußlichen Götzen. Und die fremden Reisenden warnt er vor Falschspielern und vor jenen »Nymphen«, die mit Einbruch der Dunkelheit ihr Glück suchten, »genau wie bei uns zu Hause«. Zwanzigtausend Huren zähle man allein in Neapel.

In der nun vorliegenden Übersetzung durch Albert Meier, der das Buch auch kommentierte (Deutscher Taschenbuchverlag, München), sind alle von Johann Kaspar Goethe erfaßten Inschriften in der jeweiligen Originalsprache am Buchende getrennt aufgeführt und im reichhaltigen Erläuterungsteil auch weitgehend übersetzt. Für wissenschaftliche Arbeiten eine willkommene Bereicherung.

Den Laien werden so manche der eingestreuten Details vielleicht noch stärker interessieren. Wie etwa die Tatsache, daß im Oratorium der Compagnia della SS Trinità an jedem Sabbatmorgen die Juden mit ihren Frauen und den über zwölf Jahre alten Kindern eine Predigt anhören mußten, wobei sich manche freilich die Ohren zustopften, um jeder Versuchung zu entgehen. Oder daß in Venedig Mütter ihre blutjungen Töchter verkauften »und ihre Jungfräulichkeit feilbieten, als wäre sie eine Mietskutsche«. Ähnlich läßt der Sohn Wolfgang durch Mephistos Mund Frau Marthe im »Faust II« damit »trösten«, daß ein schönes Fräulein in Neapel an ihrem Manne soviel »Liebs und Guts getan« habe, »daß er's bis an sein selig Ende spürte«.

Wenn der Vater zwischendurch hervorhebt, daß man den Galeerenbau nun nach Pisa verlegt habe, um für die verelendete Stadt wieder Arbeit zu schaffen; wenn er Fragen der Erbschaftssteuer anschneidet (ein Thema, womit sich seine Doktorarbeit befaßt hatte); wenn er Anmerkungen zu der im Gang befindlichen Umgestaltung Turins macht; wenn er vom gerade anberaumten Konklave nach dem Tod des Papstes in Rom erzählt oder die große Tierhetze in Venedig erwähnt, immer spürt man, daß sein Reisebericht sich um Vielseitigkeit bemüht. Auch wenn er etwa nicht ausläßt, daß man im Parkett der Theater kaum Zuschauer finde, weil man dort vor Unrat und Speichel nicht sicher sei, die von den Logen herunterfielen. Aber Goethes Vater spricht sich auch anerkennend über die Betreuung und Verköstigung der vielen Pilger aus, die in der Karwoche nach Rom kommen und dort von der Nobile bedient werden, bis hin zur Zeremonie der Fußwaschung, was er als großes Werk der Barmherzigkeit und Menschlichkeit rühmt. Wie sehr allerdings so mancher Begeisterungsausruf kaum mehr als ein leeres Wort ist, zeigt sich, wenn Vater Goethe bei Neapel durch die sich zum Meer hinziehenden Gärten schlendert und schwärmt, sie seien »dazu angetan, das Gemüt auf ewig von jeglichem Kummer zu befreien«.

Aber dieses Gemüt wird nur wenige Seiten weiter wieder schwer belastet, wenn ausgerechnet dieser Reisende, der ja Sohn eines Wirtes war, sich über »die vielen grausamen Wirte« beklagt, denen man in die Hände falle. Er tadelt, daß sie geldgierig und, wie alle übrigen Neapolitaner, auf die Barschaft der Reisenden erpicht seien. Aber die Gasthalter des Weidenhofes, seine Eltern, hatten schließlich als

Hoteliers auch ein beträchtliches Vermögen zusammengebracht. – Ein hohes Lied dagegen singt der spätere Kaiserliche Rat vom venezianischen Adel, der noch mit dem niedrigsten Krämer vertraut umgehe und sich nicht aufblähe wie der Frosch in der Fabel. Die wahre Adelung sei jene, die der Tugend nachstrebe, darum möge der deutsche Adel in Italien entsprechendes Betragen lernen, zur eigenen Schande. Hier wird etwas von des Vaters Herrengroll spürbar, der den Sohn später so dringend warnt, an den Fürstenhof in Weimar zu gehen.

Auch wenn man die Tagebücher von Vater und Sohn letztlich nicht miteinander vergleichen kann, so zeigt der gegebene Überblick doch, daß auch der Ältere ein vielseitig interessierter Reisender war, wenn auch mehr als Chronist denn als Schriftsteller. Die geringe Meinung über ihn, hauptsächlich vom »Mephistopheles Merck« aus Darmstadt über Goethes Vater verbreitet, die Behauptung, er sei nur ein engherziger Geizkragen gewesen, ist jedenfalls verleumderisch. Leider ist der Sohn aufgrund seines zeitweilig gespannten Verhältnisses zum Vater und seinen abfälligen Äußerungen daran nicht schuldlos.

Doch auch in der Literaturgeschichte wird oft mit zweierlei Maß gemessen. Daß der Vater aus augenblicklicher Verärgerung einmal an Johann Philipp Strecker schrieb, man solle den Italienern ihre alten Mauern, auf die sie sich so viel einbildeten, lassen und lieber Frankreich, England, Holland oder Niedersachsen besuchen, weil man nirgendwo so verdrießlich reise wie in Italien, das kreidet man ihm heute noch an. Ähnlich klingende Verärgerungen des Sohnes beim zweiten Besuch in Venedig scheinen dagegen lange vergessen. Schrieb er doch an seinen Landesherrn und an Herder: »Übrigens muß ich im Vertrauen gestehen, daß meiner Liebe für Italien durch diese Reise ein tödlicher Stoß versetzt wird . . . Ich bin nun ein wenig intoleranter gegen das Sauleben dieser Nation als das vorige mal.« Doch der Zorn des einen wie des anderen verrauchte schnell, und die Reiseberichte – sowohl die des Vaters wie die des Sohnes – legen, jeder in seiner Art, Zeugnis ab von ihrer großen Liebe zu Italien. Spürten es doch wohl beide: »Das ist der höchst erfreuliche Vorteil von Reisen, daß einmal erkannte Persönlichkeiten und Lokalitäten unsern Anteil zeitlebens nicht loslassen.«

In Rom vollzog sich nach Goethes »Flucht« seine große Wandlung

Vor zwei Jahrhunderten, anno 1786, befand sich Goethe in Weimar in einer verzweifelten Situation. Elf Jahre war er schon am Hof des Herzogs Carl August, von wo er zu Beginn seines Aufenthaltes begeistert an Johanna Fahlmer nach Frankfurt geschrieben hatte: »Wie eine Schlittenfahrt geht mein Leben, rasch weg und klingelnd ... Gott weiß, wozu ich noch bestimmt bin ... Dies gibt meinem Leben neuen Schwung.« Er war in dieser Zeit mit vielen fürstlichen Gnaden ausgezeichnet worden. Die Freundschaft zum Herzog hatte jugendlich-schwärmerisch begonnen; der Aufstieg des Außenseiters im herzoglichen Kabinett – bis zum Staatsminister – war kometenhaft.

Die starke Liebe zu Charlotte von Stein hatte alle Erwägungen, seine Tätigkeit am Hof vielleicht doch nur als vorübergehend zu betrachten, vereitelt; auch wenn für ihn nicht alles Gold war, was in Weimar glänzte. Sonst hätte er kaum nach einigen Jahren der geliebten Charlotte anvertraut: »Gewiß, ich wäre schon so ferne, ferne, / So weit die Welt nur offen liegt, gegangen, / Bezwängen mich nicht übermächtige Sterne, / Die mein Geschick an Deines angehangen.«

Dies offenbart, daß sich in elf Jahren auch viel Unzufriedenheit angesammelt hatte. Schon die erste Schweizer Reise mit dem jungen Herzog 1779 brachte eine Ernüchterung, wie aus Goethes Brief an Frau von Stein hervorgeht, in dem er seinen Unmut darüber ausläßt, daß Carl August Mühe und Gefahren voll Übermut suche. Aber auch die Liebe zu Charlotte, die wohl nie körperliche Erfüllung fand, hatte neben beseligenden Höhepunkten auch manche Krisen erlebt.

Die Amtsgeschäfte, die Goethe in den ersten Jahren Ansporn waren, sich zu disziplinierter Arbeit zu zwingen und Freude in ihm auslösten am »Mitregieren«, waren ihm inzwischen auch zur Last geworden, weil sie ihn von seinem eigentlichen Beruf abhielten: Künstler und Wissenschaftler zu sein.

Selbst die Freundschaft zum Herzog hatte so manchen Dämpfer erhalten, zumal als Karl August die Schauspielerin Corona Schröter umwarb. Und wenn er zu dessen Jagdleidenschaft meint: »Der Herzog ist in seiner Meute glücklich. Er schafft die Hofleute ab und die Hunde an«, so verweist das nicht auf volle Harmonie; zumal wenn er hinzusetzt: »Es ist immer dasselbe. Viel Lärm, um einen Hasen totzujagen.«

Dies alles kam zusammen, um Goethe bewußt werden zu lassen, daß er seither das »Gesetz, nach dem er angetreten«, nicht erfüllt habe: seine nie erloschene Sehnsucht, nach Italien, nach Rom, zu den klassischen Gefilden zu pilgern. Seine Mutter, die diese Wünsche schon aus Kindheitstagen kannte, wird nach Erhalt des ersten Briefes aus Italien an die Herzogin Amalia in Weimar schreiben, sie habe sich »unendlich gefreut, weil sein innigster und heissester Wunsch erhört worden ist – von früher Jugend an war der Gedanke, Rom zu sehen in seine Seele geprägt«. In diesem Jahr 1786 standen nun wieder Zukunftsforderungen vor ihm auf und rüttelten ihn wach, aus dem Alltag des fürstlichen Hofes herauszutreten und weder dem Herzog, den Freunden oder der Geliebten, sondern einzig seinem Genius zu folgen.

Wie Goethe mehr als einmal im Leben floh, ohne Abschied zu nehmen, so war es auch eine Flucht, als er am 3. September 1786 bei Nacht und Nebel aus Karlsbad abreiste – ein Ausweg aus einer ihm fast hoffnungslos erscheinenden Situation. Abergläubisch, wie er war, hatte er das Gefühl, sein lange gefaßter Plan könne noch vereitelt werden, sobald er ihn preisgäbe. So ließ er sich lediglich vom Herzog, seinem Dienstherrn, einen unbestimmten Urlaub für eine unbestimmte Reise geben, die dieser – bei voller Bezahlung und Zusicherung der Verschwiegenheit – ihm großzügig gewährte.

Goethe machte seinen Vorsatz wahr. Erst von Rom aus, das er nach achtwöchiger Reise am 29. Oktober erreicht hatte, verriet er seinen Aufenthalt und bat seine Freunde um Verständnis für seinen seltsamen Schritt. An den Herzog schrieb er: »Die letzten Jahre wurde es eine Art von Krankheit . . . Zuletzt durfte ich kein Lateinisch Buch mehr ansehen, keine Zeichnung einer italienischen Gegend. Die Begierde, dieses Land zu sehen, war überreif.« Und Frau von Stein bat er inständig: »Lass dich's nicht verdriessen meine Beste, dass dein Geliebter in die Ferne gegangen ist. Er wird dir besser und glücklicher wiedergegeben werden . . . behalte die Versicherung, dass ich immer an dich denke und von Herzen dein bin.«

Der Herzog, anfangs wohl über des Freundes großes Geheimnis etwas verärgert, signalisierte bald Verständnis nach Rom; ebenso wie andere Freunde, etwa Herder oder Knebel. Eine aber blieb tief gekränkt und war zum Verzeihen durchaus nicht bereit. Das war Frau von Stein. Vom gemeinsam besuchten Karlsbad aus hatte Goethe sie am 14. August noch ein Stück auf ihrer Rückreise nach Weimar begleitet. Beim Abschied durfte sie auch ihn bald in Weimar zurückerwarten. Nun war sie über seinen Vertrauensmangel höchst empört. Aber gerade durch ihre Bitten hätte Goethe sich am ehesten noch umstimmen lassen und hatte deshalb eisern geschwiegen, obwohl er fest gewillt war, die Verbindung zur geliebten Frau nicht erkalten zu lassen. Im Gegenteil, er war sich sicher, daß das Verhältnis durch die neuen Eindrücke, die eigene Reife, nach der Rückkehr neu belebt und gefestigt werde. So hatte er gleich nach dem Weggang von Karlsbad für Charlotte eigens einen Reisebericht begonnen, den er tagebuchartig führte. Auch darin versicherte er der Geliebten immer wieder, wie sie ihn überall in Gedanken begleite und wie sehr er der Ihre sei und bleibe.

Seinem Vorsatz getreu, sandte er das Tagebuch erst in Rom ab. Doch auch diese Zeilen fortdauernder liebevoller Gesinnung konnten die Gekränkte nicht versöhnen. Mochte er auch versichern, es sei »das letzte Mal, wills Gott, daß ich stumm ein solches Unternehmen ausführe« – Frau von Stein blieb auch dann kühl, als der Reisende ihr von seinem unstillbaren Bildungshunger und von seinen seelischen Fortschritten berichtete: »Ich werfe täglich Schalen ab.« Und er bekennt, daß er von ihrem Schweigen und ihrer abweisenden Haltung so schmerzlich getroffen worden sei wie nur einmal im Leben: beim Tod der geliebten Schwester. Ihr Unverständnis, was ihm diese Reise bedeutete, war wohl der Beginn der späteren tiefgreifenden Entfremdung. Goethe empfand Charlottes Haltung als Mangel an Liebe.

Die für die Geliebte geschriebenen Berichte bildeten nach Jahren die Grundlage zur »Italienischen Reise«, dem Buch, das erst 1816 unter dem Titel »Aus meinem Leben« erschien und 1829 in die Ausgabe letzter Hand aufgenommen wurde. Goethe spürte seine Veränderung selbst am besten. Sie vollzog sich unter dem heiteren Himmel des gepriesenen Landes, im Spiegel der klassischen Kunst, in Gesellschaft der kleinen deutschen Malerkolonie und im Genießen der leichten italienischen Lebensart, fern von der so strengen der Frau von Stein, die einst den jungen Himmelsstürmer zur Mäßigung und exakten Beobachtung der Formen – man darf wohl sagen – systematisch erzogen hatte. »Tropftest Mäßigung dem heißen Blute«, hatte er ihr damals gedankt.

Als Goethe nach 21 Monaten Abwesenheit mit angehäuften Kunstschätzen und einem übervollen Herzen am 18. Juni 1788 nach Weimar zurückkehrte, war er ein anderer Mensch geworden, ausgeglichener, toleranter. Doch er mußte bald schmerzlich fühlen, wie die Freunde rundum seiner klassischen Begeisterung nur kühle Skepsis entgegensetzten. Und als auch Frau von Stein sich bei der ersten Begegnung launenhaft und mißgestimmt zeigte, da zerbrach diese große Liebe, auch wenn der Dichter noch eine Weile die Form wahrte. Er fühlte sich plötzlich von der Weimarer Gesellschaft ausgestoßen. Seine dichterische Schöpferkraft schien gebrochen und blieb es jahrelang, bis im Juli 1794 eine gute Stunde ihn unter einem günstigeren Stern als früher mit Schiller zusammenführte. Erst in dieser Begegnung wurde die Kälte, die Goethe rings um sich fühlte, überwunden, wurde Weimar ihm wieder zur Heimat.

Kein Wunder, daß sich Goethe in seiner Enttäuschung bald nach seiner Rückkehr die junge Christiane Vulpius ins Haus geholt hat. Nach achtzehn Jahren Gemeinsamkeit wurde der Bund auch offiziell als Ehe besiegelt. Es galt in Weimar bald als ausgemacht, daß die lokkeren »Römischen Elegien« eher Christiane zum Vorbild genommen hatten als die angebliche römische Geliebte. Der nun erst recht empörten und eifersüchtigen Frau von Stein warf sich der Dichter diesmal aber nicht gnadeheischend zu Füßen. Er machte ihr vielmehr erneut ihr abweisendes Verhalten bei seiner Rückkehr zum Vorwurf.

Noch eine Weile ließ Frau von Stein ihrem Unmut freien Lauf; aber dank Goethes großer Zurückhaltung fanden die beiden nach wenigen Jahren durch Goethes kleinen Sohn August – und später als gemeinsam Alternde – wieder zu einem gut nachbarlichen Verhältnis.

Reisende mit kritischen Urteilen

Frau von Staël vermißte in Frankfurt Geist und Kultur

»Mein Unglück führte mich gerade nach Frankfurth, als Frau von Staël durchkam, ich mußte einen Abend mit ihr zubringen. So oft Dein Nahme von ihren garstigen Lippen kam, überfiel mich ein innerlicher Grimm; sie erzehlte mir, daß Du sie Amie in Deinen Briefen nentest pp: – wie kannst Du einem so unangenehmen Gesicht freundlich seyn? . . . Wär ich bei Dir, ich litts nicht: so wie die Feen mit feurichen Drachen, so würde ich mit feurichen Blicken meinen Schatz bewahren . . .« So schrieb Bettina von Brentano an Goethe nach Weimar, nachdem sie Frau von Staël bei deren zweiter Deutschlandreise in Frankfurt begegnet war.

Was nach Scherz klingen soll, ist blanke Eifersucht, die auch Bettinens Urteil bestimmt. Goethe hatte Madame Germaine de Staël im Jahre 1803 in Weimar kennengelernt, als die schon hochangesehene Schriftstellerin, Tochter des ehemaligen Finanzministers Ludwigs XVI., Necker, eine Deutschlandreise unternahm und dabei auch in Frankfurt Station machte. Sie war den bedeutendsten Geistern ihrer Zeit begegnet und wurde allgemein als charmante Frau von freilich etwas zu kräftiger Gestalt bezeichnet. Mit schwarzen Augen und prächtigem Haar, mit sinnlichen Lippen und melodischer Stimme, verbunden mit anmutigen Bewegungen, konnte sie, die keine Schönheit war, ihrer Wirkung auf die Gesprächspartner sicher sein, zumal ihr trotz des sprühenden Geistes und Witzes allgemein ein natürliches Wesen nachgesagt wurde.

Freiwillig hatte die Tochter Neckers, Witwe eines schwedischen Diplomaten, die sich zu Beginn für die Französische Revolution begeistert hatte, Paris nicht verlassen. Napoleon, der Erste Konsul, hatte die unerwünschte scharfzüngige Kritikerin aus Paris verbannt. Während sie zu Besuch bei ihrer Freundin, der um ihrer Schönheit willen weitgerühmten Madame Récamier, weilte, erhielt sie auf deren Landgut die Aufforderung, Paris innerhalb von 24 Stunden zu verlassen und sich der Stadt zukünftig auf höchstens vierzig Meilen zu nähern.

Da Paris für die sich als Französin fühlende Dame schweizerischer

Germaine von Staël

Abkunft (die durch ihren Gatten die schwedische Nationalität erworben hatte) die Welt bedeutete, das geistige Zentrum, ging sie lieber in Verbannung nach Deutschland als in die französische Provinz, zumal sie befürchten mußte, als in Ungnade Gefallene dortigen Gastgebern Schwierigkeiten zu bereiten. England hätte sie seiner freieren politischen Gesinnung wegen zwar vorgezogen, aber sie wollte den Mächtigen nicht über Gebühr reizen, zumal überall von einer bevorstehenden Invasionslandung auf den Britischen Inseln gesprochen wurde.

Ihre zentrale Lage hatte die Freie Reichsstadt Frankfurt damals schon zum großen europäischen Postkreuzungspunkt gemacht, und so führte zwangsläufig auch der Weg der siebenunddreißigjährigen Frau von Staël von der französischen Grenze zuerst nach Frankfurt am Main. Sie war begleitet von ihrem dreizehnjährigen Sohn und der etwas jüngeren zarten Tochter sowie ihrem Freund Benjamin Constant, der als namhafter Schriftsteller und Politiker galt und der, gleich ihr, von Napoleon verbannt worden war.

Germaines Mutter, Suzanne Curchod, die in den literarischen Zirkeln Lausannes einst »Sappho« genannt wurde, hatte früh versucht, ihre Tochter zum Wunderkind zu drillen, aber den literarischen Ruf, welcher der Madame de Staël vorauseilte, hatte sie sich selbst erworben. Ihr bedeutendes Werk »Über die Literatur« war in Gelehrtenkreisen mit Aufsehen zur Kenntnis genommen worden, aber der teils autobiographische Roman »Delphine«, in dem auch für die Frau das Recht auf außereheliche Liebe verteidigt wurde, hatte als pikantes Zeitdokument in Gesellschaftskreisen noch höhere Wellen geschlagen.

Als Madame am 13. November 1803 Frankfurt erreichte, hatte sie für die letzte Reisestrecke, von Metz aus, sechs Tage gebraucht. Sie kam in eine arm gewordene Stadt, die viel von früherem Glanz verloren hatte, nachdem sie im Laufe der zehn französischen Revolutionsjahre zehn Millionen Gulden für die sie bedrängenden Revolutionsheere hatte aufbringen müssen. Vieles war im Aufbruch, denn die Wälle wurden abgetragen, und neue Häuser und Promenaden waren im Bau. Auch die noch ein Jahrzehnt zuvor hochgerühmte Frankfurter Bühne fristete nur noch ein kärgliches Dasein. Die Stadt stand praktisch unter französischer Kontrolle.

Doch dies allein war nicht der Grund für das mangelnde Geistesleben der Stadt am Main; bewußt und zielstrebig arbeitete man daran, Frankfurt zur Handelsmetropole zu entwickeln, so daß die Liebe zur Kunst nicht gerade gefördert wurde, was ja Goethe wiederholt an seinen ehemaligen Mitbürgern bemängelte. Kein Wunder also, daß Frau von Staël gerade aus der novemberlichen Mainstadt schrieb, daß die Verbannung eine Strafe sei, die dem Tod fast gleichkomme. Die angesehene Französin war im Hause des Bankiers Bethmann, wohin sie empfohlen war, abgestiegen, aber die Frankfurter mieden die große Napoleongegnerin, weil sie die Ungnade des starken Korsen fürchteten – vielleicht aber auch den Esprit der gewandten Dame, der ihre Sache nicht war.

Wenn auch ihr späterer Weg nach Weimar und Berlin, wo sie an den Fürstenhöfen weilte und das literarische Deutschland traf, fast einem Triumphzug glich, weil sie als interessierte Schriftstellerin überall Einlaß fand – auch bei Goethe, Schiller, Wieland – und diese Ehrungen voller Stolz genoß, so machte Frankfurt da eine Ausnahme mit seinen zurückhaltenden, bedächtig abwägenden Bürgern, zumal die Wißbegierde der geistreichen Frau der etwas mißtrauischen Frankfurter Art zuwiderlief. Aus den Recherchen der Madame de Staël entstand später freilich ihr berühmtes Buch »Über Deutschland«, das so viel Günstiges über das bereiste Land und seine Geisteswissenschaftler enthielt, daß Napoleon die erste Auflage einstampfen ließ, ohne jedoch später die Wirkung dieser Schrift unterdrücken zu können.

Typisch für dieses Frankfurter Wesen, das schon immer gerne die Himmelhochjauchzenden auf den Boden der Tatsachen zurückholte, ist der Brief, in dem Frau Aja dem Sohn nach Weimar berichtete: »Frau von Staël ist, wie ich höre, jetzt in Weimar – mich hat sie gedrückt, als wenn ich einen Mühlstein am Hals hangen hätte – ich ging ihr überall aus dem Weg. Was will die Frau mit mir?? Ich habe in meinem Leben kein a.b.c.buch geschrieben . . .«

Da die Tochter der Schriftstellerin in Frankfurt erkrankte, und sie dadurch ihren vorgesehenen kurzen Aufenthalt auf drei Wochen ausdehnen mußte, verwundert es nicht, daß aus ihren Frankfurter Briefen kein strahlender Optimismus spricht. Man muß natürlich dabei die Situation der Vertriebenen berücksichtigen, der die neue Umgebung völlig fremd war. Hatte sich doch selbst ihre Dienerschaft nach Überschreiten der Grenze gewundert, daß man kaum mehr Französisch verstand, von dem sie angenommen hatten, daß es aller Welt geläufig sei.

So berichtete Germaine an den Vater und einen Freund nach Lausanne und Metz: »Frankfurt ist eine Stadt ohne geistigen Quellwert, und was die materielle Seite des Lebens angeht, so ist diese in Deutschland überhaupt unerträglich: Betten, Nahrung, Öfen, alle Eindrücke sind peinlich, und alles, was beim Deutschen nicht gerade gebildet ist, gehört für unsern Geschmack und unser Gefühl schon nicht mehr ganz zur menschlichen Rasse . . . Die Zeitungen sind hier ebenso zaghaft wie in Paris; ein dicker französischer Resident, der mich übrigens nicht besucht hat, überwacht sie, und es gehört zum Charakter der Deutschen, nicht unvorsichtig zu sein . . . Sie sperren ihre Gedanken und Gefühle in einen Schrank wie eine Sache, deren man sich selbst an Sonntagen nicht bedient.«

Vom Frankfurter Theater weiß sie zu sagen, daß sie das besonders interessiert habe, doch das Stück von Kotzebue sei gelassen vorgetragen und ruhig aufgenommen worden. »Man applaudiert hier, als ob es sich um Bezahlung einer Rechnung handle, erst am Ende des Aktes.« Zu ihrer Verstimmung kam hinzu, daß der ans Krankenbett zur Tochter gerufene Arzt Scharlach diagnostizierte und der beunruhigten Mutter nicht gerade feinfühlend erklärte: »Eben ist eine junge Frau, die neben Ihrem Gasthof wohnte, daran gestorben«, was sie später zu der Bemerkung veranlaßte: »Was für eine Portion Brutalität in diesem deutschen Arzt!«

Frau von Staël bedauerte jedenfalls, daß sie dadurch drei Wochen in einer Stadt habe bleiben müssen, die alles habe – außer Geist. In einer Stadt, in der man nichts anderes zu tun vermöchte, als zu essen, und von nichts anderem als vom Essen reden könne. Und sie fügt im Hinblick auf die umlaufenden Kriegsgerüchte hinzu: »Frankfurt ist allen Nachrichten gegenüber völlig gleichgültig; es müssen schon ganz schreckliche sein, wenn sie die dreifache Mauer der Gewohnheit des täglichen Brotes und der Pfeife durchbrechen sollen. Man hat hier fast alle Zeitungen, aber fast keine wirkliche Nachricht.« Aber so, wie sie einerseits jedes herzliche Mitgefühl mit der Krankheit ihrer Tochter vermißte, so sehr war ihr die Gefühlsseligkeit – die Krokodilstränen, wie sie es nannte, der sie besuchenden Sophie La Roche, der Großmutter von Bettina und Clemens Brentano, zuwider, die sich einen Besuch bei der berühten Schriftstellerkollegin nicht entgehen lassen wollte.

Als Frau von Staël fünf Jahre später auf ihrer zweiten Deutschlandreise – von Weimar kommend –, noch einmal in Frankfurt Station machte, begegnete sie auch der jungen Bettina Brentano. Diese hatte nicht nur Goethe, sondern auch dessen Mutter, Frau Aja, Vorwürfe darüber gemacht, daß sie nun großen Wert auf die Bekanntschaft mit der Französin lege, woraufhin die Rätin sie »kindisch, albern und eingebildet« nannte und ihr sagte, was zu schätzen sei, dem müsse man die Achtung nicht versagen, und man könne über eine solche Frau nicht wie über eine Gosse springen und weiterlaufen; es sei allemal eine ausgezeichnete Ehre vom Schicksal, sich mit einem bedeutenden und berühmten Menschen zu berühren.

Erstaunlich genug, daß Bettina diese Schelte in ihr Buch »Goethes Briefwechsel mit einem Kinde« aufgenommen hat. Und dort gibt sie auch eine köstliche Schilderung der Begegnung zwischen Frau Aja – mit blau-weiß-roten Federn am Hute, etwas merkwürdig aufgeputzt – und der Besucherin im Hause Bethmann. Frau Aja soll sich dabei vorgestellt haben: »Je suis la mère de Goethe.«

Für Frau Aja ist diese Begegnung, falls diese nicht nur in Bettinas Phantasie stattgefunden hat, das letzte große gesellschaftliche Ereignis gewesen; sie starb kaum drei Monate später. Von der viel jüngeren Germaine de Staël wurde sie nur um neun Jahre überlebt. Bevor diese nach Napoleons Sturz nach Paris zurückkehren konnte, wo sie am 14. Juli 1817 gestorben ist, war sie noch durch halb Europa gereist und hatte über den schwedischen Königshof schließlich England erreicht. Die alte Freundschaft mit Constant war dramatisch zerbrochen, in neue leidenschaftliche Liebesaffären hatte sie sich verstrickt, ihr Sohn war im Duell gefallen.

Als leidenschaftliche und unerschrockene Gegnerin Napoleons ging Madame de Staël in die Geschichte ein. Ja, sie hat am Sturz des großen Korsen, der sie spöttisch die »Bewegungsmaschine« genannt hatte, einen gewissen Anteil, so daß Varnhagens Bonmot nicht ihr schlechtester Nachruf ist: »Derzeit sind alle Mächte in Paris versammelt, die Napoleon gestürzt haben – Rußland, England und Frau von Staël.«

Goethe behielt stets ein gespaltenes Verhältnis zu Berlin

Der einzige Aufenthalt Goethes in Berlin im Mai 1778 prägte seine Meinung über die Stadt bis ins Alter. Der Vertrauten, Charlotte von Stein, schrieb er bei seinem Aufenthalt aus Potsdam: »So viel kann ich sagen, je grösser die Welt, desto garstiger wird die Farce, und ich schwöre, keine Zote und Eseley der Hanswurstiaden ist so eckelhafft als das Wesen der Grosen, Mitlern und Kleinen durch einander.« Goethe stand im neunundzwanzigsten Lebensjahr. Drei Jahre zuvor war er aus dem noch mittelalterlichen Frankfurt an den Fürstenhof des jungen Herzogs Carl August nach Weimar gekommen und bald dessen Vertrauter geworden. Als solcher begleitete er den Herzog, der gerne große Pläne hegte, zu politischen Besprechungen nach Berlin. Sachsen – Weimar war für Preußen nicht unwichtig als Durchgangsland bei möglichen kriegerischen Auseinandersetzungen mit Österreich, die recht aktuell waren. Deswegen weilte Friedrich II., der Große, beim Besuch nicht in Berlin, sondern bei seinen Truppen. Im Bayerischen Erbfolgekrieg witterten sowohl er wie auch die österreichische Seite eine Chance, ihre Gebiete auszudehnen.

Schon von Frankfurt aus war der junge Goethe »fritzisch« gesinnt. Es war im Elternhaus zwischen seinem Vater und dem kaiserlich gesinnten Großvater Textor zu ernsten Zerwürfnissen gekommen. Das hinderte den jungen Dichter und Staatsmann aber nicht daran, das Berlin Friedrich II. kritisch zu beurteilen. Von der Architektur her fand er einen mächtig aufstrebenden Platz, und Goethe rühmte diese Königsstadt, obwohl es noch keine Bürgersteige vor den Häusern gab und Schutt und Abfälle sich vielerorts auftürmten. Mit Weltstädten wie Paris oder Wien ließ sich Berlin noch nicht vergleichen. Schon der Siebzehnjährige hatte von Berlin keine gute Meinung, denn er schrieb der Schwester Cornelia von der Begegnung mit einem Bekannten, dessen Wesen ihm mißfiel. Da dieser nach Berlin übersiedeln wollte, meinte er: »Er wird in Berlin schon zugestutzt werden, vielleicht nur zu sehr, denn ich glaube, es ist jetzo in ganz Europa kein so gottloser Ort, als die Residenz des Königs von Preussen.« Diese Meinung war anscheinend weit verbreitet. Der Bezeichnung »Sündenbabel Berlin« begegnet man in vielen Berichten jener Zeit, – trotz des als zügellos bekannten Lebens am französischen Hof in Versailles.

Sein Aufenthalt in der Maiwoche 1778 hat Goethes Voreingenommenheit – wie man wohl sagen darf – nicht aufgehoben. Sie hat vielmehr erst jenes Bild befestigt, das deutlich negative Züge trägt. Leider hat der sonst so gewissenhafte Schriftsteller in jener Besuchswoche seinem Tagebuch nur kurze Stichworte anvertraut. Nicht einmal, daß man im Hotel de Russie wohnte, wurde – entgegen sonstiger Gepflogenheiten – vermerkt. Auch über die Themen der politischen Besprechungen schweigt er sich völlig aus. Von dem großen Exerzierhaus spricht er abschätzig, wie die Berliner selbst, als »vom Stall«. Erwähnt werden die Besuche der Porzellanmanufaktur, des Schauspiels »Die Nebenbuhler«, eine Visite beim Jugendfreund Johann André aus Offenbach, sowie zwei Besuche beim überragenden Zeichner und Radierer Chodowiecki, wohin ihn einmal der Herzog begleitete. Hinzu kamen viele Besichtigungen, Fahrten in die Umgebung, zu Schloß und Park Sanssouci, zum Jagdschloß Stern, zum Tiergarten, zu Bildergalerien und der Besuch einer Gewehrfabrik sowie die Anwesenheit bei einer großen Parade.

Bis zur Dichterin Anna Luise Karsch, die Goethe ebenfalls aufsuchte, hatte sich sein Mißbehagen herumgesprochen, denn sie berichtet an Gleim, Goethe sei bei einem Baron gewesen, »und da hat ihn die ganze Versammlung sehr stolz gefunden, weil er nicht Bükkerling und handküss vertheilte«. Auch ein Graf Lehndorf vermerkt in seinem Tagebuch, Herr Goethe sei sein Tischnachbar gewesen, und er habe wiederholt versucht, ihn zum Sprechen zu bringen. Goethe sei aber sehr lakonisch gewesen. Daraus schließt er: »Er dünkt sich augenscheinlich zu sehr Grandseigneur, um noch als Dichter zu gelten. Das ist im Allgemeinen der Fehler der Deutschen von Bildung, dass sie, sobald sie die Stellung eines Vertrauten erlangen, unerträglich hochmütig werden.« – Der Grund von Goethes Schweigen war aber ein ganz anderer. Mit einfachen Menschen sprach er stets ohne jede Überheblichkeit. Hier aber, an jener Tafel, zu der der Bruder des Königs, Prinz Ferdinand, die hohen Weimarer Gäste geladen hatte, vernahm Goethe nur wichtigtuerisches Hofgeschwätz, das oft in militärischer Überheblichkeit gipfelte, wobei Kritiken in keiner Weise vor dem abwesenden König haltmachten. Der Eindruck muß Goethe entsetzt und ihn geradezu sprachlos gemacht haben. Er blieb unauslöschlich in ihm haften, wie wir seinem späteren Bericht an seinen Freund Merck in Darmstadt entnehmen können: »Es sind mir tausend Lichter aufgegangen . . . Ich guckte nur drein, wie das Kind in Schön – Raritäten-Kasten . . . Dem alten Fritz bin ich recht nah geworden, da ich hab sein wesen gesehen; sein Gold, Silber, Marmor, Affen und Papageien und zerrissene Vorhänge, und hab über den grossen Menschen seine eigenen Lumpenhunde räsonniren hören«. Ähnlich wie an Merck schreibt er auch an Frau von Stein: »Hier welckt die Blüte des Vertrauens und der Offenheit, der hingebenden Liebe täglich mehr.« – Ein Bekannter Goethes, Georg Forster, schrieb an den Philosophen F. H. Jacobi (auch er ein Goethefreund) ein Jahr später, nachdem er fünf Wochen in Berlin geweilt hatte: »Das sonderbarste ist, dass die Berliner durchaus diese Biegsamkeit des Charakters (wodurch der Mensch so leicht zum Schurken und Spitzbuben wird) von einem Fremden fordern. Was Wunder also, dass Göthe dort so sehr allgemein missfallen hat, und seinerseits mit der verdorbenen Brut so unzufrieden gewesen ist.« Und vom schönen Geschlecht meint er: »War es je irgendwo allgemein verderbt, so ist's in Berlin.« Natürlich muß man dabei bedenken, daß Goethe nur gewisse Gesellschaftsschichten, nicht das einfache Volk, in Berlin etwas näher kennenlernte. Aber auch der stets sehr sachliche Goethekenner Wilhelm Bode berichtet, daß kurz nach Friedrichs Tod die Aufklärer des Glaubens und der Sitten die Moral »bis zur zügellosen Frechheit« getrieben hätten. »Unter den Augen ihrer Gattinen liessen sich Jene am hellen Morgen ein paar Freudenmädchen ins Haus holen; ebenso unbefangen, wie sich der Pöbel eine Bouteille Wein oder für einen Groschen Schnupftabak holt . . . Ehescheidungen und Weibertausch wurden ebenso gewöhnlich in Berlin als in den verdorbendsten Zeiten des alten Roms.«

Goethe bewunderte, unabhängig von deren Politik, an Napoleon und Friedrich II. die Größe und Macht dieser dämonischen Persönlichkeiten, was ihn aber nicht daran hinderte, sich als Weimarer Minister gegen die allzu enge Annäherung seines Herzogs an Preußen zu stellen, wie dieser sie gefahrvoll betrieb. – Nicht gerade zu wachsender Sympathie trug es bei dem Schriftsteller Goethe allerdings bei, daß

Friedrich II., der literarisch lange unter Voltaires Einfluß stand, sich in einer Schrift »De la littérature allemande« gegen Goethe und besonders gegen den »Götz von Berlichingen« wandte, der schon 1774 mit riesigem Erfolg in Berlin aufgeführt worden war. Der König schrieb u. a.: »Das Parterre applaudiert und verlangt mit Begeisterung die Wiederholung dieser widerlichen Plattheiten.« Daß dem Herrscher, der bekanntlich eiserne Disziplin forderte, ein Stück mit einem gegen die Obrigkeit aufsässigen Ritter mißfiel, verwundert nicht. – Einer schon entworfenen literarischen Antwort darauf wurde Goethe enthoben, da der Staatsmann, Geschichtsschreiber und Publizist Justus Möser in einer Veröffentlichung dem König mutig und entschieden entgegentrat, wobei er betonte, ein Volksstück sei nun einmal nicht für Hofleute gedacht.

Doch Berlin wuchs weiter und übte auf viele Künstler und Wissenschaftler einen Sog aus. Das bestimmte Goethe im Laufe der Zeit zu einer größeren Toleranz, was ihm nicht ganz leichtfiel, denn selbst um die Jahrhundertwende, als Goethe und Schiller im Zenit ihres klassischen Schaffens standen, »verhielt sich Berlin noch immer stumpfsinnig und ablehnend«. Noch 1807 spricht Goethe von der »niederträchtigsten Opposition«, die er früher von Berlin aus habe erfahren müssen. Das rauhe Berlin, mit seinem nüchternen Verstand, hatte wenig Einfühlungsvermögen für das Besinnliche, das Lyrische, für die Phantasie Goethes, deren Wurzeln im heimatlichen Rhein-Main-Gebiet ruhten. Doch mit zunehmendem Alter werden die Töne milder, und seit Goethe von 1802 an mit dem ehemaligen Maurermeister Zelter, der sich zum Leiter der Berliner Singakademie hochgearbeitet hatte, freundschaftlich verbunden ist, tritt steigendes Interesse und Verständnis in seinen Briefen zutage, wenn es um Berlin geht. Aber alle Einladungen Zelters nutzen nichts, wenigstens bei deren Besuchen in der Hauptstadt, den Sohn August oder die Schwiegertochter Ottilie in Berlin abzuholen. Zu einer zweiten Reise in Preußens Metropole läßt sich Goethe nicht mehr bewegen. Durch Zelter so wenig, wie er seinen Herzog bei dessen wiederholten Reisen nach Berlin nicht noch einmal dorthin begleitete.

Eckermann gegenüber bekennt er noch im Alter, daß er keine Freude an den zahlreichen Berlinern habe, die sich als neugierige Besucher im Haus am Frauenplan einfänden. Und geradezu empörend empfand er es, daß der Bildhauer Gottfried Schadow zudringlicherweise gleich seinen Schädel vermessen wollte. Eckermann gegenüber betont er auch, nach Zelters Besuch, er wisse natürlich, daß Zelter

Berlin, Blick auf den Dom

anfangs sehr derb, fast roh erscheine, doch das sei nur äußerlich. Der Mann habe ein halbes Jahrhundert in Berlin verbracht. Dort aber lebt »ein so verwegener Menschenschlag beisammen, daß man mit der Delikatesse nicht weit reicht, sondern daß man Haare auf den Zähnen haben und mitunter etwas grob sein muß, um sich über Wasser zu halten«. Bedingt durch den häufigen Briefwechsel mit Zelter, nahm Goethes Interesse an der immer weiter aufstrebenden Stadt ständig zu. Das zeigt sich etwa in einem Brief an Humboldt vom August 1812, in dem er schreibt: »Über Berlin hätte ich gerne umständlich mit Ihnen gesprochen. Grosse Städte enthalten immer das Bild ganzer Reiche in sich, und wenn sie auch gewisse fratzenhafte Übertriebenheiten zu eigen haben mögen, so stellen sie doch die Nation konzentriert vor Augen.« Und zu Zelter meint er nun: »Der Bewohner einer grossen Stadt ist doch immer zu beneiden, weil ihm vor Aug und Ohr kommt, wovon wir Kleinstädter nie einen Begriff erhalten.« Und zwei Jahre vor seinem Tod wird es gar heißen: »Du tust mir einen wahren Freundschaftsdienst, wenn Du mir manchmal das lebendige Berliner Treiben als Schattenspiel durch meine Einsiedelei führst.« Und er beneidet Zelter fast, wenn er schreibt: »Lebe wohl in Deiner Berliner Herrlichkeit und denke meiner, der ich im sonnigen Hinterstübchen Deiner nur allzu oft gedenke.«

Die erstaunlich enge Duzfreundschaft mit Zelter – eine Rarität beim reifen Goethe – besteht bis zum Tod des Dichters. Durch Zelter bleibt er mit Berlin verbunden, erfährt alles Aktuelle und nimmt daran Anteil. Auch August und Ottilie Goethe, Sohn und Schwiegertochter, als Besucher der Stadt, rücken mit ihren Berichten Berlin immer wieder in Goethes Blickfeld. Der Baumeister Karl Schinkel schickt dem Geheimrat in Weimar Zeichnungen und Entwürfe. Zu Goethes Genugtuung und großer Freude wird im Akademiegebäude ein Raum für Experimente zu seiner Farbenlehre eingerichtet. Auch der »Faust I« hatte längst Premiere in Berlin und allseits große Zustimmung gefunden. Das zur Siegesfeier über Napoleon bestellte Schauspiel »Des Epimenides Erwachen« erlebte seine Premiere im Berliner Opernhaus am 30. März 1815.

Durch all diese Verbindungen bahnte sich fast zwangsläufig eine versöhnlichere und positivere Einstellung zur Stadt Berlin an. Trotzdem verblieb ein Rest an Reserviertheit. In einer Unterredung mit Eckermann etwa kann Goethe, der sich immer dem Dämonischen verhaftet fühlte, in seinem Urteil den Vorbehalt nicht unterdrücken, daß in einer »klaren prosaischen Stadt wie Berlin« das Dämonische keine Gelegenheit fände »sich zu manifestieren«. In Goethes Augen blieb dies ein Manko. Diese Empfindungen entsprangen seinem Gefühl, vielleicht von den allerersten Eindrücken her bestimmt. Da Goethe, der sich aber stets um Toleranz bemühte, es gewohnt war, die Dinge und Begebenheiten nicht nur von einer Seite her zu betrachten, können ihn auch Berlinfreunde guten Gewissens als ihren Zeugen zitieren. Schrieb er doch gerade in seinem Todesjahr 1832 an den Bildhauer Chr. D. Rauch: »Erfreulich, Sie wieder in Berlin zu wissen. Ich lebe dort mehr, als ich sagen kann, und vergegenwärtige mir möglichst das mannigfache Grosse, was für die Königsstadt, für Preussen und für den ganzen Umfang der Kunst und Technik, der Wissenschaft und Geschäftsordnung geleistet und gegründet wird.« Und das Urteil über die Berliner lautete im Alter: »Das Völkchen besitzt viel Selbstvertrauen, ist mit Witz und Ironie gesegnet, und nicht sparsam mit diesen Gaben.«

Die Ehe des Dichters und seine Nachkommen

Christiane Vulpius: Geliebte – Mutter – Ehefrau

»Staz meiner kömbt ein Privgen. Ich hap so grohsse Ankst – auch for den Wäg – Aukust und Ernsdine wissen nichds. Ach Herr – ich käme so görn! Aber was soll den drauss wärden mitt uns?« Das schrieb die dreiundzwanzigjährige Christiane Vulpius an Goethe, den weimarischen Minister, den Freund des Herzogs, den schon berühmten deutschen Dichter, der in seinem Gartenhaus an der Ilm nicht ein »Privgen«, sondern sie selbst erwartete, hatte er sich doch in Christianes ihm südlich schillernde Jugendfrische unsterblich verliebt. Es liegt etwas Rührendes in diesen zögernden, scheuen, betont menschlichen Zeilen, was zum verbreiteten Bild der Christiane Vulpius wenig passen will, da die Literaturforschung ihr lange Zeit nur ungehemmte derbe Sinnenlust, Primitivität des Geistes und des Gemütes nachgesagt hat.

Selten ist über einen Menschen so ausdauernd einseitig berichtet worden wie über Goethes langjährige Freundin, Wirtschafterin, Mutter seiner Kinder und spätere Ehefrau. Das Gift und die Gehässigkeiten, welche vor allem die von Goethe so hochverehrte Frau von Stein in ihrer Gekränktheit viele Jahre in der Weimarer Gesellschaft versprühte, haben mehr als ein Jahrhundert lang ihre Wirkung getan und vorhandene positive Stimmen erstickt.

Der dünkelhafte Weimarer Kastengeist bot solchen Verleumdungen einen günstigen Nährboden. Den Bürgersohn aus der Freien Reichsstadt Frankfurt am Main betrachteten die höfischen Kreise auch dann noch nicht als ebenbürtig, als ihn sein Freund, der Herzog Karl August, in den Adelsstand erhoben hatte. Wie wenig er dieses Privilegs würdig war, bewies Goethe in den Augen seiner altadeligen, strengen Richter und Richterinnen später durch seine Eheschließung mit der »ordinären Arbeiterin aus Bertuchs Blumenfabrik«, wo Christiane tätig war, um zum Unterhalt der verarmten Familie beizutragen.

Daß die väterlichen Vorfahren der jungen Vulpius den männlichen Ahnen des Dichterfürsten standesmäßig weit überlegen waren, blieb der breiten Öffentlichkeit bis heute unbekannt. Erst Goethes Vater

Christiane Vulpius

war in den Kreis der Gebildeten gelangt, während der Großvater noch Schneider gewesen war und die früheren Ahnen dem Handwerker- und Bauernstand angehört hatten. Christianes Vorfahren waren dagegen schon seit mehr als zweihundert Jahren Gelehrte, wobei neben einigen Juristen vor allem Pastoren in der Familie überwogen. Bei der mütterlichen Linie war es zwar umgekehrt, aber auch hier entstammte Goethes spätere Frau angesehenen schwäbisch-allemannischen Handwerkerfamilien.

Freilich hatte die Goethelinie einen steilen Aufstieg zu verzeichnen. Demgegenüber hatte die im Namen latinisierte Vulpiuslinie mit Christianes Vater – der immerhin in Jena Jura studierte, um dann für einen Hungerlohn den Posten eines Amtsarchivars in Weimar zu bekleiden – einen Niedergang erfahren, zumal eine Veruntreuung im

Amt und wohl reichlich genossener Alkohol seine Stellung untergruben. Doch trieb, im Gegensatz zur aussterbenden Goethefamilie, die Vulpiuslinie durch die Nachkommen von Christianes Bruder, Christian August, kräftige neue Sprossen bis in unsere Tage; zuletzt durch den angesehenen Weimarer Philologen Dr. Wolfgang Vulpius.

Erstaunlicherweise hatte aber auch, trotz der sehr beengten finanziellen Verhältnisse, Christianes Bruder studiert, und wenn er auch kein großer, geistig bedeutender Schriftsteller wurde, so war er doch ein vielgelesener, und sein Räuberroman »Rinaldo Rinaldini« überflügelte die meisten Goetheschen Auflagen beträchtlich. Es soll hier nicht untersucht werden, was später die Lebensfähigkeit von Goethes Nachkommen schwächte. Aber Christianes Erbe, dem man gerne die Schuld anlastet, muß es durchaus nicht gewesen sein.

Hätte Goethe die jugendfrische Arbeiterin aus der Blumenfabrik, die als Bittstellerin für ihren Bruder zu ihm gekommen war, nur flüchtig genossen und das gefallene Mädchen samt seinem Kind dann mit einer kleinen Zahlung auf ein entlegenes Dorf abgeschoben, so wäre die Sache für das höfische Weimar nur eine kleine, verzeihbare Episode geblieben. Daß der Dichter und Minister die Mamsell aber in sein Haus aufnahm, daß er sie die Wirtschaft des großen Hauses am Frauenplan führen ließ, daß sie Mutter seiner fünf Kinder wurde, die bis auf August alle sehr früh verstarben, ja, daß er Christiane Vulpius schließlich heiratete, das war in höfischen Augen lächerlich und unverzeihlich.

Daß adlige Verbindungen wie die der Frau von Stein oder Augusts spätere Ehe mit Ottilie von Pogwisch unglückliche Verhältnisse waren, toleriert man, denn man hatte für adliges Unglück immer noch mehr Verständnis als für unstandesgemäßes Glück, womit Goethe die Gesellschaft schockierte. Natürlich darf man bei der Betrachtung auch negative Tatsachen nicht übersehen. Christiane hatte eine sehr mangelhafte Bildung, und sie tat wenig, dem abzuhelfen. Aber ihre unbestrittenen Fähigkeiten und Interessen waren nun einmal rein praktischer Natur. Und vor allem konnte sie sich charakterlich mit allen angesehenen Damen messen, denn darüber liegen uns zum Glück glaubwürdige positive Zeugnisse in genügender Zahl vor.

Frau Aja könnte vielleicht als parteiisch gelten, obwohl Schwiegermütter ihre Schwiegertöchter meist sehr kritisch beurteilen. Wenn aber die Bezeichnung durch Frau Aja von der »Demoiselle Vulpius« und dem »Bettschatz« zur »Gefährtin« und schließlich zur »vielgeliebten Tochter« sich steigert, so ist das durchaus bedeutungsvoll.

Im Gegensatz zu Weimar haben die Bürger der liberalen Freien Reichsstadt Frankfurt am Main Christiane mit einer großzügigeren Elle gemessen, und so stammt denn auch eines der schönsten Zeugnisse über den Charakter von Goethes Frau aus Frankfurt, wohin sie im Auftrag des Gatten nach Frau Ajas Tod gereist war, um die Erbschaftsangelegenheiten zu regeln. Hier traf sie auch den Sohn August wieder, der damals als Student in Heidelberg lebte. Henriette Schlosser, eine Tochter von Goethes Schwager aus zweiter Ehe, berichtete damals: »Sie betrug sich liberal und schön bei der Theilung, bei der sie sich gewiß verraten hätte, wenn Unreines in ihr wäre. Es freut uns alle, sie zu kennen, um über sie nach Verdienst zu urtheilen und sie bei andern vertheidigen zu können, da ihr unerhört viel Unrecht geschieht.«

Kein Wunder, daß sich Christiane in Frankfurt wohl fühlte, doch wohnen wollte sie hier nicht. Als der Gatte ihr schrieb, »auf der Bokkenheimer Gasse, oder unter der Allee ein klein Quartier zu mieten und zu meublieren«, ging sie darauf nicht ein, denn schließlich hatte sie in Weimar ihren Bekanntenkreis; unter den Schauspielern zumal, gegenüber deren turbulenten Intrigen sie oft als kluge Vermittlerin tätig wurde, was Goethe sehr begrüßte, »denn gewöhnlich kochen sie im Sommer einen garstigen Hexenbrei, den ich im Winter schmackhaft machen soll«.

Aber auch weitere Zeugnisse für die Tugenden der kleinen Frau sind allzu selten publiziert worden. Elisa von Reckes Wort »Wodurch die Verstorbene sich mir empfohlen hat, ist, daß ich sie nie von anderen Bösen sprechen hörte«, ist sinngemäß auch von anderen Seiten bezeugt und um so höher zu bewerten, als sie selbst oft genug verleumdet wurde. Selbst die ihr nicht günstig gesonnene Schauspielerin Karoline Jagemann meinte nach der Eheschließung: »Man muß es ihr nachsagen, daß sie darum den Kopf nicht höher trug und ihre Gewohnheiten nicht veränderte ...« Und schließlich schrieb Johanna Schopenhauer, die Mutter des Philosophen, die ihr nach der Hochzeit den Weg in die Gesellschaft geebnet hatte, bei ihrem Tod: »... es kränkt mich, daß niemand mit Mitleid ihres Todes gedenkt, daß alles das viele Gute, welches doch in ihr lag, vergessen ist und nur ihre Fehler erwähnt werden, selbst von denen, welchen sie wohl tat ...«

Die uralte Diskussion, ob Christiane Vulpius die rechte Frau für den Olympier gewesen sei, erinnert an jene, zum geflügelten Wort gewordene Fußnote, »hier irrt Goethe«. Sie war nun einmal Goethes klare Wahl. Der Dichter war einst entschlußkräftig gewesen, sich von Friederike Brion, von Lili Schönemann und Charlotte von Stein zu trennen, als er spürte, daß sie – bei aller Liebe, die er hegte – den Weg seiner dichterischen Berufung hemmen würden. Die Bindung zu Christiane dagegen blieb bestehen, weil Goethe in ihr bewußt nicht den Geist suchte, sondern die Sinnenlust, den Leib, das Herz, die tüchtige Hausfrau, die Mutter seiner Kinder, die umsichtige Wirtschafterin in einem behaglichen Heim.

Er kannte das Wort aus dem Volksmund, daß ein kluger Mann und eine kluge Frau zusammen zwei Narren ergäben. Und da er von sich bekannte, daß zwei Seelen in seiner Brust wohnten, so ist es ganz natürlich, daß die eine Seele sich in der Wahl der Gefährtin »in derber Liebeslust« sich an die Welt hielt »mit klammernden Organen«.

Selbst jene, welche Goethes menschliche Beziehungen nur nach der Frucht der daraus resultierenden literarischen Produkte werten möchten, müssen eingestehen, daß zahllose Gedichte, die »Römischen Elegien«, die »Venezianischen Epigramme«, das Erotikon »Das Tagebuch« und viele Szenen aus »Hermann und Dorothea« durch Christiane beeinflußt sind. Die hohe Meinung der Frau von Stein über »Hermann und Dorothea« wurde ihr nur dadurch gedämpft, daß sie bei der »Gattin am reinlichen Herd« immer »an die Jungfer Vulpius denken mußte«.

Daß Weingenuß in Christianes Leben eine Rolle spielte, ist bekannt, doch hatten sich in dieser Beziehung die Ehegatten gegenseitig wenig vorzuwerfen, was sie auch nicht getan haben. Daß Christiane in einer Nacht ein Paar Schuhe durchtanzte, hat man oft gelesen. Das schrieb sie auch ohne Arg dem Geliebten, der ihr antwortete, sie möge ihm die Schuhe zusenden, damit er etwas von ihr habe und wenigstens diese statt ihrer ans Herz drücken könne. Und die Mahnung, »nicht zu viel Äugelchen« zu machen, wird in den Briefen von beiden Seiten freundlich erhoben, denn in beiden regte sich zuweilen Eifersucht. Wie bescheiden klingt der Brief des bedeutenden Mannes an die kleine Freundin aus dem Lager vor Verdun im September 1792: »Behalte mich ja lieb! Denn ich bin manchmal in Gedanken eifersüchtig und stelle mir vor: daß Dir ein anderer besser gefallen könnte, weil ich viele Männer hübscher und angenehmer finde als mich selbst. Das mußt Du aber nicht sehen, sondern Du mußt mich für den besten halten, weil ich Dich ganz entsetzlich lieb habe und mir außer Dir nichts gefällt. Ich träume oft von Dir . . . Solange ich Dein Herz nicht hatte, was half mir das Übrige; jetzt, da ichs habe, möcht ichs gern behalten. Dafür bin ich auch Dein.«

Gewiß, das war in den frühen Jahren ihrer Verbindung, aber aus allen sechshundert erhaltenen Briefen der beiden spricht eine unwandelbare Gesinnung Goethes gegenüber seiner Gefährtin sowie ihr unverbildetes offenes Wesen, an dem der Dichter, wie an jeder ihm begegnenden Natürlichkeit, seine besondere Freude hatte. Sicherlich war das »kleine Naturwesen« keine letzte Erfüllung für einen Geist wie Goethe. Aber sie war die Frau, die seine vielseitigen Bewegungen am wenigsten hemmte und als Frohnatur unverdrossen blieb, wenn er sich viele Wochen zur Kur oder zur Arbeit nach Jena zurückzog. Und ihre emsig betriebene Vorratswirtschaft sowie die ihm dadurch zuteil werdenden Gaumenfreuden wußte der hierin sehr irdisch empfindende Olympier zu schätzen.

Bestimmt hat Goethe die Verbindung in manchen Lebensphasen auch als Bedrückung empfunden. Seine Elegie »Amyntas« wird dahingehend gedeutet. Dort trägt der Apfelbaum des Gartens weniger Früchte, weil der ihn umklammernde Efeu ihn zu ersticken droht. Nicht mit Gewalt, sondern durch die tausend Fasern süßer Vertraulichkeit schwindet dem Baum die Kraft. Aber selbst in diesem Gleichnis bekennt sich Goethe am Ende zu seiner Liebe und seiner Pflicht. Als man Goethe zur Hochzeit gratulierte, antwortete er: »Sie war immer meine Frau«, so wie er auch schon viel früher bekannt hatte: »Ich bin verheiratet, nur ohne Zeremonie.«

Daß Goethe bereit war, seine einmal übernommene Rolle auszufüllen, Verantwortung zu tragen, zeigt eines seiner zartesten lyrischen Gedichte, das – wie fast immer bei ihm – ein Stück eigenes Leben spiegelt. Jene Verse, mit denen er nach fünfundzwanzig Jahren der ersten Begegnung zwischen ihm und Christiane gedachte. Im Dahingehen, ohne zu suchen, hatte er einst das Blümchen gefunden, wie Sterne leuchtend, wie Äuglein schön, und als er es pflücken wollte, hatte es gefragt: »Soll ich zum Welken gebrochen sein?« Wir kennen Goethes Antwort, den Fortgang im Leben und im Gedicht:

Ich grub's mit allen
Den Würzlein aus,
Zum Garten trug ich's
Am hübschen Haus.
Und pflanzt es wieder
Am stillen Ort;
Nun zweigt es immer
Und blüht so fort.

Das war nach fündundzwanzig Jahren ein hochherziges Geschenk.

Aber so kann wohl niemand schreiben, der den Schritt von damals bereut.

Schon mit den Enkeln starb Goethes Familie auf tragische Weise aus

Als am 15. April 1885 Goethes Enkel Walther während eines kurzen Besuchs im Alter von siebenundsechzig Jahren in Leipzig verstarb, war eine Familie erloschen, die dieser Enkel einmal, nicht zu Unrecht, »das Geschlecht des Tantalus« genannt hatte. Mit seinem Tod war das Ende der von Johann Caspar Goethe und seiner Frau Elisabeth, geborene Textor, 1748 gegründeten Familie gekommen, aus der wie ein Gestirn der 1749 geborene Johann Wolfgang Goethe aufgestiegen war, bis er als Olympier im Zenit seiner Zeit stand. Doch diesem glänzenden Aufsteigen steht der erschütternde Niedergang der Familie gegenüber. Es war, als habe die Natur in jenem Stamm alle Kraft und Größe in die Ausbildung eines einzigen Individuums gelegt, um dann jäh zu versiegen.

Daß von den sechs Kindern, die die lebenskräftige Frau Aja, wie Goethes Mutter gerne genannt wurde, gebar, vier schon im Kindesalter starben, war in jener Zeit nicht ungewöhnlich. Eher schon, daß auch Goethes Schwester Cornelia sich in ihrer kurzen Ehe als eine asinnliche und depressiv veranlagte junge Frau erwies. Sie starb, voll Resignation, als Siebenundzwanzigjährige. Auch von ihren beiden Töchtern wurde eine schon als junges Mädchen zu Grabe getragen.

Der Vater Goethes, der im Alter von einundsiebzig Jahren verstarb, war als Siebenundsechzigjähriger geistig geschwächt und ein langsam dahinsiechender Mann. Johann Wolfgang, der in Frankfurt der bürgerlichen Enge entfliehen wollte, fand in Weimar eine höfische Enge vor, die ihn zwar Freund des regierenden Fürsten Carl August sein ließ, es dem als Frankfurter Emporkömmling Betrachteten aber nicht gestattete, bei offiziellen Anlässen an der herzoglichen Tafel zu speisen, bevor ihm nicht – nach sieben Jahren seines Dortseins – der Adelstitel verliehen war.

Seiner, nach der Rückkehr von Rom, zur Lebensgefährtin gewählten Christiane Vulpius brachte die Weimarer Gesellschaft unverhohlene Mißachtung entgegen. Daß sie gerne guten Wein trank und tanzlustig war, verminderte noch das Ansehen des einfachen bürgerlichen Mädchens. Sie gebar dem »Herrn Geheimbderat«, wie sie ihn anredete, im Lauf der Jahre fünf Kinder, von denen nur eines, der 1789 erstgeborene Sohn August, am Leben blieb. Goethe gab dem unehelich Geborenen seinen Namen, ließ ihn gründlich unterweisen, machte ihn früh mit den Schätzen seiner Sammlungen vertraut, ehe er in Jena und Heidelberg Rechtswissenschaft studierte und ein tüchtiger Kammerherr seines Herzogs wurde. Der Vater liebte ihn sehr und nahm den Jungen zuweilen mit auf Reisen.

In Weimar nannte man ihn den schönen August, denn er war ein stattlicher junger Mann, aber es fehlte ihm schon früh ein kindliches, frohes Gemüt. Es gab Stimmen, die ihm Gefühlsarmut und mangelndes Taktgefühl nachsagten. Selbst Goethe sprach einmal bedauernd von seinem etwas »kümmeltürkischen« Sohn. Das mag daher gekommen sein, daß ihn, den Goethesproß, von den Spielgefährten der Vulpiusseite her, niemand kritisierte. Sie konnte er beherrschen, während die Kinder der Hofkreise, in denen der Vater verkehrte, den Unstandesgemäßen meiden mußten.

Man kann sich denken, mit welchen Hoffnungen Goethe die Entwicklung dieses Sohnes begleitete. Als er herangewachsen war, schien es eine Weile, als bahne sich eine Freundschaft zu Ottilie von Pogwisch an. Sie war die Tochter der Hofdame der Erbprinzessin, Luise von Weimar. Henriette von Pogwisch war von ihrem Mann geschieden, doch entstammte die geborene Gräfin Henckel einem alten, wenn auch verarmten Adelsgeschlecht. Aber der Kontakt der jungen Leute löste sich wieder. Als es nach längerer Trennung erneut zur Annäherung zwischen beiden kam, die schließlich zur Hochzeit führte, muß es für den Vater Goethe ein Triumph gewesen sein, daß der einst unehelich geborene Sohn der Demoiselle Vulpius sich mit der Angehörigen eines alten Adelshauses vermählte.

Seine Frau Christiane, die er erst nach achtzehnjähriger Lebensgemeinschaft geheiratet hatte, war gerade zwölf Monate vor der Hochzeit des Sohnes verstorben, was die Eheschließung erleichterte, weil damit Ottilie im Haushalt die erste Rolle übernehmen konnte. Die jungen Leute bezogen die hübsche Mansardenwohnung des geräumigen Hauses. Goethe, der Vater, kannte Ottilie schon von Kind an. Sie hatte beim Chorsingen in seinem Haus mitgewirkt. Ottilie liebte und verehrte den Schwiegervater, und die sonst oft Flatterhafte blieb diesem Gefühl bis zu seinem Tode treu. Sie war ein geistreiches, lebendiges und schönes Mädchen, ihrem Mann August geistig überlegen, und es spricht manches dafür, daß sie mehr den Namen des Vaters Goethe heiratete als den Menschen August, den Sohn; zumal ihre Heiratsaussichten als verarmte Adelige gering waren.

Das spätere Verhängnis, zu dem diese Ehe sich entwickelte, kündigte sich früh an. In den erhaltenen Briefen Ottiliens an die Mutter erzählt sie vor der Hochzeit von den Wiederannäherungsversuchen Augusts und betont, sie möchte nicht, daß er zu der alten Liebe wiederkehre, denn dann – so heißt es – »hätte ich die alte Qual«. Ein andermal berichtet sie der Mutter, Herr von Goethe sei ihr so fremdartig geworden. Vielleicht bestehe doch noch die alte Neigung. Aber wörtlich fährt sie fort: »Wäre das so, könnte mich die Angst zur Stadt hinausjagen.«

Adele Schopenhauer, ihre vertraute Freundin, welche die Eheanbahnung kritisch beobachtete, warnt Ottilie: »Mein Kopf ist mir ganz verrückt, wenn er Dich als Augusts Frau denkt. Dieser harte, wilde Mensch, ich weiß, er zerstört Dich noch ganz . . . Lieben, wie das Wort in unserer Seele steht, kannst Du August nicht. Darum sollst und mußt Du fort.« Doch die Hochzeit kommt zustande. Kurz zuvor vermerkt Adele in ihr Tagebuch: »Mir ist's, wie vor einem gewaltsamen Tode einem Verurteilten sein muß: Ottilie betrachte ich als Augusts Braut. Alle übrige Pein verschwindet neben diesem Übel, denn hier hat meine Kraft ihr Ende gefunden.« Und wenige Wochen darauf notiert sie: »Die beiden Menschen machen mir viele, viele Not. Es sind so tausend Kleinigkeiten, Mißverständnisse, Abweichungen, kleine Härten . . .«

Ein Jahr nach der Hochzeit wird der Sohn Walther geboren. Ottilie bekennt später, daß sie sich bereits zu diesem Zeitpunkt habe scheiden lassen wollen. Nur um des Kindes willen harre sie aus. Das galt um so mehr, als zwei Jahre später Wolfgang zur Welt kam und sieben Jahre später das Töchterchen Alma, das kein Wunschkind war, aber von der mütterlichen Liebe nicht ausgeschlossen blieb. Auch finanziell gab es schon früh Schwierigkeiten. Ottilie konnte nicht wirtschaften, war mit Geld sehr großzügig, August eher kleinlich. Ottilie fuhr ins Bad nach Lauchstädt und Bad Ems, reiste nach Berlin, wo sie von Goethes altem Freund Zelter betreut und als Schwiegertochter des Dichterfürsten überall willkommen geheißen wurde.

Aber auch in Weimar fiel mancher Glanz auf sie; zumal von den Besuchern wurde sie umschmeichelt, denn der Weg zu Goethe führte oft über sie. Unter den Besuchern sind viele junge Engländer, die ihr, die perfekt Englisch spricht, den Hof machen. Charles Sterling vor allen ist ihr Angebeteter, dem sie bald Gedichte und kleine

Geschenke sendet. Er folgt ihr sogar nach Berlin, was in Weimar Aufsehen und Eifersucht weckt. Später wird es nicht bei Charles Sterling alleine bleiben. Ottiliens Mann aber wird immer mehr zum Trinker. Manchmal liest man ihn, den Kammerherrn des Herzogs, nachts von der Straße auf.

Eine Reise nach Rom, mit Eckermann, soll einen Ausweg bringen. Schweren Herzens gibt Vater Goethe sein Einverständnis, denn August ist in sehr schlechtem körperlichem Zustand. Die Reise gleicht eher einer verzweifelten Flucht. Ottilie schreibt an Adele Schopenhauer: »Ich fragte mich oft, ob dieser wutähnliche Zustand durch den Tod oder Wahnsinn enden werde.« Er endet durch Tod. Am 26. Oktober 1830 stirbt August in Rom. Ottilie ist frei. Des Großvaters Hoffnungen ruhen nun auf den Enkeln, an deren Talente er glauben darf. Schon dem vierjährigen Wolfgang zeigt er Stahlstiche, um sein künstlerisch-musisches Interesse zu wecken. Doch siebzehn Monate nach dem Sohn stirbt der Vater, von Ottilie bis zur letzten Stunde umsorgt und betreut. Sein beträchtliches Vermögen vererbt er den Enkeln, Ottilie setzt er eine Witwenrente aus, die bei Wiederverheiratung entfallen soll.

Die Enkel sind bei Goethes Tod vierzehn und zwölf, Alma ist viereinhalb Jahre alt. Die Kinder wachsen, nun von der Mutter betreut, heran. Walther und Wolfgang studieren und treten später, mehr dem Namen nach, in die Dienste des Herzogs. Finanziell sind sie versorgt. Wolfgang macht ein glänzendes Examen und erwirbt die Doktorwürde. Er will Schriftsteller werden, sein Bruder Komponist. Felix Mendelssohn Bartholdy, der vom Großvater hochgeschätzte, ist sein Lehrer. Seine erste Oper, »Enzio«, wird in Weimar aufgeführt. Jedoch trotz aller von Ottilie überall erbetenen Unterstützung bleibt es die letzte Aufführung. Resignierend zieht sich Walther zurück; enttäuscht, menschenfeindlich, aufbrausend, gekränkt. Wolfgang, meist Wolf genannt, arbeitet an seinem Werk »Erlinde«, schreibt Gedichte, aber bleibt dabei ähnlich erfolglos wie sein Bruder.

Freunde haben beide kaum. Sie werden auch nie heiraten. Beide Brüder werden früh von körperlichen Krankheiten geplagt, die Ottilie als erbliche Belastung einschätzt. Doch bleibt sie den Kindern stets eine liebende und besorgte Mutter. Besonders den Sohn Wolfgang begleitet sie zu vielen Plätzen, ob er nun Heilung von schwerem Nervenleiden in Rom sucht oder in Südtirol, wo sich die Familie schon an seinem vermeintlichen Totenbett einfindet. Doch der Kelch geht noch einmal vorüber, der Kranke scheint zu gesunden. Ja, Wolfgang erhält, als Goetheenkel, sogar eine Anstellung bei der preußischen Gesandtschaft in Rom. Doch nach wenigen Jahren läßt er sich nach Dresden versetzen. Auch dorthin begleitet ihn die Mutter. Aber im Jahr 1860 nimmt er Urlaub – er ist gerade vierzig Jahre alt – und kehrt nicht mehr an seinen Posten zurück.

Ihren Wohnsitz hatte Ottilie, bald nach Goethes Tod, mit den Kindern in Wien genommen, von wo aus sie unstet und rastlos, bald an den Rhein, nach Frankfurt, Rom, Berlin, Leipzig, Dresden, Florenz, Pisa, Venedig umherzog, ehe die ruhelose Frau, die einst die weltweite Ausstrahlung des Hauses am Frauenplan genossen hatte, in dessen alte Mansardenwohnung zurückkehrte, wo sie, die sich in einem Gedicht, bald nach Goethes Tod, die »Bettlerin von Weimar« genannt hatte, nun zurückgezogen lebte und 1872, fast siebzigjährig, verstarb.

Doch ist hier in dieser Zeitraffung ein wesentlicher Punkt übersprungen worden. Wien als gewählter Wohnsitz war ein Fluchtort. Nach Goethes Tod war die sechsunddreißigjährige Ottilie frei in ihren Bewegungen. Sie nahm sogleich die Verbindung zu Charles Sterling wieder auf, traf sich mit ihm am Rhein. An ihre Schwester Ulrike schrieb sie von dort schwärmerisch: »Ich bin so glücklich, wie auf der Erde es nur möglich sein kann . . . Wir sind wie ein paar Kinder, die glauben, daß ihnen die Welt gehört, und nicht wissen, daß die Sonne je untergeht.« Nach diesem Treffen ließ Sterling lange nichts von sich hören. Doch andere junge englische Edelleute vermochten ihre nie gezügelte Phantasie zu entflammen. Der zweiundzwanzigjährige Samuel Naylor wollte die Fünfunddreißigjährige heiraten, und sie war dazu bereit.

Aber schließlich nahmen sich alle Verehrer, auch der Freund Des Voeux, nach ihrer Rückkehr nach England, ebenbürtige junge Gattinnen. Im Jahr 1834 wollte sich Ottilie in Frankfurt am Main mit Sterling und Capt. Story treffen, doch Sterling kam nicht. Von Capt. Story wird die achtunddreißigjährige Ottilie – zwei Jahre nach Goethes Tod – schwanger. Daher die Flucht nach Wien, wo sie heimlich eine Tochter gebar und einer Ziehmutter anvertraute. Doch das Mädchen, das sie ins Herz geschlossen hatte, starb schon nach einem Jahr. Natürlich drangen, trotz aller Vorsicht, die Gerüchte auch nach Weimar. In Wien starb auch die liebliche Alma, Goethes jüngste Enkelin, im Alter von noch nicht siebzehn Jahren an Typhus.

Ins Haus am Frauenplan, das ihr Erbe war, zogen sich nach dem Tod der Mutter – durch den sie noch einsamer wurden – Walther und

Wolfgang Goethe zurück; die Letzten ihres Geschlechtes, die zwar persönlich unbedeutend endeten, aber für das deutsche Geistesleben dennoch eine ruhmreiche Tat vollbrachten: Sie wachten eifersüchtig über das Erbe des Großvaters, das mit all seinen Kunstschätzen nach dessen Tod an sie gekommen war. Sie ließen es unangetastet und übereigneten es so der Nachwelt, indem sie das Haus dem Staat Sachsen-Weimar vermachten und das Familienarchiv mit allen Schriften der Großherzogin Sophie anvertrauten. Asthmatische Anfälle und sonstige Krankheiten, notwendige Pflege, Unstimmigkeiten aufgrund nervlicher Gereiztheit haben in den letzten Lebensjahren das Zusammenleben der Brüder noch verdüstert, so daß Wolfgang nach Leipzig zog und dort in einer bescheidenen Wohnung sich einmietete. Dort verschied er am 20. Januar 1883. Wie eingangs erwähnt, starb in Leipzig auch sein Bruder Walther anläßlich eines Besuchs, nachdem er plötzlich schwer erkrankt war.

Wie früh sich die innere Schwäche, die Lebensverneinung, das Mißtrauen und die Vereinsamung bemerkbar gemacht hatten, zeigt fast überdeutlich der erstaunlich hellsichtige Brief der selbst noch jungen Jenny von Pappenheim, die in Weimar lebte, bei Goethe verkehrte und die Kinder sehr gut kannte. Sie schrieb dem fünfzehnjährigen Wolfgang: »Nun frage ich Dich, was hast Du wohl von Deiner Denkungsweise? Verachtung aller Dinge, selbst der höchsten, Mißtrauen in alle Menschen, selbst in lang erprobte Freunde Deiner Kindheit, ein mächtiges Streben und kein festes Ziel, eine leidenschaftlich aufgeregte Kraft und Langeweile, den Trieb zum Denken und keinen festen Mittelpunkt als Stütze. Das alles bist nicht Du, das ist Dein Irrtum, denn zu Deiner Kraft gehört ein edles Streben, zu Deinem Streben gehört ein hohes Ziel, zu Deinem heißen Herzen gehört ein wahrer Freund und in Dein Denken, Wolf, gehört ein Gott.«

Auch diese beschwörenden Worte vermochten nichts gegen ein unglückliches Erbe auszurichten. Auch als Goethe-Enkel mußten beide den Weg gehen, der ihnen vorgezeichnet war, »nach dem Gesetz, nach dem sie angetreten«, wie es der Großvater einst formuliert hatte.

Der Schriftsteller als Botaniker und Gärtner

Gärten waren liebster Aufenthalt des Dichters

Goethe hat sich ein Leben lang bemüht, hinzuzulernen. Durch den damaligen Stand der Wissenschaften und seine Korrespondenz mit vielen großen Geistern seiner Zeit war es ihm möglich, einer der letzten universal Gebildeten des Abendlandes zu sein, der jedoch klar sah, daß das Zeitalter der Spezialisten gekommen war. Manches, was Goethe begann, gab er aufgrund neuer Erkentnnisse im Laufe des Lebens wieder auf. Gedichte und Schriften, die er als unreif bewertete, hat er – zum Leidwesen der Literaturwissenschaftler – wiederholt kurzerhand verbrannt. Das war sein »Stirb und Werde«.

In einem aber blieb sich Goethe ein ganzes Leben lang unbeirrbar treu: In seiner Liebe zur Natur, genauer gesagt: zu den stillsten ihrer Geschöpfe, den Blumen, den Sträuchern und Bäumen. Das Tierreich stand ihm innerlich bei weitem nicht so nahe. Der Keim zu dieser Naturverbundenheit ist bei ihm wohl in der Kindheit gelegt worden. Das geschah in Frankfurt am Main, der Stadt mit den damals so liebevoll gepflegten Gärten, innerhalb ihrer Mauern und den zahlreichen Obstplantagen vor ihren Toren, dem bedeutenden Gemüseanbau und den hoch geschätzten Weinhängen in nächster Nähe; mit ihrem riesigen Stadtwald und seinen einladenden Gaststätten im Grünen.

Dies alles bot Anregungen genug, die der um vielseitige Bildung und Betätigung eifrig bemühte Vater zu fördern wußte. Nahm er doch die Kinder früh mit zu dem Baumgarten vor dem Eschenheimer Tor und in den Weinberg beim Friedberger Tor, wo zwischen den Reben die Spargelbeete angelegt waren. Hier wurden Bruder und Schwester mit den anfallenden Arbeiten vertraut gemacht, bis ihnen das gärtnerische Handwerk – wie Goethe später in »Dichtung und Wahrheit« meint – »endlich ganz bekannt und geläufig wurde«.

Auch der Großvater Textor war ein großer Gartenfreund und überdies ein passionierter Rosenzüchter. Er wohnte mit seiner Frau in der Friedberger Gasse, in einem Haus mit großem Garten, den Wolfgang und Cornelia gerne aufsuchten, denn neben Blumen und Küchengewächsen wuchsen dort auch Obst und Reben. So manches davon verlockte sie zum Naschen. Die Spalierpfirsiche galten, wie einst im Paradiese, als verbotene Frucht, doch an den zahlreichen Johannisbeer- und Stachelbeersträuchern durften beide abpflücken, was immer Herz und Gaumen begehrten.

Kein Wunder, daß Goethes frühes Knabenmärchen »Der neue Paris«, das er seinen Kameraden gerne erzählte, in einem seltsamen Garten spielte. Und kein Wunder, daß alle diese geweckten Naturgefühle sich auch in seinen Versen niederschlugen: »Wie sehn ich mich, Natur, nach dir, / Dich treu und lieb zu fühlen! / Ein lustger Springbrunn wirst du mir / Aus tausend Röhren spielen.«

Die Studentenzeit in Leipzig und Straßburg brachte zwar keine unmittelbare eigene botanische Betätigung, aber die Verbindung zur Natur blieb auch dort ungebrochen. Hatte schon der Knabe nach dem ersten großen Liebesschmerz über das verlorene Gretchen »die größte Tiefe des Waldes« aufgesucht, wo »die ältesten Eichen und Buchen einen herrlichen großen beschatteten Platz bildeten«, um dort Ruhe für sein verwundetes Herz zu finden, so waren in Sesenheim die Felder und Haine entlang der Altarme des Rheins, Wanderziele, die der Studiosus, wann immer er konnte, mit der geliebten Friederike durchstreifte. Und nicht zufällig, sondern aus all diesen Empfindungen erweckt, entstanden die Friederikelieder, die nach den tändelnden Barock- und Rokoko-Spielereien ein wahres tiefes Naturgefühl offenbarten, das es in solcher Eindringlichkeit bis dahin in der deutschen Dichtung noch nicht gegeben hatte.

Nach Frankfurt zurückgekehrt, hielt die Verbindung zum Kreis der Empfindsamen mit ihrem Naturkult in Darmstadt und seine wiederholten Fußwanderungen dorthin, auch durch Unwetter und Hagelschlag, seine enge Naturverbundenheit wach. Den »Wanderer« nannten ihn die Freunde im Darmstädter Kreis. Auch die schwärmerischen Hymnen Werthers, seine Lobpreisungen noch des kleinsten goldschimmernden Käfers im Moose, kamen aus Goethes übervollem Herzen, so daß er es später geradezu als Schmach empfindet, wenn ihn ein Mädchen wie Lili Schönemann so zu verzaubern vermag, daß er sich zu Spielen und Bällen, in ihm unliebsamer Gesellschaft, hinziehen läßt. Er empfindet sein Handeln als Untreue gegenüber seinem wahren Naturgefühl und verspottet sich selbst im Gedicht »Lilis Park« als einen täppischen Bären, der aber noch Kraft genug habe, sich vom Zauber zu befreien.

Auch hier ist es kein Zufall, daß die Szene im Garten spielt, waren sich die Verliebten, später Verlobten, doch besonders gerne in Offenbach im Garten von Lilis Onkel d'Orville begegnet. Fast wurde der »Wanderer« an sich selbst irre, in anderen Versen aus jenen Tagen fragte er sich prüfend: »Bin ich's noch, den du bei so viel Lichtern / An dem Spieltisch hältst? / Oft so unerträglichen Gesichtern / Gegenüberstellst?«

Als Goethe schließlich nach Weimar ging, war dies das Aufbegehren eines jungen Menschen, dem Elternhaus und Vaterstadt zu eng werden, der draußen neue Tätigkeiten und weitere Horizonte sucht, fernab von der »niedrigen Häuser dumpfen Gemächern«, den »Handwerks- und Gewerbesbanden«, der »Straßen quetschender Enge«. Nach langen Jahren erging es Goethe freilich wie vielen: Er erinnerte sich der alten Heimatstadt voller Anhänglichkeit. Und er erinnerte sich, mit zunehmendem Alter um so mehr, der lieblichen Landschaften des Rhein-Main-Gebietes, auch der Lahn, deren Flußlauf er in tagelangen Fußmärschen gefolgt war. Und er lobt die günstigen klimatischen Bedingungen dieser Gebiete, denen er ein Leben lang nachtrauerte, während er im Gegensatz dazu Weimar oft als den dunklen, grauen, kalten Norden bezeichnet hat.

Doch was ihn nach dem Weggang aus Frankfurt mit seinem neuen Wohnort bald versöhnte und die Eingewöhnung erleichterte, war sein »liebes Gärtchen«. Der Herzog hatte ihm einen Garten an der Ilm geschenkt und das darin gelegene alte Gartenhaus instand setzen lassen. Hier fand Goethe ein Refugium, das ihn enger an Weimar band. Begeistert schrieb er an Auguste von Stolberg: »Habe ein liebes Gärtchen vorm Tore, an der Ilm schönen Wiesen, in einem Tale.« Und nun ging der Dichter, der bald ein Staatsmann sein sollte, daran, die Gartenanlage zu entwerfen und überall selbst mit Hand anzulegen. Er schaffte sich Reichardts vierbändigen »Gartenschatz« an, um seine Kenntnisse weiter zu vertiefen, pflanzte die Bäume selbst und ließ Weymouthskiefern und Weinstöcke aus Frankfurt kommen. In der Morgenfrühe, ehe seine amtliche Tätigkeit begann, sah man ihn nun oft seiner grünen Passion nachgehen.

Der eigene Grund und Boden band den anfangs noch Unentschlossenen später so sehr an die neue Heimat, daß der Dichter, als er die Herzogin Amalia von ihrer Italienreise in Venedig abholen oder den Herzog ins Feldlager begleiten mußte, mißmutig notierte: »Weit und schön ist die Welt, doch wie dank ich dem Himmel, / daß ein Gärtlein beschränkt, zierlich mir eigen gehört. / Bringet mich wieder nach Hause! Was hat ein Gärtner zu reisen? / Ehre bringt's ihm und Glück, wenn er sein Gärtchen besorgt.« Doch damals gehörte zum

Goethes Hausgarten

Gärtchen auch schon die Gärtnerin Christiane, die, zu Beginn ihrer Verbindung, zu manchem Stelldichein ins Gartenhaus an der Ilm gekommen war.

In seinem »Gärtchen«, das so klein übrigens gar nicht war, hegte Goethe vornehmlich Blumen und Sträucher: eine Malvenallee, eine Wand der roten Kletterrosen am Gartenhaus, in der viele Vögel nisteten, vor allem aber unzählige Nelken. Sie waren die Modeblumen jener Zeit, von den Gärtnern in über tausend Variationen gezüchtet, bis hin zur Farbe »flohviolet« und getauft auf Namen wie »Das jenaische Mädchen« oder »Götz von Berlichingen«. Pflanzen konnten sein Gefühl tief bewegen, etwa der sehr alte, im Sturm umgestürzte Wacholderbaum, den er in dieser Lage vom Maler Temler zeichnen ließ. Bäume, alte weitausladende zumal, flößten dem Olympier immer tiefe Ehrfurcht ein.

Der gärtnernde Dichter war inzwischen längst auch zum ernsthaften Botaniker geworden; zum Forscher, der mit wissenschaftlicher Akribie die Entwicklung der Arten studierte und im Geist eine Urpflanze vor sich sah, von der aus alle späteren Entwicklungsstufen sich deuten ließen. Was Goethe hier intuitiv sah, nannte Schiller dagegen eine philosophische Idee, woraus sich ein mündlicher und schriftlicher Gedankenaustausch ergab, der zum Grundstock ihrer Freundschaft wurde.

Während im Hausgarten am Frauenplan Christiane, Goethes spätere Ehefrau, den Nutzgarten sehr fleißig bearbeitete, zog der Hausherr mit Hilfe eines Gärtners in kleinen Beeten in- und ausländische Gewächse, die nach Pflanzengattungen zusammengestellt waren, denen das System des bedeutenden französischen Botanikers Jussieu zugrunde lag. So konnte er seiner dort tagenden Freitagsgesellschaft ein lebendiges Pflanzensystem vorweisen und es fachmännisch erläutern. Aber immer war er auch der empfindende Mensch bei diesen Untersuchungen, nicht nur der kühl beobachtende Wissenschaftler. Die Schmetterlingsblütler erschienen ihm besonders lehrreiche Objekte, und der passionierte Gärtner Goethe erkannte, daß seine »Beobachtungen oft in Staunen« übergingen. Selbst der fast achtzigjährige Goethe hatte das Staunen über die Geheimnisse der Natur noch nicht verlernt.

Gerade im Alter liebte er den Botanischen Garten in Jena. Die dortige Inspektorenwohnung war seine »Klausur auf dem Blumen- und Pflanzenberg« und »die blühenden Gärten« gehörten für ihn »zu den guten Ingredienzien des Lebens«. Er stand in vertrautem Verhältnis mit den Gärtnern, und es ist bekannt, daß er zahlreiche Privatgärten in Jena besuchte.

Natürlich war Goethe als Wissenschaftler an Veränderungen der Pflanzen, an Unregelmäßigkeiten, an Mutationen besonders interessiert, weil sie oft einen tieferen Einblick in die Werkstätte der Natur erlauben als die normalen Abläufe. Das hatte sich weit herumgesprochen. Und so war auch ein Schuster bei dem hohen Herrn herzlich willkommen, als er ihm eine Rübe brachte, an deren Wurzeln – ganz ungewöhnlicherweise – Blätter ausschlugen.

Natürlich wollte der stets auch pädagogisch wirkende Goethe die Freude am Garten und an der Natur auch den kommenden Generationen vermitteln: Sein Sohn August erhielt ebenso ein Stückchen Land zu betreuen wie später die beiden Enkel Wolfgang und Walther. Der kleine August war mächtig stolz auf die Ergebnisse seiner Tätigkeit, was uns ein Briefchen zeigt, in dem er dem abwesenden Vater berichtet: »Mein kleiner Garten ist jetzt in gutem Zustande ... Meine Bohnen wachsen auch recht schön in die Höhe, aber meinen Kohl haben mir die garstigen Schnecken fast ganz weggefressen.«

Daß der Herr Geheimrat bei so viel Naturliebe auch gerne im Hausgarten verweilte und oft schon die so sehr ersehnte Märzsonne nutzte, um draußen zu speisen, ist verständlich. Und da er im Alter gern einen Winterschlaf wie manche Tiere gehalten hätte, um die garstige kalte Jahreszeit zu überbrücken, begreift man, mit welcher Freude Goethe die ersten Schneeglöckchen und Krokusse als Frühlingsboten begrüßte.

Rosen hatten für Goethe stets eine besondere Bedeutung; sie waren häufig Objekte seines Dichtens, vom Heideröslein bis zum Symbolbild der rosenstreuenden Engel am Ende des »Faust II«. Mag Mephistopheles dort auch seine Satane anfeuern: »Laßt sie streuen ... sie denken wohl mit ihren Blümeleien / die heißen Teufel einzuschneien«, so müssen die wartenden Seelenfänger, Mephistos dienstbare Höllengeister, doch den »Balsam versendenden Rosen« weichen. Die Liebe siegt über Hölle und Haß. So offenbart sich auch hier, im Abschluß seines bedeutendsten Werkes – wie eine Krönung – im allegorischen Bild der selbst Höllenmächte besiegenden Rosen, der Gärtner, der Blumenliebhaber, der Naturfreund Goethe.

Einem seltsamen Pflänzchen war Goethe im Alter »leidenschaftlich zugetan«

Es handelt sich nicht um ein Mädchen oder um eine Frau, die der Goetheforschung seither unbekannt geblieben wären, denn es ist der Forscher und nicht der Dichter, der vom Gegenstand seiner Liebe bekennt, daß er »diesem Geschöpfe leidenschaftlich zugetan« sei. Dieser Ausspruch gegenüber dem Botaniker Nees von Esenbeck im Jahre 1820 galt einer merkwürdigen Pflanze, die den Naturforscher Goethe in dieser und der nachfolgenden Zeit, bis zum Ende seines Lebens, interessierte, ja faszinierte.

Die Pflanze war 1815, von England her, in Deutschland bekannt geworden, nachdem durch die Niederlage Napoleons die Kontinentalsperre endete, so daß Waren- und Bücheraustausch wieder möglich wurden. Goethe lernte sie unter dem Namen Bryophyllum calycinum kennen. Ihr heutiger internationaler botanischer Name lautet Kalanchoe pinnata Persoon; zu deutsch: Brutblatt oder Lebenspflanze. Das Gewächs war im Jahre 1800 erstmals aus Kalkutta in den Garten Kew in London gekommen, der eine der bedeutendsten botanischen Anlagen jener Zeit in Europa darstellte.

Was den Wissenschaftler Goethe an diesem seltsamen Wesen anregte, war die Tatsache, daß diese Pflanze »Brutknospen« hat. Wird ein Blatt von ihr auf feuchte Erde gelegt, so bilden sich aus den Blattkerben neue Pflänzchen. Dieses Abweichen der Natur gegenüber ihren sonstigen Vermehrungssystemen, bot ihm Anlaß zu aufmerksamem Beobachten, zu vielerlei Betrachtungen, Vergleichen und Ratschlägen gegenüber den Freunden, denen er später gerne Brutblätter aus eigener Zucht zusandte. Seinen ersten Namen erhielt Bryophyllum 1805 durch Salisbury in dem botanischen Werk »Paradisus Londinensis«. Etwa fünf Jahre später erschien die farbige Abbildung eines blühenden Exemplars samt detaillierter Beschreibung in »Botanical Magazine or Flower Garden Displayed«. Dieses Magazin befand sich auch in der Großherzoglichen Bibliothek in Weimar und wurde von Goethe dort entliehen.

Da die merkwürdige Pflanze nur schwer zum Blühen zu bringen war, legte der Dichter den Empfängern seines Pflanzengrußes Pflegeanweisungen bei, auch wenn das nicht immer in so liebevoller Versform geschah wie gegenüber Marianne von Willemer, der Suleika des »West-östlichen Divan«, die das Blatt im November 1826 mit dem Gedicht erhielt: »Was erst still gekeimt in Sachsen / Soll am Maine freudig wachsen / Flach auf guten Grund gelegt, / Merke wie es Wurzel schlägt! / Denn der Pflanzen frische Menge / Steigt in lustigem Gedränge. / Mäßig warm und mäßig feucht / Ist, was ihnen heilsam deucht. / Wenn du's gut mit Liebchen meinst? / Blühen sie dir wohl dereinst.«

Goethe verdankte einen Teil seiner botanischen Kenntnis Friedrich Gottlieb Dietrich, der 1794 bei ihm im Haus am Frauenplan Gärtner war, ehe er später 45 Jahre lang als Gartendirektor in Eisenach wirkte. Er entstammte einer Bauernfamilie, die schon jahrzehntelang die Universität Jena mit Pflanzenmaterial versorgte, das für medizinische und botanische Vorlesungen verwendet wurde. Schon den jungen Mann hatte Goethe als Helfer mit nach Karlsbad genommen, um beim Pflanzensammeln Anregungen und Unterweisung zu erhalten, die verschiedenen Gattungen in Linnés System einzuordnen. Dieser Friedrich Gottlob Dietrich erwähnte dann als erster im deutschsprachigen Raum Bryophyllum calycinum in den Nachträgen zum »Vollständigen Lexicon der Gärtnerei und Botanik«.

Die außergewöhnlichen Eigenschaften der Pflanze erregten nicht nur beiläufig Goethes Interesse. Dazu war er zu sehr Forscher. So schrieb er in den Annalen auf das Jahr 1820: »Ich fuhr fort, mich mit Wartung des Bryophyllum calycinum zu beschäftigen, dieser Pflanze, die den Triumph der Metamorphose im Offenbaren feiert.« Kein Wunder, daß bei solcher Aktivität der Botanische Garten in Jena einer der Plätze wurde, in denen sich der alte Goethe am liebsten auf-

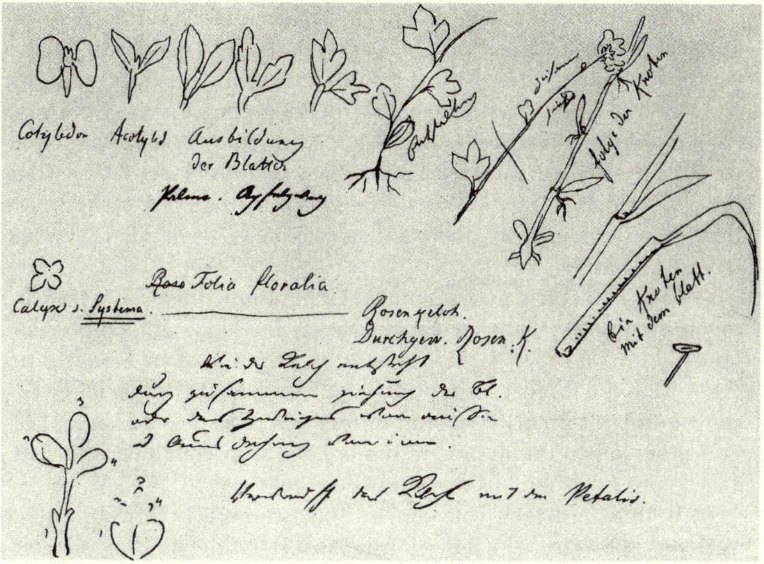

Goethes Notizen zur Metamorphose der Pflanzen

hielt. Hatte er doch früher schon geäußert: »Linnés Philosophie der Botanik war mein tägliches Studium . . . Ich bekenne, daß nach Shakespeare und Spinoza auf mich die größte Wirkung von Linné ausgegangen . . .«

Ganz fremd war ihm, dem jugendlichen Wanderer, die Pflanzenwelt nie gewesen, denn schon in seiner Jugend in Frankfurt hatte er dem Vater oft im Garten geholfen und später in seinem Gartenhaus an der Ilm selbst viele Sträucher und Bäume gepflanzt, so wie er später beratend half, die großen fürstlichen Parkanlagen zu gestalten. Es verwundert nicht, daß Goethe auch bei seiner italienischen Reise den botanischen Gärten große Aufmerksamkeit schenkte und später als Weimarer Minister den Aufbau des Jenaer Gartens (1790–1794) förderte. Gerade in Italien meinte er, »der Natur abgemerkt zu haben, wie sie gesetzlich zu Werke gehe, um lebendiges Gebild, als Muster alles Künstlerischen, hervorzubringen«. Es war sein Weg zur »Anschauung der Urpflanze«.

Wie sehr Goethe sich mit dem Brutblatt auch weiterhin beschäftigte, zeigen Briefe, Tagebucheintragungen und Manuskripte. So finden wir am 29. Oktober 1818 die Aufzeichnung: »Mit Adele Schopenhauer die sprossenden Pflanzen betrachtet.« Im Juli 1820 zu Esenbeck: »Ferner darf ich nicht vergessen, daß ich meine zur Monographie leitenden Versuche mit dem Bryophyllum calycinum immer fortsetze . . . Warum ich leidenschaftlich diesem Geschöpfe zugetan bin, versteht niemand besser als Sie.« Auch dem Herzog schenkt er ein Blatt, wobei er die Gabe erstmals symbolisch deutet: »Möge alles, was Höchstdieselben vornehmen und stiften, wie bisher nach allen Seiten Wurzeln schlagen und jedes Blatt vielfach neue Pflanzen hervorbringen.«

Bis 1830 züchtete der Dichter acht Generationen jenes Gewächses, wovon stets eine Reihe von Exemplaren im Haus am Frauenplan standen. Im Mai 1825 gelang es ihm zu seiner großen Freude zum ersten Mal, die Pflanze zum Blühen zu bringen. Durch die lange Beschäftigung mit ihr wird sie ihm immer vertrauter, so daß er zu Sulpiz Boisserée von ihr als einem Symbol des Menschenlebens spricht. Sie sei »ein gar hübsches Bild und Gleichnis«.

Noch 1831, ein Jahr vor seinem Tod, studiert Goethe in einem Werk des Schweizer Botanikers Augustin Pyramus de Candolle dessen Ausführungen über »die wundersame Pflanze«. Das Werk mit dem Titel »Organographie végétable« enthielt auch die Abbildung eines Brutblattes während der Keimung. Doch kannte Goethe diesen Vorgang längst aus eigener Anschauung. Ein größerer Aufsatz Goethes über das Byrophyllum mit der Darstellung vieler eigener Beobachtungen kam nicht mehr zustande. Erst fünfzig Jahre später erscheint an der Universität Zürich die Doktorarbeit des aus Magdeburg stammenden Hermann Berge, der jedoch die Goetheschen Schriften nicht kannte. Die Arbeit lautete: »Beiträge zur Entwicklungsgeschichte von Byrophyllum calycinum«. Hätte der Forscher Goethe seine weit fortgeschrittene Arbeit veröffentlicht, er wäre der Fachwelt um fünfzig Jahre voraus gewesen.

Daß solche forschende Beschäftigung für Goethe keine vorübergehende Laune war, zeigt die Hartnäckigkeit, mit der er sich dem einmal ausgewählten Gegenstand widmete. Darin spiegelt sich sein Wesen wider. Goethe urteilt über seine Tätigkeit gegenüber dem Botaniker Kaspar Graf von Sternberg: »Man wird meine hartnäckige Aufmerksamkeit auf einen so beschränkten Gegenstand belächeln; aber es ist nun meine Eigenschaft, mich monographisch zu beschäftigen und von so einem Punkte aus mich gleichsam wie von einer Warte rings umher umzusehen.«

An Gegnern, Kritikern und Neidern fehlte es nie

»Ach neige / Du Schmerzensreiche . . .« Konnte Goethe nicht richtig dichten?

Es gibt viele Deutsche – besonders außerhalb von Goethes Vaterstadt –, die an die Genialität des Dichters nicht so recht glauben wollen. Sie haben oft gehört, wohl auch selbst empfunden, daß Goethe ein überragender Sprachschöpfer war, der schon in seiner Jugend mit den Sesenheimer Liedern für Friederike der noch im verspielten Rokokostil befangenen deutschen Lyrik zu neuem Leben, zu frischer Blüte verhalf. Mit seinen schlichten, naturverbundenen, ungekünstelten Versen begann für die Dichtung eine neue Zeit.

Doch manche fragen, warum ein so anerkannter Poet oft auch »unrein« gereimt hat; denn selbst weniger Literaturinteressierte kennen die Stelle, die sie als Paradebeispiel aus dem »Faust« stets zur Hand haben: »Ach neige, / Du Schmerzensreiche . . .« Die Literaturfreunde wissen zudem, daß diese Klage Gretchens nicht der einzige Fall ist, in dem Goethe die mundartliche Frankfurter Aussprache seinen Versen zugrunde legte. Hat doch selbst der reife, gealterte Goethe in einem für den »West-östlichen Divan« bestimmten Gedicht »frankfurterisch« gereimt: »Sprich! Unter welchem Himmelszeichen / der Tag liegt, / Wo mein Herz, das doch mein eigen, / Nicht mehr wegfliegt? . . .« Auch hier hat er »Zeichen« zu »eigen« gefügt, und wer weiter forscht, der kann in großer Zahl solche »Unreinheiten« finden.

Hinzu kommt, daß der Genius offensichtlich nicht einmal »richtiges Deutsch« schrieb. Wer heute etwa Briefe von ihm in der Originalschreibweise liest, ist oft erstaunt über die nach heutigem Gesichtspunkt zutage tretenden »Rechtschreibemängel«. Fehlleistungen wie »Ich kann auf mer als Eine Weise zufrieden sein«, »schicke mir deszwen Montags . . .« oder »Du adressirst alles immer fort an meine Mutter« müßte heute jeder Deutschlehrer beanstanden.

Zur Verteidigung des Dichters muß freilich darauf hingewiesen werden, daß es zu Beginn des 19. Jahrhunderts noch keine Normen und keine festen Regeln für eine gemeinsame deutsche Schriftsprache gab. Entgegen den früheren, weit auseinanderklaffenden

Schreibweisen – bedingt durch mundartliche Aussprache und die Verwendung von Wörtern, die nur in begrenzten Bezirken verstanden wurden – war um 1800 zwar die Einheitlichkeit schon fortgeschritten, aber große Druckereien pflegten oft geradezu die Eigenheiten ihrer Schreibweise, was so weit ging, daß der Auftraggeber für einen Text in einer von der ihren abweichenden »Rechtschreibung« einen Zuschlag zu zahlen hatte.

Selbst in der Mitte des 19. Jahrhunderts wurde auf den Schulen noch keine einheitliche Rechtschreibung praktiziert, so daß 1862 eine Verordnung des preußischen Unterrichtsministeriums erschien, welche die Lehrer der gleichen Schule verpflichtete, sich auf eine gültige Schreibart zu einigen, damit wenigstens an der gleichen Schule Abweichungen vermieden werden sollten.

Da in den Schreibstuben des mittelalterlichen Reiches kaum Deutsch geschrieben wurde, weil Latein die Sprache der Gebildeten war, braucht man sich nicht zu wundern, daß die Bestrebungen zu größerer Vereinheitlichung der Sprache spät einsetzten. Deutschland wurde ja erst 1871 in der »kleindeutschen Lösung« geeint, und frühere Bemühungen zur Sprachenangleichung waren meist auf Desinteresse der zahlreichen Landesherren gestoßen.

So kam es, daß von den größeren Ländern Bayern als erstes eine verbindliche Orthographie im Jahre 1879 einführte. Preußen folgte 1880, so daß im gleichen Jahr Konrad Duden sein »Vollständiges orthographisches Wörterbuch der deutschen Sprache nach den neuen preußischen und bayerischen Regeln« erscheinen lassen konnte. Johann Wolfgang von Goethe aber starb im Jahr 1832, zu einem Zeitpunkt also, da die Einheitsregeln noch nicht existierten, was die starken Abweichungen in der Schreibweise erklärt. Doch selbst mit einer lange nach Goethes Tod zustande gekommenen einheitlichen Orthographie war das zweite Problem noch nicht gelöst: Mit dem abgestimmten Schriftbild »neige« war noch keine gemeinsame Aussprache für dieses Wort festgelegt, so daß man auch hier erst zu einer verbindlichen Regelung kommen mußte.

Im Jahr 1885 erschien der erste bedeutende Beitrag, der sich um ein gemeinsames Aussprechen bemühte. Unter dem Titel »Die Aussprache des Schriftdeutschen« wurde er von W. Vietor veröffentlicht. Doch nicht vor 1898 folgte als Resultat eine große Konferenz von Hochschulgermanisten und Theaterleuten, die sich auf verbindliche Regeln einigten und sie im Werk »Deutsche Bühnensprache« niederlegten. Also erst von diesem Jahr an, 1898, nachdem man sich auf die Aussprache geeinigt hatte, konnte man Goethes Reim »neige« auf »Schmerzensreiche« nach den neuen Regeln als falsch bezeichnen. Bis dahin war er so richtig wie die andere Version, die der Olympier sich fünfundsechzig Jahre früher zu eigen gemacht hatte.

Jede Sprechweise war ja einmal landschaftlich bedingt. Jede Mundart machte deutlich erkennbare Lautverschiebungen mit, und keine konnte als richtiges oder falsches Deutsch bezeichnet werden, bevor man sich nicht auf die verbindlichen Regeln geeinigt hatte. Bei diesem Übereinkommen wurde der norddeutschen Aussprache, besonders der aus dem Gebiet von Hannover, in vielen Fällen der Vorzug gegeben.

Die Vereinbarung war ein Kompromiß, bei dem der »Student mit den Stulpenstiefeln, der an einen spitzen Stein stieß« allerdings nicht in die Bühnensprache einging. Hier setzte sich – abweichend von der Schreibweise – die süddeutsche Aussprache durch, so daß heute etwa ein Reisender eine »schtattliche Portion Schpanferkel auf Schpesenkonto« verzehren kann, ohne gegen die Bühnensprache zu verstoßen. Es wird eben im Deutschen auch nicht – wie viele meinen – alles so gesprochen, wie es geschrieben wird. Auch daß König in der Bühnenaussprache zu »Könich«, Leipzig zu »Leipzich« wurde, war keineswegs selbstverständlich. Auch dies wurde erst aufgrund der Aussprachevereinbarung geregelt.

Wenn es hier zunächst um Goethes Sprache ging und versucht wurde, vom großen Sohn dieser Stadt den Verdacht abzuwenden, er habe nicht einmal richtiges Deutsch schreiben und sprechen können, soll er über das Thema doch auch selbst einmal zitiert werden. Er hat das Gefüge der Sprache ohnehin nicht so ganz ernst genommen: »Nicht die Sprache an und für sich ist richtig, tüchtig, zierlich, sondern der Geist ist es, der sich darin verkörpert . . .«, war seine Meinung.

Auch zum Thema Rechtschreibung, zu dem es seinerzeit zwar schon Gepflogenheiten, aber noch keine Einheitsregeln gab, hat der Dichter etwas zu sagen gewußt; zu seiner Entschuldigung: »Mir, der ich selten selbst geschrieben, was ich zum Druck beförderte, und, weil ich diktierte, mich dazu verschiedener Hände bedienen mußte, war die konsequente Rechtschreibung immer ziemlich gleichgültig. Wie dieses oder jenes Wort geschrieben wird, darauf kommt es doch eigentlich nicht an; sondern darauf, daß die Leser verstehen, was man damit sagen wollte! Und das haben die lieben Deutschen bei mir doch manchmal getan.«

»Goethe schwatzt blind in den Tag hinein«

»Unserer beschränkten Fassungskraft erscheint diese elende Reymerey als ein sinn- und hirnloses Wortgedudel.« So lautete das Urteil des Kritikers Franz von Spaun über Goethes »Faust«. Doch wer glaubt, es handele sich hierbei um die grobe Entgleisung eines einzelnen Zeitgenossen, ahnt kaum, wie der größte deutsche Dichter zu seiner Lebenszeit von vielen Seiten her nicht nur hart kritisiert, sondern zuweilen geradezu begeifert wurde.

Als das junge Genie von Frankfurt aus an den Fürstenhof zu Weimar kam, ging ihm schon ein bedeutender Ruf voraus, denn die Geschichte des »Götz von Berlichingen mit der eisernen Hand« hatte dazu beigetragen, eine neue literarische Ära der Natürlichkeit zu begründen. Und sein Buch »Die Leiden des jungen Werthers« hatte ihn in kurzer Zeit weit über die Grenzen Deutschlands hinaus berühmt gemacht. Wen wundert es, daß dies ein Heer von Neidern auf den Plan rief. Daß der junge Mann dazu ein Freund des Herzogs war und in Weimar bald ein hohes Staatsamt bekleidete, sich zu Beginn seines dortigen Aufenthalts – als Stürmer und Dränger, der er noch war – dem Adel gegenüber oft despektierlich äußerte, beschwor eine Situation herauf, die in einem Brief von Voss an Ernestine Boie geschildert wird: »Klopstopck glaubt, es werde ein blutiges Ende für Goethe nehmen, denn der Adel ist aufs äußerste gegen ihn verbittert.«

Inzwischen sind seit Goethes Tod bald hundertsechzig Jahre vergangen. Eine Zeitspanne, die genügt, auch in der Literatur die Spreu vom Weizen zu trennen. Goethes Kritiker sind vergessen, aber sein Werk lebt. Wer bedenkt, wie selbst große Opern und bedeutende Schauspiele bei den Premieren durchfielen, ehe sie sich einen Spitzenplatz erkämpften, wird verstehen, daß manches Neue seine Zeit braucht, ehe sich die Zeitgenossen an die ihnen fremden Worte, die ungewohnten Töne, an den veränderten Zeitgeist gewöhnt haben.

Auf dem dramatischen Gebiet ist keineswegs alles hervorragend, was Goethe geschrieben hat, und seine ernsthaften Kritiker sind in ihrer Ablehnung manchmal sehr wohl zu verstehen. Aber es waren gerade die kleinen Geister, die in schulmeisterlicher Enge das Genie zu zensieren gedachten; ähnlich wie zu Beginn von Goethes Anwesenheit am Weimarer Hof die alten Adelskreise in dem jungen Dichter nur den Frankfurter Emporkömmling sahen, ihn beneideten und mit ihrer Mißgunst bedachten.

Es gibt kaum ein Werk von Goethe, das von den Zensoren seiner

Epoche unbekrittelt geblieben wäre. Daß »Die Leiden des jungen Werthers« wegen der Selbstmordlösung moralisch umstritten waren, ist verständlich. Daß aber der Theologe und Publizist Pustkuchen zu diesem Buch, das überall begierig verschlungen wurde, nichts anderes zu sagen wußte als »Und wie ich nun . . . zum Werther komme, so empfinde ich zum ersten Male, daß mir selbst Goethe Langeweile machen kann«, verwundert. Da begreift man schon eher den Hamburger Pastor Goeze, der in den Hamburger Nachrichten schrieb: »Man hat mir sagen wollen, daß die Leiden des jungen Werthers in Leipzig confisziert und bei hoher Strafe verboten wären. Wie sehr ist zu wünschen, daß diese Nachricht Grund haben möge.« Und Pastor Goeze fragt beschwörend: »Wenn die Heilige Schrift lächerlich und stinkend gemacht wird, was wird alsdenn aus der Christenheit werden? Ein Sodom und Gomorra.« Von ihm, dem engherzigen Konservativen, dem erbitterten Gegner Lessings, ist kaum ein anderes Urteil zu erwarten. – Eingesetzt hatte manche herbe Kritik schon ein Jahr zuvor, als 1773 der »Götz« des vierundzwanzigjährigen Autors erschienen war. Einer seiner prominenten Kritiker war Friedrich der Große mit seinem noch ganz an der französischen Literatur ausgerichteten Geschmack.

Goethes Farce »Götter, Helden und Wieland« wurde von Lessing gegenüber Jacobi als »klarster Unsinn, wahrhaft tolles Zeug« bezeichnet. Und der Schriftsteller Nicolai fragte: »Was würde Herr Goethe sagen, wenn jemand unter dem Titel ›Zigeuner, Lumpengesindel und Goethe‹ ein Pasquill auf seinen Götz von Berlichingen machte und führte ihn darin auf als einen einfältigen Tropf, wie er in diesem Stücke Wieland aufführt.« Goethe ging mit zunehmendem Alter über Kritiken hinweg. Doch wenn selbst sein Freund Merck aus Darmstadt ihm in bezug auf den »Clavigo« sagte: »Solche einen Quark mußt Du künftig nicht mehr schreiben; das können die Andern auch!«, hat ihn das bestimmt zum Nachdenken angehalten, denn Mercks Ansichten bedeuteten ihm viel.

Sind bis jetzt vorwiegend namhafte Kritiker zu Wort gekommen, heißt es in einem »Clwd.« gezeichneten Beitrag im »Reichs-Postreuter« vom Mai 1775: »Mehr unverschämten Stolz wüßten wir nicht in jemand entdeckt zu haben.« Und Goethe direkt ansprechend, meint der Rezensent: »Ihnen die Wahrheit zu gestehen, es ist kein Wert in Ihrem Stücke – keine Moral – kein Witz – keine Munterkeit; – nichts als ein klein wenig Bosheit und eine sehr übel ausgeheckte Religionsspötterei.« Diese massiven Angriffe richteten sich gegen das Singspiel »Erwin und Elmire«. Kein Wunder, daß »Stella, ein Schauspiel für Liebende«, ebenfalls scharfen Widerspruch erntete.

Wiederum ist es der Reichs-Postreuter, der die Unmoral des Stükkes anprangert und dazu meint: »Es ist schon bekannt genug, daß Herr Dr. Göthe sich über diese Kleinigkeit (die Moral) immer weggesetzet. Sein Roman Die Leiden des jungen Werthers, ist eine Schule des Selbstmordes: seine Stella ist eine Schule der Entführungen und Vielweiberey. Treffliche Tugendschule!«

Doch auch zur sittenstrengen »Iphigenie auf Tauris« sind die Kommentare kaum besser. Konnte man hier keine Unmoral tadeln, verlegte man sich darauf, den Stil zu kritisieren. »Eine steife Nachahmung der Griechen ... und dann die Bildung des Verses«, urteilt Klopstock. Aber selbst der große Schauspieler Iffland meint erstaunlicherweise: »... statt Erhabenheit oft solche Kälte als die, womit die Ministerialrede beim Bergbau zu Ilmenau geschrieben ist.« – Als Goethes »Tasso« aufgeführt werden sollte, vermerkte Börne, Goethes bedeutender literarischer Gegner: »Nächstens wird Göthes Tasso aufgeführt. Da will ich mich recht ... darüber hermachen. Da ist der ganze Göthe darin mit aller seiner Größe und aller seiner Niedrigkeit.« Menzel, Redakteur des Stuttgarter Literaturblattes, meint zum »Tasso«: »Viele seiner Werke hat Goethe nicht für das Publikum sondern für den Hof geschrieben. Dahin gehört sein Tasso, sein eigentliches Höflingsbekenntnis.«

Zu »Wilhelm Meisters Lehrjahre« meinte die alte Freundin Frau von Stein, die nach dem Bruch mit dem aus Italien zurückgekehrten Goethe eine Zeitlang seine Feindin war, darin seien alle Frauen von unschicklichem Betragen, und er habe sie alle mit ein bißchen Kot beklebt, um ja an der menschlichen Natur nichts Himmlisches zu lassen. – Selbst »Hermann und Dorothea« blieb von ablehnender Kritik nicht verschont. Hier hieß es, Goethe habe Vossens »Luise« nachgeahmt, ohne sie zu erreichen.

Konnte man bisher nicht in allen Fällen den Stab über die Kritiker brechen, ist das, was einige Zensoren über Goethes Gedichte sagten, fatal und entbehrt jeglichen Einfühlungsvermögens. So zerpflückt 1831 im Wiener Conversationsblatt in fast grotesker Weise ein gewisser Martin Spann jenes wundervolle und beliebte Goethegedicht »An den Mond«. Er schreibt: »Herr von Goethe apostrophiert den Mond in der Pöbelsprache, indem er nach Art ungebildeter Menschen in den drei ersten Strophen die Zeitwörter ohne ihre persönlichen Fürwörter, d. h. ohne ausdrückliche Subjectsbezeichnung setzt, welches doch nur in jenen Sprachen geschehen kann, welche das Subject mit seinem Zahl- und Personal-Verhältnisse unverkennbar bezeichnen ... Daß der Mond seinen Blick über die Gegend ›lindernd‹ verbreitet, läßt muthmassen, daß die Gegend an einer schmerzhaften Krankheit leide ...« Zu »Jägers Abendlied« meint jener Herr Spann, die Bilder zweier Strophen seien wahrhaft lächerlich. Daß die Zeit der leichten Rokokodichtung mit ihren tändelnden Spielereien vorbei ist, daß gerade durch Goethe die Natur und die Landschaft Eingang in die Lyrik gefunden hatten, war jenem Kritiker wohl verborgen geblieben.

Von den »Wahlverwandtschaften« sagt der Rezensent Glover, Goethe wolle zeigen, daß er die Kunst verstehe, Herz und Charakter zu zergliedern, doch der Weg, den er dazu wähle, »erinnert an einen alten griechischen Wundartzt, der seine anatomischen Demonstrationen an dem Gerippe eines zergliederten Ferkels machte und glaubte, die Eingeweide des Tieres seien treues Gegenstück zu dem Baue des menschlichen Körpers«.

Goethe vollendete mit über achtzig Jahren erst den »Faust«. Er war bis ins hohe Alter geistig rege. Doch als er im fünfundsiebzigsten Lebensjahr stand, räsonnierte Professor Köchy – der unter dem Pseudonym Friedrich Glover Goethe verunglimpfte –, der Dichter sei zu bejahrt, um noch als Schriftsteller vor das Volk hintreten zu können. Zu des Dichters Bericht »Aus meinem Leben« bemerkte er: »Es ist doch wahrlich arg, das Publikum mit so kindischen Possen zu äffen, die höchstens in Bauernschänken und Zigeunerkreisen ihr Glück machen können.« Und er fährt an anderer Stelle fort: »... wie nun einmal die Alten gemeinhin sehr geschwätzig sind, so schwatzt auch Goethe blind in den Tag hinein, ohne sich darum zu kümmern was er schwatzt und warum er schwatzt; und wie andere Alte faseln, so faselt auch er.«

Der gute Herr Professor nennt aus den »vielen gemeinen, pöbelhaften Ausdrücken« nur einige, »weil sich unsre Feder sträubt, die plumperen abzuschreiben.« Und welche schrecklichen Ausdrücke nennt er? »Ein täppischer Mensch«, »Schläge und Püffe«, »einer der wunderlichsten Käutze«. Das sind Goethes Todsünden, wobei Herr Glover Goethe auch wissen läßt, daß es undeutsch sei, zu schreiben »wir hielten denjenigen für unseren wahrsten Freund«; es müsse heißen: besten Freund. So geht es noch lange weiter, bis der Kritiker abschließend meint, daß seine Ratschläge wohl wenig fruchteten, denn es sei ein undankbares Unternehmen, einen Neger weiß waschen zu wollen.

Am »Faust« hat der Kritiker Franz von Spaun unter vielen ähnlichen Sprachsünden zu bemängeln, daß Goethe beim Prolog im Himmel (»Faust I«) sagt »am ersten Tag« statt »am ersten Tage«, womit er zeige, daß er nicht richtig die deutsche Sprache beherrsche, da der Ablativ nur »Tage« lauten dürfe. Auch Erzengel Gabriel unterlaufen im Prolog nach Spauns Meinung schreckliche Sprach-Schnitzer. Zum Dialog zwischen Gott und Mephisto heißt es, die verflossenen Zeitalter hätten nichts aufzuweisen, was in Rücksicht auf anmaßende Erbärmlichkeit mit diesem Prolog zu vergleichen wäre. »Diese allerhöchste Conversation muß wohl nach Tisch stattgefunden und der liebe Herr-Gott sich am Nektar ein Prälaten-Räuschchen angetrunken haben, denn nun fängt er an so albernes Zeug zu schwätzen, daß Gott-Vater im Tollhause es nicht ärger machen könnte.«

Schließlich fällt Herrn Franz von Spaun die Feder aus der Hand, denn »diesen Augiasstall zu reinigen ist mehr als Herkulische Arbeit«. Und er ist überzeugt, dem Leser die Augen dafür geöffnet zu haben, daß dieser Goethe ein schlechter Versifex sei, der in Beziehung auf den Versbau sich auch nicht mit den mittelmäßigen Dichtern der alten Schule messen könne. Hatte sich Herr von Spaun die Verse zur Zielscheibe genommen, zielte der Stuttgarter Menzel auf die Moral des »Faust«: »Wenn Faust dafür, daß er Gretchen verführte und verließ, den Himmel verdient, so verdient jedes Schwein, das sich in einem Blumenbeet wälzt, der Gärtner zu seyn.«

Der Olympier Goethe hätte, hoch über diesen Niederungen thronend, zu all diesen Anwürfen schweigen müssen. Aber Olympier war er erst im reifen Alter, in der Jugend flossen ihm Fäkalausdrücke leicht aus der Feder. »Scheißkerle« gehörte zu Beginn seiner Weimarer Zeit zu seinen oft gebrauchten Kraftausdrücken. Als Sechsundvierzigjährigen konnten ihn die ewigen Nadelstiche noch treffen, und er regte Schiller dazu an, in der Form der Griechen, durch zweizeilige Epigramme einmal in Schillers »Horen« Abrechnung mit den Gegnern zu halten. Der ohnehin schärfere Schiller nahm den Vorschlag gerne auf, und bald wetteiferten beide in dieser Kunst. Xenien nannten sie die kleinen Gebilde nach Martial, der schon seine kleinen Spottverse sarkastisch so bezeichnete.

Im Grunde waren Xenien kleine Gastgeschenke, die der Hausherr nach dem Mahl seinen Gästen reichte. Nun erklärten also auch Goethe und Schiller ihren Gegnern den Krieg und sagten Ihnen: »Lange neckt ihr uns schon, doch immer heimlich und tückisch; / Krieg verlangtet ihr ja, führt ihn nun offen, den Krieg.« Und über den Wortführer Nicolai spotteten die beiden nun: »Nicolai reiset noch immer, noch lang wird er reisen, / Aber ins Land der Vernunft findet er nimmer den Weg.« Die philosophischen Querköpfe werden gar nicht zimperlich angegriffen: »Querkopf! schreit er ergrimmt in unsere Wälder Herr Nickel, / Leerkopf! schallt es darauf lustig zum Walde heraus.« Das waren selbstverständlich Stiche in ein Wespennest, aus dem bald ein Schwarm neuer Feindseligkeiten und Verunglimpfungen ausbrach. Vor so viel aufgewühltem Staub, den die beiden Dichter nicht erwartet hatten, zog sich vor allem Goethe zurück und antwortete hinfort kaum mehr auf Kritiken, mochten sie ausfallen, wie sie wollten.

Börnes Zwiespalt: »Seit ich fühle, habe ich Goethe gehaßt«

»Die Freiheit lebt auch im Grabe fort und wächst, bis sie den Sarg sprengt. Das sollen sich die Totengräber merken.« Dieses Wort Ludwig Börnes enthält sein Glaubensbekenntnis und sein Lebensziel: die Befreiung des Volkes von Fürstenautorität und Adelsvorrechten, die Gleichheit aller Menschen vor dem Gesetz im Sinne der Französischen Revolution von 1789. Wie nicht wenige Persönlichkeiten der Zeitgeschichte war Börne von den einen als unbestechlicher Vorkämpfer deutscher Einigungsbestrebungen und demokratischer Rechte anerkannt und gefeiert, von den anderen als ein sein Vaterland verunglimpfender Deutschenhasser verschrieen worden.

Börne lebte in einer Umbruchzeit; im Sinne der Aufklärung wähnte er, alles sei enträtselbar, wenn man nur genügend forsche, und alles werde gut, wenn alle Menschen erst ihre politische Freiheit gewonnen hätten. Damit befand er sich im Gegensatz zur Auffassung Goethes und Schillers, die hinter aller Natur das für den Menschen nie ganz faßbare Göttliche ahnten und die Veränderung nicht durch Umsturz, sondern durch die Umerziehung der Menschen zu bewirken suchten. So ist es kein Wunder, daß Goethe, der ruhende Pol seiner Zeit, als Dichter im Range eines weimarischen Ministers, für den kämpferischen Börne, dem Gleichgültigkeit bereits als Verbrechen galt, eine große, ihm entgegenwirkende geistige Kraft war, die mit ihren Beharrungstendenzen den Zielen Börnes entgegenstand wie ein Fels im Fluß der Zeit. Von daher ist Börnes Wort zu verstehen: »Seit ich fühle, habe ich Goethe gehaßt, seit ich denke, weiß ich warum.«

Börnes Gegner empfanden solche Aussprüche als Sakrileg. Und doch kann bei einer unvoreingenommenen Betrachtung kaum bestritten werden, daß Börne zeitlebens fairer Streiter war, der stets mit offenem Visier kämpfte. Börnes Verhältnis zu Goethe war von einer Art Haßliebe geprägt. Dessen geistige Größe hatte er immer anerkannt, sein Werk nie bemäkelt, im Gegensatz zu manch anderem der kleinen Geister jener Zeit. Aus einer freiheitlichen Gesinnung heraus befehdete er vor allem den Bewahrer Goethe, den »Aristokraten«, der seinen Einfluß nicht zum Wohl des Volkes nutzte.

Börnes elementarer Freiheitsdrang war nachhaltig von seiner Herkunft geprägt. Ludwig Börne wurde am 6. Mai 1786 in der Judengasse zu Frankfurt am Main als drittes Kind des »Handelsjuden in Wechselgeschäften« Jakob Baruch und dessen Gattin Julie geboren. Er erhielt die traditionellen Namen Juda Löw. Der Vater war ein tüchtiger Geschäftsmann mit viel diplomatischem Geschick, weshalb ihn die jüdische Gemeinde 1814 als Vertreter ihrer Interessen zum Wiener Kongreß entsandte. Zu den späteren Veröffentlichungen seines Sohnes sagte er: »Ich lese gern, was in seinen Schriften steht, aber ich wünschte nicht, daß es mein Sohn geschrieben.« Doch auch für Jakob Baruch, in seiner Gemeinde hochgeachtet, endete in Frankfurt die Bewegungsfreiheit am Tor der Judengasse, denn die Juden hatten kein Bürgerrecht und wurden überdies vom Rat der Stadt streng gemaßregelt.

Gerade in der Freien Reichsstadt Frankfurt wurden die Juden mit vielerlei Schikanen bedacht. So durften sie außerhalb des Gettos nur die Fahrstraße benutzen, wähend ihnen das Betreten der Promenaden verboten war. An Sonn- und Festtagen durften sie lange Zeit die Judengasse nicht verlassen; später dann nur bis vier Uhr am Nachmittag. Soldaten bewachten den Eingang des Gettos, und Vorschriften des Rates zwangen die Israeliten, sich schon an der Kleidung kenntlich zu machen. Wollten übermütige Bürger, zumal Jugendliche, einen Juden hänseln, riefen sie ihm zu: »Jud, mach Mores«, worauf dieser die Kopfbedeckung ziehen mußte, wollte er nicht Schläge riskieren. Börne schrieb später einmal: »Weil ich als Knecht geboren, darum liebe ich die Freiheit besser als ihr. Weil ich die Sklaverei gelernt, darum verstehe ich die Freiheit besser als ihr.«

Als er nach vielen Jahren den beantragten Paß erhielt, fand er darin als Personenkennzeichnung den Vermerk »Juif de Francfort«, was Börne als Schimpf empfand. Damals schwor er: »Wartet nur, ich schreibe euch auch einmal einen Paß . . .!« Das klingt nach Rache. Doch steht dieser feindselig klingenden Klage das erstaunliche Bekenntnis gegenüber: »Ich wäre ja nicht wert, das Licht der Sonne zu genießen, wenn ich die große Gnade, die Gott mir erzeigt, mich zugleich ein Deutscher und ein Jude werden zu lassen, mit schnödem Murren bezahlte – wegen eines Spottes, den ich immer verachtet, wegen Leiden, die ich längst verschmerzt.«

Es zeigt sich bald, daß der heranwachsende Börne zum Kaufmann nicht taugte. Andere gewerbliche Betätigungen – außer Geldgeschäfte – waren den Juden ohnehin verboten, akademische Berufe waren ihnen fast ganz versperrt. Nur in der Medizin bestand für sie eine gewisse Entfaltungsmöglichkeit. So wurde Börne zum Medizinstudium in die Universitätsstadt Gießen geschickt. Weitere Stationen seiner Ausbildung waren Berlin und Halle. In Berlin wohnte er bei dem bekannten Arzt und Philosophen Professor Marcus Herz und dessen Gattin Henriette Herz, in deren Salon sich das – vorwiegend liberale – geistige Berlin ein Stelldichein gab. Der siebzehnjährige Börne, dem es zu Hause an mutterlicher Wärme gefehlt hatte, verliebte sich in die um zweiundzwanzig Jahre ältere Henriette Herz, die jedoch nach einiger Zeit die Eltern des jungen Börne veranlaßte, ihren Sohn seine Studien in Halle fortsetzen zu lassen. Dennoch blieb die Verbindung mit Henriette Herz auf brieflichem Wege erhalten, zumal der klugen und weltgewandten Frau Eigenart und Talent des Studenten nicht verborgen geblieben waren.

Während Börnes Studienzeit änderte sich einiges zugunsten der Juden. Im Jahre 1806 setzte der siegreiche Napoleon den Fürstprimas Karl von Dalberg als Stadtherrn von Frankfurt ein. Gegen eine Zahlung von vierhundertvierzigtausend Gulden erhielten die Israeliten schrittweise das Bürgerrecht; am 11. Oktober 1812 war die völlige Gleichstellung erreicht. Der junge Börne gab daraufhin das ungeliebte Medizinstudium auf. Er wandte sich der Jurisprudenz und der Staatswissenschaft zu und kehrte 1811 als Fünfundzwanzigjähriger mit dem Doktortitel der Philosophie nach Frankfurt zurück, wo er als Polizeiaktuar in städtische Dienste trat. Doch nach dem Sturz Napoleons, kaum zwei Jahre später, wurden die Juden ihrer erst kurz zuvor erworbenen Rechte wieder beraubt. Die alten Gesetze, die vor der Einführung des Code Napoléon gegolten hatten, wurden wieder in Kraft gesetzt. Börne mußte aus seinem Amt ausscheiden; das halbe Gehalt blieb ihm als Pension.

Diese Rücknahme der den Juden gewährten Rechte bekämpfte Börne unentwegt. Er kämpfte indes weder allein für sich noch allein für die Gemeinschaft der Juden. Immer war er auf der Seite der Verfolgten zu finden. Viele junge Juden hatten am Freiheitskampf gegen Napoleon teilgenommen; manche von ihnen waren noch nicht zurück, als man ihren Familien die unter Bonaparte gewährten Rechte bereits wieder entzogen hatte. Für Börne war die Freiheit unteilbar. »Haßt oder liebt die Juden«, schrieb er, »aber eines sage ich euch: Seht zu, wie weit ihr kommt mit der Freiheit des deutschen Landes, solange die Freiheit nicht sein soll für Alle.«

Dabei hatte er sich dem religiösen Judentum und seinen Glaubensgenossen seit frühester Jugend entfremdet. Ihre orthodoxe Religion fand er schon als Kind einengend und an zuviel Äußerlichkeit gebunden. Auch schienen ihm Lehre und Handeln seiner Erzieher im Widerspruch zueinander zu stehen. So urteilte er über die Bewohner der Frankfurter Judengasse: »Drei Dinge sind, die sie zu schätzen wissen, erstens: Geld, zweitens: Geld, und drittens: Geld.« Kein Wunder, daß er sich mit solch herber Kritik viele Feinde schuf. Dem Christentum stand Börne innerlich näher als dem Judentum; der christlichen Humanitätsidee fühlte er sich verwandt, wobei es ihm mehr um die Bildung als um den Glauben zu tun war. Im Jahre 1817 ließ er sich in der Rödelheimer Cyriakuskirche taufen und trat zur protestantischen Konfession über.

Er nahm den Namen Ludwig Börne an, doch machte er von dem Übertritt nicht viel Aufhebens und teilte sogar manchen Freunden erst nach Monaten seinen neuen Namen mit. Sein Wort: »Nie glomm auch nur ein Funke des Hasses gegen die christliche Welt in meiner Brust«, zeigt, daß er die Ethik einer Lehre von der Schwäche ihrer Anhänger und dem »angeborenen menschlichen Hochmut« sehr wohl zu unterscheiden wußte. Später, in Paris, näherte sich Börne dem Katholizismus. Über Luther urteilte er nun, dieser habe dem Volk das Paradies genommen, die Hölle aber gelassen. »Vor ihm fand man bei den Deutschen nur Dienstbarkeit, Luther begabte sie noch mit Dienstbeflissenheit ... Darum haben alle katholischen Völker, sobald sie sich gegen ihre Tyrannen stark genug gefühlt, ihr Joch abgeschüttelt.« Deshalb finde man nur bei den nordischen Völkern jene abergläubische Verehrung der Fürsten, mit der sie sich an ihre Sklavenketten schmiedeten. Es ist verständlich, daß Börne mit solcher Kritik seine Feinde auch kirchlicherweise vermehrte. Hinzu kam, daß Börne seinen Gegnern mit geistreichen Satiren zu Leibe rückte, wobei er mit spitzem Florett, nie jedoch mit dem schweren Säbel gefochten hat.

Das galt auch für die von ihm selbst herausgegebene »Zeitschrift für Bürgerleben, Wissenschaft und Kunst« mit dem Titel »Die Waage« und für die späteren Publikationen, die »Zeitung der freien Stadt Frankfurt« und die »Zeitschwingen«. Die seit Juli 1818 erscheinende »Waage« brachte ihm den journalistischen Durchbruch; Börne wurde in ganz Deutschland bekannt, nicht zuletzt wegen seiner Theaterkritiken. Die Anregung zur Herausgabe der »Waage« war von Jeanette Wohl gekommen, einer um drei Jahre älteren Freundin, mit der Börne lange Jahre eng verbunden war. Sie sei die Brotherrin seiner Seele, hatte er anerkennend gesagt.

In allem blieb Börne stets der ehrliche Kämpfer, der wirklich meinte, was er sagte und schrieb. Was er von ganzem Herzen wünschte und ersehnte: die Freiheit für das deutsche Volk, nicht nur für eine Minderheit. Gegen die eigene Überzeugung zu schreiben, wäre seinem Wesen völlig fremd gewesen. Zwar nahm ihm so mancher seine Einstellung zu Goethe übel, doch letztlich schieden sich die Geister an seiner Haltung gegenüber Deutschland, das er stets als sein Vaterland bezeichnet hatte, das er liebte, auch wenn er es zumal in seinen berühmten »Briefen aus Paris« oft geißelte. Doch immer kamen Spott, Rügen, seine Aufmunterungen, sein Haß oder auch sein Liebeswerben um Deutschland aus dem Wunsche, das in zahlreichen Fürstentümer zersplitterte Volk möge seine Fesseln endlich abschütteln und zu demokratischer Freiheit gelangen.

Im Jahre 1819 wich Börne nach Paris aus. Nach den Karlsbader Beschlüssen von 1819 verschärfte sich die Restauration unter Metternichs Führung. Mit allen Mitteln sollte das aufrechterhalten werden, was in Frankreich die Revolution beseitigt hatte: das Feudalsystem, die Vorrechte der Geburt, die ständischen Gliederungen. So fielen der Pressezensur nicht wenige Teile Börnescher Manuskripte zum Opfer, auch wenn er seine Kritik hinter blendenden Wortfassaden zu verbergen suchte.

Da Börne bei aller Vaterlandsliebe nichts mit jenem engherzigen und falschen Patriotismus zu tun haben wollte, der allzu schnell auf undifferenzierten Franzosenhaß hinauslief, erweckte der »jüdische Revolutionär« in der nachnapoleonischen Zeit vielerorts Zorn und Bitterkeit. Auf dem Hambacher Fest im Mai 1832 jedoch wurde gerade der politische Schriftsteller Börne als einer der Wegbereiter der Freiheit und der ersehnten deutschen Einigung gefeiert. Im Kreis der demokratischen Patrioten hatte man sehr gut verstanden, daß Börnes Hohn über deutsche Zustände nicht aus Haß oder Zynismus gegen das Volk und sein Heimatland geboren waren, sondern aus dem leidenschaftlichen Willen, die für so dringend nötig erachteten Veränderungen einzuleiten. Börnes Freunde hatten seine Schriften gründlicher gelesen als seine Feinde. Wenn er oft Frankreich gegenüber Deutschland lobend hervorhob, so meinte dies vor allem den demokratischen Fortschritt, zumal, als in der Juli-Revolution 1830 der Bourbonenkönig Karl X. gestürzt worden war. Dieses Ereignis, von dem Börne in Bad Soden im Taunus erfuhr, wo er zur Kur weilte, ergriff ihn innerlich mit solcher Gewalt, daß er ganz nach Paris übersiedelte und dort für Cotta und andere Verleger berichtete, so in den »Briefen aus Paris«.

Börne ging es darum, der Feindschaft zwischen Deutschen und Franzosen ein Ende zu bereiten; er war ein engagierter Vorkämpfer einer deutsch-französischen Verständigung. Da Börne stets aus der Erregung des Augenblicks heraus schrieb, nicht als Dichter, sondern als kämpferischer Journalist, spöttelte er oft über die naive Harmlosigkeit, über die gutgläubige und einfältige Treue, über die törichte Anhänglichkeit der Deutschen. Dennoch, gerade um dieser Eigenschaften willen fühlte sich Börne Deutschland innerlich verbunden. Auf den Vorwurf, er liebe die Franzosen mehr als die Deutschen, antwortete er: »Käme ein Gott zu mir und spräche: Ich will dich in einen Franzosen umwandeln mit allen deinen Gedanken und Gefühlen . . ., ich würde ihm antworten: Ich will ein Deutscher bleiben mit all seinen Mängeln und Auswüchsen; ein Deutscher mit seinen sechsunddreißig Fürsten, mit seinen heimlichen Gerichten, mit seiner Zensur, mit seiner unfruchtbaren Gelehrsamkeit, mit seinem Demute, seinem Hochmute, seinen Hofräten, seinen Philistern . . . auch mit seinen Philistern? . . . Nun ja, auch mit seinen Philistern!«

Ein bedeutendes Bekenntnis, eine Liebeserklärung im Börneschen Stil, ohne Hurra-Patriotismus, abgelegt im Bewußtsein all der Fehler und Nöte der Deutschen, die nicht verschwiegen werden. Dem widerspricht auch nicht, daß Börne am liebsten Deutscher und Franzose zugleich sein wollte; er wollte die Eigenschaften beider harmonisch vereinigen. Er meinte, die »Franzosen ranken nur so über den Boden weg; die Deutschen wurzeln tief. Jenen fehlt Dauer und die Frucht, diesen der Wechsel und die Blüte.«

Börne selbst war diese Harmonie im Leben nicht beschieden. Die langjährige Freundin Jeanette Wohl heiratete. Sie und ihr Mann boten dem Schriftsteller, der kränkelte und immer stärker von seiner Schwerhörigkeit geplagt wurde, in den letzten Jahren Unterkunft und Pflege in ihrer Pariser Wohnung. Dort starb Ludwig Börne am 12. Februar 1837. Er wurde auf dem Friedhof Père Lachaise begraben. Jeanette Wohl förderte später die Herausgabe seiner Schriften.

Das anfänglich freundschaftliche Verhältnis zu dem jüngeren Heinrich Heine, dem ähnliche Ziele wie Börne vor Augen standen, war in Feindschaft umgeschlagen. Heine ging auch im Kampf mit Wort und Dichtung spielerisch um, während für Börne das Wort des Schriftstellers nur einem Ziel zu dienen hatte: der Freiheit.

Börnes Verhältnis zu seiner Vaterstadt Frankfurt blieb zwiespältig. So schreibt er etwa in einem Brief: »Nun, schmeckt Ihnen Frankfurt? Ich denke wie Camillenthee. Nicht gerade erst jetzt wegen dieser cholerischen Zeit; mir hat es immer so geschmeckt. Eine Apotheke – Alles getrocknet, Alles zerstossen, Alles in Büchsen und Schachteln. Nichts frisch, nichts ganz, nichts frei.« Oder es heißt: »Frankfurt ist mir verhaßt. Die dortige Philisterei fürchte ich mehr als die Cholera.« Doch dann, wenn er von demokratischen Fortschritten in Frankfurt hörte, bekannte er sich wieder zu der Stadt seiner Geburt. »Was Sie mir von Frankfurt geschrieben haben«, heißt es in einem Brief, »hat mich bis tief in das Herz gefreut. Möge es fortgehen auf diesem Wege; möge es sich emsig auf seine große Bestimmung vorbereiten . . ., denn Frankfurt ist bestimmt, einst die Hauptstadt des deutschen Reiches und der Sitz der deutschen Nationalversammlung zu werden.«

Man kann sicherlich nicht sagen, daß Ludwig Börne in seiner Heimatstadt vergessen worden sei. Wenn man jedoch vergleicht, wie sehr etwa der Mundartdichter und Freiheitskämpfer Friedrich Stoltze publizistisch herausgestellt wird, so möchte man dem tapferen Börne, dessen Wirken nach ganz Europa ausstrahlte, doch etwas mehr Beachtung wünschen. Während Friedrich Stoltze mit seinen nationalistischen Tönen in seiner »Frankfurter Latern« gegenüber Frankreich und England im engen Geist seiner Zeit befangen blieb, hat Börne – über seine Zeit hinausschauend – europäische, ja kosmopolitische Aspekte nie aus den Augen verloren.

Jedoch waren viele seiner idealen Erwartungen, seiner hochgesteckten Ziele nicht erreichbar, weil die Zeit nicht reif war oder weil sie an der Menschennatur scheitern mußten. »Nach Freiheit dürstet meine Seele und nach Liebe sehne ich mich«, schrieb er. Beides ist ihm im Leben kaum zuteil geworden. Aber bei seinem Tod vereinigten sich die Stimmen der Freunde und der Gegner wenigstens in der Achtung vor diesem rastlosen, rechtschaffenen Freiheitskämpfer. Der Vater hatte Börne aufgrund seiner Verbindungen zum Wiener Hof 1821/22 dort eine glänzende Staatskarriere in Aussicht stellen können, aber selbst die Beschwörungen des Vaters, diese Möglichkeit unter keinen Umständen auszuschlagen, konnten den Sohn nicht dazu verlocken, den als richtig eingeschlagenen Weg zu verlassen. »Ich wäre verloren, wenn ich nach Wien ginge«, war seine Antwort, denn er wußte zu genau, daß damit seine ganze Lebensarbeit unglaubwürdig geworden wäre.

Sein Verstand war zu klar, als daß er sich – zu seinen Gunsten – hätte belügen können. Doch vertraute er darauf, daß die Nachwelt sein Lebenswerk gerechter beurteilen würde als viele seiner Zeitgenossen. »Aber der Tag der Wahrheit kommt einmal, und Keinem wird Gerechtigkeit zu spät ausgezahlt, der wie ich, als er seinem Vaterlande diente, nicht einmal Gerechtigkeit als Lohn verlangte!« Aus dem Abstand von anderthalb Jahrhunderten sollte Ludwig Börne diese Gerechtigkeit heute zuteil werden.

Goethes »Faust« in den Klauen der Zensoren

»Mußt all' die garstigen Wörter lindern: Aus Scheißkerl Schurk, aus Arsch mach Hintern«, schrieb Goethe an seinen Freund Gotter in Gotha, als er ihm 1773 die »Zwote Auflage« des »Götz von Berlichingen« zusandte. Der Dichter hat also selbst die Erstausgabe des Jugendwerkes von mancherlei allzu derben Kraftausdrücken gereinigt, in denen sich die Sturm-und-Drang-Generation gefiel.

Schon ein Jahr später wurde der »Götz«, dieses Frankfurter Frühwerk, von der Koch'schen Theatergesellschaft in Berlin sowie in Hamburg mit großem Erfolg aufgeführt. Von einem naheliegenden Eingreifen der Zensur ist an beiden Plätzen nichts bekannt. Das ist erstaunlich, denn »Die Leiden des jungen Werthers« waren 1774 kaum erschienen, da wurde ihr Vertrieb (u. a. in Leipzig), bei Androhung von 10 Reichsthalern Strafe, verboten, »um üblen Folgen vorbeugen zu helfen«. Das Wertherfieber breitete sich trotzdem aus, weil der schwerfällige staatliche Verbotsapparat den behenderen Druckern und Buchhändlern und deren aufsehenerregenden Verkaufserfolgen nur mühsam hinterherhinkte. Dabei darf man nicht vergessen, daß um diese Zeit, vor rund zweihundert Jahren, Deutschland aus vielen Königreichen und Fürstentümern bestand, von denen jedes seinen eigenen Zensor hatte, der dem Herrscher gegenüber um seine Stellung bangte, weil hinter ihm wiederum eine Menge Interessenten standen, die ihn bald zu diesem, bald zu jenem Verbot anzustacheln versuchten und – wenn sie kein williges Ohr fanden – sich oft genug beim Fürsten oder König direkt Gehör zu verschaffen wußten.

Daß ein moralisch so heikles Stück wie »Stella« oder ein freiheitlich so betontes Schauspiel wie »Egmont« Anfeindungen ausgesetzt würde, war wohl vorauszusehen. Aber oft genug ging es bei den Verbotsforderungen nicht einmal um die tragenden Rollen und Ideen, sondern einfach darum, daß führende Kreise nicht in schlechtem Licht erscheinen wollten. So war der Adel empört, wenn einer der Seinigen irgendwo als Prasser, Verführer oder Hartherziger erschien. Die Kirchen protestierten, wenn ein Würdenträger in schlechtem Licht gezeigt wurde oder von »Pfaffen« die Rede war. Das Wort »Freiheit« war für die Zensoren ohnehin ein rotes Tuch, weil man dahinter stets Revolution witterte.

Goethe war bekanntlich ein Mensch, dem alles Formlose, Übersteigerte, Radikale zuwider war. Das galt auch für die Auswüchse der Presse, die es damals ebenso gab wie heute. Das nahm der Dichter (und Minister!) zum Anlaß, für eine Zensur und gegen völlige Pressefreiheit zu stimmen. Aber seine eigenen Werke hatten darunter noch Jahrzehnte in allen deutschen Ländern zu leiden. Kurioserweise war gerade der weitgehend unpolitische »Faust« davon besonders betroffen; Staat, Kirche und Moralisten hatten so mancherlei an ihm auszusetzen, denn je weiter die Zeit fortschritt, um so rückschrittlicher wurde die Zensur, zumal nach 1789, der Französischen Revolution. Eine weitere bedeutende Verschärfung trat 1818 aufgrund der Karlsbader Beschlüsse ein, da auf Metternichs Betreiben die Länder zu härteren Zensurmaßnahmen verpflichtet wurden.

Als im August 1829, zum 80. Geburtstag Goethes, gleich fünf deutsche Städte, darunter auch Weimar, den »Faust I« aufführen wollten, gab es für die Zensoren viel zu tun. Stellen wie »wenn nicht das süße junge Blut heut nacht in meinen Armen ruht . . .« erschienen den Moralisten denn doch zu stark, und man verbesserte wenigstens in »noch heut in meinen Armen ruht«. Das war wohl schlimm genug; doch auch noch nachts, nein, das klang zu verfänglich! Aber

Goethe kannte ja solche Engherzigkeiten zur Genüge, und in seiner Jugend hatte er sie sogar angeprangert. Im »Faust I« dichtete er, die späteren Zensoren wohl vorausahnend (im Grunde aber auf eine verlogene Gesellschaftshaltung gemünzt): »Man darf das nicht vor keuschen Ohren nennen, was keusche Herzen nicht entbehren können.«

Der Schriftsteller Tieck, einer der bedeutendsten Romantiker, auch Verehrer Goethes, besorgte die Bearbeitung des »Faust« für die Dresdner Aufführung. Aber alle Verehrung half ihm nichts, er mußte sich nach den herrschenden Verhältnissen richten. Anscheinend waren dazu die Dresdner in Liebesdingen besonders zart besaitet. Oder war etwa ihre Phantasie, ihr Blut gar zu leicht in Wallung zu bringen? Jedenfalls mußten Verse wie die vom »süßen Leib« Gretchens oder von dessen Sehnsucht nach Fausts Küssen, gnadenlos weichen. Mephistos Empfehlung: »Ihr sollt in eures Liebchens Kammer ...« wurde entschärft. »Ihr sollt in eures Liebchens Nähe« wurde daraus.

Aber auch von allen religiösen Begriffen blieb nichts übrig, selbst dort, wo sie in keiner Weise negativ gebraucht waren. Läßt Goethe in dem Gespräch über Gott Faust ein Glaubensbekenntnis ablegen, zu welchem Gretchen meint: »So ungefähr sagt das der Pfarrer auch«, so änderte Tieck selbst dies in »So ungefähr sagt das die Mutter auch«, eine ganz besonders törichte und engherzige Änderung, weil die vorangehenden Bekenntnisse des Faust von tiefer Religiosität zeugen.

Aber trotz all dieser Verstümmelungen war das Theater sowohl am 28. als auch am 29. August 1829 in Dresden ausverkauft. Doch scheint gerade das verdächtig gewesen zu sein, so daß weitere Aufführungen verboten wurden, auch in Leipzig. Natürlich wurde gleich mit untersagt, dieses Verbot des »Faust« in der Presse zu erwähnen. Aber das Ausland berichtete darüber, und man schüttelte draußen nur die Köpfe. Das bewirkte wiederum, daß sich die deutschen Länder darüber klar wurden, daß man das Schauspiel des berühmtesten deutschen Dichters – der noch dazu sächsisch-weimarischer Staatsminister war – nicht völlig unterdrücken konnte, wollte man sich nicht in ganz Europa unsterblich blamieren. Deshalb mußte ein schärferer Bearbeiter, ein besserer Zensor her, als es Tieck gewesen war, und man fand ihn auch in einem gewissen Hofrat Winkler, dem Redakteur der »Dresdner Abendzeitung«, dem eine geradezu kaninchenhafte Fruchtbarkeit in poetischen Ergüssen nachgesagt wurde,

Faust und Gretchen

über deren minderwertige Qualität die Fachwelt sich allerdings einig war. Hieß es bei Goethe/Faust: »Zwar bin ich gescheiter als alle die Laffen, Doktoren, Magister, Schreiber und Pfaffen . . .«, so dichtete der Herr Theodor Hell (so lautete Winklers Künstlername) diese Stelle um, weil es ja keine »Pfaffen« geben durfte: »Zwar bin ich gescheiter als alle die Laffen, Doktoren, Magister und mit wem man sonst hat zu schaffen . . .«

Ein wahrer Geniestreich, mit dem man übrigens niemandem einen Dienst tat, zumal Goethe an anderer Stelle seine Aussage selbst ins rechte Licht zu setzen weiß. Als sein Schüler Wagner von der Vortragskunst meint: »Ich hab' es öfter rühmen hören, ein Komödiant könnt' einen Pfarrer lehren . . .«, da schränkt Faust das ganz sachlich auf die wirklichen Fälle ein: »Ja, wenn der Pfarrer ein Komödiant ist, wie das denn wohl zuzeiten kommen mag.« Es ging ihm also keineswegs darum, den geistlichen Stand zu verunglimpfen, sondern nur darum, auf die schwarzen Schafe hinzuweisen, die es bekanntlich in jedem Gewande gibt. Das Rattenlied der Zecher in Auerbachs Keller: »Es war eine Ratt' im Kellernest, Lebte nur von Fett und Butter, Hatte sich ein Ränzlein angemäst', Als wie der Doktor ›Luther‹«, erfuhr eine ganz besonders glanzvolle Abwandlung durch den Herrn Hell. Seine geniale Neuschöpfung lautete: »Es war eine Ratt' im Kellernest, Lebte nur von Fett und Käse, hatte sich ein Ränzlein angemäst', Wie der gelehrteste Chinese.« Da kann man wirklich nur sagen: »Armer Faust!«

Aber der Faust sollte ja auch in Weimar selbst aufgeführt werden, dem langjährigen Wirkungskreis seines Dichters. Da man Goethes Bedenken kannte, begab sich gleich eine ganze Abordnung zu ihm, die Angelegenheit zu besprechen. Sie bestand aus dem Kanzler von Müller, aus Riemer, Eckermann und dem Schauspieler La Roche. Der etwas tolpatschige und undiplomatisch vorgehende Kanzler von Müller eröffnete Goethe, daß man beschlossen habe, den Faust auch in Weimar aufzuführen«. Aber das war ein Stich ins Wespennest. Goethe, der jahrelang das Weimarer Theater geleitet hatte, entgegnete scharf: »Glaubt man denn, daß ich, wenn ich gewollt hätte, nicht selbst den Faust auf die Bühne hätte bringen können? Ist es billig, über meine Werke zu verfügen, ohne zu fragen, was ich selbst damit vorhabe? Bin ich denn nicht mehr am Leben? Beschlossen hat man? Man hat demnach beschlossen, ohne mich auch nur zu fragen!«

Nun, die Wogen glätteten sich bald wieder, und als man Goethe bald darauf die vorgesehene Bühnenfassung zur Begutachtung vorlegte, machte er nur einige wenige wortkarge Anmerkungen zu dieser ja ebenfalls »zensierten« Vorlage und sprach nur von dem »Klingemannschen Faust« (Klingemann hatte die erste Bühnenbearbeitung vorgenommen). Aber er distanzierte sich nicht nur in Worten mit dieser abfälligen Bezeichnung von dem Vorhaben, sondern auch durch die Tat, indem er der Aufführung fernblieb. An seinen Freund Zelter schrieb er, daß er sich »zur Faustaufführung passiv, um nicht zu sagen leidend, verhalte«.

Diese Haltung ist zu bedauern, denn damit versäumte es Goethe, für etwas frische Luft im Weimarer Theater zu sorgen, die wohl allen deutschen Bühnen zugute gekommen wäre. Hätte er in Weimar einen ungekürzten »Original-Faust« verlangt, so wäre es gerade dort unmöglich gewesen, sich seinen klaren Wünschen zu entziehen. Aber der alte Herr Geheimrat war ja nicht mehr der Jüngling der

Sturm-und-Drang-Jahre und wohl selbst von der dumpfen Zensurluft der Fürstenhöfe etwas infiziert. Wie wäre er wohl im Alter von 25 Jahren mit diesen zensierenden Moralisten umgesprungen, in jener Zeit, in der er an Herder oft von »Scheißkerlen« sprach und schrieb und gern mit Peitschen knallte? So aber war es kein Wunder, daß der »Faust« noch Jahrzehnte brauchte, bis er schließlich so gespielt werden konnte, wie er geschrieben wurde, nachdem sowohl in Wien wie in Berlin ebenfalls nur streng zensierte Aufführungen zustande gekommen waren. Rudolf Gottschall überliefert in seinen Erinnerungen, wie preußische Zensoren noch 1846 eingestellt waren. Er vermittelt uns das Beispiel einer Engstirnigkeit und eines Scheuklappen-Denkens, das so grotesk ist, daß man darüber schon fast schmunzeln muß.

Gottschall hatte 1846 als Dramaturg des Königsberger Theaters bei dem dortigen Polizeipräsidenten eine Audienz, weil ihm ein harmloses allegorisches Festspiel, »Die Silvesterfeier der Kunst«, durch Streichungen an unmöglichen Stellen total verdorben worden war. Die Unterhaltung entwickelte sich recht gut, ja fast freundschaftlich, wodurch es Gottschall gelang, den größten Teil der gestrichenen Verse für die Aufführung wieder freizubekommen. Als er aber in seinem Eifer auch auf Freizügigkeiten in Goethes »Faust« hinwies und sich darauf berief, wurde der Polizeigewaltige sehr ernst, zog die Stirn in Falten und wiegte das Haupt, wobei er nachdenklich meinte: »Wissen Sie, es wäre eigentlich besser gewesen, wenn Goethe seinen Faust nie geschrieben hätte!«

Natürlich wäre es interessant zu wissen, wie es dem Dramatiker Goethe in seiner Heimatstadt Frankfurt ergangen ist. Wir kennen zwar die Dramen, die hier zur Aufführung gelangten, ebenso deren Spieltermine, aber wie in der meist liberalen Freien Reichsstadt die Zensur von Goethes Bühnenwerken gehandhabt wurde, entzieht sich unserer Kenntnis.

Wenn es in Frankfurt auch zu Bücherverbrennungen – wie andernorts – gekommen ist, so darf man zu seiner Ehre aber annehmen, daß es auf dem Theater allzu grobe Eingriffe nicht gab, eine Theorie, die keineswegs aus Lokalpatriotismus aufgestellt wird, sondern aus der Tatsache hergeleitet werden darf, daß weder die gut unterrichtete Frau Aja noch die durch ihre große Verwandtschaft mit den Frankfurter Verhältnissen stets vertraut gebliebene Bettina von Arnim (geb. Brentano), noch ein so scharfzüngiger Kritiker wie Börne das Thema behandelt haben. So bliebe letztlich hinsichtlich der Zensur seiner Dramen in Goethes Vaterstadt eigentlich nur auf gut frankfurterisch festzustellen: »Nix Genaues waaß mer net!« Schade.

Heiteres und Pikantes

Goethe machte die Inflation bühnenreif

Es war etwa im Jahre 1827, als Goethe die Inflation zwar nicht »erfand«, sie aber im »Faust II« für die Bühne entdeckte, denn dort schrieb er jene Szenen, in welchen es zu Geldmanipulationen kommt, denen Volk, Hofstaat und Kaiser zuerst gründlich mißtrauen, bevor ihnen die Flut des »leichten Geldes« die Sinne benebelt und die Verblendeten später ernüchtert aus ihren Träumen erwachen.

Merkwürdigerweise wird dieser Szene selten größere Aufmerksamkeit geschenkt, obwohl der Vorgang zur heutigen währungspolitischen Situation so manche Analogie bietet. Die häufigste Ursache von Geldentwertungen ist, daß Staat und Bürger über ihre Verhältnisse leben und die zwangsweise dabei entstehenden Schulden durch den Druck neuer Banknoten für eine Weile verschleiert werden. Doch kann ein solches Spiel nur eine sehr begrenzte Weile gutgehen, denn wenn dem Papiergeld nicht genügend Ware gegenübersteht, werden auch die höchstdotierten Scheine wertlos.

Daß Goethe ein so »profanes« Thema in seinen Werken aufgriff, war sicher kein Zufall. War doch der junge Johann Wolfgang in einer Finanzstadt aufgewachsen, wo man durch die Messen und den damit verbundenen Handel einen ausgeprägten Sinn für Geld und folglich auch für dessen Entwertung besaß.

Wenn der Dichter auch als junger Mann seinem Vater Knauserigkeit vorwarf, so weiß man doch, daß er es später mit finanziellen Dingen sehr genau nahm und ein gut rechnender Hausvater wurde, der es auch verstand, mit seinen Verlegern um die höchsten Erlöse für seine Schöpfungen zu pokern. Auch als Weimarer Minister hatte er in seinen Ressorts mit Geld zu tun und ermahnte seinen Landesherrn zuweilen zu sparsamerer Ausgabenpolitik.

Solches Wissen um monetäre Zusammenhänge ermöglichte es Goethe – im Gegensatz zu vielen Schriftstellern, die sich noch rühmen, vom Geld und seinen Funktionen durchaus nichts zu verstehen –, jene »Faust«-Szenen zu gestalten, von denen hier die Rede ist. Es handelt sich um den ersten Akt im zweiten Teil. Er spielt in der kaiserlichen Pfalz, in welche der Staatsrat zusammengekommen ist.

Dort bereitet man sich, trotz der Finanznot des Staates, auf ein buntes Maskentreiben vor. Auch Mephisto als Narr und Faust als Astrologe erscheinen.

Die Festfreude wird getrübt, weil Kanzler, Heer- und Schatzmeister sowie der Marschalk ein einziges bitteres Klagelied über die leeren Staatskassen anstimmen. »Und auf den Tisch kommt vorgegessen Brot«, heißt es, weil alle Werte längst verpfändet sind. Den zuvor heiter gestimmten Kaiser verdrießen solche Klagen, so daß er sich spöttisch zu seinem neuen Narren, Mephisto, wendet und ihn fragt: »Sag, weißt du Narr nicht auch noch eine Not?« Gerade das aber ist für den Schelm das ersehnte Stichwort. Er spricht von bedeutenden verborgenen Schätzen, und auf des Kaisers Spott, statt solch großer Worte lieber das fehlende Geld zu besorgen, verspricht Mephisto: »Ich schaffe, was Ihr wollt, und schaffe mehr . . .« Und um sein Wort zu erhärten, fordert er den Kaiser auf, den hochgelehrten Astrologen Faust zu befragen.

Dem Volk ist dieser merkwürdige Bund sowenig geheuer wie dem Kanzler. Man hört ein Murmeln: »Zwei Schelme sinds / Verstehen sich schon / Narr und Phantast / So nah dem Thron! . . . « Und wirklich ist es dem Heer- und Schatzmeister, dem Marschalk und dem König schon nicht mehr so wichtig, wo das Geld herkommen soll – die Hauptsache, der Staatssäckel wird wieder gefüllt, auch wenn das Geld, von dem es heißt, daß es nicht stinkt, nach Magie, nach Schwefel der Hölle riechen sollte.

Das Geldwunder der beiden Fremden am kaiserlichen Hof scheint zu gelingen, durch einen »teuflischen« Trick. Mephisto bläst dem Astrologen Faust das Rezept ein, das dieser dem Kaiser verkündet: Im Schoß der Erde, doziert er, liegen unendliche Schätze. Aus Sorge vor Räubern und Kriegshorden wurden sie versteckt, schon von Römertagen her. Viele, die sie heben wollten, kamen um. So ruhen sie noch heute in der Erde. Das Land aber, der Boden, gehört dem Kaiser, deshalb sind alle Schätze sein. Diesen Reichtum kann man zukünftig ergraben, aber man kann auch die ungehobenen Werte schon im voraus als »Deckung« betrachten für die Schuldscheine, das Papiergeld, die der Kaiser ausstellen darf.

Und die höllischen Berater lassen den Kaiser in der Faschingsnacht, in der er als »Großer Pan« auftritt, ein Papier unterschreiben, das sie tausendfach vervielfältigen und damit das Volk beglücken. Der mißtrauische Kaiser beginnt in Glückseligkeit zu schwelgen. Noch einmal fragt der skeptische Kaiser: »Und meinen Leuten gilts für gutes Geld?« Er kann den plötzlichen Reichtum gar nicht fassen. Als er seine Untertanen fragt, was sie mit ihrem Geld nun beginnen würden, erklären sie ihm: lustiger leben wollen, dem Liebchen Kette und Ringe kaufen, sich im Würfelspiel versuchen, den besten Wein trinken. Nur des Kaisers alter Narr – seither von Mephisto vertreten –, der wieder aus seinem Rausch erwacht ist, scheint der Sache nicht zu trauen. »Kann ich dafür auch Acker, Haus und Vieh kaufen?« erkundigt er sich. Und als das bejaht wird, triumphiert er: »Heut abend wieg ich mich in Grundbesitz.« Und Mephisto, Täuscher und Verführer, der dieses ganze Geldspiel entfacht hat, kann des Narren konsequente Geldanlage nur bestaunen: »Wer zweifelt noch an unsers Narren Witz?« ist sein Kommentar, der weder Volk noch Kaiser zur Ehre gereicht.

Gerade hier läßt kein weltfremder Dichter den Mephistopheles solche Anmerkungen über die Klugheit der Immobilienanlage machen. Da spricht vielmehr einer, dem es nicht unbekannt war, daß sein Vaterhaus einst von der Großmutter Cornelia für 6000 Gulden erstanden wurde, während Frau Aja beim Verkauf – freilich sechs Jahrzehnte später – 22 000 Gulden erlöste. Des Dichters eigene Erfahrungen mit Immobilien waren zwiespältiger Natur. Das Haus am Frauenplan war ein Glücksfall, denn das hatte ihm der Herzog geschenkt. Aber mit seinem 1798 erworbenen landwirtschaftlichen Gut Oberroßla hatte er viel Ärger durch den Pächter und manche teure und vergebliche Investition, so daß er es schon 1803 wieder verkaufte. Dabei konnte er statt der aufgewendeten – größtenteils geborgten – 13 125 Gulden des Kaufpreises immerhin nach fünf Jahren 15 500 Gulden erlösen.

Auch in diesem Kapitel Geldgeschichte erweist es sich wieder einmal, daß Goethe zwar viel länger in Weimar lebte als in Frankfurt, daß aber die Eindrücke und Belehrungen aus der Jugendzeit, die finanzielle Genauigkeit des Elternhauses, die Erfahrungen einer bedeutenden Finanz- und Handelsstadt sein Verhältnis zum Geld bis ins Alter beeinflußten.

Gourmand Goethe
schöpfte sich seinen Teller schrecklich voll

Bei Tisch in seinem Haus am Frauenplan in Weimar – im geselligen Kreis einiger Damen und Herren – weilte Goethe einmal mit sichtlichem Wohlbehagen bei dem Thema »Berliner Küche«. »Man spricht«, sagte er, »oft davon, daß die Berliner Zeitungen so uninteressant wären; ich für meinen Teil vermeide sie zu lesen, weil sie für mich einen zu großen Reiz haben, denn da gibt es ganze Seiten voll verführerischer Artikel, als da sind: die großen Präsentaustern, großer körniger astrachanischer Kaviar, Delikatessheringe und was weiß ich alles.« Das geschah nicht etwa auf einem Höhepunkt des Lebens, sondern am 25. August 1831, wie uns der Philosoph Friedrich Förster als Tischgenosse berichtet. Also nur ein halbes Jahr vor Goethes Tod.

Schon der sechzehnjährige Student berichtete rühmend der Schwester nach Frankfurt, welche Delikatessen ihm in Leipzig zum Mittagstisch geboten würden. Er nennt »Hüner, Gänsse, Truthahnen, Endten, Rebhüner, Schnepfen, Forellen, Haszen, Wildpret, Hechte, Fasanen und Austern«. Wie Rind-, Kalb- und Hammelfleisch schmecke, wisse er schon gar nicht mehr. Bei flüchtiger Beurteilung könnte man fast annehmen, der größte deutsche Dichter habe von Jugend an bis ins hohe Alter sein Sinnen und Trachten vor allem auf köstliche Mahlzeiten gerichtet. Der Eindruck verstärkt sich noch, wenn man in einem Brief von Charlotte Schiller an die Erbprinzessin Karoline liest, Goethes Sohn August habe von seinem Vater erzählt, er müsse sich schonen und würde deshalb weniger ausgehen, »denn in Gesellschaft verdürbe er sich so leicht, weil er sich vergäße«.

Fügt man noch hinzu, was die Ehefrau von Georg Brentano über einen Besuch des Dichters in Winkel am Rhein im Jahre 1814 berichtete, so könnte man Goethe hinsichtlich seiner Eßkultur geradezu für einen Barbaren halten. Schrieb sie doch: »Er schöpfe sich immer seinen Teller schrecklich voll Speisen, die er aber meistens liegen ließ, ohne sie zu genießen, was mir das unbehagliche Gefühl hervorrief, als sei ihm nichts gut genug zubereitet.« Natürlich sind diese Zeugnisse einseitig ausgewählt, und es stehen ihnen anderslautende gegenüber. Unbestreitbar aber ist, daß Goethe kein Kostverächter war.

Schließlich kam er aus vermögendem Hause, wo gut gekocht wurde, was man zumindest bei der großen Vorratshaltung annehmen darf. Das Ausgabenbuch des Herrn Rat unterrichtet uns in allen Einzelheiten darüber. Am teils selbst geführten Rezeptebuch des Großvaters Textor, in dem er so allerlei spezielle Gaumengenüsse festhielt, merkt man darüber hinaus, was Goethe wohl außer Statur und Frohnatur von Vater und Mutter – sonst noch von den Ahnen als

Erbe empfangen hat. Auch in seinem Jugendwerk, dem »Götz von Berlichingen«, spricht er von den Vorteilen des Mahls: »Essen und Trinken ist des Menschen Leben . . . Wenn ihr gegessen und getrunken habt, seid ihr wie neu geboren; seid stärker, mutiger, geschickter zu eurem Geschäft.«

Das war später, wenn auch nicht immer, aber lange genug, des Dichters Lebensregel. Von Gästen, die einmal an Goethes Tafel speisten, ist darüber viel Lob überliefert. Der schon erwähnte Friedrich Förster berichtete, daß bei solchen Einladungen der Hausherr den Küchenzettel meist selbst aufgestellt habe und das Fleisch, Geflügel oder Wild – »selbst wenn es ein schwieriger Wildziemer war« – eigenhändig zerlegte. Auch Wilhelm Grimm schreibt, daß es an Goethes Tafel »ungemein splendid« zugegangen sei und Gänsepastete, Hasen und dergleichen mehr gereicht wurden. Einem anderen Besucher gegenüber rühmte sich der Gastgeber, er habe einen neuen Salat erfunden, der aus eingemachten Gurken zu bereiten sei.

Kein Wunder, daß manche Zeitgenossen sich über Goethes Leibesfülle aufhielten. So etwa tat es Frau von Stein – nach der Trennung; oder der junge Kestner, nachdem der Sohn der »Wetzlarer Lotte« Goethe auf der Gerbermühle in Frankfurt am Main begegnet war. Aber zwei Liter Wein pro Tag, die bei Goethe üblich waren, bewirkten nicht gerade eine Schlankheitskur.

Die häufig anwesenden Gäste verursachten natürlich viel Arbeit, und Goethe konnte sich glücklich preisen, nach der Rückkehr aus Rom in Christiane Vulpius nicht nur einen »Bettschatz« – wie die unkomplizierte Frau Aja meinte – in sein Haus geholt zu haben, sondern eine äußerst tüchtige Hausfrau, die auch Köchin und Beiköchin überwachen konnte, selbst überall anpackte, Gänse und Hühner anschaffte, sich stark im Garten betätigte und zudem Obst, Fleisch, Butter im Rahmen der damaligen Möglichkeiten in größeren Mengen konservierte.

Goethe wußte es zu schätzen, wie man seinen Äußerungen gegenüber Karl Reinhardt entnehmen kann: »Für die Haushaltung ist sie geschaffen. Hier überhebt sie mich aller Sorgen, hier lebt und webt sie; es ist ihr Königreich.« Kein Wunder, daß selbst Biographen, die nichts Böses damit sagen wollten, meinten, Goethe habe viele Frauen geliebt, geheiratet aber habe er seine Köchin.

Es überrascht nicht, daß sich ein Teil der Korrespondenz zwischen Goethe und Christiane, wenn er abwesend war, auf den Haushalt bezog. Als der Dichter 1792 in Frankfurt weilte, wo er von der Mutter bewirtet wurde, schrieb er nach Weimar, es werde ihm aber »noch besser schmecken, wenn mein lieber Küchenschatz die Speisen zubereiten wird«. Ein andermal teilte er im März aus Jena mit, daß von Hamburg aus sechs Spickgänse nach Weimar unterwegs seien.

Nach Jena ging Goethe, um ungestört arbeiten zu können, wochen-, zuweilen sogar einige Monate lang. Doch dort schmeckte ihm das Essen in den Gasthäusern nicht. Er stöhnte, daß er »wiedereinmal fünf Tage lang nur von Zervelatwurst und Rotwein« gelebt habe. Chistiane versuchte deshalb, das Essen des Herrn Geheimrat mit »Schöpsenbraten, Kapaun oder Truthahn, französischer Bouillon oder Kalbsfüßen in Gelee« zu verbessern, sobald sie Gelegenheit hatte, dergleichen ins 20 Kilometer entfernte Jena zu schicken. Auch die Küche des befreundeten Verlegers Frommann half zuweilen aus, aber Jena brachte für Goethe verpflegungsmäßig immer wieder Probleme mit sich.

Beim Küchenpersonal tauchte – wie uns das Haushaltsbuch verrät – im Februar 1831 erstmals auch ein Koch auf. Im allgemeinen gab es nicht allzuviel Wechsel bei den Goetheschen Dienstboten, nur mit der Beiköchin Charlotte Hoyer, die von 1808 bis 1811 im Haushalt arbeitete, gab es anscheinend viel Kummer. Entsprechend war das Zeugnis, das Goethe ihr ausstellte. Er nannte sie darin »launisch, eigenwillig, widerspenstig, grob«; außerdem verhetze sie ihre Mitdienenden. Und zu ihren Untugenden gehöre auch, daß sie an den Türen horche. »Die Hoyer« war über das Schriftstück so empört, daß sie es zerriß und die Schnipsel auf die Treppe streute.

Daß Goethes Mutter auch von Frankfurt aus um des Sohnes leibliches Wohl besorgt war, ist nicht unbekannt. Die Kronberger Kastanien schickte sie Jahr um Jahr als Gänsefüllsel nach Weimar. Aber auch die Spezialitäten der Frankfurter Bäcker und Metzger – die Brenten und der Preßsack – wurden nach dort expediert; Zuckerzeug und Gebäck dergleichen. Beides machte Frau Aja aber ebensowenig selbst wie die ihr oft zugeschriebene Grüne Sauce, denn diese Frankfurter Spezialität kam erst später auf.

Als Frau Aja 1794 das Haus im Hirschgraben verkaufte, lagen dort im geräumigen Keller noch diverse Fässer. Zwei davon aus dem Jahre 1706, also 88 Jahre alt. So manche abgefüllte Flasche fand bei vielen Gelegenheiten den Weg zum Haus am Frauenplan in Weimar, doch Goethes Rechnungsbücher weisen erhebliche weitere Bezüge bei verschiedenen Weinhändlern aus. Besonders im »West-östlichen Divan« feierte Goethe den Wein geradezu. Das »Schenkenbuch« bot ihm

Gelegenheit dazu, und den »Eilfer« zu trinken – den hochgerühmten Jahrgang 1811 – erschien ihm fast als heilige Handlung.

Die Unmäßigkeit im Weingenuß hingegen geißelte Goethe wiederholt, etwa in den »Wahlverwandtschaften«. Dem im Studium stehenden Sohn schreibt er, sie würden sich zu Hause jetzt mit dem Wein mäßigen und mahnt: ». . . wobei mir denn lieb ist, aus deinem Briefe zu sehen, daß du dich auch vor diesem so sehr zur Gewohnheit gewordenen Getränk in Acht nimmst, das mehr als man glaubt, einem besonnenen heiteren und tätigen Leben entgegenwirkt.« Das klingt freilich ganz anders als ehedem im »Götz«, wo der Autor nur die guten Eigenschaften des Weines gepriesen hatte. Doch zwischen den beiden Meinungen lagen fast 35 Jahre.

Das Wort von den zwei Seelen in seiner Brust galt für viele Lebensbereiche. Auch für Speise und Trank, denn seine hohe Meinung von erlesenem Essen und Trinken konnte fast ins Gegenteil umschlagen. Zu Anfang in Weimar kochte er sich in seinem Gartenhaus selbst kleine Gerichte. Da reichte ihm ein Eierpfannkuchen aus, dessen Zubereitung er später auch seinem Zögling Carl von Stein beibrachte.

Auch bei den Jagden und Ausritten mit dem jungen Herzog Karl August und seinen »Kumpanen« genügte am Lagerfeuer eine deftige Kost. Und in Rom ernährte sich der Kunstbesessene, um keine Zeit zu verlieren, oft tagelang nur von dem, was er gerade unterwegs kaufen konnte: Apfelsinen, Äpfel, Rosinen und Brot.

Es gab Zeiten, zu denen sich Goethe sehr um Mäßigkeit bemühte. Schon an Kestner in Wetzlar schrieb er, er habe einen frohen Abend gehabt: »Ich hatte keinen Wein getrunken.« Und seinem Tagebuch vertraut er an: »Wenn ich den Wein abschaffen könnte, wäre ich sehr glücklich.« Eine Weile später: »Man könnte noch mehr leisten, ja das Unglaubliche, wenn man mäßiger wäre.« In der »Natürlichen Tochter« lesen wir: »Aus Mäßigkeit entspringt ein reines Glück.«

An Vorsätzen hat es also nicht gefehlt. Aber das Fleisch war auch bei dem Olympier schwächer als Geist und Wille. Rund zehn Jahre vor seinem Tod hatte Goethe eine Phase, in der er sehr viel Bier trank, was Befürchtungen im Freundeskreis auslöste. So ließ Wilhelm von Humboldt seine Frau wissen, daß Goethe jetzt wieder weniger Bier trinke, wie ihm dessen Bedienter mit Freuden erzählt habe.

Gerade den Rauchern und Biertrinkern aber hatte der 56 Jahre alte Johann Wolfgang eine schlimme Zukunft prophezeit: »Zum Rauchen gehört auch das Biertrinken, damit der erhitzte Gaumen wieder abgekühlt werde. Das Bier macht das Blut dick und verstärkt zugleich die Berauschung durch den narkotischen Tabaksdampf. So werden die Nerven abgestumpft und das Blut bis zur Stockung verdickt. Wenn es so fortgehen sollte, wie es den Anschein hat, so wird man nach zwei oder drei Menschenaltern schon sehen, was diese Bierbäuche und Schmauchlümmel aus Deutschland gemacht haben.«

Wer die Dinge etwas pedantisch betrachtet, wird auf solche Widersprüche in Goethes Worten einerseits und seinem Tun andererseits hämisch hinweisen. Aber der Genius wußte auch das zu erklären: Hatte er doch, darauf angesprochen, daß er früher dies und jenes anders beurteilt habe, geantwortet, er sei schließlich nicht so alt geworden, um immer das gleiche zu denken und zu sagen. Goethes so genaue Kenntnis der menschlichen Schwäche ist am Ende des »Faust II« in Verse gefaßt: »In die Schwachheit hingerafft, / sind wir schwer zu retten: / Wer zerreißt aus eigener Kraft / der Gelüste Ketten?«

Auf bayerisch verstand Goethe das »Götz«-Zitat nicht

Anläßlich des 150. Todestages von Johann Wolfgang von Goethe im März 1982 erschien in einer Hanauer Zeitung zu des Dichters Italienreise, die 200 Jahre zurückliegt, eine höchst amüsante Geschichte, die ihrerseits seit nun gut 25 Jahren auch schon manches lustige Wanderleben durch allerlei Redaktionen erfahren hat. Nach der erwähnten Veröffentlichung existiert im »Archiv für Postgeschichte in Bayern« ein »köstliches Dokument« mit den Aufzeichnungen des Posthalters Franz Josef Führmann vom 7. September 1786, in denen berichtet wird:

»Ist mir am 6. September im Jahre des Herrn 1786 durch den Bostschwager Mai Simmerl der Ordinaripost, vermeldet worden, daß am morgigen Tag ein hoher Herr Geheimer Rath, mit Namen Goethingen oder so, mit seiner Extrabostkutschn bei meiniger Bosthalterei Roßwechsel wird machen. Seien die besten Roß einzuspannen, wo ordentlich gefuttert, getränkt, und butzet, daß kein Anstand nicht kommet. Sintemalen hoher Herr von höchster Stell rekommandieret und sehr empfohlen!

Ausgespannte Bostgaul von Extrabost, wo naß geschwitzet, trokkenreim, futtern und tränken, alsdann ausgeruhet zuruck nach hiesiger Residenzstadt. Hohem Herrn Rath Goethinger sind große Reverenzen zu machen und so derselbig Wünsche habet, solchene gleich und freundlings besorgen. Solches lieget in höchstem Interesse und auszuführn ohne Murrn und Unfreundlichkeit, welches Baierische Art und Weis, aber bei Extrabost nicht geduldet und streng gerüget. Auch Dienstleut, Knecht und Mägd anweisen, damit nicht Beschwerden wegen roher Art und Weis, wie leider öfters bemerket! 7. September abends: Ist ein schwerer Tag gwest. Item hoher Herr Rath, zwangsweise einigen Aufenthalt anhier hat nehmen müssen und großer Unmut ihn wegen selbigen überkommen. An seinem hinteren Rahd der Extrabostkutschen ist ein Schad gewesen und hat der Klosterschmied Martl selbigen beheben missen, wo dauert hat und hoher Herr voller Ungunst war und ziemlich geschimpfet. Unsrigen Knecht Simmerl ernstlich vermahnet, weil er hohen Herrn Goethingen ganz habscheuliches ihm zu tun hat geheißen. Hoher Herr aber es Gott sei gedanket, nicht verstanden und dadurch weideres nicht geschehen. Ist dann der Herr Goethinger umeinander gegangen und hat den Bostschwager gefraget, der ist zu mir und hat gesaget, der hohe Herr misse hinaustreten und wo das Häusl sei.

Habe die Stalldirn Leni gleich zu selbigem Häusl geschicket, mit Lumpen nachschauen ob Saubrigkeit dortselben und abbutzen. Auch frischen Strohschiebel hinlegen für Herrn Rath zu Verwendung. Aber er hat nicht mögen, weil selbiges Häusl auf dem Mist stehe und scharf riechet. Auch arge Bemängelung weil das Häusl kein Türl und ohne Rückwand, wo man alles siehet. Ist lieber hinter Haselnußstauden, wo aber Brenesseln seien und er lang herumadum gedabet, item es ihm bei den Stachelbeeren auch nicht getauget. War arg schlecht gelaunigt. Als die Achs fertig war, eingestiegen und nicht gedanket auf unterdänigste Reverenz und Gruß. Ist ein schwer Amt mit hohigen Herren und schlecht Kersch essen damit. Werd aber auf seinigen Reis ins Welschland der hohe Herr noch ganz andere Häusl treffen wie unsriges in Garching, wo auf dem Mist stehet.«

Dieser Bericht stützte sich auf die Mitteilung einer Leserin, die erklärte, jener Josef Führmann sei ein Ahne väterlicherseits gewesen und ihre Urgroßmutter Walburga Krönner eine Urenkelin dieses Josef Führmann in Garching bei München, wo er als Posthalter siebzig Wechselpferde zu versorgen hatte. Das ist fürwahr ein »köstlich Dokument«, denn sich den schimpfenden Goethe auf der Suche nach einem zusagenden Häuschen vorzustellen und vom Knecht Simmerl

Johann Wolfgang Goethe

mit dem »Götz«-Zitat bedacht zu werden, mag schon so manchen Leser trefflich amüsiert haben.

Die gleiche Geschichte war bereits am 24. Februar 1968 in der »Süddeutschen Zeitung« berichtet worden, nur daß dort als Ort der Handlung nicht Garching, sonden der Gasthof zur Post in Ebenhausen genannt wurde, wo Egidius Multer Posthalter gewesen sei und jene Aufzeichnungen erstellt habe, die im Archiv für Postgeschichte in Bayern zu finden wären. – Anläßlich Goethes 150. Todestag nimmt auch die »Süddeutsche Zeitung« am 4. Februar 1982 den Bericht erneut auf. Auch sie verbindet ihn mit dem Hinweis, daß sich jene Aufzeichnungen im »Archiv für Postgeschichte in Bayern« befänden. Als Aufzeichner wird dabei wieder der Garchinger Posthalter Franz Josef Führmann genannt. – Am 30. September 1986, erschien anläßlich der 200. Wiederkehr von Goethes Abreise nach Italien jener Bericht im »Garmisch-Partenkirchner Tagblatt«, wobei nun die Aufzeichnungen einem unbekannten Posthalter zugeschrieben werden. Die Historiker, so wurde dabei vermerkt, würden darüber streiten, ob das Dokument aus Garching oder aus Mittenwald stamme.

Es gibt also hinsichtlich jenes Dokumentes im »Archiv für Postgeschichte«, auf das sich alle berufen, mancherlei Abweichungen.

Geht man aber der Sache einmal auf den Grund, so stellt man überrascht fest, daß das allseits zitierte »Archiv für Postgeschichte« als eine Aufbewahrungsstätte alter Postdokumente nicht existiert, weder in Regensburg noch in Nürnberg oder München, wo es bei den Nachforschungen vermutet wurde. Es handelt sich vielmehr um eine Zeitschrift, die diesen Titel trägt, »herausgegeben von der Gesellschaft zur Erforschung der Postgeschichte in Bayern in Verbindung mit der Deutschen Bundespost«.

In der Nummer eins, Juli 1961, ist der Goethebericht erstmals erschienen. Dort wurde er als »Aufzeichnungen des Posthalters Egidius Multerer, früher Postillon zwischen München und Garmisch«, bezeichnet. Aufgefunden und zur Kenntnis gebracht worden sei jenes Schreiben von einem Sepp Mauder, während als Redakteur Fritz Thole, Bremen zeichnet. Ort der Handlung ist hier Ebenhausen. Die weiter fortgesetzten Nachforschungen ergaben, daß der damalige Schriftleiter des »Archivs für Postgeschichte«, Dr. jur. Heinrich Hartmann, München, ein sehr gewissenhafter Journalist war, der stets nach den Quellen einer Nachricht forschte, es in diesem Fall aber wohl ausnahmsweise unterließ, da er mit dem Verfasser persönlich bekannt war und deshalb glaubte, sich auf dessen Ausführungen verlassen zu können.

Daß hier aber anscheinend ein Schalk am Werk war, wurde lange nicht erkannt. Zwar hatte der eine und andere anscheinend schon erkundet, daß es 1786 in Garching keine Poststation gab, wohin der erste Nachdrucker den Ort zwischen München und Garmisch gelegt hatte.

Deshalb kam man wieder auf Ebenhausen zurück, wo eine solche Station existierte. Das Reisedatum allerdings stimmt für Goethes Italienfahrt, denn am dritten September 1786 hatte er sich in der Nacht, früh um drei Uhr, von seinem Badeaufenthalt Karlsbad »fortgestohlen«, aus Angst, es werde ihn noch jemand zurückhalten. Am 6. September trug er in sein Tagebuch (»Italienische Reise«) ein: »Den fünften September, halb ein Uhr Mittag, reiste ich von Regensburg ab . . . um sechs Uhr morgens war ich in München.«

Dem Redakteur des »Münchner Stadtanzeigers« war es wohl auch bewußt geworden, daß an dieser Sache etwas nicht stimmen könne, da Goethe unter strengster Geheimhaltung Karlsbad verlassen hatte und bekanntlich nicht einmal sein hoher Dienstherr, der Herzog Karl August, oder die Geliebte vieler Jahre, Charlotte von Stein, sein Reiseziel kannten. So ließ er statt des »Geheimen Rath Goethingen oder so« nun den »Geheimen Rath Möller« reisen, was der Sache ein wenig näher kommt, da Goethe unter diesem Pseudonym unterwegs war. Allerdings – und hier hinkt der Bericht wieder – bezeichnete er sich als Maler; keinesfalls aber als Geheimer Rath. Wer hätte unter solchen Umständen wohl die Pferde mit solchen Empfehlungen bestellen sollen?

Mehr war auch bei der heutigen Redaktion vom »Archiv für Postgeschichte in Bayern« – bei allem gezeigten guten Willen – nicht zu erfahren. Doch man ist dort fest überzeugt, daß an dem ganzen Bericht »kein wahres Wort« ist, auch wenn nachträglich offensichtlich Falsches ein wenig zurechtgebogen wurde. Und so bleibt diese vielfach aufgegriffene Veröffentlichung leider nur eine wunderschöne amüsante Geschichte, die es mit so mancher anderen gemeinsam hat, daß sie zu schön ist, um wahr zu sein.

Hätte jener Posthalter aber tatsächlich geschrieben: »Werd aber auf seiniger Reis ins Welschland der hohe Herr noch ganz andere Häusl treffen wie unsriges in Garching, wo auf dem Mist stehet«, so hätte er damit freilich ins Schwarze getroffen, denn noch keine fünf Tage später wird Goethe – in seiner »Italienischen Reise« – von den Häuschen-Zuständen in Roveredo berichten und meinen, »daß man hier dem Naturzustand ziemlich nahekommt«. Hatte doch dort der Hausknecht, den er »nach einer gewissen Gelegenheit« befragte, in den Hof gedeutet und auf Goethes präzisierende Frage »Wo dort?« großzügig geantwortet: »Überall, wo Sie wollen.«

Ein lange totgeschwiegenes Goethe-Gedicht: »Das Tagebuch«

Die im Januar 1775 sich in Frankfurt entwickelnde Bekanntschaft Goethes mit der »holden Lili« Schönemann, die zur einzigen Verlobung seines Lebens führte, hinderte den jungen Dichter nicht daran, in dieser Zeit an »Hanswursts Hochzeit« zu arbeiten; jener mit Fäkalausdrücken vielfach durchsetzten Posse. Jugendlicher Übermut mögen den Sechsundzwanzigjährigen dazu verleitet haben.

Nicht umsonst zählte er zu den Dichtern der Sturm-und-Drang-Zeit und erregte oft genug bei der Zensur Anstoß. Bekanntlich wurden sogar »Die Leiden des jungen Werthers« da und dort konfisziert, gegen die besonders der Hauptpastor Johann Melchior Goeze in Hamburg mit stärkstem Kaliber zu Felde zog.

Ein ähnliches Schicksal war dem 1810 entstandenen großen Gedicht »Das Tagebuch« beschieden. Es wurde wiederholt beschlagnahmt, jedoch mit dem großen Unterschied, daß das vierundzwanzigstrophige Gedicht (mit je sechs Zeilen) Goethe zu seinen Lebzeiten nur einem kleinen Freundeskreis bekannt gemacht hat, um es alsdann nebst einigen anderen freizügigen Versen auszusondern und unter Verschluß zu halten, was auch für die Erben gelten sollte.

Als es durch Indiskretion doch in der Öffentlichkeit erschien, schrieb man bereits das Jahr 1864, also zweiunddreißig Jahre nach des Autors Tod. Da begann die Jagd nach den »anstößigen« Strophen. Goethe selbst hatte zu seinen Lebzeiten keine Bedenken, seine Freunde mit »Das Tagebuch« vertraut zu machen. Aber er wußte, wie jede Periode ein anderes Urteil hat, weshalb er zu Eckermann meinte: »Die Zeit ist ein wunderlich Ding. Sie ist ein Tyrann, der seine Launen hat, und die zu dem, was einer sagt und tut, in jedem Jahrhundert ein anderes Gesicht macht. Was den alten Griechen zu sagen erlaubt war, will uns zu sagen nicht mehr anstehen.«

Anders als zur Zeit von »Hanswurst Hochzeit«, der Jugendsünde, war Goethe einundsechzig Jahre alt, als er das »verfängliche« Gedicht schrieb. Doch schon zwei Jahre früher hatte er sich in seinen Diarien Anmerkungen gemacht, die auf diese geplante Arbeit hinzielten. Jene Verse sind also keineswegs spontan entstanden, sondern vom Dichter lange erwogen worden, was nicht gegen ein persönliches Erlebnis zu sprechen braucht, das weit zurückliegen konnte. Angeregt zu dieser Verserzählung wurde Goethe vielleicht durch die »Amores« des Ovid oder ein ähnliches Thema Ariosts oder des Hofmann von Hofmannswaldau. Auch die galanten, nicht sehr ehrbaren Erzählungen des Abbate Casti, dem er in Rom persönlich begegnet war, hatten besonderes Interesse geweckt.

Goethes Gedicht behandelt die Geschichte eines Reisenden, der sich schon darauf freut, bald zu Hause bei seiner Gattin zu sein. Aber durch einen auftretenden Radschaden muß er im Postgasthaus übernachten. Dort bringt ihm die junge Bedienerin das Essen auf sein Zimmer. Er ist schnell entflammt von ihrer schönen Gestalt, wirbt rasch um sie, will sie küssen. Sie verweist aber auf die unten schon wartende Muhme, einen geldgierigen Drachen. Doch verspricht sie, weil auch er ihr gefalle, um Mitternacht zu ihm zu kommen, wenn er seine Zimmertür unverschlossen lasse. Das habe sie zuvor noch bei keinem Gast getan. Und sie kommt wirklich ins kerzenflimmernde Zimmer, zum Lager der Liebe. Aber den schon fiebernd harrenden Liebhaber hat die männliche Kraft plötzlich verlassen, unverständlich für ihn selbst, so daß das Mädchen, nur von Zartheit und Küssen beglückt, friedlich ins Traumland, in den Schlaf gleitet.

Enttäuscht ob dieser Schmach – wie er es empfindet – denkt der Gast an sein Weib zu Hause und an die vielen mit ihr verbrachten Liebesstunden, wo ihm Gleiches nie geschehen sei. Und er erinnert sich, »wie wir oft sodann im Raub genossen / nach Buhlenart des Ehstands heilige Rechte, / von reifer Saat umwogt, von Rohr umschlossen, / an manchem Unort, wo ich michs erfrechte. . .« Solche sinnlichen Vorstellungen bewirken aber in jenem Reisenden eine Rückkehr seiner Manneskraft, die es ihm nun ermöglichen würde, das geplante Abenteuer doch noch zu bestehen. Nun aber läßt Goethe das Gedicht ins Moralische umschlagen. Schließlich waren es all die mit der Gattin erlebten Sinnesfreuden, die hier den Wandel bewirkt hatten. Und mit diesen Erinnerungen an sein Eheweib kehrt der Wille zur Treue zurück. So läßt er das Mädchen friedlich schlafen und »leise, leise / entzieht er sich dem holden Zauberkreise«. Und schließlich endet das Gedicht mit der moralischen Deutung, was der Sinn dieser Verse sei: »Wir stolpern wohl auf unsrer Lebensreise, / und doch vermögen in der Welt, der tollen, / zwei Hebel viel aufs irdische Getriebe: / Sehr viel die Pflicht, unendlich mehr die Liebe.«

Doch gerade diese, nach den vorangegangenen freizügigen Versen fast etwas unlogische und peinliche Moral ließ lange Zeit Zweifel aufkommen, ob das Gedicht wirklich von Goethe stamme. Auch daß jenes einfache Landmädchen erklärt, daß man sie überall »spröde« nenne, daß sie unberührt sei, doch nun dem Gast bekennt: »Du bist mein Sieger, lass dich's nicht verdriessen / ich sah, ich liebte, schwur dich zu geniessen«, erschien gerade Goethefreunden und -kennern sprachlich »bombastisch«, unangemessen, im Ton vergriffen. Und man muß wohl sagen, verständlicherweise.

Die strenge Form, die Goethe für das Gedicht wählte, die Ottaverime, nennt Wolfgang Kayser »die Fürstin der Strophenformen«, doch Goethe krönte sie noch durch den keineswegs üblichen Endreim. Selbst mit Schiller hatte er früher schon wegen der verschiedenen Reimschemen korrespondiert, wo es darum ging, Inhalt und Form einander anzupassen.

Daß er im »Tagebuch« »versuchend« auf »Tugend« reimt, weist auf die Frankfurter Herkunft des Autors hin, wobei der Reim nicht einmal falsch zu nennen ist, weil bindende Aussprachevereinbarungen erst Jahrzehnte später festgelegt wurden. Die Zahl der erschienenen Goethebücher und Kommentare geht in die Tausende. Deshalb ist es höchst verwunderlich, daß sich die Forschung gerade mit diesem Gedicht so schwer getan hat.

Eine Institution, der daran hätte gelegen sein müssen, wie etwa die Goethegesellschaft, hat in 55 publizierten Bänden (von 1880 bis 1935) das Gedicht völlig übergangen; man muß schon sagen: totgeschwiegen. Und editionsmäßig ist auch bis heute nicht allzuviel geschehen. Eine Ausnahme bildeten lediglich die Forscher Johannes Niejahr (1895) und die von Mendheim (1904) veröffentlichten Arbeiten, die sich ernsthaft mit »Das Tagebuch« befaßten, wobei Mendheim besonders die Zweifler widerlegen wollte, die an Goethes Autorschaft nicht glaubten. Doch die ist inzwischen eindeutig erwiesen. Es ist deshalb ein besonderes Verdienst von Siegfried Unseld, mit seiner Veröffentlichung als Inselband (»Das Tagebuch« Goethes und Rilkes »Sieben Gedichte«) lang Versäumtes nachgeholt zu haben und in einer tiefschürfenden Untersuchung die Geschichte von Goethes so lange geheimgehaltenem Gedicht – von der Entstehung bis zur Gegenwart – dem Leser mit viel erläuterndem Quellenmaterial darzulegen. Man erfährt dort so interessante Einzelheiten wie die, daß der Inselchef Kippenberg dieses Gedicht Rilke, bei dessen Besuch, vorgelesen hat, (als seine Frau zur Kur weilte) und Rilke sich davon stark beeindruckt zeigte.

Unseld glaubt, daß Rilkes »Sieben Gedichte« (erotischen Inhalts) durch dieses Goethewerk mit veranlaßt wurden. Das erste Inselbändchen war 1912 erschienen. Es war Rilkes »Cornet«, der eine Millionenauflage erreichte. Und da Unselds Untersuchung im Inselband als Nummer tausend erschien, hat dieser damit einen ganz besonderen Platz in dieser Reihe, in der Rilke und Goethe die am häufigsten vertretenen Autoren sind.

Natürlich kann heute die Untersuchung und deren Veröffentlichung ungehinderter erfolgen als zu einer Zeit, da die Gefahr bestand, mit solchen Publikationen so manches Tabu zu brechen, denn es ist schon seltsam genug, daß selbst in der letzten großen Hamburger Ausgabe der Goethewerke (Herausgeber Erich Trunz 1948–1969) das Gedicht noch immer keine Aufnahme fand. Kein Wunder also, daß sich die Raubdrucker, sobald sie es vermochten, des Themas bemächtigten. Da es die verantwortungsvolle Forschung versäumt hatte, Inhalt, Sinn und Absicht des letztlich ja nicht unmoralischen Gedichts zur Kenntnis zu bringen und zu erläutern, weckte die Heimlichtuerei um so stärker die Neugierde.

Kanzler Müller am Weimarer Hof hatte einige Freunde Einsicht nehmen lassen, stets mit der Auflage, das Gedicht nicht abzuschreiben, aber irgendwo war doch eine undichte Stelle, zumal nachdem der Buchhändler und Goethesammler Salomon Hirzel das Gedicht in winziger Auflage – man spricht von dreißig Exemplaren – für einige Freunde hatte drucken lassen. Das war 1861. Mehr als zwanzig Raubdrucke der verschiedensten Verlage folgten. Um aus dem einzelnen – wenn auch langen – Gedicht ein kleines Buch gestalten zu können, wurden vielfach Zeichnungen beigegeben, die mehr dem Voyeurismus Reizstoff boten, als daß sie eine harmonische Verbindung von Bild und Text erstrebten.

So führte das Gedicht weitere fünfzig Jahre lang ein zwitterhaftes Dasein als verbotener Druck, der auch hier und dort beschlagnahmt wurde, ehe es in der Sophienausgabe 1910 endlich legalisiert wurde. Ein Franzose hatte allerdings schon 1881 eine Übersetzung geboten und darüber gespottet, daß die Deutschen ein Werk ihres größten Dichters polizeilich verfolgen würden.

Zur Entschuldigung muß freilich gesagt werden, daß es geradezu als gotteslästerlich galt, wenn es bei der Hochzeit mit der Liebsten im Gedicht heißt: »Und als ich endlich sie zur Kirche führte, / Gesteh ich's nur, vor Priester und Altare, / vor deinem Jammerkreuz, blutrünstiger Christe, / Verzeih mir's Gott, es regte sich der Iste.« (Goethes Wortbildung »der Iste« wäre alleine einer Betrachtung wert.) Wer nicht bedenkt, wie sehr sich inzwischen strenge Anschauungen gelockert haben, mag sich bei der Betrachtung dieser Vorgänge an Fausts Worte gegenüber Wagner erinnern: »Was ihr den Geist der Zeiten heißt, / das ist im Grund der Herren eigener Geist, / in dem die Zeiten sich bespiegeln.«

Aber wenn schon Goetheforscher wie Viktor Hehn, Eduard Engel oder Alexander Baumgarten »Das Tagebuch« um die Jahrhundertwende als »nicht vorlesbar« bezeichneten oder gar in die Rubrik der »niedrigsten erotischen Literatur« verwiesen, die Großherzogin Sophie von Weimar – mitverantwortlich für Goethes Nachlaß – war nicht weniger neugierig als andere. Sie öffnete um 1885 einmal kurz die verschlossenen Manuskripte und las das geheimnisumwitterte Gedicht ihren Hofdamen vor.

Aber damit tat sie im Grunde nichts anderes als Goethe selbst, den es anscheinend besonders reizte, im engen Freundeskreis diese Verse bei den verschiedensten Gelegenheiten vorzulesen. Auch in der Gesellschaft von Damen, wie etwa der Frau von Eybenberg. Frau Schiller allerdings las er das Erotikum nicht vor, doch bekannte er Frau Schiller im Jahre 1810 in einem Brief: »Denken Sie, daß mir seit einiger Zeit nichts mehr Vergnügen macht, als Gedichte zu schreiben, die man nicht vorlesen kann!«

Daß ihm die Sache so ganz moralisch, wie man sie heute etwas einseitig ausdeutet, selbst nicht erschien, zeigt sich an seinem Zusatze: »Das ist denn doch, wenn man's genau besieht, ein pathologischer Zustand, von dem man sich je eher je lieber befreien soll.«

Das ist wohl Hinweis genug, daß es ihm bei dieser Schilderung in erster Linie gewiß nicht um Moralbemühen ging, sondern um das Kunstwerk, um die Kunstform, die ihn reizten. Und nicht zuletzt wohl auch um das Schockieren, das er ja nicht scheute, wie »Hanswursts Hochzeit« zeigte; oder die Veröffentlichung der »Römischen Elegien« in Schillers Horen, von denen Herder sagte, daß man nach diesem Abdruck die Horen nun wohl mit »u« schreiben müsse.

Doch Goethe mag darüber heimlich gespottet haben aus dem besseren Wissen heraus, das er im Faust schon dem Mephistopheles in den Mund gelegt hatte: »Du hast das Recht, gesittet Pfui zu sagen. / Man darf das nicht vor keuschen Ohren nennen, / was keusche Herzen nicht entbehren können. / Und kurz und gut, ich gönn' ihm das Vergnügen, / gelegentlich sich etwas vorzulügen.«

Späte tragische Liebe

Ulrike von Levetzow, die »lieblichste der lieblichsten Gestalten«

»Die Elegie behandelt nichts als die alltäglichen und tausendmal besungenen Gefühle der Nähe der Geliebten und des Schmerzes des Scheidens, aber in einer so auf Goethe passenden Eigentümlichkeit, in einer so hohen, so zarten, so wahrhaft ätherischen und wieder so leidenschaftlich rührenden Weise, daß man schwer dafür Worte findet.« Dies schrieb in seinem Brief vom 19. November 1823 der in Weimar weilende Wilhelm von Humboldt an seine Frau, nachdem der vierundsiebzigjährige Goethe ihm als allerersten ein Gedicht zum Lesen anvertraut hatte, das im Leben des Dichters eine überragende Rolle spielt. Äußerlich ergibt sich dies bereits aus der Tatsache, daß Goethe diese vielen Strophen mit eigener Hand abschrieb – was er im Alter höchst selten tat – und das Manuskript mit seidener Schnur zwischen rotem Maroquin befestigte, ehe er es später einem blauen Einband anvertraute, so, wie es noch heute im Goethe- und Schiller-Archiv in Weimar aufbewahrt wird: mit den aufgeprägten goldenen Lettern »Elegie«. Die Sonderstellung dieser Arbeit wird dadurch betont, daß der Autor sein Werk auch in den folgenden Jahren nur wenigen Getreuen zu lesen gab, wie etwa Zelter oder Eckermann, und dabei meinte, es sei fraglich, ob er es je veröffentlichen werde.

Der keineswegs enthusiastisch veranlagte Wilhelm von Humboldt war von dieser Elegie erstaunt, ergriffen und so entzückt, daß er seine Gefühle darüber kaum beschreiben könne. Bewundernd berichtet er in einem Brief seiner Frau von jener Schöpfung: »Es erreicht nicht nur dies Gedicht das Schönste, was er je gemacht hat, sondern übertrifft es vielleicht, weil es die Frische der Phantasie, wie er sie nur je hatte, mit der künstlerischen Vollendung verbindet, die doch nur langer Erfahrung eigen ist.« – Dieses Kunstwerk war das Ergebnis von Goethes Badeaufenthalt im Jahre 1823 in Marienbad, wo die schon früher aufgekeimte Liebe zur inzwischen neunzehnjährigen Ulrike von Levetzow zur vollen Blüte aufbrach.

Schon in den beiden Vorjahren hatte sich der Badegast im Kreis

Ulrike von Levetzow

der Frau von Levetzow und ihrer drei Töchter wohl gefühlt, doch 1823 erreichten Interesse und Begeisterung für Ulrike einen Grad, der den Vierundsiebzigjährigen nicht nur mit dem Gedanken an eine Heirat spielen ließ. Er reifte vielmehr zur offiziellen Brautwerbung durch den alten Freund und Landesherrn Carl August von Sachsen-Weimar. Die Familie Levetzow hat die Entscheidung hinausgezogen, um nicht zu verletzen. Trotzdem feierten die Betroffenen noch danach – Goethe, Frau Amalie von Levetzow und ihre drei Töchter – gemeinsam am 28. August den vierundsiebzigsten Geburtstag des Dichters in Elbogen an der Eger mit seinem prächtigen Schloß, fernab von aller Marienbader Geselligkeit.

Der fünfte September war des Dichters Abreisetag von Karlsbad, wohin man inzwischen übergesiedelt war. Er brachte die Trennung von Ulrike und mit dem Scheiden für Goethe wohl das Bewußtsein des Scheiterns, des Zerrinnens eines Idealbildes, das Vorstellungskraft und Phantasie des Dichters über das Maß der Wirklichkeit gehoben hatte. Er mochte zudem ahnen, daß ihn in Weimar im Haus am Frauenplan Mißtrauen und Kühle von Sohn und Schwiegertochter begegnen würden. So geschah es auch, denn die Heiratsabsichten waren nicht geheim geblieben und hatten Spott, Ablehnung, Mißtrauen, Verachtung, ja Haß in manchen Weimarer Kreisen ausgelöst. Ging es doch dabei auch um das Erbe eines beträchtlichen Vermögens.

Nur wenige suchten dem Vorhaben des Greises mit Verständnis zu begegnen, wie etwa Schillers Witwe Charlotte, die dem Sohn berichtete und dazu meinte: »Ich hoffe, daß Goethe in einem Alter von vierundsiebzig Jahren nicht so unweise handeln wird. Sage es niemand, damit es nicht von mir kommt. Ich möchte die Blöße lieber verhüllen, als aufdecken.« Einfühlungsvoller noch ist Frau Schillers Brief nur kurze Zeit später: »Auch Zelter war bei mir . . . Er hat in Goethes Haus viel Verstimmung gefunden . . . Der Sohn soll mit ihm sehr hart gewesen sein. Ottilie bekam Krämpfe . . . das ist nicht der Weg sein Herz zu besänftigen . . . Daß ein Mann wie Goethe in seinen Jahren noch einmal recht liebt, ist bei so viel Einbildungskraft nicht unmöglich . . . Wenn er noch einige Jahre glücklich sein könnte, so wäre es ihm doch zu gönnen.«

Goethe war bald nach seiner Rückkunft aus Marienbad schwer erkrankt. Aus seelischen Erschütterungen hat sich der sensible, zuweilen hypochondrische Dichter im Laufe seines Lebens häufig in körperliche Krankheiten geflüchtet. Der alte Freund Zelter war an Goethes Krankenbett gekommen. Er mußte dem Leidenden die auf der Rückreise entstandene Elegie immer und immer wieder vorlesen.

Von des Dichters Lyrik, Briefen, Prosastücken sind häufig selbst die Entwürfe erhalten geblieben. Das Zustandekommen einzelner Gedichte ist oft in den Tagebüchern erwähnt. Über den Verbleib des Urmanuskripts der »Elegie« (die man die Marienbader nennt) wurde lange gerätselt, obwohl der Historiker Suphan schon Ende des 19. Jahrhunderts Hinweise darauf gegeben hatte. Doch man nahm an, Goethe habe unterwegs auf Schiefertafeln geschrieben und die Schrift später gelöscht. Um so größer war das Erstaunen der Fachwelt, als – aus dem englischen Autographenhandel kommend – die Urschrift im Jahre 1980 dem Freien Deutschen Hochstift in Frankfurt angeboten wurde und später durch einen Förderer für das Museum erworben werden konnte. Das war eine Sensation, ein Jahrhundertfund, denn gewichtige Teile dieses vielstrophigen Gedichts ließen sich nun bis zum ersten Augenblick ihrer Entstehung zurückverfolgen.

Der nach etwas »tumultuarischem Abschied« von Karlsbad Scheidende hatte einen aus dem Vorjahr, 1822, stammenden »Grosherz.

Weimarische Schreib-Calender« benutzt, um Leitgedanken der »Elegie« – meist in Verspaaren – festzuhalten. Und wer – durch das stets geführte Tagebuch – ergänzend weiß, daß die Eintragungen »das Gedicht fortgesetzt«, »das Gedicht redigiert«, »gleich nach der Ankunft Abschrift der neusten Strophen«, unterwegs erfolgten (auf den Rückreisestationen Zwodau, Hartenberg, Eger), der spürt, wenn er die »Elegie« liest, wie aufgewühlt das Innere des im Alter als so sehr förmlich geltenden Olympiers gewesen sein muß. Noch zeugt die holprige Schrift von der oft auf holprigen Straßen fahrenden Kutsche, die den Schreibenden, entgegen sonstiger Gewohnheit, zuweilen zu den deutlicheren Druckbuchstaben veranlaßte.

Von unterwegs aus richtet Goethe einen Brief an Frau von Levetzow und die Töchter; dankbar, freundschaftlich, väterlich, zurückhaltend, ohne die Hoffnung auf eine weitere Begegnung ganz auszuschließen. Hier spricht der Weltmann Goethe, konventionell, nur mit verhaltenen Andeutungen. Anders sieht es in seinem Innersten aus. Dort herrschen Trauer, Hoffnungslosigkeit, Resignation, vielleicht aus der ihm voll bewußten Alterssituation heraus gespeist. Die Klage entringt sich seiner Brust wie in Jugendtagen: »Ach, wer doch wieder gesundete! / Welch unertragliche Schmerzen! / Wie die Schlange, die verwundete, / Krümmt sich's im eignen Herzen.«

Goethe erinnert sich der schönen Tage, in denen die Stunden im zarten Wandel vorüberglitten. Den Abschiedskuß des Töchterchens, wie er Ulrike oft nannte, empfand er nun als »grausam süss zerschneidend / Ein herrliches Geflecht verschlungener Minnen.« Doch dann »stockt der Fuss, die Schwelle meidend, / Als trieb ein Cherub flammend ihn von hinnen / . . . Und Mißmuth, Reue, Vorwurf, Sorgenschwere / Belastens nun in Schwüler Atmosphaere.«

Vergessen ist in dieser tragischen Euphorie, daß den heiteren Tagebucheintragungen »Abends im Freien«, »Abends kleine Spiele und Tanz«, zuweilen hinzugesetzt werden mußte: »Bekam mir nicht, schlimme Nacht.« Doch Goethes dichterische Phantasie setzt sich über solche alters- und gesundheitsbedingten Hürden hinweg, und er fühlt, wie sehr ihm »das Bild der Lieben / mit Flammenschrift ins treue Herz geschrieben« ist. Und ein Gefühl des Dankens überkommt den Gealterten. Er vergleicht den heitern Frieden, den ihm die Liebe bescherte, mit dem Frieden Gottes, der mehr beseligt als alle Vernunft. Und der Dichter schwingt sich auf zu einer selten an ihm gekannten, seltener ausgesprochenen Demut des Herzens in den Worten: »In unsres Busens Reine wogt ein Streben / sich einem

Höhern, Reinern, Unbekannten, / aus Danckbarkeit freywillig hinzugeben, / Enträthselnd Sich den ewig Ungenannten; / Wir heissen's fromm seyn! – Solcher Selgen Höhe / Fühl ich mich theilhaft wenn ich vor ihr Stehe.« Erschütternd ist schließlich die Klage des einsam Gewordenen: »Mir ist das All, ich bin mir selbst verloren, / der ich noch erst den Göttern Liebling war.« Gerade das Entbehren nach der vorangegangenen Beglückung führt ihn hin bis zur Verzweiflung. Die Götter, »Sie drängten mich zum gabeselgen Munde, / Sie trennen mich und richten mich zu Grunde.«

Noch wollte Goethe in mancherlei Hinsicht wirken oder Teile seines Lebenswerkes zu Ende bringen; in den letzten acht Lebensjahren wurde die Gesamtausgabe bearbeitet, und als Krönung seines Lebenswerks vollendete er den schon in früher Jugend begonnenen »Faust«. Und wenn am Ende des »Faust II« die Mater Gloriosa im himmlischen Bereich Gretchen auffordert: »Komm! Hebe dich zu höhern Spären! / Wenn er dich ahnet, folgt er nach«, so erinnert dieses Bild an die »Elegie«, in der er die Geliebte im Spiel der Wolken sieht und zumal an deren Anfangsverse, in denen es heißt: »Kein Zweifeln mehr! Sie tritt ans Himmelsthor. / Zu ihren Armen hebt sie dich empor.«

Stefan Zweig nahm die »Marienbader Elegie« (Goethe hatte sie in der Ausgabe letzter Hand mit dem Gedicht »An Werther« und »Aussöhnung« verbunden und als »Trilogie der Leidenschaft« veröffentlicht) in seine Miniaturen »Sternstunden der Menschheit« auf und bezeichnete jenen Abschied von Marienbad als Scheitelpunkt zwischen letztem Begehren und letztem Entsagen. Wenn auch unter Schmerzen, hatte sich die Wandlung von der sinnlichen Freude des Anschauens und Besitzenwollens jugendlicher Schönheit zu jener Sphäre vollzogen, die »Faust II« abschließt: »Das Ewig-Weibliche zieht uns hinan.« Auch hier sind Aussage und Vorgang verwandt mit dem Bild, das in der »Elegie« wie vorweggenommen erscheint: »Wenn Liebe je den Liebenden begeistet, / Ward es an mir aufs lieblichste geleistet.«

Verwirrung in Frankfurt um Ehrenbürgerschaft und Goethe-Denkmal

Warum Goethe kein Frankfurter Ehrenbürger ist

Der Freiherr vom Stein, Albert Schweitzer, Theodor Heuss, Georg August Zinn sind Ehrenbürger Frankfurts. Ihr berühmtester Bürger, Johann Wolfgang von Goethe, ist es nicht. Aber in diesem Satz bedarf das Wort »Bürger« schon einer Einschränkung, denn der Dichter wurde 1749 zwar als Frankfurter Bürger geboren, doch als er 1832 in Weimar starb, war er formell kein Frankfurter mehr, nachdem er sich 1817 aus dem hiesigen Bürgerverband gelöst hatte. Dieses Ausscheiden belastete viele Jahre die Beziehungen des offiziellen Frankfurt zu seinem bedeutendsten Sohn, obwohl weder Stadt noch Dichter diese Entwicklung im Grunde gewünscht hatten.

Findet man beim jungen Goethe der Sturm-und-Drang-Jahre auch mancherlei abfällige Bemerkungen über die provinzielle Enge und Dumpfheit seiner Vaterstadt, so wußte der reifere Dichter Frankfurt als seinen Geburtsort durchaus zu schätzen, weil es mit dem geschäftigen Treiben seiner Messen, seinem freiheitlichen Bürgersinn und seinem von daher geprägten Elternhaus im entscheidenden Kindesalter seinem wachen Geist die günstigsten Entwicklungsmöglichkeiten geboten hatte. Das freundliche Bild, das er in »Dichtung und Wahrheit« mit aller Liebe von seiner Heimatstadt zeichnete, und das Wohlbehagen, das er anläßlich seiner späten Reisen an Main und Rhein beim Wiedersehen empfand, zeigen, daß er der Stätte, an der seine Wiege stand, nie fremd wurde, daß er ihr bis ins Alter zugetan blieb.

Andererseits waren auch seine Landsleute stolz darauf, daß einer der Ihren im deutschen Kulturleben eine so überragende Stelle einnahm. Wenngleich der »einfache Mann« Goethes Schaffen kaum näher kannte – das »Götz«-Zitat und den »Werther« ausgenommen –, so war es gleichwohl eine dem Lokalpatriotismus entspringende Ehrensache, diesem über ganz Deutschland strahlenden Stern Sympathien entgegenzubringen; fiel doch von diesem Gestirn Ruhm auf die ganze Stadt und ihre Bewohner. Daß es trotzdem zum äußeren Bruch kam, zum Ausscheiden aus dem Frankfurter Bürgerverband, dafür gab man später – zumal in Zeiten gesteigerter Goetheverehrung – gern dem Senat der Stadt die Schuld; doch diese Behauptung hält der Nachbetrachtung nicht stand.

Solange Goethes Mutter lebte, zahlte sie für das Vermögen die geforderten hiesigen Abgaben, so daß es auch mit des Sohnes Bürgerrecht, trotz seines Weimarer Aufenthaltes, keine Schwierigkeiten gab. Nach Frau Ajas Tod im September 1808 – Goethe war damals 59 Jahre alt – erbte er die Hälfte des Vermögens (die andere Hälfte ging an die Nachkommen seiner Schwester) und mußte als Frankfurter Bürger davon die üblichen jährlichen Abgaben zahlen. Sie entsprachen etwa der heutigen Vermögensteuer. Der Goethesche Besitz war zu diesem Zeitpunkt bereits auf 20 000 Gulden zusammengeschmolzen. Zwar hatte der Dichter von Weimar aus zuweilen auf seine Landsleute geschimpft, weil sie auf ihren Geldsäcken säßen und das musische Leben darüber zu kurz komme, aber in dieser Situation wollte auch er nicht gern ihm »unnötig« dünkende Steuern zahlen.

Er hätte deshalb gerne das in Frankfurt stehende Kapital nach Weimar überführt, wo er mit Frau und Sohn lebte. Doch bei einem legalen Abziehen des Geldes war eine Wegzugsteuer, die man auch als Fluchtsteuer bezeichnen kann, in Höhe von einem Siebtel gesetzlich vorgeschrieben. Goethes Ansuchen, ihm einen Steuererlaß zu bewilligen – durch Rat Schlosser zur Sprache gebracht –, wurde nach den geltenden Gesetzen abschlägig beschieden. Trotzdem wollte Goethe zu dieser Zeit das Bürgerrecht nicht aufgeben. Im Gegenteil, der in Weimar Ansässige erwog den Gedanken, das Bürgerrecht auch für Frau und Sohn zu erwerben, ein kleines Quartier für beide zu mieten und hin und wieder selbst in Frankfurt zu verweilen. Christiane scheint von diesem Plan nicht sehr erbaut gewesen zu sein, der sie, zumindest zeitweilig, ihrer gewohnten Umgebung entführt hätte. Schließlich war Frankfurt nicht ihre Heimat und sie befürchtete wohl auch eine dadurch auftretende Lockerung der familiären Bindung.

Aber der Plan scheiterte aus einem anderen Grund. Rat Schlosser, der Verwandte, der die Einbürgerung betreiben sollte, verwies auf eine Verfügung des residierenden Fürstprimas, nach welcher Geburtsurkunden, Taufscheine und Eheakten in beglaubigter Form vorzulegen seien. Goethe hatte sich mit Christiane, mit der er schon seit achtzehn Jahren zusammenlebte, aber erst 1806 trauen lassen, so daß August unehelich geboren war. Es widerstrebte dem Dichter, diese internen Familienverhältnisse dem Frankfurter Senat aktenkundig zu machen, und so schreibt er – ganz im Gegensatz zur vorangegangenen Korrespondenz – an seine noch in Frankfurt weilende Frau: »Viel werth ist mir, daß du schon fühlst für dich und mich finde sich dort kein Heil. Laß uns in Thüringen auf unserer alten Stelle verharren. Wegen des Bürgerwerdens habe ich mich anders bedacht. Es war ja eigentlich nur ein Wunsch, eine Grille von mir und gegenwärtig ist es gar nicht nötig, daß du und August euch besonders darum bewerbet. Ich dachte, da Franckfurt jetzt einen Souverain hat, so könnte man über verschiedene Umständlichkeiten hinauskommen; wenigstens bei uns wäre alles mit einem Federstrich des Herzogs abgethan, so aber setzt man dort die alten Reichsstädtischen Förmlichkeiten fort, die uns diesmal inkommodiren. Lassen wir also die Sache hinhängen, bis ich vielleicht einmal persönlich den Fürsten darum ersuche. Was sollen wir Taufscheine produciren, die von einer Seite das groß Geheimniss Frauenzimmerlicher Jahre verraten und von der andern mit den Trauscheinen nicht zusammenstimmen.«

Mit dieser Wendung war das Band zwischen der Familie Goethe und Frankfurt schon halb durchschnitten, auch wenn das Entlassungsgesuch aus dem Frankfurter Bürgerverband durch Goethes Anwalt erst am 25. November 1817 eingereicht wurde. Daß es letztlich nicht die versagten finanziellen Vorteile waren, die diesen Schritt auslösten, sondern die Scheu des gefeierten Dichters, seine Familienverhältnisse in Frankfurt aktenkundig zu machen, verdient festgehalten zu werden.

Bis 1817 hat Goethe noch seine Frankfurter Steuern pflichtgemäß bezahlt. Noch 1816, als Christiane gestorben war und August sich mit Ottilie von Pogwisch verlobte, wobei der in Aussicht genommene erweiterte Haushalt finanzielle Belastungen mit sich brachte, nahm der Sohn die Angelegenheit der Überführung des in Frankfurt ruhenden Vermögens in die Hand. Doch auch seinem erneuten Vorstoß wurde der Bescheid zuteil, daß ein solcher Antrag keine Aussicht auf Genehmigung habe, da selbst in Notlagen nicht anders entschieden worden sei. Die Wegzugsteuer könne nicht erlassen werden. Daß der Sohn hier ganz auf eigene Faust handelte, ist freilich zu bezweifeln, auch wenn Goethe dies seiner langjährigen Verehrerin, Bettina von Arnim, bei deren letztem Besuch anvertraute, als sie ihm die Enttäuschung der Frankfurter über seinen Schritt nicht verhehlte. Er habe dabei darauf hingewiesen, läßt Bettina wissen, daß es ja nicht mehr um seine Zukunft gehe, sondern um die von Sohn und Schwiegertochter und er »nie den Übermuth gehabt habe, gegen den Willen seiner Kinder etwas für ihre Existenz als wichtig zu behaupten oder durchzusetzen«.

Die Rechtslage änderte sich erst durch die Deutsche Bundesakte, die am 19. Juli 1816 auch in Frankfurt in Kraft trat und einen freien Wegzug ohne »Fluchtsteuer« ermöglichte. Das daraufhin im November 1817 eingereichte Gesuch Goethes, aus dem Bürgerverband auszuscheiden, wurde vom Senat anstandslos genehmigt. Hier setzte nun die massive Kritik der Goethefreunde an der Stadt Frankfurt ein, der sie vorwarfen, dieses Gesuch kurz, knapp, formell und somit unhöflich erledigt zu haben. Vor allem aber habe man versäumt, Goethe bei dieser Gelegenheit wenigstens die Ehrenbürgerwürde anzubieten.

Diese Kritik ist einseitig und ungerecht. »Was ihr den Geist der Zeiten heißt, das ist im Grund der Herren eigener Geist, in dem die Zeiten sich bespiegeln«, heißt es im »Faust«. Nicht anders ist es auch hier, denn will man die Situation objektiv beurteilen, so muß man die Lage bedenken, aus der heraus der Senat handelte. Die Napoleonischen Kriege mit den erpreßten gewaltigen Zahlungen hatten die Stadt schwer verschuldet. Die Bürger waren in ernster Sorge. Der mit Goethe befreundete Bankier J. J. von Willemer hatte sich zu ihrem Sprecher gemacht. »Der Beschluß der Bundesversammlung, daß kein Bürger, der von Frankfurt wegzuziehen gedächte, gehalten sein solle, zuvor seinen Theil an der Kriegsschuld abzutragen, hatte die Bürgerschaft in keine geringe Bestürzung versetzt«, schreibt er später. »Die zurückbleibenden Bürger, die Liebe, Anhänglichkeit und Dankbarkeit an ihre Stadt fesselten, sahen ein, daß das Weggehen der Reichen sie und die Ihrigen an den Bettelstab bringen oder die Stadt sich für banquerot erklären müsse.«

Das also war die Lage, die der Senat zu berücksichtigen hatte. Zwar gehörte Goethe nicht zu jenen, die nun die Stadt fluchtartig verlassen wollten, um sich den hohen Kriegsbelastungen zu entziehen. Er wohnte längst in Weimar. Persönlich-familiäre Gründe hatten ihn letztlich auf das Bürgerrecht verzichten lassen. Aber nach solchen Beweggründen fragte der Mann auf der Straße natürlich nicht. Er empfand nur, daß der Frankfurter Bürger Goethe, auf den man so stolz gewesen war, nun der Stadt förmlich den Rücken wandte, sein Vermögen abzog und dadurch in schwerer Zeit die Steuereinnahmen der Stadt minderte. Daß die Goethes, die väterlicherseits einst arm zugewandert waren, ihr Vermögen in der Stadt erworben hatten – nicht zuletzt durch die Möglichkeit, die ihnen die blühende Messestadt bot, ließ es den Frankfurter rechtens erscheinen, solche erworbenen Vermögen nicht als reine Privatsache zu betrachten, sondern als zwar persönliches Eigentum, das aber der Gemeinschaft, in der es erworben wurde, nicht ungeschmälert entzogen werden dürfe.

Goethe, der zu diesem Zeitpunkt von vielen Frankfurtern als eine Art Fahnenflüchtiger angesehen wurde, zum Ehrenbürger zu machen, konnte man von den damals Verantwortlichen kaum verlangen. Und der ebenfalls erhobene Vorwurf der knappen, formlosen Erledigung des Goetheschen Gesuchs besagt nichts, denn in den amtlichen Dokumenten der Freien Reichsstadt war kein Raum für freundlich-persönliche Ausschmückungen. Wenn Rat Schlosser später beanstandete, daß man Goethe selbst eine beantragte Hypothek in Frankfurt abgeschlagen habe, die man sonst »sogar Fremden und Juden bewillige«, so ist der Vorwurf, man habe sich damit rächen, den Dichter schikanieren wollen, demagogisch zu nennen, denn solche Vergünstigungen wurden zwar in der Tat nicht selten gewährt, aber Schlosser verschweigt, daß dies nur in Fällen von Zuwandernden geschah, von deren Tätigkeit man sich eine Ausweitung des Handels und des Gewerbes versprach.

Im Goethe-Jahrbuch 1892 wies R. Jung, ebenso wie Dr. O. Heuer in seinem Beitrag »Goethe und seine Vaterstadt« (der 1899 in der Festschrift des Freien Deutschen Hochstifts zu Goethes 150. Geburtstag erschien), darauf hin, daß der Senat streng im Rahmen der geltenden Gesetze gehandelt habe, von denen die Erteilung einer Dispens nach Lage der Dinge nicht zu rechtfertigen gewesen sei. Diese Stellungnahmen sind um so wichtiger zu werten, als die beiden Mitglieder des Hochstifts sich ja darum bemühten, auch für Goethes Schritt Verständnis aufzubringen.

Natürlich hatte der Dichter auch mancherlei Freunde im Senat, aber da er auch sie nicht von seiner Absicht zuvor verständigte – wohl weil er wußte, daß sie ihm von diesem Schritt dringend abgeraten hätten –, waren diese seine Anhänger und Bewunderer ebenfalls enttäuscht und traten nicht so offen für ihn ein, wie es bei anderer Gelegenheit geschah, wenn man glaubte, daß die Heimatstadt ihrem großen Sohn nicht die ihm zustehende Würdigung angedeihen lasse. Vor diesem Hintergrund ist auch das lange Tauziehen um ein Goethedenkmal in Frankfurt zu sehen und zu verstehen, dessen Errichtung 1819 von Sulpiz Boisserée angeregt worden war, das aber erst 1844 eingeweiht werden konnte. Simon Moritz von Bethmann war ein

Frankfurter Dom

großer Mäzen und eifriger Verfechter dieser Idee. Aber er war so objektiv, für die anfängliche Spendenzurückhaltung der Frankfurter Verständnis aufzubringen, nachdem – wie er sich ausdrückte – »Goethe sein Bürgerrecht so leicht dahingab«. Man erkenne seine unsterblichen Verdienste voll an, aber das vaterstädtische Interesse für ihn sei erloschen. Schließlich machte das Bewußtsein, Frankfurter Bürger zu sein, Bürger einer Freien Stadt, die keinem Fürsten untertan, die aber jahrhundertelang Krönungsstadt der deutschen Kaiser gewesen war, noch immer den Stolz ihrer Bewohner aus, und wer wollte es ihnen verargen, daß sie aus diesem Gefühl heraus Goethes Verhalten mißbilligten.

Goethe selbst sah die Dinge wohl anders. Er war einst aus Frankfurt weggegangen, weil ihm die Stadt, die ihm bis dahin viel gegeben hatte, zu eng geworden war: »Wo ich nütze, da ist mein Vaterland.« Und Eckermann überliefert ein Gleichnis: »Der Dichter wird als Mensch und Bürger sein Vaterland lieben, aber das Vaterland seines poetischen Wirkens ist das Gute, Edle und Schöne, das an keine Provinz gebunden ist. Er ist darin dem Adler gleich, der mit freiem Blick über Ländern schwebt und dem es gleichviel ist, ob der Hase, auf den er hinabschießt, in Preußen oder in Sachsen läuft.« Von dieser Warte aus war dem Olympier, auch wenn er sich der alten Heimat weiterhin verbunden fühlte, sein Bürgerrecht zur Formsache geworden, auch wenn er in seinen Werken für das bürgerliche Gemeinwesen und den Bürgersinn – besonders in »Hermann und Dorothea« – so manche Lanze gebrochen hatte.

Zu Goethes achtzigstem Geburtstag kam das Ehrenbürgerrecht noch einmal zur Sprache. Marianne von Willemer hatte bei Goethe – allerdings erst vier Wochen nach dem Geburtstag – freundlich angefragt (was sicher nicht allein aus eignem Antrieb geschah), ob dem alten Freund diese Ehrung willkommen sei. Aber der Dichter, wohl doch ein wenig verärgert, antwortete, man habe inzwischen so manche Gelegenheit zu diesem Schritt versäumt; nun sei es zu spät, man möge die Angelegenheit ruhen lassen. Schließlich war es auch hier die Zeit, die die Wunden heilte. Als 1844 – zwölf Jahre nach des Dichters Tod – das erste Goethedenkmal in Frankfurt errichtet wurde, da waren die Verärgerungen vergessen, und eine neue Generation war stolz darauf, den Weltbürger als Frankfurter feiern zu können, zumal inzwischen die innerstaatlichen Grenzen im Bewußtsein der Bürger an Schärfe verloren hatten und in der nachnapoleonischen Zeit Wünsche und Sehnsüchte der besten Deutschen zur nationalen Einheit drängten. In diesem Bewußtsein spielte das Frankfurter Bürgerrecht nicht mehr die entscheidende Rolle. Goethe gehörte inzwischen allen.

Heinrich Heines Denkmalspott

Im Jahre 1821 erschien in einer Berliner Zeitschrift ein satirisches Gedicht von Heinrich Heine zum projektierten Frankfurter Goethedenkmal. Heines Ironie galt keineswegs dem damals 72 Jahre alten Goethe, sondern den Frankfurtern:

Hört zu, ihr deutschen Männer, Mädchen, Frauen
und sammelt Subscribenten unverdrossen!
Die Bürger Frankfurts haben jetzt beschlossen,
Ein Ehrendenkmal Goethen zu erbauen.
»Zur Messzeit wird der fremde Krämer schauen –

So denken sie – daß wir des Manns Genossen,
Daß unserm Miste solche Blum' entsprossen,
Und blindlings wird man uns im Handel trauen.«
O, laßt dem Dichter seine Lorbeerreiser,
Ihr Handelsherrn! Behaltet Euer Geld!
Ein Denkmal hat sich Goethe selbst gesetzt.
Im Windelschmutz war er euch nah', doch jetzt
Trennt euch von Goethe eine ganze Welt,
Euch, die ein Flüsslein trennt vom Sachsenhäuser.

Vielleicht war Heine allein deshalb auf Frankfurt nicht gut zu sprechen, weil seine erste Bekanntschaft mit der Stadt nicht gerade die freudigste Erinnerungen in ihm weckte. Der Vater hatte ihn nämlich 1815 als Achtzehnjährigen mit zur Frankfurter Messe genommen, wo zwei Versuche, ihn als Volontär im Bank- oder Handels-Geschäft unterzubringen, scheiterten. Der erste nach vierzehn Tagen, der zweite nach vier Wochen. Doch das allein wird sein Urteil wohl nicht entschieden haben, zumal er den Kaufmannsstand, den er in Frankfurt so dominierend vertreten fand, auch in späteren Jahren nicht gerade mit Ehrenliedern bedachte.

Sein Spottgedicht traf freilich die Falschen; denn die Pläne zu einer Denkmalserrichtung faßten zum 70. Geburtstag Goethes, anläßlich eines Festmahls zu Ehren des Dichters, seine Frankfurter Freunde, die auch ein Komitee gründeten, dessen Vorsitzender Sulpiz Boisserée wurde, dem man Krämergeist gewiß nicht vorwerfen konnte. Die napoleonische Herrschaft war erst wenige Jahre zuvor gebrochen worden, und die Errichtung des Denkmals sollte deshalb auch eine »nationale« Bedeutung haben, zumal die Franzosen selbst in kleinen Theatersälen Bildnisse und Büsten ihrer Dichter und Musiker aufstellten und ihnen damit eine Ehre erwiesen, die in Deutschland nicht üblich war.

Das Frankfurter Komitee versuchte zuerst Verbindung aufzunehmen zu dem berühmten dänischen Bildhauer Albert Thorwaldsen, der schon das Schillerdenkmal in Stuttgart geschaffen hatte. Aber die Verhandlungen verschleppten sich über viele Jahre. Währenddessen wucherten die Pläne ins Gigantische. Ein großer Säulentempel auf der Maininsel kam ins Gespräch, ein Nationalheiligtum; in allen deutschen Ländern bemühte man sich um Spenden. Diesem Ansinnen galt Heines Spott.

Doch was mit viel Begeisterung begonnen war, sah sich bald vor unüberwindliche Schwierigkeiten gestellt. Der Gedanke, einem Le-

Geplantes Goethe-Denkmal auf der Maininsel

benden, der dazu noch nicht einmal ein Staatsmann, kein regierender Fürst war, ein Denkmal von privater Seite zu errichten, war für die damalige Zeit geradezu unerhört. Auch in Frankfurt selbst war die Bevölkerung in ihren Ansichten gespalten. Daß Goethe, der ja seit Jahrzehnten in Weimar heimisch geworden war, in Frankfurt sein Bürgerrecht aufgegeben hatte, war bei vielen Mitbürgern weder vergessen noch verziehen.

Ein Johann Conrad Friedrich wandte sich besonders scharf gegen ein »zusammengebetteltes Denkmal, das eher Frankfurts Schmach, als seinen Ruhm« verkünden würde. Diese harten Worte verärgerten wiederum den Bankier Bethmann so sehr, daß er die Kosten für einen vom Komitee inzwischen an den Bildhauer Rauch gegebenen Auftrag – und den bereits fertiggestellten Entwurf – aus eigenen Mitteln allein bestritt. Bettina von Arnim, als geborene Brentano der Mainstadt entstammend, hatte auch schon einen eigenen Entwurf beigesteuert und diesen mit der ihr eigenen Rührigkeit überall zur Sprache gebracht.

Goethe selbst stand dem Denkmalsplan, nach anfänglichen Bedenken, durchaus wohlwollend gegenüber. »Ich habe in dieser, für mich so bedeutenden Sache jede Bedenklichkeit einer falschen Scham entfernt, um getrost und froh mitzuwirken«, schrieb er am 1. September 1820 an den Staatsrat Schultz. Und nur wenige Tage später heißt es im Brief an den Grafen Reinhard: ». . . ich verhalten mich dagegen ganz stille, contemplirend; denn da es mehr ist, als ein Mensch erleben sollte, so muss er sich ganz wundersam bescheiden zusammennehmen, um nur die Legung des Grundsteins zu überleben.« Aber als Goethe die Größe und die Schwierigkeiten des Projektes erkannte, wohl auch die wachsenden Widerstände spürte, rückte er von dem Vorhaben deutlich ab, und der Denkmals-Verein mußte schließlich seinen Plan aufgeben.

Bald fanden sich jedoch wieder neue Bürger, die das alte Vorhaben aufgriffen. Mit der Zeit entstand eine ganze Reihe von Entwürfen. Sie stammen von Bettina von Arnim, dem zwischenzeitlich beauftragten Christian Daniel Rauch, von Thorwaldsen und schließlich von Schwanthaler. Bald Goethe sitzend, bald Goethe stehend; Goethe allein, Goethe mit Psyche und Leier; in antikem Gewand oder in zeitgenössischer Kleidung; mit Szenen aus seinen Werken auf dem Fries oder nur mit Symbolen aus der Literatur; mit Bettinas Inschrift »Und das Fleisch ward Geist« oder dem lapidaren Satz »Dem Dichter der Deutschen, seine Vaterstadt«. Bald senkte sich die Waage des Entschlusses auf diese, bald auf jene Seite. Rauch hatte sich schon früher zu dem vorgesehenen Säulentempel abfällig geäußert: ». . . die Conditor Tempelchen auf Inseln und Promenaden sind mir ein wahrer Greul; ich denke aber, die Herren werden wohl auf gesündere Ideen kommen . . .« (undatierter Brief an Frau von Humboldt). Entrüstet lehnte er auch das zwischendurch an ihn gestellte Ansinnen ab, Bettinas Entwurf auszuführen, da dabei Bettina die Ehre und ihm die Arbeit zufalle.

Frau von Arnim, deren romantische Phantasie der Wahrheit auch bei anderen Gelegenheiten gern enteilte, berichtet ihrer Nichte Sophie Brentano nach Rödelheim, wie begeistert Goethe von ihrem Entwurf gewesen sei. Liest man dagegen bei Goethe nach (3. Juli 1824 an Staatsrat Schultz), so hört sich sein Urteil etwas anders an: »Die Skizze der Frau von Arnim ist das wunderlichste Ding von der Welt; man kann ihr eine Art Beyfall nicht versagen, ein gewisses Lächeln nicht unterlassen . . . Der Einfall könnte zu einem kleinen hübschen Modell recht neckischen Anlaß geben . . .« Daß jener Entwurf noch an Bettinas Sarg stand, mag als Zeugnis dafür gelten, daß sie dessen Verwirklichung als Krönung und Erfüllung ihres gewiß nicht armen Lebens angesehen hätte.

Im Jahre 1837, also fünf Jahre nach Goethes Tod, wurde ein neues Komitee gegründet. Männer des Kunstvereins und des Städels gehörten zu seinen Initiatoren. Aber noch ehe man sich für irgendeinen Entwurf entschieden hatte, gab es schon neue Diskussionen um den Standplatz des künftigen Monuments. Diesmal erstellte auch der in Frankfurt lebende Philosoph Schopenhauer ein Gutachten, das in seiner pessimistischen Art damit begann, daß er an einer fachgerechten Ausführung überhaupt zweifelte, da schließlich die Stadtbibliothek eine lateinische Inschrift ziere, die in vier Wörtern drei Fehler enthalte, und die Farbgebung der Wände der Städelschen Skulpturensammlung ein »Schlag ins Gesicht« für Goethes Farbenlehre sei. Schopenhauer holte also sehr weit aus. Im übrigen sollte seiner Ansicht nach Goethe in seinen besten Jahren gezeigt werden, denn natürlich war auch umstritten, ob dem jugendlichen Himmelstürmer, dem würdigen Greis oder dem Manne im Vollbesitz seiner Kräfte der Vorzug zu geben sei. Den Kreuzungspunkt der Großen Mainzer Straße zur Gallusgasse schlug Schopenhauer als Standort vor.

Der Bildhauer Thorwaldsen war als Schöpfer des Denkmals noch immer im Gespräch, aber er war stark beschäftigt und zeigte keine große Begeisterung für die Ausführung. Als er schließlich einen Entwurf lieferte, der stark nach Provisorium ausschaute – er hatte praktisch seinem Stuttgarter Schillerdenkmal nur einen Goethekopf aufgesetzt –, wurden die jahrelangen Verhandlungen als gescheitert betrachtet. Man zog den Auftrag zurück, als die Förderer, die Subskribenten sich nicht länger hinhalten ließen.

Trotzdem verlor das Komitee nicht den Mut, und es fand in dem Münchner Bildhauer Ludwig Schwanthaler, der einer alten Bildhauerfamilie entstammte und schon die Bavaria geschaffen hatte, einen Künstler, der mit Entschlossenheit an die Arbeit ging.

Und wiederum gelang es Bettina, hier ihr Modell zur Diskussion zu stellen, aber auch Schwanthaler lehnte es ab, nur Ausführender einer fremden Idee zu sein, obwohl er in seinem ersten Entwurf Bettinas Psyche sich an Goethes Knie schmiegen läßt – ein Bild, das Frau von Arnim wohl als Allegorie ihrer eigenen Huldigung für Goethe, den Abgott ihres Lebens, gedacht hatte.

Mit Schwanthaler rückte man dem Ziel nun endlich ein wesentliches Stück näher; doch wenn auch die Maininsel als Standplatz inzwischen nicht mehr in Frage kam, so blieb der Denkmalsort doch weiter umstritten. Die Aufstellung vor dem alten Theater lehnte die

Polizei aus verkehrstechnischen Gründen ab, der Roßmarkt war schon für das Gutenbergdenkmal vergeben, die Hauptwache, der »Paradeplatz« fand nur begrenzten Beifall, so daß man sich schließlich auf die Stadtallee einigte, den späteren Goetheplatz.

Das Metall zum Guß kaufte man in Triest, wo alte türkische Kanonen zum Einschmelzen preiswert angeboten wurden. Das war im Jahre 1842, also schon zehn Jahre nach Goethes Tod.

Hätte er noch gelebt, so würde er jene Denkmalsplaner wegen des günstigen Einkaufs wohl kaum als amusische Geldsäcke gescholten haben, denn als geborener Frankfurter, der dem pedantisch genauen Vater im Alter immer ähnlicher wurde, hatte er die Vorteile einer genauen Haushaltsführung inzwischen längst für sich entdeckt.

Als 1844 der Guß endlich in der von Schwanthaler ausgeführten stehenden Form fertiggestellt war, verpaßte man noch den vorgesehnen Geburtstagstermin, den 28. August, weil die aus dem Odenwald zu liefernden Granitstufen nicht rechtzeitig bereitstanden. So wurde schließlich der 22. Oktober 1844 der Einweihungstag. Also genau 25 Jahre nach dem gefaßten Plan konnten die Hüllen endlich vom fertigen Meisterwerk fallen. Wenn diese Enthüllung auch mit mancherlei Feierlichkeiten verbunden war und Lokalpatrioten, Dichter und die Frankfurter Presse das Ereignis gebührend würdigten, so fehlte es doch auch nicht an kritischen Stimmen, die am Fest eine mangelnde Teilnahme der gesamten Bürgerschaft zu bemerken glaubten und es als Zeichen dafür deuteten, daß das Verhältnis der Bewohner Frankfurts zu dem großen Sohn ihrer Stadt, der längst Weltgeltung errungen hatte, noch immer gespalten war. Franz Dingelstedt, ein für seine scharfe Feder bekannter Publizist, bemängelte ganz offen die geringe Teilnahme der Bevölkerung und meinte, der Platz Frankfurt sei doch nur ein großer Posthof, wo sich alles rasch und kalt aneinander vorbeitreibe; dort verstehe man keine Feste zu feiern – und schon gar keine für einen Dichter. Auch daß kein bedeutender deutscher Poet bei den Einweihungsfeierlichkeiten zu Wort gekommen sei, empfand Dingelstedt als typisch.

Über diese Sicht der Dinge gab es bald große Pressefehden, da die Gegenseite eine kritische Zurückhaltung der Bürgerschaft scharf in Abrede stellte. Aber dem geschichtlichen Beschauer des Vorgangs verrät ein Indiz, daß die Kritiker des Festes wohl nicht im Unrecht waren, denn der Senat hatte für die Feierlichkeiten 3000 Gulden bewilligt, doch die Bürger-Repräsentanten reduzierten den Betrag auf 600 Gulden.

Abseits stand auch Bettina von Arnim, die – vom Komitee eingeladen – nicht gekommen war, weil sie es wohl nicht verwinden konnte, daß nicht ihr Entwurf zur Ausführung gelangte. Nicht geladen war Marianne Willemer, die als Goethes Suleika im »West-östlichen Divan« zu diesem Zeitpunkt noch nicht »erkannt« war. Dagegen durfte der alte Diener Goethes, Stadelmann, einmal einen Freudentag als Ehrengast erleben und für kurze Zeit, in einen Rock des Dichterfürsten gekleidet, dem Armenhaus in Weimar entfliehen, wo er seinen Lebensabend verbrachte. Auch Frau Ajas Lieschen, das noch am Leben war – als Frau des Schleifermeisters Wolfermann –, hatte man wohl geladen, aber sie in einer Chaise abzuholen, ging denn doch wohl über den so drastisch gekürzten Festtagsetat. Auf eine entsprechende Anfrage soll die Antwort gegeben worden sein: »Wenn Frau Wolfermann mit einer Chaise fahren will, kann sie sich selbst eine bestellen.« Das war Frankfurter Sparsamkeit. Damals!

Krankheiten und Todesgedanken

Gesunde junge Zähne erregten Goethes Neid

»Darüber spricht man nicht«, das ist ein Wort, das für Goethe kaum gegolten hat. Seine derben Redensarten sind vom »Götz von Berlichingen« und besonders von »Hanswursts Hochzeit« her bekannt, wo er fast eine pubertäre Freude an der Anhäufung von Fäkalausdrücken zeigt. Als er mit Herder korrespondierte, den er als Generalsuperintendenten nach Weimar holen wollte, es dort aber einige Schwierigkeiten gab, versicherte er seinem Briefpartner drastisch, er wolle das schon ordnen. Mit diesen »Scheiskerlen« werde man fertig werden.

Nur weniges war für Goethe tabu. So ist bekannt, daß er den Begegnungen mit dem Tode gern auswich. Selbst in der Jugend hatte er es schon vermieden, Abschied von geliebten Menschen zu nehmen. Lieber stahl er sich heimlich davon.

Hier soll ein Thema behandelt werden, das für ihn zu den wenigen Tabus zählte: seine Zähne. Das ist deshalb so eigenartig, weil Goethe oft in Briefen von seinen Krankheiten berichtet hat; häufig auch von Zahnschmerzen und geschwollenen Wangen, worunter er zu leiden hatte. Aber in diesen Briefen, ebenso wie in den Werken – auch den biographischen – wird das Thema »fehlende Zähne«, bis auf wenige Male, ausgespart. Dabei ist eine dieser Ausnahmen geradezu bezeichnend. Wir finden sie als Verse unter den »Zahmen Xenien«, die der etwa Fünfundziebzigjährige verfaßte: »Ich neide nichts, ich lasse es gehn / Und kann mich immer manchem gleich erhalten; / Zahnreihen aber, junge, neidlos anzusehn, / Das ist die größte Prüfung mein, des Alten«. Dieser Ausspruch ist um so bedeutungsvoller, als der Dichter ein andermal von sich sagt – und nach allem, was wir von ihm wissen, zu recht sagen darf –: »Was ich auch für Wege geloffen, / Aufm Neidpfad habt ihr mich nie getroffen«.

Wenn dieses Thema hier behandelt wird, so interessieren nicht die Einzelheiten der goetheschen Zahnkrankheiten, über die es eine Reihe eingehender wissenschaftlicher Untersuchungen gibt; hier interessiert die bedeutungsvolle Frage, wie dieser Mangel – die fehlenden Zähne – auf ihn selbst und die Beurteilung seiner Erscheinung durch die zahlreichen Besucher gewirkt haben. Ist doch gerade das fast völlige Verschweigen ein Zeichen dafür, daß es damit eine besondere Bewandtnis hatte.

Wenn in einem Nachschlagewerk für Goethe-Aussprüche unter zwanzigtausend Stichworten manche über hundertmal verzeichnet sind, das Wort Zähne aber gerade ein einziges Mal gefunden wird, so fragt sich der aufmerksame Leser erstaunt: Warum dieses Verschweigen, wo Zähne für das Wohlbefinden eines Menschen so ungemein wichtig sind, und Goethe sich doch fast über alle Bereiche des menschlichen Lebens äußerte. Auch beim Essen spielen sie ja eine wichtige Rolle, zumal der Olympier nicht nur vom Nektar lebte, sondern, wie wir etwa von Antonie Brentano und vielen anderen wissen, einen so kräftigen Appetit hatte, daß Jean Paul sogar recht herb meinte: »Auch frist er entsetzlich.«

Aber Goethe war bekanntlich ein Augenmensch, ein Verehrer von Harmonie und Schönheit. Er selbst war in seiner Jugend mit seinen ausdrucksvollen Augen eine ungewöhnliche Erscheinung, die bekanntlich auf das weibliche Geschlecht ihren Eindruck nicht verfehlte, und bis ins hohe Alter gibt es rühmende Stimmen über Goethes gutes Aussehen.

Aber bei vielen davon hat man den Eindruck, daß die Faszination, die von dem großen Geist ausging, die auch bei ihm eingetretenen körperlichen Mängel gerne übersah, zumal Zahnlücken und Zahnlosigkeit zum Schicksal der – zumal älteren – Menschen gehörte. Man blickte darüber hinweg und nahm sie kommentarlos hin. Bei einigen aber ging die Verehrung des Genies so weit, daß sie in bezug auf dessen Zähne bewußt ein falsches Zeugnis gaben.

Das geschah etwa durch den Leibarzt des Großherzogs von Weimar, Dr. Carl Vogel, der auch Goethe die letzten Jahre seines Lebens betreute. Er erstellte nach seinem Tode einen umfassenden Krankheitsbericht, in dem er auf den Gesundheitszustand seines Patienten in den davorliegenden Jahren einging. Darin meint er: »Schmerzen waren ihm unter allen körperlichen Leiden am peinlichsten . . . und häufig rühmte er als ein gewiß von vielen beneidetes Glück, daß er niemals an Zahn- und Kopfweh gelitten habe. Seine Zähne hatten sich bis ins hohe Alter in gutem Zustand erhalten.«

Das wurde zweifellos gegen besseres Wissen geschrieben. Dr. Vogel wollte damit als Goetheverehrer der Nachwelt ein Goethebild ungebrochener Schönheit hinterlassen. Da Dr. Vogel aber an anderer Stelle von dem Aussehen der belegten Zunge schreibt, mußte er ja die Mundhöhle seines Patienten kennen, wodurch ihm nicht verborgen geblieben sein konnte, was vielen Besuchern schon viele Jahre zuvor aufgefallen war.

So berichtet etwa Heinrich Düntzer im Jahre 1809, daß wegen Goethes Erkältung in der Mittwoch-Gesellschaft Riemer vorgelesen habe, wozu er bemerkt: »Der Unterschied war außerordentlich, denn stieß Goethe auch an, weil er die Vorderzähne verloren hatte, so war doch seine Stimme wohllautend.« Hier war Goethe also sechzig Jahre alt. Aber bereits im März 1793 berichtet David Veit vom vierundvierzigjährigen Dichter, dessen Gesicht sei beim Lächeln durch seine »gelben, äußerst krummen Zähne entstellt«. Und in den Jahren nach 1809 gibt es eine ganze Reihe von Besuchern, die davon sprechen, daß »die meisten Vorderzähne fehlen«, daß er »die Zähne verloren hat und dadurch die Lippen eingefallen sind«, daß er undeutlich spreche, »da er fast keine Zähne mehr hat«. Und ein anderer berichtet von des Dichters »zahnlosem Mund«.

Das alles steht im krassen Gegensatz zu den Ausführungen des Dr. Carl Vogel, der andererseits eine sehr genaue – durchaus keine idealisierte – Schilderung von Goethes letzter Krankheit und seinem Tode gibt. Vogel bewegt sich auf der gleichen Linie wie Eckermann, der nach seiner Schilderung noch einmal vor der Beisetzung alleine vor dem nackten Körper des Toten stand und darüber berichtet: »Ich erstaunte über die göttliche Pracht dieser Glieder. Nirgends am ganzen Körper eine Spur von Fettigkeit oder Abmagerung oder Verfall. Ein vollkommener Mensch lag in großer Schönheit vor mir.« Das war gewiß ein subjektives Bild, das sich Eckermann, der getreue, hier vom Körper des Zweiundachtzigjährigen machte. Aber er sah wohl mit den Augen des Geistes und denen seines verehrenden Herzens. So ist es gewiß auch kein Zufall, daß sich bei ihm, dem nahe Vertrauten, in dessen berühmten Gesprächen mit Goethe, unter einigen tausend Stichworten nicht einmal der Begriff Zahn/Zähne zu finden ist.

Möglicherweise hat schon der Student Goethe bei seinem schweren Sturz vom Pferde in Leipzig Schaden an seinen Zähnen erlitten. Zahnschmerzen müssen ihn jedenfalls häufig geplagt haben, und den Vertrauten – allen voran Frau von Stein – klagt er, (ganz besonders im Jahr 1777), daß er »den dicken Backen gepflegt« habe.

Doch die Zähne waren damals das Problem vieler. Die Zahnheilkunde war wenig ausgebildet und Spülungen mit Kamillentee und Kräutermilch oder das Ziehen des schmerzenden Zahnes waren oft der Weisheit letzter Schluß. Mit Zahnersatz wurde zwar schon da

Goethe im Alter von 74 Jahren

und dort experimentiert, doch das Wissen darum und die Erfolge hielten sich in engen Grenzen. Er kam nur für Begüterte in Betracht; zu denen Goethe allerdings zählte. Im übrigen fiel der Bereich der Zähne in die Zuständigkeit der Bader.

Befragt man die zahlreichen Bilder, die aus fast allen Lebensstadien des Herrn Geheimrats existieren, so verraten sie uns nur wenig. Zeichnungen und Gemälde zeigen die Porträtierten mit geschlossenem Mund. Trotzdem kann man bei den Goethebildern daraus gewisse Rückschlüsse ziehen. Was seit 1810 so mancher Besucher schon dezent festgestellt hatte, das sprach nach einem Besuch 1824 Heinrich Heine sehr deutlich aus: »Über Goethes Aussehen erschrak ich bis in tiefster Seele, das Gesicht gelb und mumienhaft, der zahnlose Mund in ängstlicher Bewegung, die Gestalt ein Bild menschlicher Hinfälligkeit . . . Nur sein Auge war klar und glänzend.« Es ist merkwürdig, daß der Wissenschaftler Goethe, der Erkenntnisse auch gerne mit praktischer Nutzanwendung verband, der selbst so fernliegende Pläne wie die Verbindung des Atlantiks mit dem Stillen Ozean durch einen Kanal als wichtige Verkehrsstraße der Zukunft erörterte, niemals von Zahnersatz gesprochen hat, was als Problem sehr nahelag.

Dr. Werner Neuhauser, der viele Fragen um Goethes Zähne wissenschaftlich sehr gründlich untersuchte, verweist auch auf Goethes Werke als Anhaltspunkt. Nur im Kapitel »Ein Mann von fünfzig Jahren« innerhalb des »Wilhelm Meister« findet sich eine aufschlußreiche Stelle. Dort heißt es: »Dem Major war vor kurzem ein Vorderzahn ausgefallen, und er fürchtete, den zweiten zu verlieren. An eine künstlich scheinbare Wiederherstellung war bei seinen Gesinnungen nicht zu denken, und mit diesem Mangel um eine junge Geliebte zu werben, fing an, ihm ganz erniedrigend zu erscheinen.« Man darf annehmen, daß diese Stelle – wie so oft bei Goethe – biographischen Bezug hat.

Anscheinend hat der Dichter künstliche Zähne, Zahnersatz als einen Eingriff in das von ihm so hoch verehrte Walten der Natur abgelehnt. Denn es gab auch damals gewisse Möglichkeiten, in Form von Prothesen aus gegossenem Zinn oder geschnitzten Knochen, die durch Klammerverankerungen gehalten wurden. Selbst eine Goldbügelprothese ist um das Jahr 1790 schon aus Augsburg bekannt, wie Neuhauser berichtet. Goethe jedenfalls scheint sich erst später zu einer Prothese entschlossen zu haben, und die zahnärztlichen Fachleute glauben, die Veränderungen anhand der späteren Goethebilder feststellen zu können. In den Zeichnungen und Gemälden zwischen 1827 und 1831 wird eine deutliche Verbesserung der zuvor schon stark eingefallenen Mundpartie erkennbar. Dazu finden sich auch im Ausgabenbuch, das von Goethes letztem Diener, Gottlieb Friedrich Krause, geführt wurde, im Juli 1831 die Einträge: »den Zahn einzubinden – 11 Silbergroschen; die anderen 4 Zähne nachzubinden – 11 Silbergroschen, 4 Pfennige«. Das zeigt, daß man auch ein Anbinden der Zähne kannte, um gelockerte zu erhalten; eine Methode, die schon die Phönizier unter Verwendung von dünnem Golddraht anwendeten.

Alles in allem liegen also genügend Zeugnisse über Goethes Zahnmängel durch private Besucher und Beobachter vor. In der Öffentlichkeit aber wurde davon kaum gesprochen, weil es nicht dem Stil der Zeit entsprach, körperliche Mängel anderer zu betonen. Um so weniger bei einem so hoch geachteten Dichter, der durch den »Götz« und den »Werther« seit frühester Jugend in höchstem Ansehen stand und sich später durch »Hermann und Dorothea« noch einmal in die Herzen breiter Volksschichten geschrieben hatte. So war es wohl Pietät, daß man nicht von Zahnlücken und Zahnlosigkeit sprach. Um so weniger, als man selbst jederzeit davon betroffen werden konnte. Für Goethe, der, gemäß griechischem Schönheitsideal, im Körper auch die Seele gespiegelt sah, muß der Mangel schmerzlich gewesen sein, und sein Schweigen und Übergehen – entgegen seiner sonstigen Veranlagung, die Dinge beim Namen zu nennen – weist eher auf die Bedeutung als auf die Unwichtigkeit des Themas hin.

Aber nicht umsonst war der Dichter auch Lebenskünstler und Philosoph, der auch hier bezeichnende Worte zum eigenen Trost fand: »Keine Kunst ist's alt zu werden, / Es ist Kunst, es zu ertragen«. Und wenn er auch gegenüber Fritz von Stein feststellte, »die Summa Summarum des Alters ist eigentlich niemals erquicklich«, so kommt er in einem Brief an von Brühl vom 15. Oktober 1831 zu der ihm angemessenen ausgewogeneren Betrachtung zurück: »Im hohen Alter, wo uns die Jahre nach und nach wieder entziehen, was sie uns früher so freundlich und reichlich gebracht haben, halte ich für die erste Pflicht gegen uns selbst und gegen die Welt, genau zu bemerken und zu schätzen, was uns noch übrigbleibt«.

»Nur die Muse gewährt einiges Leben dem Tod«

Faust hat den Tod in der Osternacht ersehnt und verherrlicht. Von der überwältigenden Erscheinung des Erdgeistes in seine menschlichen Schranken verwiesen, will er hoffnungsfroh »der holden Erdensonne entschlossen den Rücken kehren«, und er macht sich selbst Mut mit den Worten: »Vermesse dich, die Pforten aufzureißen, vor denen jeder gern vorüberschleicht.« Doch wir wissen, daß die Glokken der Osternacht Faust von diesem letzten Schritt zurückhielten. »Die Träne quillt, die Erde hat mich wieder.« In »Die Leiden des jungen Werthers« läßt der Dichter den unglücklich Liebenden in verklärter Schau im Tod Erlösung suchen, während er, der Autor, in ähnlicher Situation von gleicher Versuchung verlockt – wie er später bekennt – zur Lebensbejahung zurückfindet und dort, wo der Mensch in seiner Qual verstummt, das ausspricht, was er leidet und sich damit durch diese Beichte von seiner Seelenlast befreit, sich mit dem Dasein versöhnt.

Der Olympier, wie man ihn später gern nennt, das Genie preist die Lessingsche Todesdartellung: »Am meisten entzückte uns die Schönheit des Gedankens, daß die Alten den Tod als den Bruder des Schlafs anerkannt und beide zum Verwechseln gleich gebildet haben.« Doch zwiespältig bleiben Goethes Reaktionen, wo immer er dem leiblichen Tod in seiner Nachbarschaft begegnet, bis hin zu seiner eigenen Sterbestunde.

Furchtlos ist der reife Mann dem Tod in seinem Leben nie begegnet. Im Gegenteil. Als Frau von Stein im Alter von 85 Jahren 1827 starb – der Dichter also 78 Jahre alt war –, da bestimmte sie zuvor, daß der Trauerzug das Haus am Frauenplan meide, um Goethe die Todesbegegnung zu ersparen; so gut kannte sie den alten Freund, der in den späteren Jahren mit der Geliebten seiner Weimarer Frühzeit wieder eine gute nachbarschaftliche Verbindung unterhielt. Und als der langjährige Freund, Gönner und Förderer von den ersten Tagen ihrer Jugendbegegnung in Frankfurt her, der Großherzog Carl August von Sachsen-Weimar, 1828 im Alter von 71 Jahren starb, da flüchtete Goethe bald in die Einsamkeit des Dornburger Schlosses. Die Augenblicke des Abschieds hatte schon der Student in Leipzig gemieden, der dort bei seinem Weggang von Käthchen Schönkopf grußlos flüchtete, um das Ade lieber von Frankfurt aus schriftlich nachzuholen.

Diese Haltung entsprang dem Willen, den unangenehmen Eindrücken zu entgehen, die ihn seelisch erschütterten. Diese Haltung paßt freilich wenig zu den abgeklärten Worten des Fünfundziebzigjährigen gegenüber Eckermann: »Mich läßt dieser Gedanke (an den Tod) in völliger Ruhe, denn ich habe die feste Überzeugung, daß unser Geist ein Wesen ist, ganz unzerstörbarer Natur. Es ist ein fortwirkendes von Ewigkeit zu Ewigkeit (. . .), der Sonne ähnlich, die bloß unseren irdischen Augen unterzugehen scheint.«

Gewissermaßen von höherer Warte aus, in ruhiger Klarheit über den Tod zu urteilen, gelingt Goethe am besten aus der Distanz, da, wo er fremdes, menschliches Schicksal symbolhaft in dichterische Sphären hebt, ohne den direkten persönlichen Bezug, wie es im Gedicht »Auf Miedings Tod« (Mieding war ein treuer Helfer am Weimarer Theater) geschieht, in dem es heißt: ». . . und läßt am Rand des Grabes, wo wir stehn, / die Schmerzen in Betrachtung übergehn.« Auch die Verse »Euphrosyne«, die Totenklage um die sehr jung verstorbene, von Goethe hoch geschätzte Schauspielerin Christiane Neumann-Becker, enthalten sich inniger persönlicher Wärme. Nur einen Wunsch läßt Goethe die Tote äußern: »Laß nicht ungerühmt mich zu den Schatten hinabgehn! / Nur die Muse gewährt einiges Leben dem Tod.« Und von den Gesängen des Dichters heißt es: »Ja, sie vollenden an mir, was mir das Leben versagt.«

Ebenso ist in »Der Gott und die Bajadere« der Tod verklärende, beseligende Erhöhung und Erlösung durch die Liebe. Der Dichter verdrängt das kleine tägliche Sterben aus der Nähe der sinnlichen Wahrnehmung in die Ferne der Poesie. – Lebensnäher und wahrer erscheint demgegenüber im »Faust II« der Auftritt der vier grauen Weiber – Mangel, Schuld, Sorge und Not –, die den ihn folgenden Verwandten ankündigen: »Da kommt er, der Bruder, da kommt er, der – – – Tod.« Die Sorge haucht den ihr widerstrebenden Faust an, und er erblindet. Aber dennoch überwindet er die Macht der Sorge, die er nicht anerkennen will, im vermeintlichen Tätigsein. Ja, im Vorgefühl des Glücks, »auf freiem Grund mit freiem Volk« zu stehen, genießt der Getäuschte nun in seiner Blindheit den höchsten Augenblick, den er festhalten möchte, womit er die schicksalträchtige Wette aus »Faust I« verliert: »Werd' ich zum Augenblicke sagen: / Verweile doch! du bist so schön! / Dann magst du mich in Fesseln schlagen, / Dann will ich gern zugrunde gehn!«

So wird auch hier in der Dichtung der Tod überwunden. Es geschieht, trotz der formell verlorenen Wette, durch das rastlose Streben, das Faust die Erlösung bringt. Aber es herrscht keine Übereinstimmung zwischen diesen dichterischen Höhenflügen und Goethes alltäglichem Leben. »Wenn ich an meinen Tod denke, darf ich, kann ich nicht denken, welche Organisation zerstört wird«, sagt er in »Maximen und Reflektionen«, und er ist damit weit entfernt von der vertrauensvollen, optimistischen Einstellung aus »Selige Sehnsucht«: ». . . und solang du das nicht hast, / Dieses: Stirb und werde! / Bist du nur ein trüber Gast / Auf der dunklen Erde.«

Im eigenen Alltag ist Goethe dem Tod immer ausgewichen. Das lange, schreckliche Sterben seiner Frau hat ihn zwar sehr wohl erschüttert, und beim Tod Schillers ist er nicht gleichgültig geblieben, aber er flüchtete sich beim Abschied dieser ihm so eng verbundenen Menschen in die eigene Krankheit, um den Anblick des für ihn Unverständlichen und bei aller Sprachgewalt Unaussprechlichen und Unerklärbaren zu entrinnen.

Im persönlichen Leben war der Tod für ihn das Zerstörende, Verfallende, das Häßliche. Und so weit ging diese Abneigung gegen das »Häßliche«, daß er es schon im Kindesalter von drei Jahren nur mit schönen Dingen und Personen zu tun haben wollte. Darüber berichtet ihm Bettina Brentano im November 1810 das, was seine Mutter, Frau Aja, ihr erzählt hatte: »Er spielte nicht gern mit kleinen Kindern, sie mußten denn sehr schön seyn. In einer Gesellschaft fing er plötzlich an zu weinen; da man ihn nach der Ursache fragte, schrie er: das schwarze Kind kann ich nicht leiden, das soll hinaus; er hörte auch nicht auf, bis er nach Hause kam, wo ihn die Mutter befragte über die Unart: er konnte sich nicht trösten über des Kindes Häßlichkeit.«

Eine andere, fast erschreckende Episode, die uns herzlos erscheinen müßte, wenn wir nicht seine merkwürdigen Reaktionen kennen würden, berichtet Amalie von Stein 1826 ihrem Mann, nachdem Goethes Schwiegertochter Ottilie einen schweren Sturz vom Pferd erlitten hatte: »... Sie war so zerstoßen und entstellt, daß allein ihr Mund mehrere Male genäht werden mußte. Die Bekannten und Freunde wachten an ihrem Bett; der Lama aber (gemeint ist Goethe), um sich keinen unangenehmen Eindruck zu machen, ließ ihr sagen, daß er sie erst sehen wollte, wenn sie hergestellt sein würde ...« Nach all dem braucht es nicht zu wundern, daß Goethe über den Tod im Alter sagt: »Der Tod ist doch etwas so Seltsames, daß man ihn (...) nicht für möglich hält und er immer als etwas Unglaubliches und Unerwartetes eintritt. Er ist gewissermaßen eine Unmöglichkeit, die plötzlich zur Wirklichkeit wird. Und dieser Übergang aus einer uns bekannten Existenz in eine andere, von der wir auch gar nichts wissen, ist etwas so Gewaltsames, daß es für die Zurückbleibenden nicht ohne die tiefste Erschütterung abgeht.«

Für den großen Dichter war, als die eigene Sterbestunde kam, der Tod »kein gern willkommener Gast«, obwohl er ihm persönlich nicht ganz fremd sein konnte. Hing doch schon das Leben des aus Leipzig zurückgekehrten Studenten am seidenen Faden, gravierende Altersspuren hatten den Greis so wenig verschont wie alle übrigen Sterblichen, auch wenn der treueste seiner Mitarbeiter – Eckermann – noch seine Schönheit des Leibes im Tode rühmt. Doch das war wohl mit dem geistigen Auge geschaut, von Liebe und Anhänglichkeit diktiert. Zu viele Zeugnisse körperlichen Verfalls widersprechen dem. Schon 1817 berichtet Gries an Abeken: »... seine Worte verstehe ich jetzt weniger als jemals, weil ihm die meisten Vorderzähne fehlen ...« Charlotte Schiller berichtet ihrem Sohn: »Er war (in Jena) recht krank, man hat in der Nacht den Arzt holen müssen.« Und in Adele Schopenhauers Brief heißt es: »Ich sah ihn in einem furchtbaren Zustand.«

Doch der Februar 1823 – schon immer war der Winter für Goethes Gesundheit eine kritische Jahreszeit – brachte ihn nahe an den Rand des Grabes. Es hieß, er habe eine Herzentzündung, und er selbst meinte: »Der Tod steht in allen Ecken.« Damals hatte man den Olympier schon aufgegeben, ihn totgesagt, wie der Brief von Gries an Abeken verrät: »Es ist wirklich seltsam, daß man hier (in Jena), so nahe bei Weimar, fast 24 Stunden lang in der festen Überzeugung war, Goethe sei gestorben. Am Dienstag kam die gewisse Nachricht, er lebe noch . . .«. »Ich bin verloren«, hatte der Kranke selbst geklagt, überraschenderweise aber die Krise plötzlich überstanden. Zu voller Gesundheit kehrte er nicht zurück, denn schon wenige Monate später (Juni 1823) liegen besorgte Berichte vor. Soret schreibt in seinen Erinnerungen: ». . . das Sprechen schien ihm offenbar schwer; sein Mund war an der rechten Seite verzerrt, was ich früher nie bemerkt habe; ich war darüber recht erschrocken und nicht weniger über die Verworrenheit seiner Gedanken . . .« Im November des gleichen Jahres berichtet Wilhelm von Humboldt seiner Frau davon, daß Goethes Husten Anzeichen anfangender Brustwassersucht sei. »Es ist peinlich zu hören, daß er alle Augenblicke ›Ach Gott, ach Gott!‹ sagt.« Und nur wenige Tage später berichtet er weiter, der Arzt habe gesagt, daß das Hauptübel in den Nieren sitze, wovon eine schon ganz zerstört sei, so daß der Dichter kaum länger als ein Jahr zu leben habe.

Nach jener baldigen ärztlichen Todesprophezeiung lebte Goethe noch mehr als acht Jahre und erstaunlich – nach allen vorangegangenen besorgten Krankheitsberichten – ist die Tatsache, daß ihnen aus gleicher Zeit eine Reihe von Zeugnissen entgegenstehen, die fast das Gegenteil aussagen. So schrieb im November 1821 der bei dem Dichter weilende junge Felix Mendelssohn an seine Eltern: »Man hält ihn nicht für einen Dreiundsiebziger, sondern für einen Funfziger.« Und wenige Tage später: »Einen ungeheuren Klang der Stimme hat er . . . Sein Haar ist noch nicht weiß, sein Gang ist fest . . .« Im Juli 1823 finden wir bei Lili Parthey in ihrem Tagebuch verzeichnet: »Und wie schön ist er noch jetzt! – Ich kann mir nicht helfen, es klingt lächerlich, aber nie sah ich einen schöneren Mann.« Selbst noch 1827 berichtet Herders Tochter, Goethes Körper habe der Zeit widerstanden, er sei ein prächtiger Greis. Und wenn man bedenkt, daß der Höhepunkt der Zuneigung zu Ulrike von Levetzow in das Jahr 1823 fällt – Goethe hielt um ihre Hand an –, so muß man daraus schließen, daß die große geistige Ausstrahlung – außerhalb der zahlreichen krankhaften Krisenzeiten – die körperlichen Schwächen zu überdecken vermochte; er widmete sich immerhin jahrelang noch der Überarbeitung und Herausgabe seiner zahlreichen Schriften,

Der Entschlafene

nahm in den allerletzten Lebensjahren die Arbeiten am vierten Teil von »Dichtung und Wahrheit« wieder auf und vollendete – als erstaunlichste Leistung von allen – 1831 den »Faust«, mit dem er, bei langen Unterbrechungen, ein ganzes Leben lang beschäftigt war.

Als Goethe nach seiner letzten schweren Krankheit am 22. März 1832 starb, war die Schar seiner Freunde klein geworden. Hatte er doch schon in der Zueignung zum »Faust« geschrieben – gemäß seinem Wort »Altwerden bedeutet viele zu überleben«: »Sie hören nicht die folgenden Gesänge, / Die Seelen, denen ich die ersten sang; / Zerstoben ist das freundliche Gedränge, / Verklungen, ach! der erste Widerklang. / Mein Leid ertönt der unbekannten Menge, / Ihr Beifall selbst macht meinem Herzen bang.« Sein dichterisches Werk schien durch das Wirken der Romantiker überholt, und das aufstrebende deutsche Nationalbewußtsein, das sich verändernde soziale Gefüge hoben eher Schiller mit seinem Freiheitspathos auf den Schild als Goethe, der, politisch gesehen, stets ein treuer Diener seines Landesherrn blieb.

Vom Tod des Dichters berichtet der mit Goethe befreundete Kanzler von Müller: »Ottilie übertraf sich selbst an liebevoller Pflege und Standhaftigkeit. Wir wachten alle die letzte Nacht samt den zwei Enkeln . . . Früh 6 Uhr trank er noch seinen Kaffee mit Wolf (Wolfgang, dem Enkel) und bestellte sich Wildpret und Fische für Mittag, hieß Ottilie auf ihr Zimmer gehen und sprach von baldiger Wiederherstellung. Nicht die geringste Todesahnung war in ihm. Er scherzte um 9 Uhr, wo der Arzt ihn längst aufgegeben, noch mit Ottilie, wenn auch sehr matt. Sein Sterben war nur ein Ausbleiben des Atems, ohne alles Zucken noch Krampf. Daher auch die selig ruhende Miene im Tode und noch jetzt.«

Es war, als habe er noch im Sterben den Gedanken an das Unbegreifliche, den Tod, weit von sich gewiesen. Wenn man den Berichten glauben kann, scheint sein Begräbnis für die Weimarer mehr ein Schauspiel als eine Erschütterung gewesen zu sein. Karl von Stein schreibt an seinen Bruder Friedrich: »Mein Schmerz sitzt tiefer, als daß er durch Theaterszenen verrauchen könnte.« Wilhelmine Schütz vermerkt in ihrem Tagebuch: »Heute morgen war Goethe auf dem Paradebette zu sehen; vor Menschenandrang aber konnte niemand von den Honoratioren durchkommen, bloß das Volk. Sie kletterten bei Hagens über die Mauer und betrugen sich roh und ausgelassen.« Und von dem Trauerzug am Nachmittag berichtet sie, er sei unordentlich gewesen und wunderlich untereinandergemischt. ». . . Die Leiche selbst in dem alten Leichenwagen ohne Blumen und nur zwei Kränze. Nicht einmal die goldene Lyra schmückte seinen Sarg. Sonderbar genug ward er ohne alle christlichen Zeichen zum Kirchhof getragen. Das Vortragen des Kreuzes fehlte ihm ganz, denn der Generalsuperintendent (Röhr) war schon voraus zur Gruft gefahren (. . .). Vor dem entsetzlichen Menschenlärm hörte man kein Glockengeläute, alle Gesichter kalt und teilnahmslos. – So ward Deutschlands größter Dichter beerdigt.«

Der Generalsuperintendent Röhr – ein Nachfolger im Amt Herders –, der die Begräbnisrede hielt, war der einzige Sprecher am Grabe. Er konnte sich kleinliches Rechten mit dem großen Toten noch an der Gruft nicht versagen. Selbstgefällig berichtet er wenige Tage später an Reil: »Ich selbst bin über seinen sittlichen Wert mit möglichstem Glimpf hinweggegangen und habe mich damit begnügt, ihn mit seinem eigenen Fette zu beträufeln. Wer die nicht gesprochenen Worte aus den gesprochenen herauszulesen versteht, wird nicht im Zweifel sein, was ich meinte.« Wie anders liest sich der

Brief von Gries an Rist. Er ist zeitlos und gültig geblieben bis heute: »Mir ist nichts widerwärtiger und zugleich lächerlicher als die Zudringlichkeit, mit welcher man jetzt dem toten Goethe noch auf den Leib rückt und von ihm verlangt, er hätte ein ganz anderer sein sollen, als er war; das heißt: nicht Goethe. Die eine Partei verlangt, er hätte Kirchenlieder und Erbauungsbücher, die andere, er hätte Turngesänge und Hambacher Reden schreiben sollen. Die einen wollen ihn nicht für einen Christen, die andern nicht für einen Deutschen gelten lassen; und während ganz Europa uns um sein Leben beneidet, um seinen Tod beklagt, hätten diese Unsinnigen nicht übel Lust, seine heilige Asche aus der Fürstengruft zu Weimar herauszureißen und in alle Winde zu zerstreuen. Solcher Wahnsinn ist doch nur in Deutschland möglich.«

Goethes Leben hing oft an einem seidenen Faden

Anno 1863 schrieb der Philosoph Carl Gustav Carus das Buch »Goethe, dessen Bedeutung für unsere und die kommende Zeit«. Es ist geradezu erschreckend, was darin von Goethes gesunder Abstammung zu lesen ist. Goethe war beim Erscheinen dieser Biographie gerade drei Jahrzehnte tot; an Quellen hätte es also nicht zu fehlen brauchen, um Genaueres zu erkunden. Aber es gehörte zum Stil der Zeit, an Goethe alles zu idealisieren, selbst wenn dabei die Tatsachen auf den Kopf gestellt wurden. Carus pries die Gesundheit von Goethes Eltern und behauptete, nur aus so vortrefflichem Erbe habe sich ein solches Genie entwickeln können.

Goethes Vater wurde in der Tat recht alt, mit 69 Jahren erlitt er den ersten Schlaganfall. Seit dieser Zeit siechte er jahrelang dahin. Nach dem zweiten Anfall im Oktober 1780 führte er, nach Frau Ajas Worten, nur noch ein »Pflanzenleben«, ehe er 1782 starb. Aber Goethes fünf Geschwister starben alle früh, ausgenommen Cornelia. Sie war jedoch ein unglücklich veranlagtes Mädchen, das mit zunehmendem Alter immer depressiver wurde und wenige Jahre nach ihrer Hochzeit mit des Bruders Jugendfreund Johann Georg Schlosser, völlig apathisch und lebensverneinend im Kindbett starb, gerade 27 Jahre alt.

Und Goethe selbst war keineswegs von Jugend an der strahlende Götterjunge, so wenig, wie später ein gesundheitlich über Erdenleid erhabener Olympier. Krankheiten begleiteten ihn sein ganzes Leben lang; mehr als einmal war er dem Tod nah. Nachdem Friedrich Gundolfs »Goethe« 1916 erschien, galt das Buch lange als die vorbildliche Lebensbeschreibung, bis spätere Biographien – vor allem die 1960 erschienene von Richard Friedenthal – mit einer kritischen Betrachtung dem Genie Goethe gerechter wurden, nachdem Gundolf alles an Goethe idealisiert hatte.

Doch gerade daß Goethe trotz vieler Krankheiten immer wieder gesundete, beharrlich weiterarbeitete, bis zum 82. Lebensjahr schöpferisch tätig blieb, zählt ja zu den bewunderungswürdigen Eigenschaften. Deshalb tut man dem Dichter geradezu Unrecht, wenn man seine körperlichen Leiden verschweigt. Über manche Krise hat ihm nämlich vor allem sein starker Lebenswille hinweggeholfen, was für uns zu seinem Menschenbild gehört. Wobei sein Zutrauen zu den Ärzten recht begrenzt war, wie sein Wort beweist, »man ist sehr übel dran, daß man den Ärzten nicht recht vertraut und doch ohne sie sich gar nicht zu helfen weiss«.

Als der Student, gerade 19 Jahre alt, krank an Leib und Seele, aus Leipzig ins Elternhaus zurückkehrte, gebrach es ihm noch an jener starken Willenskraft, die den gereiften Mann später auszeichnete; auch wenn ihn Zeitgenossen zuweilen hypochondrisch nannten, und er bekannterweise ein sehr ungeduldiger Patient war. In Leipzig hatte der Student einen schweren Reitunfall erlitten, überdies hatte er Tuberkulose. Es gibt andere Versionen, wie zu fast allen Krankheitsstadien in Goethes Leben, doch sind die Fachfragen hier ohne Belang. Hier interessiert der seelisch-körperliche Zusammenhang von Goethes Leiden, vor allem die Tatsache, daß der Körper des Dichters auf seelische Erschütterungen oft mit Krankheiten antwortete. Schon als Junge erkrankte er nach dem erschütternden Gretchenerlebnis.

Erkältungen, Mandelentzündungen, starker Schnupfen – meist mit Fieber verbunden – sowie anhaltende Kopfschmerzen waren keine Seltenheit bei ihm. Auch von den gefürchteten Pocken wurde der Junge im Alter von neun Jahren heimgesucht, doch blieben bei ihm keine entstellenden Narben zurück. Die Krankheit des heimgekehrten Studenten war ein langer Kampf auf Leben und Tod unter den Augen der ihn pflegenden Mutter. Dennoch war der Brief, den der Dichter viele Jahre später nach Hause schrieb, als er in Weimar wiederum zwischen Tod und Leben geschwebt hatte, für die Mutter nicht weniger besorgniserregend. Dort hieß es: »Ich erinnere mich wenig von den gefährlichen neun Tagen und Nächten. Sobald ich mich wieder selbst fand, ging die Sache sehr schnell besser ... So wollen wir denn auch hieraus das Beste nehmen und sehen, wie wir nach und nach die Lebensfäden wieder anknüpfen.« Doch das war immer noch tröstlicher als das, was der Sohn 1783 nach seinem Krankenlager der Mutter im Brief sagte: »Wenn ich auch vor Ihnen aus der Welt gehen sollte ... ich habe Ihnen nicht zur Schande gelebt, hinterlasse einen guten Namen, und so kann es Ihnen der beste Trost sein, daß ich nicht ganz sterbe.«

In Goethes Tagebüchern lesen wir immer wieder auch von leichteren Erkrankungen, vor allem von Hals- und Zahnschmerzen. Doch im Jahre 1801 war das Leben des Dichters wieder einmal in eine Krise geraten. Die Mediziner glaubten an eine schwere Gesichtsrose, die sich vom linken Auge über die Nasenschleimhäute bis zum Kehlkopf herabzog. Ähnlich, wie auch Frau von Stein an ihren Sohn berichtete: »Es ist ein Krampfhusten und zugleich die Blatterrose. Er kann in kein Bett und muß immer in einer stehenden Stellung erhalten werden, sonst muß er ersticken. Der Hals ist verschwollen und dick und voller Blasen inwendig. Sein linkes Auge ist ihm wie eine große Nuß herausgetreten und läuft Blut und Materie heraus. Oft phantasiert er, man fürchtete vor eine Entzündung im Gehirn ...« In dieser Zeit war Goethe über eine Woche lang kaum bei Bewußtsein.

Nur wenige Jahre später, im Winter 1804/1805, wurde er erneut aufs Krankenlager geworfen; und wieder war sein Leben aufs höchste gefährdet. Eine schwere Angina mit hohem Fieber hatte ihn diesmal ereilt und verursachte solche Schmerzen, daß man den Patienten in der Nachbarschaft laut schreien hörte. Trotzdem erholte er sich auch hier wieder schnell, aber in diesen beiden Jahren kam ein Übel zum andern. Er hatte Schmerzen im Leib, die über fünf Monate lang fast regelmäßig alle vier Wochen wiederkehrten, ehe sie später nur noch sporadisch auftraten.

Der konsultierte Professor Reil in Halle erkannte auf Nierenkoliken und empfahl Karlsbader Wasser. Damit begannen für Goethe seine regelmäßigen jährlichen Besuche in Karlsbad, das ihm bald Linderung verschaffte. Und wenn er 1806 schrieb: »Das gewaltsame Rütteln und Schütteln auf der Reise hat, glaub ich, schon die Hälfte der Kur vollbracht«, so traf er damit wohl ins Schwarze, denn durch die rumpelnde Postkutsche hatte sich wahrscheinlich ein ihn lange quälender Nierenstein gelöst, wie die Ärzte heute vermuten. Aber in den Jahren 1809 und 1812 kehrte das alte Übel zurück.

Zweimal, im März und im Mai 1810, wurde Goethe in Gesellschaft so schwindlig, daß er zusammensank und man an einen Schlaganfall glaubte. Sehr hoher Blutdruck soll diesen Anfall ausgelöst haben. Ein andermal schrieb der Dichter an Frau von Stein, er glaube, »dies wäre durch einige Vorsicht zu vermeiden gewesen«. Er war sich wohl bewußt, daß seine Lebensweise nicht immer die gesündeste war. Starker Weingenuß über viele Jahre hinweg hatten seine Gesundheit kaum gefördert. Der Tabak war ihm allerdings ein Leben lang verhaßt. 1823 war des Herrn Geheimrats Leben erneut schwer bedroht, diesmal durch eine Herzgefäßerkrankung, die auch in den folgenden Jahren immer wieder Herzschmerzen bedingte.

Als 1830 aus Rom die Nachricht vom Tod seines Sohnes August eintraf, erlitt Goethe bald darauf einen starken Blutsturz, wobei »das bis zum Ersticken stromweise aus den geborstenen bedeutenden Blutgefäßen durch den Mund fließende Blut ein tiefes und weites Waschbecken halb angefüllt« hatte, wie sein behandelnder Arzt berichtete. Daß Goethe seit 1814 auch an Gelenkrheumatismus litt, sei dem allgemeinen Krankheitsbild noch nachgetragen.

Im Jahre 1832 verlief schließlich die Herzkranzgefäßerkrankung tödlich, nachdem sein ihn auch hier behandelnder Arzt, Hofrat Vogel, kurz zuvor schon als Symptome vom Zustand seines Patienten konstatiert hatte: »Steifheit der Gliedmaßen, die Abnahme des Gedächtnisses für die jüngste Vergangenheit, die zeitweilige Unfähigkeit, das Gegebene in jedem Augenblick mit Klarheit zu übersehen, und Schwerhörigkeit.«

Wenn man all diese Krankheitsstationen, die medizinisch hier nur kurz angedeutet wurden, kennt, so muß man sich wundern, wie bald sich Goethe nach solchen Heimsuchungen immer wieder erholte, und man ahnt den Lebenswillen dieses Genies, das nach überwundenen Krisen stets wieder so bald als möglich zu seinem täglichen Arbeitsrhythmus zurückkehrte. Die nahe Verbindung von Seele und Körper, an die Goethe fest glaubte, fand in ihm eine Bestätigung.

Natürlich will diese Zusammenstellung das Bild Goethes keineswegs abwerten. Sie will ihn nur vor falschen Vorurteilen schützen. Gilt er doch weithin als der Sohn reicher Eltern, der sich nie um Broterwerb zu kümmern brauchte, dem vielmehr ein sorgloses Leben am fürstlichen Hof beschieden gewesen sei. Der Kenner seines Lebens aber weiß, daß der kurzen Unbeschwertheit seiner Jugend mit dem kometenhaften Aufstieg am literarischen Himmel durch den »Werther« und den »Götz« ein Unmaß an selbst aufgebürdeter Arbeit folgte, die er gegen einen häufig rebellierenden Körper leistete.

Meinte er doch selbst, gegenüber Eckermann: »Ich kann wohl sagen, daß ich in meinen fünfundsiebzig Jahren keine vier Wochen eigentliches Behagen gehabt. Es war das ewige Wälzen eines Steines, der immer von neuem gehoben sein wollte.«

Wie sehr Körper und Geist bei Goethe einander bedingten, zeigte sich auch im Spätsommer 1823, als die Werbung um Ulrike von Levetzow scheiterte. Das war bekanntlich der Umstand, dem wir die »Marienbader Elegie« verdanken, in der er vorausahnt: »Doch nie geläng's, die innre Glut zu dämpfen! / Schon rast's und reißt in meiner Brust gewaltsam / Wo Tod und Leben grausend sich bekämpfen.« Dieses ihn tief ergreifende Erlebnis warf ihn wieder auf ein Krankenlager, wo ihm der herbeigeeilte alte Freund Zelter jene tragische »Elegie« immer wieder vorlesen mußte, bis sie den Kranken endlich so milde stimmte, daß sie wie ein Gegengift wirkte und das verwundete Herz, und mit ihm den Körper, zu heilen vermochte.

Daß Goethe schließlich im März 1832 starb, ist insofern nicht ohne Tragik, als er ein rechter Sonnenanbeter war. Am liebsten hätte er sich im Alter einem Winterschlaf überlassen, um sich nach der gefürchteten kalten Jahreszeit erst wieder vom Frühling aufwecken zu lassen. So hatte er sich auch vom Frühjahr 1832 wieder neue Lebenskräfte erhofft, aber diese Hoffnung erfüllte sich nicht.

»Der Tod ist nie ein ganz willkommner Gast«

Abschied zu nehmen fiel Johann Wolfgang Goethe von Jugend an schwer. Seine Trennung von ihm liebgewordenen Menschen war oft mehr eine Flucht als ein hoffnungsfreudiges »Auf Wiedersehen«. Diese Veranlagung hatte ihn vielleicht in der Jugend vor dem Tod bewahrt. Das war in der Zeit zwischen 1772 und 1773, als auf den genialen Feuerkopf so vieles einstürmte, was in einem jungen Menschen nicht zu deuten und zu ordnen war, so daß er nach eigenem Geständnis (in »Dichtung und Wahrheit«) nicht weit von jenem Schritt entfernt war, den er im »Werther« den tragischen Titelhelden tun ließ: den Freitod zu suchen.

War die unglückselige Liebe Werthers doch sein eigenes Verhängnis, das ihn verzweifeln lassen wollte, als »der Versucher an ihn herantrat«. Vielleicht war es dieses ihm so schwer fallende Abschiednehmen, das ihn eng an das Leben band und ihm dadurch half, der starken Todesverlockung zu widerstehen. Ähnlich wie es Faust in der

Osternacht erging, als er sich kühn vermessen wollte, jene enge Pforte aufzureißen, die zwischen Leben und Tod gesetzt ist, auch wenn »um diesen Mund die ganze Hölle flammt«.

Diese Versuchung, sich vom Leben abzuwenden, war eine Reaktion, wie sie zuweilen jungen Menschen eigen ist. Hätte der junge Goethe diesen Schritt getan, die Menschheit wäre ein Stück ärmer geblieben. Denn was er ihr schenkte an Reichtum der Sprache, der Erkenntnisse und der Würde eines so tätigen Lebens, konnte sich nur im langen Streben eines vollen Menschendaseins heranbilden. Erst der Tod des im 83. Lebensjahr Stehenden war – im Sinne Rilkes – der »eigene Tod. Das Sterben, das aus seinem Leben geht, darin er Liebe hatte, Sinn und Not«. Daß das mehr als große Worte sein können, hat der körperlich schwache Rilke in seiner Krankheit gezeigt, als er unter Ablehnung schmerzstillender und das Bewußtsein einengender Mittel den Tod in allen Phasen zu erleben und zu erdulden bereit war. Aber zu einem so ertragenden Sterben gehören auch die geistigen Kräfte, die ein völlig geschwächter Körper kaum mehr aufzubringen vermag, auch wenn er sich in der vollen Kraft des Lebens gegen Ängste und Nöte des Sterbens gewappnet glaubte.

Goethe ließ es Faust in Gretchens Stube empfinden: »Sind wir ein Spiel von jedem Druck der Luft?« Die Jugend ist dem Tod normalerweise weit entfernt. Bei dem in Leipzig auf großem Fuß lebenden Studenten Goethe war es nicht anders. Als er aber vom Pferd stürzte, seine Lebensgier ihm Krankheit eintrug, die ihn fast das Leben kostete, schrieb er an Friederike Oeser über dieses Erlebnis: »Und wem er nur einmal recht nah ums Haupt geschwebt, der bebt bei der Erinnerung gewiß, so lang er lebt.« Goethe war in seinem späteren Leben nie starrsinnig. Wo ihn Fortschritte des Erkennens, aber auch der Technik, der Naturbeobachtung eines Besseren belehrten, änderte er seine Ansichten und meinte, er sei schließlich nicht so alt geworden, um immer das gleiche zu sagen. Nach Wahrheit und Klarheit zu streben war ein wesentlicher Zug seines Lebens. Unklar und verschwommen aber blieben bei all diesen Bemühungen seine Ansichten vom Tod. Zwar ähneln seine Aussagen zuweilen denen des Faust, aber es wäre sonderbar, wenn ein so bedeutender Geist nicht die ewigen Menschheitsfragen gestellt hätte: Was ist der Sinn des Menschenlebens? In wessen Hand liegt Werden und Vergehen? Und wird – und in welcher Form – die Seele nach dem körperlichen Tod weiterleben? Die Religiosität der Zeit übte natürlich auch auf Goethe

ihre Wirkung aus. Aber sie gab nur unklare Antworten in ihrer Mischung aus Mystik und Realität.

Goethe glaubte in wesentlichen Phasen seines Lebens an die Unsterblichkeit, weil die Seele des Menschen etwas Göttliches sei, die nach dem Tod ins All eingehe, wobei aber das Bewußtsein sich verliere. Auch die Idee des Weiterlebens in den Kindern, in den Werken (»Es soll die Spur von meinen Erdentagen nicht in Äonen untergehn«) ist ein Stück Unsterblichkeitsglaube. Doch durch die Religiosität des in der Jugend hochverehrten Klopstock und durch den Gottesglauben Herders schwankten Goethes Meinungen, und zuweilen erhoffte er wohl ein Weiterleben, wie das Christentum es in seinem Auferstehungsglauben tut.

Goethe wußte, daß es auf diese Fragen nach Leben und Tod, nach Gott und Mensch, nach Sterben und Weiterleben der Seele wohl nie klare Antworten geben könne, und er spürte, daß das, was der wache und klare Geist glaubt sich als Erkenntnis erarbeitet zu haben, in der Stunde der Prüfung sich keineswegs bewähren muß. So sei Goethe im Jahr 1801, als er zwischen Leben und Tod schwebte, mit »wahrhafter Begeisterung in die beweglichsten, herzergreifendsten Reden an den Erlöser ausgebrochen«. Das berichtet Riemer, dem es Christiane erzählt hat.

Daß die Dinge um Leben und Tod nicht so klar liegen, wie sie uns zuweilen erscheinen, daß auch hier oft das Geheimnis in den Details liegt, wußte Goethe gar zu gut. In hinterlassenen, unveröffentlichten Versen des »Faust« können wir nachlesen: »Und merck dir ein für allemal / Den wichtigsten von allen Sprüchen. / Es liegt dir kein Geheimnis in der Zahl, / Allein ein großes in den Brüchen.«

Verständlich ist es, daß ein Mensch wie Goethe, dem das Leben so bedeutungsvoll, ja verehrungswürdig erschien, gefühlsmäßig die Themen Tod und Sterben mied; sowohl in der Wirklichkeit als auch in seinen Werken. Er bejahte und begrüßte den Tod nur dort, wo er ihm als Erhöhung des Irdischen erschien, als Durchgangstor zu einem neuen, reicheren Leben. So wie etwa Faust dem Mephisto gegenüber jene Augenblicke als selig preist, da der Tod den Menschen in glücklicher, begeisterter Stimmung abrufe. »O selig der, dem er in Siegesglanze die blut'gen Lorbeern um die Stirne windet . . . O wär ich vor des hohen Geistes Kraft entzückt, entseelt dahingesunken!« Aber selbst in jener Osternacht hatte Faust den letzten Schritt nicht getan, so daß Mephisto ihm auf seine späteren Todeshymnen spöttisch antwortet: ». . . und doch hat jemand einen braunen Saft in jener Nacht *nicht* ausgetrunken.« – Goethe war so sehr Augenmensch, daß ihn die körperlichen Eindrücke des Todes leicht verwirrten.

Weder die von ihm verehrte Fürstin Amalie noch den Freund Schiller, noch den Landesherrn und langjährigen Weggefährten Carl August wollte er aufgebahrt sehen, sondern sie als Lebende in Erinnerung behalten. Bei Schillers Sterben flüchtete er sich auf das eigene Krankenlager. Ähnlich reagierte auf die Kunde vom Tod des Sohnes in Rom zwar sein Geist gefaßt, sein Körper aber ertrug die nach außen gewaltsam unterdrückten seelischen Schmerzen nicht. Er erkrankte.

In seinen Werken hat Goethe zumeist versucht, dem Tod einen verklärenden Schein zu geben. Götz starb seinen »eigenen Tod«, Clavigo scheidet versöhnt, Egmont stirbt im Trost von Klärchens Erscheinung, Ottiliens Tod in den Wahlverwandtschaften ist ein leises

Verlöschen. Nur Faust, der in der Osternacht so kühn die Pforten ins Jenseits aufstoßen wollte, wird wankelmütig, und der mutige Entschluß wird von Zweifeln verwirrt: »und wär' es mit Gefahr ins Nichts dahin zu fließen«. Shakespeares »Sein oder Nichtsein« war auch Fausts Grübeln.

Herder hatte vom Tod und vom Weiterleben der Seele gesagt: »Wir können schlechterdings nichts wissen was wir sein werden«, und dies mit der Frage unterstrichen: »Was hat für uns der Schmetterling mit der vorigen Raupe gemein?« Zwischen all diesen Deutungen, den fremden und den eigenen, wollte Goethe das Drüben erahnen und erkunden. Aber er verlor sich darüber letztlich nicht in ewigem Grübeln, sondern versuchte bis zu seinem Tod beharrlich tätig zu sein, zu leben und zu wirken, worin er die dem Menschen von der Natur gestellte Aufgabe sah.

Die letzte Weisheit lag wohl auch bei dem Olympier in der Einsicht des Nichtwissens, wie es im zweiten Teil des »Faust« von ihm ausgesprochen wird, als sich ihm »Die Sorge« im grauen Gewand naht: »Nach drüben ist die Aussicht uns verrannt; / Tor, wer dorthin die Augen blinzelnd richtet . . .«

Die Deutsche Bibliothek – CIP-Einheitsaufnahme

Weisbecker, Walter:
Goethe zwischen Frankfurt und Weimar / Walter Weisbecker. –
2. Aufl. – Frankfurt am Main : Societäts-Verl., 1992
ISBN 3-7973-0503-6